Les Années de plomb

DU MÊME AUTEUR

Un viol sans importance, roman, Sillery, Septentrion, 1998

La Souris et le Rat, roman, Gatineau, Vents d'Ouest, 2004

Un pays pour un autre, roman, Sillery, Septentrion, 2005

L'été de 1939, avant l'orage, roman, Montréal, Hurtubise HMH, 2006

La Rose et l'Irlande, roman, Montréal, Hurtubise HMH, 2007

Les Portes de Québec, tome 1, *Faubourg Saint-Roch*, roman, Montréal, Hurtubise HMH, 2007, format compact, 2011

Les Portes de Québec, tome 2, *La Belle Époque*, roman, Montréal, Hurtubise HMH, 2008, format compact, 2011

Les Portes de Québec, tome 3, *Le prix du sang*, roman, Montréal, Hurtubise HMH, 2008, format compact, 2011

Les Portes de Québec, tome 4, *La mort bleue*, roman, Montréal, Hurtubise, 2009, format compact, 2011

Haute-Ville, Basse-Ville, roman, Montréal, Hurtubise, 2009 (réédition de *Un viol sans importance*)

Les Folles Années, tome 1, *Les héritiers*, roman, Montréal, Hurtubise, 2010

Les Folles Années, tome 2, *Mathieu et l'affaire Aurore*, roman, Montréal, Hurtubise, 2010

Les Folles Années, tome 3, *Thalie et les âmes d'élite*, roman, Montréal, Hurtubise, 2011

Les Folles Années, tome 4, *Eugénie et l'enfant retrouvé*, roman, Montréal, Hurtubise, 2011

Félicité, tome 1, *Le pasteur et la brebis*, roman, Montréal, Hurtubise, 2011

Félicité, tome 2, *La grande ville*, roman, Montréal, Hurtubise, 2012

Félicité, tome 3, *Le salaire du péché*, roman, Montréal, Hurtubise, 2012

Félicité, tome 4, *Une vie nouvelle*, Montréal, Hurtubise, 2013

Les Années de plomb, tome 1, *La déchéance d'Édouard*, Montréal, Hurtubise, 2013

Les Années de plomb, tome 2, *Jours de colère*, Montréal, Hurtubise, 2014

Jean-Pierre Charland

Les Années de plomb

tome 3

Le choix de Thalie

Roman historique

Hurtubise

Catalogage avant publication de Bibliothèque et Archives nationales du Québec et Bibliothèque et Archives Canada

Charland, Jean-Pierre, 1954-

    Les années de plomb : roman historique

    Sommaire : t. 3. Le choix de Thalie.

    ISBN 978-2-89723-424-9 (vol. 3)

    I. Charland, Jean-Pierre, 1954-   . Choix de Thalie. II. Titre. III. Titre : Le choix de Thalie.

PS8555.H415A66 2013   C843'.54   C2013-940814-2
PS9555.H415A66 2013

Les Éditions Hurtubise bénéficient du soutien financier des institutions suivantes pour leurs activités d'édition :

- Conseil des Arts du Canada ;
- Gouvernement du Canada par l'entremise du Fonds du livre du Canada (FLC) ;
- Société de développement des entreprises culturelles du Québec (SODEC) ;
- Gouvernement du Québec par l'entremise du programme de crédit d'impôt pour l'édition de livres.

Conception graphique : René St-Amand
Illustration de la couverture : Jean-Luc Trudel
Maquette intérieure et mise en pages : Folio infographie

Copyright © 2014 Éditions Hurtubise inc.

ISBN : 978-2-89723-424-9 (version imprimée)
ISBN : 978-2-89723-425-6 (version numérique PDF)
ISBN : 978-2-89723-426-3 (version numérique ePub)

Dépôt légal : 3e trimestre 2014
Bibliothèque et Archives nationales du Québec
Bibliothèque et Archives Canada

Diffusion-distribution au Canada :
Distribution HMH
1815, avenue De Lorimier
Montréal (Québec) H2K 3W6
www.distributionhmh.com

Diffusion-distribution en France :
Librairie du Québec / DNM
30, rue Gay-Lussac
75005 Paris
www.librairieduquebec.fr

Imprimé au Canada
www.editionshurtubise.com

Histoire de familles

Tout comme *Les Portes de Québec* et *Les Folles Années*, la série *Les Années de plomb* raconte l'histoire de la lignée d'Euphrosyne et Théodule Picard, les fondateurs d'un grand magasin construit rue Saint-Joseph, à Québec. Ils ont eu deux garçons, Alfred (1861-1914) et Thomas (1866-1919), que nous avons suivis dans la première saga. Dans la deuxième, nous avons fait la connaissance de leurs enfants. La troisième met en scène certains de leurs petits-enfants.

La lignée de Thomas Picard

Principal héritier de ses parents, Thomas a épousé Alice en premières noces et a eu deux enfants avec elle : Eugénie (1889-1929) et Édouard, né en 1891. En 1897, alors que sa femme était mourante, Thomas a abusé de sa secrétaire, Marie Buteau, et l'a mise enceinte. Venant au secours de la jeune femme, le frère aîné de Thomas, Alfred, l'a demandée en mariage et a assumé la paternité du petit Mathieu. Cette même année, après le décès de sa femme, Thomas a épousé Élisabeth Trudel, la préceptrice de ses enfants. Il n'a eu aucune descendance avec elle. Devenue veuve, Élisabeth a choisi de tenir une maison de chambres pour gagner sa vie.

À la mort de son père, Édouard a pris la direction du commerce de la rue Saint-Joseph. En 1917, il a épousé Évelyne Paquet, la fille d'un juge, essentiellement pour échapper à la conscription. Devant ses aventures extra-conjugales, celle-ci a obtenu une « séparation de corps » en 1925, pour retourner chez son père avec son fils, Thomas junior, né en 1918. Dans le contexte de la crise économique commencée en 1929, l'administration déficiente d'Édouard a permis à son demi-frère, Mathieu, et à son ancien beau-frère, Fernand Dupire, l'époux d'Eugénie, de reprendre le magasin en 1932 avec l'aide de Marie.

En 1909, célibataire, Eugénie a accouché d'un enfant, Jacques, tout de suite confié en adoption à un employé du grand magasin PICARD, Fulgence Létourneau. Le véritable père de ce garçon, un dénommé Harris, n'a pas assumé ses responsabilités. Il a disparu pendant la Grande Guerre. Déchue, Eugénie s'est alors engagée dans un mariage sans amour avec un notaire de vingt-six ans, Fernand Dupire, avec qui elle a eu trois enfants : Antoine (en 1916), Béatrice (en 1917) et Charles (en 1918). Non désirés, détestés même, ces petits ont souffert de l'attitude de leur mère, qui haïssait également sa belle-mère, Élisabeth. Ayant hérité de la névrose d'Alice, sa mère, Eugénie semblait poursuivre des chimères.

Jacques Létourneau, l'enfant abandonné, est réapparu dans l'existence de sa mère en 1929. À son décès, Eugénie lui a laissé une somme suffisante pour lui permettre de faire des études de droit à l'Université Laval. La Seconde Guerre mondiale l'a amené à quitter le cabinet qui l'embauchait, à Montréal, pour se porter volontaire.

La lignée d'Alfred Picard

Homosexuel, Alfred a hérité d'une portion congrue des avoirs de ses parents. Quand Marie Buteau s'est retrouvée enceinte de Thomas en 1897, il l'a épousée. Même s'il existait une véritable affection entre eux, leur union leur a surtout donné la possibilité de dissimuler leur péché respectif. L'enfant illégitime, prénommé Mathieu, est né en 1897. Toutefois, Alfred sera le véritable père de Thalie, née en 1900.

Fantasque, il a encouragé celle-ci à poursuivre ses rêves : ce sera la médecine. Quant au garçon qu'il a accepté d'élever, Alfred a semé dans son esprit le désir de reprendre le contrôle du commerce de la rue Saint-Joseph. Pour le père adoptif tout comme pour l'enfant, il s'agissait d'une revanche sur la vie : le premier estimait avoir été injustement privé de sa part d'héritage à cause de son orientation sexuelle, et Mathieu n'avait rien reçu lors du décès de son père naturel en 1919. Le jeune homme parviendra à acquérir le magasin PICARD en 1932, à la faveur de la crise économique.

Marie Buteau, puis Picard, puis Dubuc

Mise enceinte par son patron, Marie a d'abord considéré l'offre de mariage d'Alfred comme providentielle, mais à la longue, le fait d'avoir un époux homosexuel ne s'est pas avéré la meilleure situation. Après le décès de celui-ci, elle est devenue la maîtresse, puis l'épouse d'un député de l'assemblée provinciale, Paul Dubuc, alors âgé de quarante-sept ans. L'union est heureuse. L'homme a deux enfants d'un précédent mariage : Françoise, née en 1900, et Amélie, née en 1902. Il n'en a eu aucun avec sa nouvelle conjointe.

Marie a aidé son fils à acquérir le commerce PICARD en 1932, et elle y a repris du service à titre de chef de rayon. Éprouvée par la vie, elle est une mère inquiète, volontiers possessive. D'ailleurs, elle et Paul habitent au second étage de la maison de Mathieu.

La lignée de Mathieu Picard

Vétéran de la Grande Guerre, Mathieu est revenu chez lui blessé, physiquement et psychologiquement. En 1920, il a épousé Flavie Poitras, vingt-deux ans, fille d'un charpentier de L'Ancienne-Lorette et alors secrétaire d'Édouard, au magasin PICARD. Le couple a deux enfants, Alfred, né en 1926, et Ève, née en 1929. En 1932, Mathieu a uni ses efforts à ceux de sa mère, Marie, et de Fernand Dupire pour reprendre possession du commerce de la rue Saint-Joseph. En 1942, malgré le rationnement des biens de consommation en vigueur à cause de la guerre, les affaires vont plutôt bien.

La lignée de Fernand Dupire

Ami d'Édouard Picard au moment de ses études secondaires, Fernand fréquentait le domicile de Thomas. Là, il s'est totalement entiché d'Eugénie. Non seulement celle-ci ne lui rendait pas son affection, mais elle ne dissimulait pas son mépris. Toutefois, désireuse de quitter le foyer familial, déchue à cause d'une naissance illégitime que plusieurs soupçonnaient dans la Haute-Ville, la jeune femme a accepté de se marier avec lui en 1914. Dès le premier jour, l'union s'est révélée malheureuse. Le dépit d'Eugénie a alimenté une véritable haine à l'égard d'un époux jamais aimé, une haine qui s'est étendue à ses propres enfants. Dans un contexte familial aussi difficile, Fernand a trouvé une consolation dans les bras d'une domestique, Jeanne Girard. Celle-ci a aussi assuré une présence affectueuse, rassurante pour les enfants de ses employeurs.

Eugénie a eu trois enfants, nés à un peu plus d'une année d'intervalle. En 1942, ce sont des adultes. Antoine, placide, formé en notariat à l'Université Laval, travaille avec son père et habite la maison familiale avec son épouse, Louise.

Béatrice étudie la psychologie aux États-Unis, certainement avec l'espoir de gommer les blessures de son enfance. Visiblement, elle y réussit. Le cadet, Charles, s'est inscrit à l'École des Hautes Études commerciales. Enfant, il a combattu la morosité de la maison familiale en fréquentant fidèlement les associations de jeunes, comme celle des scouts. Au seuil de l'âge adulte, il continue à appliquer la même stratégie en s'engageant dans les mouvements nationalistes. Il habite toujours la maison du notaire, mais rêve de voler de ses propres ailes.

Liste des personnages historiques

Bourassa, Henri (1868-1952): Journaliste, homme politique, il a fondé le journal *Le Devoir* en 1910. Lors des deux conflits mondiaux, il s'oppose à la conscription.

Drouin, Oscar (1890-1953): Avocat, député libéral (1935), unioniste (1936) et de nouveau libéral (1939) à l'Assemblée législative du Québec, il est ministre dans le cabinet Godbout au moment de la Deuxième Guerre mondiale.

Duplessis, Maurice Le Noblet (1890-1959): Avocat, élu en 1927 et 1931 à l'Assemblée législative du Québec, il devient chef du Parti conservateur en 1933. À la tête de l'Union nationale, il occupe le poste de premier ministre de 1936 à 1939, puis de 1944 jusqu'à sa mort.

Eaton, Margaret (1913-1988): Membre de la famille Eaton de Toronto, propriétaire de plusieurs grands magasins, elle s'engage dans le Canadian Women's Army Corps à titre de capitaine en 1942, pour en devenir la directrice générale avec le grade de colonel.

Godbout, Adélard (1892-1956): Agronome et enseignant, élu député en 1929, il devient chef du Parti libéral du Québec et premier ministre en 1936, mais il est défait lors de l'élection tenue la même année. Il a été premier ministre de 1939 à 1944.

Ménard, Dollard (1913-1997) : Formé au Collège militaire royal du Canada, il se trouve dans l'armée des Indes en 1937. Marié, jeune père de famille, Ménard dirige les fusiliers Mont-Royal lors du raid sur Dieppe en 1942. Il a soulevé la controverse en 1980, quand il s'est déclaré en faveur du « Oui » lors du référendum sur l'indépendance du Québec.

Pense, Emma Florence : Volontaire lors du premier conflit mondial, elle reçoit la Royal Red Cross, médaille militaire décernée au personnel de santé pour services exceptionnels. Elle dirige le personnel infirmier lors du second conflit.

Chapitre 1

Thalie se tenait devant la fenêtre de son salon, une tasse de thé à la main.

« Maintenant, fit la voix à la radio, donnons la parole à René Lecavalier, qui nous entretiendra des combats menés en Afrique du Nord. »

Comme tous les autres Canadiens, depuis plus de deux ans et demi, la médecin faisait le tour du monde en pensée en suivant les péripéties des armées alliées. Excepté en Amérique du Sud, les opérations se déroulaient désormais sur tous les continents, si bien qu'écouter les informations revenait à réviser sa géographie. Dans les minutes précédentes, les auditeurs de Radio-Canada s'étaient retrouvés à Leningrad et à Rangoon. De là, on les transportait maintenant en Afrique.

« En Lybie, les forces italiennes et allemandes conjuguent leurs efforts dans une poussée contre les armées britanniques stationnées en Égypte. »

Le conflit permettait aussi à de nouveaux annonceurs de faire leurs débuts. René Lecavalier s'exprimait d'une voix grave, bien posée. Une voix de baryton qui caressait l'oreille d'une esseulée. Thalie aurait tellement préféré qu'elle lui parvienne de la pièce voisine.

— Me voilà devenue une vraie vieille fille. Les nouvelles, puis un radioroman de quinze minutes, représentent mes seules distractions tous les soirs de la semaine.

Se parler toute seule, un autre signe de son isolement. Sous ses yeux, la ville de Québec lui paraissait toute petite, la ligne des montagnes vers le nord plus proche que d'habitude. Son monde lui semblait se rétrécir, au point de l'étouffer un peu, alors que son imagination ne connaissait aucune frontière. Ce début d'avril gris et pluvieux contribuait à assombrir ses idées où déjà il ne restait rien de rose.

« Les cafés London House et le dentifrice Pepsodent sont heureux de vous présenter l'émission *Un homme et son péché*. »

La voix de cet annonceur lui paraissait étrangement grave, caverneuse même. Depuis trois ans déjà, cinq soirs par semaine, la société Radio-Canada diffusait une adaptation du roman de Claude-Henri Grignon. Qu'un petit texte d'un peu plus de deux cents pages puisse alimenter un aussi long feuilleton tenait du miracle.

À neuf heures, la médecin était déjà couchée.

❖

Dans la grande maison des Dupire, rue Scott, les longues périodes de silence n'existaient pas vraiment, sauf au cœur de la nuit. Un poste de radio pouvait fonctionner dans la cuisine pour tenir compagnie aux domestiques, dans le salon pour les maîtres et dans la chambre de chacun des enfants. Parfois, les cinq appareils diffusaient de la musique ou des paroles en même temps.

En cette fin d'après-midi, Élise en distinguait deux. Penchée sur la table de travail, à l'aide de deux grosses fourchettes, elle tentait de faire passer un gros rôti de la lèchefrite au plat de service.

— C't'une pitié, chus pu capable de faire mon travail, se lamentait la cuisinière, Hortense. Chus rendue trop vieille, chus rendue bonne à rien.

— Voyons, pourquoi être aussi alarmée ? demanda l'épouse du notaire. Je n'ai jamais été inoccupée, dans cette demeure. Vous me voyez dans la cuisine tous les jours.

Pour qui avait connu Eugénie, la première madame Dupire, la nouvelle donnait l'impression de ne jamais s'arrêter. Elle allait même jusqu'à venir en aide à son fils, le jeune médecin, quelques jours dans la semaine, en plus de tout le reste.

— Quand même, gémit la domestique, là vous avez pu que deux tiers d'une *cook* avec tout c'que chus pu capable de faire.

Élise aurait plutôt dit une moitié, et cela seulement dans les bons jours. Cependant, dans cette maison, on ne jetait pas le personnel âgé à la rue. De toute façon, la remplacer n'aurait pas été une mince affaire : plus personne ne s'intéressait à ce genre d'emploi, on trouvait mieux dans les usines de guerre. Elle se contenterait d'une demie, ou de rien du tout.

— Louise, m'aiderais-tu à mettre la table ?

Ces mots s'adressaient à la jeune femme de vingt-quatre ans se tenant debout au milieu de la pièce. Son ventre distendu par ses huit mois de grossesse la rendait empotée, sans altérer sa bonne volonté.

— Je veux bien, mais vous devrez m'aider pour prendre les assiettes sur l'étagère du haut. Quand je me lève sur le bout des pieds, j'ai parfois l'impression que je vais tomber vers l'arrière.

— Je me souviens de ce changement de mon centre de gravité, dit Élise d'un air nostalgique en venant à son aide. Ça se replace tout de suite après l'accouchement.

Ces paroles devaient rassurer un peu la future maman. Une première naissance avait quelque chose de déconcertant, d'effrayant même. L'instant d'après, Élise posait la pile d'assiettes sur la table, à la portée de sa bru.

— Je me sens tellement maladroite. Me voilà énorme, ma démarche ressemble à celle d'un canard.

— Allaiter t'aidera à retrouver ta silhouette. Le premier enfant ne laisse pas tellement de traces sur le corps, le second non plus. Des vergetures, dans le pire des cas. Ensuite, je ne sais pas, je n'ai pas essayé.

Formulée sur un ton léger, la remarque mit tout de même la jeune femme un peu mal à l'aise. Elle avait déjà abordé la question de l'allaitement avec sa mère, mais elle était gênée de parler d'un sujet aussi intime avec sa belle-mère. Le fait d'aller placer les assiettes dans la salle à manger lui permit de se dérober pour retrouver sa contenance. Pendant quelques minutes, les deux femmes s'affairèrent à mettre la table. Après avoir posé les couverts de part et d'autre des assiettes, Louise demanda en baissant les yeux :

— Madame Dupire, me permettez-vous de mettre les serviettes de table offertes par maman à mon dernier anniversaire ? Il s'agit de lin…

Élise trouvait le « madame » bien formel de la part de sa bru après deux ans passés dans la même maison, mais elle savait qu'il serait inutile d'insister pour qu'elle utilise son prénom. Quant à lui demander de l'appeler « belle-maman par alliance », cela aurait été tout à fait ridicule. Toutefois, le ton de soumission de la jeune épouse finissait par lui tomber sur les nerfs.

— Voyons, tu n'as pas à me demander ce genre de chose. Tu es chez toi ici.

Louise devint plus mal à l'aise encore en percevant une pointe d'impatience dans la voix de sa belle-mère. Avec ses hormones de grossesse qui la rendait hypersensible, une ondée de larmes était à prévoir.

— Je suis chez vous, puisque je vis dans la famille de mon mari.

Il en allait bien ainsi, la précision méritait d'être faite. Élise essaya de mettre toute sa tendresse dans sa réponse :

— Cette famille, maintenant, c'est aussi beaucoup la tienne. Elle le sera encore plus très bientôt, puisque dans quelques semaines tu y feras une addition. Toutes tes initiatives sont bienvenues.

Le «Je vais essayer» se perdit dans un souffle. Élise utilisa la seule recette qu'elle connaissait pour gérer ce genre de situation : la prendre dans ses bras.

— Faisons un contrat entre nous : les jours où je vais travailler chez mon fils, ou que je suis prise ailleurs, tu prendras toutes les décisions relatives à la maison ou aux repas. Les autres jours, ce sera moi.

Louise n'avait pas la force de formuler «Je ne pourrai pas». Elle préféra faire un oui de la tête pour mettre fin à l'échange, puis elle dit d'une toute petite voix :

— J'aimerais monter et m'étendre un peu.

Élise desserra les bras pour laisser sa belle-fille aller se reposer. Tout en la regardant s'éloigner, elle souhaita vivement que l'accouchement lui redonne son entrain.

❖

Les deux enfants de Mathieu Picard se trouvaient à l'école. Alfred, maintenant âgé de seize ans, était rendu au milieu de son cours classique, tandis que sa cadette, Ève, était au tout début du sien. Laura profitait de ces moments de calme pour faire le ménage de l'appartement de la rue Saint-Cyrille. Dix ans auparavant, son embauche comme servante chez sa tante Flavie ressemblait à un acte charitable envers une gamine efflanquée, sous-alimentée et épuisée de misère, mais aujourd'hui, ce coup de chance devenait une douce prison. On s'attendait à la voir disponible à toute heure, tous les jours de la semaine. Toutefois, Laura avait tellement manqué de tout dans son enfance que reprendre sa liberté lui paraissait menaçant. Jolie, menue mais tout à fait bien proportionnée, la jeune femme de vingt-six ans attirait les regards des jeunes gens sur le parvis de l'église Saint-Jean-Baptiste. Toutes les avances, les invitations à sortir s'étaient jusque-là heurtées à un refus maladroit, inquiet. Qui, de sa tante Flavie si bien mariée et disposée à la garder comme domestique, ou d'un époux toujours à dénicher, lui donnerait la meilleure sécurité ?

Une fois la maison rangée, elle sortait faire des courses, ce qui lui procurait l'occasion d'une longue balade agréable. Une épicerie se trouvait rue Saint-Jean, vers l'est. À l'aller cela représentait une jolie promenade, au retour aussi puisqu'un garçon équipé d'une bicyclette ferait la livraison des denrées un peu plus tard dans la matinée.

Dès qu'une clochette signala l'entrée de Laura dans le commerce, un commis portant un tablier et un canotier sur la tête l'accueillit avec le sourire.

— Mademoiselle Poitras, comment vous portez-vous ?

— Très bien, monsieur Bernard.

Tous les deux se connaissaient depuis des années, au gré de ces visites pour faire les provisions et des salutations brèves à l'entrée ou à la sortie de la messe.

— Je ne vous vois presque plus, remarqua le commis.

— Pourtant, je me trouvais ici il y a quatre jours.

Le propriétaire du commerce se promenait parmi les étals pour vérifier l'état de ses réserves, un bout de crayon posé sur son oreille. Il regarda les deux jeunes gens – pas si jeunes en réalité, mais ils présentaient des maladresses d'adolescents. Peut-être ce minaudage les conduirait-il quelque part.

— Donc le temps me paraît long quand je ne vous vois pas, conclut l'employé avec un sourire un peu moqueur.

Laura se troubla, préféra chercher un morceau de papier dans son petit sac au lieu de répondre, puis le tendit en rougissant.

— Voilà la liste de Flavie.

Si la tenue noire de domestique lui allait maintenant comme un gant, si elle présentait tout le savoir-faire d'une employée de maison, elle n'avait pu prendre l'habitude d'évoquer sa parente en disant «Madame», ni même «ma tante». L'homme parcourut les quelques lignes et dit tout de suite :

— Vous n'avez certainement pas des billets de rationnement pour autant de viande. Pas pour une famille de quatre personnes, cinq avec vous.

Après des années dans ce commerce, ce genre d'information ne lui échappait pas.

— C'est à cause de l'invitation pour dimanche. Pour le repas de Pâques, il y aura les parents de monsieur Picard à la maison…

Dans le cas de son patron, les formes de politesse venaient naturellement à Laura.

— Sa sœur sera là aussi, insista-t-elle pour mieux justifier ces agapes.

— Je veux bien, mais la loi sur le rationnement ne prévoit rien au sujet des repas familiaux. Dans le cas du sucre aussi, vous dépassez la limite.

Dans tous les numéros de tous les journaux, un encadré demandait de restreindre la consommation de sucre. Les Canadiens devaient se plier à cette règle, même s'ils ne voyaient pas en quoi boire un café plus âcre servirait l'effort de guerre.

— … Je ne sais pas quoi vous dire. Il s'agit de la liste de Flavie.

— Peut-être les invités voudront-ils vous donner des coupons. Si vous revenez avec ceux-ci, je remplirai votre commande tout de suite…

L'homme s'arrêta, puis se reprit, attentionné :

— Pour vous éviter de refaire le trajet une seconde fois, je vous porterai ces victuailles à la maison à la fin de la journée. Vous me remettrez les tickets à ce moment-là.

— Leur demander des coupons revient à les faire payer, comme au restaurant.

L'employé regarda son patron dans l'espoir qu'il vienne à son secours. Dire non à une jolie fille, ou à une excellente cliente, lui pesait visiblement.

— Donne-moi ça, dit le propriétaire du commerce.

Il tendit la main pour prendre la liste, la regarda un moment.

— Ça ne dépasse pas tant que ça la limite. André va vous donner le tout. Si vous dénichez les coupons manquants, vous nous les remettrez la prochaine fois. Cependant, on ne vous rendra pas service de cette façon à chacune de vos visites. Si votre bourgeoise ne comprend pas la réglementation, je pourrai téléphoner pour la lui expliquer.

Le ton sévère mit un peu de rose aux joues de Laura. L'épicier dit un peu plus bas pour se justifier :

— L'amende pour les marchands qui contreviennent au rationnement coûte cher. Si votre patron tient aux repas en famille, il devra s'habituer aux bouillis avec beaucoup de légumes, et juste un peu de viande. C'est la même chose pour tout le monde.

La cliente hocha la tête et le remercia d'un sourire hésitant.

Bientôt, des opportunistes imprimeraient de faux coupons de rationnement, des commerçants se livreraient sans vergogne au marché noir, des citadins trouveraient des cultivateurs chez qui s'approvisionner directement.

Les mesures de restriction n'existaient pas depuis assez longtemps pour que la débrouillardise populaire permette déjà de les contourner.

❖

Le matin, que ce soit pour venir au cabinet du docteur Hamelin ou à l'hôpital Jeffery Hale, Thalie se réjouissait de renouer avec le genre humain, bien que celui-ci fût souffrant. On ne parlait plus du cabinet du docteur Caron à présent : à soixante-quinze ans bien sonnés, celui-ci sortait très rarement de sa retraite. Les malades défilaient toujours dans le bureau de la praticienne à un rythme rassurant. De façon un peu étrange, la guerre apportait la prospérité au pays. Maintenant, peu de gens devaient se priver d'une consultation faute d'argent, même s'ils n'habitaient pas la Haute-Ville.

Plus récemment, Thalie se réjouissait aussi de retrouver régulièrement son amie Élise en ces lieux. La fille de cette dernière, Estelle, ne se consacrait plus qu'à sa petite famille, composée maintenant de trois enfants et d'un époux rarement disponible, car il allongeait les heures à son cabinet d'avocat. Le rôle de réceptionniste revenait donc plus souvent à Élise. En outre, sa présence dans la grande maison de la rue Scott gênait un peu. À cause de l'épouse d'Antoine, il s'y trouvait maintenant une femme... pas nécessairement de trop, mais tout de même un peu encombrante.

À la façon d'un rituel, à midi les deux amies se retrouvaient dans le bureau de Thalie pour manger. La réceptionniste arrivait avec un plateau portant deux assiettes et deux tasses de café.

— Je me sens un peu coupable, dit la médecin en dégageant la surface de sa table de travail. Voilà que ta mère me nourrit plusieurs jours par semaine.

— Selon ses dires, elle ne peut s'habituer à cuisiner pour deux vieux qui mangent comme des oiseaux. À l'entendre, tout cela irait à la poubelle, en notre absence.

— Alors, faisons honneur à ses talents. Tellement de gens manquent du nécessaire en Europe.

Les histoires de famine noircissaient les pages des journaux avec régularité. Même au Royaume-Uni, maintenant que la plupart des hommes se partageaient entre les casernes et les industries de guerre, les bras manquaient pour semer et récolter. Le Canada y envoyait tous ses surplus de vivres.

— Tous les jours, toutes ces histoires d'horreur me chavirent le cœur, dit Élise. Heureusement, les garçons sont assez âgés pour échapper à l'enrôlement. Le mien et les deux de Fernand.

La précision n'était plus vraiment nécessaire. Avec le temps, elle en venait à croire qu'il s'agissait de ses propres enfants.

— Même Charles?

— Peux-tu croire que ce grand adolescent va avoir vingt-quatre ans au mois d'août?

— Comme le temps s'ajoute aussi sur mes épaules à la même vitesse, oui, je le crois.

Le dépit marquait la voix de l'omnipraticienne. Comme elle était née en 1900, le calendrier lui renvoyait son âge chaque fois qu'elle le consultait.

— Tu penses que le gouvernement va augmenter cet âge limite de vingt-quatre ans? Antoine sera père dans moins d'un mois, mais dans le cas du benjamin…

Le ton d'Élise trahissait une réelle inquiétude pour son beau-fils Charles.

— Maintenant que les États-Unis sont impliqués dans le conflit, le Royaume-Uni et les dominions en auront moins à supporter. Je ne crois pas que d'autres classes d'âge seront conscrites au Canada.

Thalie se montrait plus optimiste qu'elle ne l'était en réalité. Les Allemands se trouvaient toujours maîtres de l'Europe, et il faudrait encore des mois avant de voir le premier Américain au front.

— D'un autre côté, continua son amie, toute cette histoire de plébiscite vise un seul objectif: permettre au gouvernement d'envoyer tous les enrôlés sur les champs de bataille.

Depuis quelque temps, tout le Canada s'agitait sur cette grande consultation populaire. Les gens seraient appelés à voter dans trois semaines, ce qui risquait de modifier les règles de recrutement dans l'armée.

— Le premier ministre King répète tous les jours : "la conscription si nécessaire, pas nécessairement la conscription", ricana Thalie.

— Avec des engagements comme ceux-là, s'il vendait des aspirateurs, je n'achèterais rien.

William Lyon Mackenzie King construisait sa carrière avec des déclarations ambiguës, dans lesquelles tout le monde finissait par trouver son compte. La médecin orienta la conversation sur un sujet moins préoccupant.

— Louise… Dois-je l'appeler ta belle-bru, puisque c'est la femme de ton beau-fils Antoine ?

— Sans doute. Comme elle est plutôt jolie, les gens peuvent prendre l'expression au pied de la lettre.

— La cohabitation demeure toujours aussi difficile ?

Les rapports de bru à belle-mère faisaient l'objet de saynètes humoristiques nombreuses, tellement la présence de deux femmes dans une même maison pouvait multiplier les situations délicates.

— Si la pauvre était juste un peu moins timide, nos relations deviendraient plus simples. Là, elle me demande la permission pour prendre une seconde tasse de café ou aller s'asseoir un moment dans le jardin.

— Comme il y a beaucoup de monde dans la maison, vous ne pouvez échanger en tête-à-tête, devenir familières l'une avec l'autre. Là, les trois enfants sont réunis.

— Oui, tout le monde cohabite sous le même toit. Béatrice est revenue des États-Unis pour quelque temps, deux ou trois semaines de congé.

Tout en mangeant, les deux femmes continuèrent d'échanger les dernières nouvelles relatives aux enfants de Fernand. La tasse de café à la main, Thalie revint sur le sujet de la bru :

— Après la naissance de son enfant, Louise prendra sans doute plus d'assurance. Elle doit se sentir comme une visiteuse, maintenant. Bientôt, elle se prendra pour la reine-mère.

Il ne pouvait s'en trouver deux dans la même ruche : des orages étaient à prévoir.

— Fernand songe à vendre la maison à Antoine. Peux-tu imaginer un père plus généreux ? Si cela se réalise, ce sera à mon tour de me sentir comme une intruse.

Élise n'entendait pas s'attarder sur cette question, tellement cette initiative remettrait en cause son propre statut. Dans les circonstances, mieux valait changer tout à fait le sujet de la conversation.

— Toi, comment vas-tu ? Jamais tu ne me parles de toi.

— Pourtant, je te dis tout ce qui m'arrive. Je mange chez mon frère ou chez ma mère une fois par semaine, autrement je prends mes repas en vieille fille, je vais au cinéma en vieille fille, je passe mes soirées à lire ou à écouter la radio, comme une vieille fille.

Le visage assombri par le dépit, Thalie posa sa tasse sur le plateau avec bruit. Son amie jugea préférable de ne rien ajouter.

Ces repas en famille demeuraient le clou de la semaine de Thalie. Il ne s'agissait pas d'une joie sans réserve. D'abord, contempler deux couples visiblement bien assortis la rendait toujours morose. À quarante-deux ans, les chances que ça lui arrive devenaient nulles.

Même son neveu et sa nièce la décevaient un peu. Au début du repas, Alfred lui avait demandé :

— Voulez-vous du pain, ma tante ?

Une politesse irréprochable. À seize ans, posé et sérieux, l'adolescent montrait déjà l'homme qu'il serait. Plus de tutoiement, plus de Tathalie. Le « ma tante » sonnait un peu comme un « madame » dans sa bouche. Toutes les marraines auraient été contentes d'avoir un pareil filleul. Pas Thalie. Il lui manquait les caresses, les baisers, les confidences d'un enfant.

Ève se révélait toujours aussi spontanée que lors des années passées, mais d'ici un an ou deux, elle se considérerait comme une grande fille. Si sa famille était plus pauvre, elle travaillerait déjà dans une manufacture ou dans un commerce.

— Laura s'est montrée très embarrassée en revenant de l'épicerie, racontait Flavie. Un peu plus et vous vous seriez contentés d'une soupe aux légumes. Dès jeudi, nous étions à court de coupons.

— Nous pourrions vous donner quelques-uns des nôtres, proposa Marie. Je dois en avoir dans mon sac à main.

— Ce ne sera pas nécessaire, reprit la maîtresse de maison. Le commis semble avoir un petit coup de cœur pour ma nièce. Sans doute ému par cette idylle qui demeure dans l'œuf, son patron a fermé les yeux, mais la prochaine fois nous devrons obéir à la loi.

— Tout de même, intervint Paul Dubuc, quand nous reviendrons nous vous donnerons des tickets ; vous ferez de même quand nous vous inviterons.

L'ancien politicien aurait très bientôt soixante-dix ans. Les cheveux complètement blanchis, de même que les sourcils, il faisait un « beau vieux ». Toujours en bonne santé, il devenait plus frêle. L'homme en voulait à tous les pays belligérants, car la guerre le privait de son projet d'un grand voyage autour du monde. Et rien ne garantissait qu'il ne meure pas avant la fin du conflit.

— Paul, dit Mathieu, savez-vous si le gouvernement provincial prendra une position unanime sur le plébiscite ?

Les libéraux étaient revenus au pouvoir dans la province en 1939 avec une promesse ferme, formulée par les libéraux fédéraux : celle de ne jamais recourir à la conscription pour le service outremer. L'enrôlement obligatoire pour le service au Canada existait depuis 1940. Le plébiscite devait libérer le cabinet de Mackenzie King de l'engagement pris avant la guerre, afin d'envoyer ces soldats en Europe si nécessaire.

— René Chaloult a déposé une motion voulant que l'Assemblée législative appuie le "Non", commença l'ancien ministre, mais si on en vient là, le vote sera divisé, ne serait-ce qu'à cause des ministres de langue anglaise. Puis, bien des Canadiens français refuseront de donner leur appui, Godbout le premier. Il est trop mouillé dans l'effort de guerre pour faire autrement.

— Je ne sais trop quoi en penser, dit Flavie. D'un côté, on raconte des histoires horribles sur ce que font les Allemands en Europe, pire encore sur le compte des Japonais. De l'autre, je ne voudrais pas voir un seul garçon envoyé là-bas de force, les nôtres et ceux des autres pays.

Son regard chargé d'inquiétude s'attardait sur son fils, Alfred.

— Toutes ces histoires sont bien exagérées, déclara ce dernier. Les professeurs du collège nous ont expliqué qu'il s'agissait de propagande.

Quand le grand adolescent se mêlait des conversations d'adultes, un peu de rose lui montait aux joues. Il fréquentait le collège des jésuites, situé un peu plus loin vers l'ouest, rue Saint-Cyrille.

— Bien sûr, dit Mathieu en s'adressant directement à lui, les journaux ne publient que ce qui convient au gouvernement canadien, et ultimement à celui du Royaume-Uni. Tu as remarqué, pour chacune des grandes batailles, on nous dit que les Alliés ont l'avantage plusieurs jours d'affilée, pour finalement nous annoncer une défaite. Si tu lis les journaux américains, les choses vont mal à Singapour ; dans les nôtres, c'est exactement le contraire.

Le Japon additionnait les victoires depuis Pearl Harbor. Les quelques bombardiers envoyés au-dessus de Tokyo n'y changeaient rien. L'arrivée des Américains dans le conflit du côté des Alliés se trouvait contrebalancée par l'ouverture de ce nouveau front en Extrême-Orient.

— À ta place, continua le père, je soustrairais un peu des horreurs rapportées à propos des forces d'Hitler, puis j'en ajouterais un peu dans les grands exploits des nôtres. Comme ça, tu seras plus près de la vérité qu'en prêtant l'oreille à ces porteurs de soutane.

La recommandation était formulée sur un ton suffisamment mesuré pour ne pas vexer le grand garçon. Alfred hocha la tête pour signifier son accord avec son père.

— Tu dis d'enlever juste un peu à ces horreurs ? demanda Thalie. La réalité est si cruelle ?

Mathieu posa les yeux sur sa fille, qui montrait un visage un peu effaré. Impossible de lui dissimuler les pages titre des journaux. Les nouvelles du front, même incomplètes, valaient bien des insomnies à Ève.

— Tu te souviens de la bataille de Nankin ? répondit Mathieu à sa sœur.

La médecin hocha la tête.

— Même les journaux de Montréal ont évoqué un étrange concours, avec des photos des participants en première page. Ça te dit quelque chose ?

Un haut-le-cœur amena Thalie à porter la main devant sa bouche.

— *La Patrie* a reproduit des photographies des premières pages des journaux de Tokyo. Personne n'essayait de le cacher, l'affaire était véridique. Les protagonistes n'ont pas changé leurs méthodes.

Selon des publications nippones, deux officiers se livraient alors à une compétition pour savoir lequel couperait le plus de têtes avec son sabre. L'épisode ne représentait qu'une petite partie des horreurs survenues à Nankin.

— Je vais voter "Oui", murmura Thalie.

— Moi aussi, dit son frère. Je pense que je serai le seul de cet avis au magasin, sur plus de cent employés.

— Tu n'y penses pas ! intervint Flavie. Cet été, Alfred devra s'enregistrer.

La mère s'inquiétait tellement de le voir un jour dans un uniforme kaki, une arme entre les mains.

— L'enregistrement sert à inventorier la main-d'œuvre canadienne, même les femmes doivent s'inscrire, tempéra son mari. Pour un garçon qui ne va pas aux études, cela signifie qu'on pourrait l'affecter à une tâche utile à l'effort de guerre, où l'amener à s'enrôler pour le service au Canada dans quelques années. Aucun étudiant n'est astreint à autre chose qu'à un entraînement d'officier. Notre fils n'aura son diplôme que dans sept ou huit ans.

Depuis la naissance d'Alfred, son passage à l'université était évoqué comme une certitude. Même si cette éventualité ne lui déplaisait pas, le garçon aurait aimé qu'on le consulte à ce sujet.

— Pour le service au Canada, dit Flavie, les classes de citoyens âgés de vingt et un à vingt-quatre ans sont déjà appelées.

— Sauf pour les étudiants, précisa Mathieu.

— Pourquoi parler de conscription ? s'enquit Marie d'une voix un peu grinçante. En 1917, on recrutait de force les dix-sept à vingt et un ans pour le service outremer. De ton côté, tu t'es enrôlé à dix-sept ans.

La pauvre demeurait encore blessée de cette décision. Qu'il se prononce pour le « Oui » lui inspirait la plus grande colère. Comment pouvait-il courir le risque de faire planer une menace de conscription sur Alfred ?

Cette consultation populaire divisait les familles. Flavie ne voterait pas comme son époux. Marie devinait qu'il en irait de même chez elle. Que son petit-fils fasse comme son fils vingt-cinq ans plus tôt lui paraissait possible, mais intolérable. Au moins, elle se réjouissait de voir Alfred s'exprimer toujours en faveur de la Ligue pour la défense du Canada. Depuis deux ans, elle bénissait le nationalisme des jésuites.

Paul Dubuc trouvait la conversation trop morose, imaginer des morts par milliers ruinait sa sérénité. Il l'amena sur un autre terrain :

— L'idée de me vendre la seconde partie de cet immeuble te sourit-elle encore ? demanda-t-il à Mathieu.

— Penses-y bien, intervint Marie. Les logements à louer et les maisons à vendre sont rares.

Son inquiétude s'orientait maintenant dans une autre direction, cependant beaucoup moins dramatique que la guerre. Parce qu'il entraînerait un déménagement, le projet de son époux ne lui plaisait guère. Cela ne tenait pas tant à la crise de l'immobilier qu'à son désir de demeurer toujours proche de son fils et de ses petits-enfants. Dans ses rêves les plus fous, elle s'imaginait encore à quatre-vingt-dix ans au magasin PICARD avec Mathieu comme directeur, Alfred comme directeur adjoint et Ève comme vendeuse au rayon de vêtements pour femme. Sa grande difficulté était de faire une place à Thalie dans ce fantasme.

— Rien ne nous empêcherait de les garder comme locataires tout le temps nécessaire pour leur permettre de penser à de nouveaux arrangements, dit Paul à son intention.

Puis l'homme s'adressa directement à son beau-fils.

— Là, je touche la moitié du loyer du troisième. Je peux me payer toute la maison. Si je profitais de celui de deux étages, cela augmenterait mon revenu, puis un jour celui de Marie.

Comme à chaque fois que Paul évoquait sa situation après sa disparition, sa femme fut prise d'un coup de cafard. Dans la rubrique nécrologique du *Soleil*, la plupart des défunts avaient moins de soixante-dix ans, le simple réalisme rendait nécessaire d'aborder le sujet. Un véritable mari lui était venu tard dans la vie et elle tenait à en profiter encore longtemps.

— L'idée comporte bien des points positifs, reconnut Mathieu. L'une de ces maisons modernes d'un étage, construites en direction de Sainte-Foy, nous conviendrait très bien.

Les hésitations de sa femme, souvent répétées, l'amenèrent à conclure :

— Passer à l'action tout de suite me paraît toutefois un brin prématuré, tellement il y a des incertitudes.

Marie échangea un regard soulagé avec sa bru. Toutes les deux, pour des raisons différentes, tenaient à conserver leurs arrangements actuels pour l'avenir prévisible.

Chapitre 2

En ce dimanche après-midi de Pâques, Édouard se tenait dans la salle de montre de sa concession automobile, totalement dépité. Les deux véhicules les plus récents se trouvant là avaient été fabriqués en 1940, et on était en 1942.

— Quand je pense à tout le mal que je me suis donné pour avoir un garage Chevrolet, confia-t-il à son compagnon, me voilà revenu à vendre des vieux chars.

Ces efforts, Oscar Drouin s'en souvenait très bien. En 1936, aucun membre du nouveau cabinet de l'Union nationale n'avait échappé à ses demandes pour bénéficier du patronage. Son amitié avait eu quelque chose de bien gênant pendant des semaines.

— Il y a quelques mois, remarqua-t-il, tu exposais les derniers modèles du fabricant. Pourquoi n'est-ce plus le cas maintenant?

— Parce que je n'arrive pas à en avoir d'autres. En décembre dernier, les États-Unis sont entrés dans la guerre. À présent, tous les constructeurs d'automobiles américains se convertissent dans la production militaire.

Il avait fallu le bombardement japonais de Pearl Harbor, le jour de l'Assomption de 1941, quatre mois plus tôt, pour entraîner le grand pays dans la tourmente. Depuis, toute sa capacité de production se mobilisait pour remplir les champs de bataille de matériel nouveau.

— Dans les circonstances actuelles, c'est déjà difficile, continua le vendeur de voitures avec impatience. La situation ira de mal en pis avec la mesure absurde des 4 000 chars. Voilà de quoi me casser les reins.

Son interlocuteur lui jeta un regard en biais, intrigué.

— Tu n'as pas vu la nouvelle dans les journaux?

La colère croissait dans le ton d'Édouard, au point où Oscar Drouin s'inquiéta d'avoir manqué une information essentielle. Le marchand expliqua :

— Un génie d'Ottawa a décidé que les concessionnaires canadiens disposeraient d'un total de 4 000 voitures d'ici la fin du conflit.

Ce génie, à n'en pas douter, se nommait Clarence Decatur Howe, le ministre des Munitions et des Approvisionnements. Ses politiques visaient à consacrer toutes les ressources nationales à la guerre. Pour cela, la consommation privée devait s'arrêter, sauf pour les biens essentiels.

— Te rends-tu compte? Les gens vont devoir obtenir un permis du gouvernement pour acheter un char, avec l'obligation de prouver qu'ils en ont absolument besoin, puis ils vont attendre leur tour. Avec une limite de 4 000, la livraison se fera des années plus tard.

— J'ai bien vu un titre de journal là-dessus, admit Drouin, mais je n'ai pas fait attention.

Le politicien se retint de défendre le bien-fondé de la mesure. Après la défaite de la France deux ans plus tôt, le Royaume-Uni et les dominions avaient porté seuls l'effort de guerre. Ensuite, l'Union soviétique avait représenté une proie facile pour les Allemands. Les États-Unis ne participaient pas au conflit depuis assez longtemps pour faire une différence, et ils devaient se partager entre le conflit en Europe et l'autre, dans le Pacifique. En conséquence, ce développement n'allégeait pas les engagements du Canada.

— Quatre mille véhicules pour tout le pays! rageait le marchand. Si j'en vends trois cette année, je pourrai me compter chanceux.

— Avant la guerre, tu faisais de bonnes affaires. As-tu pu te constituer des réserves?

Les «bonnes affaires» avaient permis à Édouard de vivre de façon décente, pas d'amasser une fortune. À la fin, estimant avoir assez longuement fait pitié, il précisa avec l'esquisse d'un sourire:

— Remarque, la rareté fait en sorte que le prix des bazous va en augmentant. Ici je vendrai de vieilles Chevrolet, dans mon taudis de Limoilou toutes les autres marques. Avant 1939, les clients se faisaient rares, là ils se bousculent, mais je n'ai pas grand-chose à vendre.

Oscar Drouin se sentit un peu soulagé. Au moins, cette fois son ami ne lui réclamait pas un appui politique. À la fin, les quémandages ruinaient les amitiés.

— Bon, viens t'asseoir, on a le temps de prendre un verre.

Le marchand l'entraîna vers son bureau placé dans un coin de la salle de montre et trouva une bouteille et deux verres propres dans l'un de ses tiroirs.

— Installe-toi là, monsieur le ministre, dit-il en lui désignant une chaise, je te sers.

Le visiteur réalisait un tour de force peu commun, se retrouvant ministre dans un troisième cabinet successif, pour deux partis politiques différents: libéral en 1935, unioniste en 1936, libéral de nouveau depuis 1939.

— Comment ça se passe, au travail? demanda Édouard en lui tendant sa boisson.

— Les Affaires municipales, l'Industrie et le Commerce, ça n'a rien d'enlevant, tu sais. La grande question depuis plusieurs mois, c'est de remettre de l'ordre dans l'administration de Montréal.

— Ces temps-ci, des occasions d'avancement se présentent à toi. Vas-tu tenter de devenir premier ministre ?

Bien que surprenante, la question n'avait rien de fantaisiste. Le lieutenant politique du premier ministre fédéral William Lyon Mackenzie King et député de Québec-Est, Ernest Lapointe, venait de mourir. Une place était à prendre, et la rumeur disait que le premier ministre provincial, Adélard Godbout, l'occuperait. Alors, son propre poste deviendrait vacant.

— Toutes ces rumeurs n'ont aucun fondement. Notre chef veut demeurer à la tête du cabinet par sens du devoir. Puis même s'il partait, quelqu'un assumerait l'intérim, ce ne serait pas définitif. On ne tient pas une campagne à la direction du parti quand on est au pouvoir, surtout en pleine guerre.

— Justement, cet intérim, il pourrait te revenir. Tu serais ensuite en bonne position.

L'insistance d'Édouard devenait blessante, car elle obligeait son visiteur à préciser :

— Personne ne m'a parlé de cette possibilité. Je ne figure pas dans les plans de ceux qui dirigent le parti.

— Je comprends, tu es trop nationaliste pour ça, puis tu appuies le camp du "Non". Ils veulent sans doute placer là un impérialiste qui les laissera envoyer tous les Canadiens français au front. Alors, ils seront bien débarrassés de nous.

Même si elle s'avérait exacte, la première partie de la remarque n'en était pas moins désobligeante. On ne confierait pas la province aux soins d'un homme qui s'opposait à la conscription en 1917, et ne s'y montrait pas plus favorable en 1942.

Le vendeur d'automobiles continua :

— Vingt-cinq ans plus tard, nous revivons exactement la même situation : le service outremer nous pend au-dessus de la tête. Les Anglais ne nous manqueront pas cette fois, tu vas voir.

Dans l'éventualité d'un « Oui » au plébiscite, le gouvernement pourrait agir à sa guise. Le marchand se plaisait à prévoir le pire.

— Allons-nous passer la soirée à contempler tes deux Chevrolet, ou irons-nous souper ? demanda Drouin.

L'homme s'impatientait. Il sacrifiait un repas en famille pour tenir compagnie à un ami volontiers indélicat. Tôt ou tard, son vieux compagnon lui mettrait le nez sur les contradictions entre ses allégeances successives : quitter un parti politique nationaliste, isolationniste, mais conservateur, pour en rejoindre un autre progressiste et partisan de l'effort de guerre.

— J'ai décidé de nous gâter : j'ai réservé au Château Frontenac. Allons-y.

« Décidément, ses affaires se sont améliorées », se dit le ministre. Avec un peu de chance, le sujet de la conscription ne reviendrait pas sur le tapis.

❖

Les invités de Mathieu se dispersèrent à la fin de l'après-midi, assez tôt pour permettre au couple Dubuc de respecter un autre engagement : la fille aînée de Paul, Françoise, le recevrait à souper. Thalie ne voulut pas s'attarder, elle quitta aussi la maison du boulevard Saint-Cyrille. Hésitante en arrivant au coin de la rue Cartier, elle décida finalement de marcher vers le nord, en direction de la rue Saint-Jean.

Une fois de temps en temps, la praticienne effectuait le même trajet, afin de passer devant la boutique de Victor Baril, son amant pendant quatre ans. Sa plus longue relation, la seule ayant vraiment compté. Ce pèlerinage se déroulait toujours le dimanche, car elle souhaitait éviter d'être aperçue depuis l'intérieur du commerce à travers la vitrine. Déjà, la démarche la rendait honteuse ; que son ancien amant constate sa solitude l'aurait complètement démoralisée. Souvent, elle repassait les événements de 1936 dans son esprit, désireuse de les peser de nouveau, de les remettre en cause.

Victor prétendait alors que son curé laissait planer la menace d'une condamnation publique s'il continuait de fréquenter une femme à la réputation douteuse. Le marchand avait évoqué le mariage comme solution à une situation autrement inextricable. Pas sous la forme d'une demande formelle, toutefois. Évidemment, l'accueil de Thalie ne l'avait guère encouragé à poursuivre dans cette direction.

De son côté, la crainte de perdre son autonomie la rendait réfractaire à ce projet. Jamais elle n'avait vraiment discuté des aménagements possibles à leur mode de vie respectif. Marie n'avait rien perdu de sa liberté lors de son mariage avec Paul, donc la chose s'avérait possible. Alors, pourquoi avoir préféré rompre immédiatement ? Sans doute parce que Victor n'était pas l'homme pour lequel elle accepterait de tout remettre dans la balance. En rencontrerait-elle un avant d'atteindre un âge avancé ?

Six ans après la rupture, son choix lui semblait coûter très cher. Les « J'aurais donc dû » hantaient son esprit.

Bientôt, Thalie arriva devant le magasin de musique. On y vendait encore des disques, des partitions et des instruments. Pour cet homme, comme pour tous les autres marchands, la guerre amenait une nouvelle prospérité, suffisante pour que toute la façade ait été refaite. Debout sur le trottoir, elle essuya les regards de quelques voisins. Ceux-ci la reconnaissaient sans doute. Avec leurs railleries, ils avaient participé au développement du désir de son amant de l'épouser. Sur les commentaires indélicats adressés aussi à son compagnon, elle s'était montrée sceptique.

Perdue dans ses pensées, l'omnipraticienne ne remarqua pas la vieille voiture ralentir puis s'arrêter de l'autre côté de la rue. Quand elle reconnut Victor, il était trop tard pour prendre la fuite, à moins de sacrifier toute sa fierté. Autant crâner, jouer non pas le rôle de l'indifférente, ou de l'ancienne amante prise de regrets, mais celui de la vieille amie. Au moment où l'homme descendait de son automobile pour en faire le tour et ouvrir la portière de la passagère, elle s'engagea sur la chaussée. Il la regarda s'approcher, sans trop savoir quelle attitude adopter.

— Il me semblait bien t'avoir reconnu, commença-t-elle, tendant la main. Comment vas-tu ?

Victor ne put faire autrement que l'accepter, puis il répondit, visiblement très embarrassé :

— Bien… bien. Et toi ?

— Moi aussi, si je ne songe pas à la charge de travail devenue trop lourde.

— Ah oui ! Toujours le travail.

Le ton un peu railleur la blessa. Pour toutes ses décisions, elle présentait invariablement la même justification : sa carrière. Pire, Victor ne la regardait pas en s'adressant à elle. Il aidait plutôt une autre femme à descendre de la voiture. Pas encore trente ans, celle-ci présentait à la taille l'arrondi d'une grossesse rendue dans son septième, sinon son huitième mois. Dans ses bras, une fillette un peu boudeuse fixait des yeux curieux sur l'inconnue. Le marchand avait trouvé une autre candidate au mariage quinze mois après leur séparation. Ensuite, la nature avait suivi son cours.

L'épouse serrait les mâchoires, incapable de dissimuler son ressentiment pour la mauvaise femme ayant entraîné son mari dans une vie de péché des années plus tôt. Son fardeau l'empêchait de tendre la main, ni pour un geste d'amitié, ni pour la gifler.

— Tout se passe bien pour vous ? demanda Thalie, essayant d'adopter le même ton que dans son cabinet de consultation.

La jeune mère lui tourna délibérément le dos, prononçant d'une voix exaspérée :

— Déverrouille-moi la porte, je suis fatiguée, je veux monter tout de suite.

Victor commença par prendre sa petite fille dans ses bras, puis il sortit une clé de sa poche pour ouvrir. En se tournant à demi, il déclara à l'intention de Thalie :

— Je dois rentrer maintenant. Les garçons, vous venez ?

Du coin de l'œil, l'omnipraticienne les avait regardés descendre du véhicule. Georges, le plus âgé, avait dix-huit ans. Son sourire trahissait une joie un peu méchante. Lui ne se trompait pas sur les motifs de sa présence en ces lieux : la femme aux mœurs douteuses disparue depuis des années regrettait toujours sa décision de 1936. De son côté, Aimé paraissait peiné, toujours blessé de l'avoir vue disparaître de sa vie.

— Bonjour, lui dit la médecin. Tu es devenu un beau jeune homme.

Seize ans, des traits délicats, toujours sensible : Thalie reconnaissait l'adorable enfant qu'il était lors de leur dernière rencontre. Il fut le premier des garçons à entrer dans le commerce sans prononcer un mot. Georges, de son côté, aimait savourer sa victoire.

— Bonne soirée, docteure Picard, dit-il, sarcastique. Venez-vous souvent vous promener sous nos fenêtres ?

Lui aussi disparut dans le magasin de musique.

❖

Béatrice était revenue à Québec le Mercredi saint. Elle désirait passer quelques semaines avec sa famille avant d'entreprendre la dernière ligne droite de ses études. Pendant son séjour, elle entendait en profiter pour renouer avec ses amies du couvent. Ces rencontres la laissaient perplexe. Tout comme ces autres jeunes femmes, elle avait maintenant vingt-cinq ans. Ces dernières se trouvaient mariées depuis deux, trois, parfois cinq ans ; toutes s'occupaient aujourd'hui de leurs enfants.

Surtout, ces quelques semaines lui permettraient de rétablir ses liens avec sa famille. Elle avait quitté la demeure familiale six ans plus tôt. Ses frères habitaient maintenant tous les deux chez leur père, mais des bouleversements domestiques étaient prévisibles. Avec la venue du bébé d'Antoine, Charles voudrait sans doute se dénicher de nouveaux quartiers. Tous les deux s'installaient ainsi dans leur vie d'adulte, cela renforçait son impression de devenir une étrangère.

La veille, un coup de téléphone l'avait laissée perplexe. Un rendez-vous avait été convenu et, comme prévu, elle entrait dans le Château Frontenac un peu avant quatre heures. À chacune de ses visites depuis deux ans, elle était toujours surprise par l'abondance des hommes en uniforme dans tous les lieux publics. Dans le grand hôtel, un client sur deux appartenait à l'armée, à la marine ou à l'aviation ; les plus hauts gradés avaient leur logis permanent à cet endroit.

La salle à manger accueillait un escadron de femmes respectables venues prendre le thé. La présence d'officiers dans les parages attirait un lot de célibataires, un trio de musiciens dans un coin permettrait aux plus chanceuses – celles qui se trouveraient un partenaire – de danser un peu.

43

Béatrice choisit une table près de l'entrée, afin de ne pas rater l'arrivée de son demi-frère, Jacques Létourneau. À l'heure convenue, elle vit la silhouette se découper dans l'embrasure de la porte, un jeune homme mince, grand, ses cheveux blonds coupés ras sur le crâne. Surprise, un peu désemparée même de le voir en uniforme, elle porta ses doigts gantés à sa bouche. Il la repéra tout de suite et vint vers elle en souriant, son képi à la main.

— Tu t'es engagé !

L'émotion brisait un peu sa voix. Elle se leva pour recevoir les bises sur ses joues, puis reprit sa place. Son demi-frère occupa la chaise libre à la petite table.

— Voilà le genre d'initiative qui ne peut pas passer inaperçue.

Le soldat leva ses deux bras pour regarder son uniforme bleu de la Royal Canadian Air Force. Il ne le portait pas depuis assez longtemps pour en avoir tout à fait l'habitude. Pour qu'il tombe si bien, il devait se l'être fait tailler sur mesure.

— Pourquoi as-tu fait ça ? À ton âge, tu échappes à l'enrôlement obligatoire.

Jacques se trouvait au début de la trentaine, or la coercition n'allait pas au-delà de vingt-quatre ans.

— Je ne me suis pas engagé à cause de la loi. Ce fut un choix libre et éclairé.

— Éclairé…

La blonde disait cela avec dépit. L'initiative lui semblait plutôt absurde.

— Au moins tu n'auras pas à aller en Europe, continua-t-elle. Ils n'envoient que les volontaires.

Jusque-là, la conscription ne concernait que le service militaire au Canada, personne ne devait se rendre outremer contraint et forcé.

— J'ai déjà signé pour passer là-bas. Laisser ma carrière juridique pour jouer au soldat à Joliette, Saint-Jérôme ou Valcartier, ce serait ridicule.

Les larmes montèrent aux yeux de Béatrice. Sa main gantée permit de les effacer, puis elle versa du thé dans la tasse de son compagnon pour se donner une contenance.

— Là-bas, des hommes meurent tous les jours. Hier, *Le Soleil* évoquait justement le nom d'un Giroux de la rue Salaberry. Il venait parfois voir Charles à la maison, il y a déjà une dizaine d'années. Le pauvre a été descendu pendant un bombardement sur l'Allemagne.

Ses yeux bleus se fixèrent sur son demi-frère. L'allusion aux victimes de la guerre rabattit un peu l'enthousiasme du jeune homme.

— Je te promets de faire tout mon possible pour que cela ne m'arrive pas. Regarde tous ces gens.

Des yeux, Jacques faisait le tour de la salle, où plus de la moitié des hommes portaient un uniforme.

— Tu verras, la plupart seront de retour à la maison à la fin de la guerre.

— Ça, personne ne le sait. Les Allemands n'ont pas cessé d'accumuler les victoires depuis 1939.

— Le beau temps s'achève pour eux. Les Américains vont mobiliser des millions de soldats.

Béatrice réalisait bien que cette discussion n'ajouterait rien au plaisir de leur rencontre, seulement à son angoisse. Elle rosit un peu en murmurant un «Je m'excuse, je n'ai pas à juger tes décisions». Son demi-frère répondit d'un sourire.

— De ton côté, tout va bien dans ta grande université américaine? demanda-t-il, heureux de changer de sujet.

— Après bien des moments de gêne et toutes les nuances de rouge sur mon visage, je m'habitue. J'ai survécu à la première année, les autres seront plus faciles.

— Tout de même, tu dois te trouver mieux qu'à McGill. Maintenant l'anglais ne fait plus de mystère pour toi.

Elle jugea inutile de préciser que ses erreurs demeuraient nombreuses. Toutefois, jamais plus elle n'éprouvait de difficulté à se faire comprendre.

— Les Américains me répètent que mon accent est *so charming*. C'est bien différent de l'accueil que j'ai reçu en 1936.

— À New Haven ou à Montréal, une jolie fille demeure toujours charmante, avec un accent français ou hongrois. Je sais que tu ne te sentais pas si mal à l'université sur la montagne.

C'était vrai, après les affres des premières semaines, tout était rentré dans l'ordre. Ces commentaires sur son allure lui laissaient toujours un doute. Son manque de confiance diminuait au gré des expériences nouvelles, mais il en resterait probablement toujours quelque chose.

— Te voilà étudiante au cycle supérieur, continua Jacques avec une douce ironie. Une véritable savante. Je parie que tu seras la première dans la province à obtenir un doctorat en psychologie.

— Si je me rends là !

— As-tu une seule raison d'en douter ?

La jeune femme secoua la tête de droite à gauche. Les choses se déroulaient très bien, rien n'autorisait le moindre pessimisme.

— Au cours de la dernière année, aucun Américain ne t'est tombé dans l'œil ? Je te verrais bien avec le capitaine d'une équipe de football.

Encore une fois, le rose lui monta aux joues. Avec son propre gabarit, elle formerait sans doute un joli couple avec un athlète, à moins de vouloir dépasser son cavalier d'un pouce ou deux. Son demi-sourire satisfait indiqua à Jacques qu'elle ne risquait guère de mourir d'ennui : sur ce front aussi, son sort ne laissait pas à désirer. Au lieu de répondre, elle rétorqua :

— Aucune riche héritière de Westmount n'attend ta grande demande ?

— Avant de s'embarquer, ce ne serait pas une bonne idée.

Au moment d'aller risquer leur vie, les volontaires se partageaient en deux groupes. Certains s'empressaient de se fiancer, et même de se marier, comme pour se donner une raison d'espérer. D'autres conseillaient à une promise de reprendre sa liberté, tellement leur sort demeurait incertain. Cette attitude s'avérait certainement la plus respectueuse à l'égard d'une prétendante.

— Viens-tu danser ?

Au son de l'orchestre qui jouait en sourdine, des officiers, pour la plupart de langue anglaise, essayaient leur charme sur des Canadiennes françaises.

— Je ne saurai pas.

— Tu dis ça chaque fois, puis tout se passe bien.

Jacques quitta sa place pour lui tendre la main. Béatrice lui concédait deux pouces, ils formaient un couple séduisant. Après quelques minutes, elle demanda à voix basse :

— Pourquoi as-tu fait ça ?

Inutile de préciser le sens de sa question.

— Tu sais, dans l'ouest de Montréal, les célibataires en costume civil ne sont pas très bien vus. Au point où une carrière peut se trouver menacée.

L'homme disait tout à fait vrai. Passer outre entraînait des accusations de lâcheté. Béatrice comprenait toutefois que des motivations infiniment plus complexes le guidaient, dont la mort à la guerre précédente d'un père qu'il n'avait jamais connu.

— Hier, ton coup de fil m'a prise totalement par surprise.

— Tu sais bien que tu demeures ma seule parente que je fréquente. Je ne pouvais pas m'embarquer sans te revoir.

Thérèse, sa mère adoptive, n'aurait pas droit à cet égard. Des larmes quittèrent la commissure des yeux de la jeune femme.

❖

Quand Béatrice revint à la maison, tout le monde se trouvait déjà à table, mais la soupière demeurait dans la cuisine, sur le réchaud. Dans l'embrasure de la porte de la salle à manger, elle lança :

— Vous auriez dû commencer sans moi.

Avoir fait attendre tous les membres de sa famille la mettait mal à l'aise.

— Tu es de la visite rare, maintenant, dit Fernand en lui désignant sa place, puis les sujets de conversation ne nous manquent pas. Ça nous a permis d'entendre Charles commenter son nouvel emploi.

— Tout de même, j'aurais dû téléphoner. Je m'excuse. J'ai perdu toute notion du temps… Les trois filles d'Adeline sont si charmantes.

Curieusement, alors que ses rapports avec son père demeuraient les meilleurs, elle s'efforçait de lui dissimuler sa relation avec Jacques, comme si le fait qu'elle ait renoué avec le fils illégitime d'Eugénie ressemblait à une trahison. Six ans après leur première rencontre, il lui était de plus en plus difficile de se confier. Elle se faisait l'impression d'avoir une vie familiale parallèle.

— Je vais aider, dit Élise en se levant pour aller à la cuisine.

La présence d'Élise, mariée à Fernand depuis plus de dix ans maintenant, paraissait aussi naturelle que si elle avait été là depuis toujours. Il n'en allait pas de même pour la toute nouvelle venue. Lorsque Louise prenait la parole, sa voix demeurait incertaine.

— Je les vois tous les dimanches à l'église. Ces enfants sont magnifiques.

La jeune femme posait machinalement la main sur l'arrondi de son ventre. Pendant toute la durée de ses études de notariat, Antoine avait fait une cour tout en douceur à Louise Couture. Moins d'un an après avoir commencé à travailler dans le cabinet de son père, il se mariait; dix-huit mois plus tard, il attendait son premier enfant.

Pendant qu'Élise servait la soupe, Béatrice demanda :

— Alors, Charles, la vente d'assurances te rendra-t-elle riche ?

— Seulement si je ne me retrouve pas avec un uniforme sur le dos.

Le ton coléreux du garçon amena tout le monde à se raidir un peu. L'image de Jacques revint immédiatement en mémoire de la jeune femme.

— Moi, je veux travailler, insista son frère cadet. Je ne peux pas recommencer des études juste pour ne pas me retrouver dans un camp militaire. De toute façon, j'en ai fini du programme des Hautes Études commerciales depuis deux ans.

— Tu vas avoir vingt-quatre ans très bientôt, dit Béatrice pour le rassurer. Tu ne seras plus concerné par ce règlement.

Charles secoua la tête, résolu à ne pas se montrer convaincu.

— Tu lis les journaux comme moi. Ça va mal pour les Alliés. Si la tendance se maintient, on y sera encore en 1952. Le maudit plébiscite va permettre à King de faire voter la conscription pour le service en Europe, ensuite il va appeler d'autres classes d'âge. Tiens, je ferais mieux de me marier moi aussi.

Deux ans plus tôt, quand tous les hommes devaient s'enregistrer pour le service national, et même avant cette date pour les plus prévoyants, la course au mariage avait commencé. Parfois, les cérémonies regroupaient de très nombreux tourtereaux; d'autres fois, on procédait dans une sacristie plongée dans la pénombre, avant le lever du soleil, avec les seuls témoins et le prêtre.

Fernand eut une petite toux, incitant son benjamin à ajouter:

— Ce n'est pas que je sois contre le mariage, mais Antoine a trouvé la plus charmante fille de Québec. Maintenant, il me faut attendre une autre perle rare.

Le changement de ton mit tout le monde un peu plus à l'aise. Cela permit à Béatrice de revenir à la charge:

— Alors, la Société des artisans?

Il s'agissait d'une compagnie d'assurances canadienne-française assez prospère. Le jeune homme y occupait un emploi depuis le matin, après des séjours plus ou moins longs dans d'autres entreprises.

— Si je n'avais pas la menace de conscription au-dessus de la tête, je me sentirais tout à fait satisfait. Voilà le meilleur endroit où me préparer à avoir ma propre affaire un jour.

Les différents éléments de sa tâche les occupèrent pendant tout le premier service et une partie du second. Ayant retrouvé tout son enthousiasme, le jeune homme précisa:

— Bientôt, je pourrai me permettre d'avoir mon propre domicile.

Louise Couture, une jolie brunette, baissa les yeux, un peu embarrassée. Sa présence entraînait tous ces bouleversements domestiques.

— Nous avons toute la place qu'il faut, dit Fernand.

La maison, composée de deux volumes rectangulaires, comptait cinq chambres, six si on incluait la grande pièce autrefois occupée par l'aïeule.

— Quand mes neveux et mes nièces vont se multiplier, le vieil oncle dérangera sans doute.

— Le vieil oncle… ricana Antoine.

— Surtout, j'ai vécu quatre ans dans mon propre logis, ça me manque un peu.

Charles affirmait cela après deux ans passés parmi les siens. Il ressentait moins la nostalgie de la maison de chambres de Montréal que l'envie d'avoir son propre appartement. Le notaire trouvait difficile de voir ses rejetons quitter le nid. Béatrice reprendrait la route des États-Unis très bientôt et le plus jeune souhaitait jouir de toute sa liberté. Au moins, Antoine semblait tout à fait disposé à passer sa vie dans la grande demeure.

La famille n'avait pas terminé le dessert quand le benjamin se leva :

— Je m'excuse, il y a un grand rassemblement dans une salle de la ville. Les chefs de la Ligue pour la défense du Canada font le tour de la province, nous devons organiser une manifestation à Québec pour dimanche prochain.

Comme le pays se trouvait pris dans la tourmente, s'opposer à l'effort de guerre ou douter à haute voix de la victoire finale pouvait conduire devant les tribunaux. L'ancien maire de Montréal, Camillien Houde, payait cher son imprudence de s'être opposé à l'enregistrement national : il attendrait la fin de la guerre dans un camp de détention. Mieux valait y mettre des précautions au moment de s'afficher comme partisan du «Non» lors du plébiscite. L'association plaidait que la conscription pouvait seulement se justifier pour la défense du territoire national.

L'argument paraissait irréfutable, car depuis le début de la campagne, les services de censure ne se manifestaient pas.

— Antoine, participeras-tu aussi à ces rassemblements ? demanda Fernand à son aîné.

— Je resterai sagement à la maison. Je m'y sens mieux qu'à chercher noise à la police.

Le garçon dit cela en échangeant un regard avec sa femme.

Charles s'adressa à sa sœur d'un ton un peu narquois, alimenté par le souvenir de toutes les manifestations où il l'avait entraînée quelques années plus tôt :

— Tu viens ? Tu voteras non seulement lors du plébiscite, mais aussi lors des prochaines élections provinciales.

Ce droit avait été accordé aux femmes du Québec seulement deux ans plus tôt, après le retour du Parti libéral au pouvoir au terme de l'épisode de l'Union nationale.

— Comme Antoine, je préfère demeurer ici comme une bonne fille. De toute façon, je serai sans doute repartie avant le plébiscite.

— Tu devrais attendre un peu. Nous aurons besoin de tous les votes.

Le benjamin tenait pour acquis que tous les Canadiens français sans exception se prononceraient pour le «Non». Après un souhait de bonne soirée lancé à la ronde, il quitta la pièce. La perspective de rejoindre seul ses amis militants ne paraissait pas le décevoir.

❖

La vie dans une maison abritant plusieurs adultes amenait son lot de compromis. Louise tendait l'oreille pour surveiller le va-et-vient dans le couloir. Elle entendit la porte de la chambre voisine s'ouvrir puis se refermer. Béatrice se rendait à la salle de bain.

— Une chance que j'en ai terminé des nausées, sinon je devrais courir pour utiliser les toilettes dans l'ancienne chambre de ta grand-mère.

Attendre son tour ne pesait pas sur tous de la même façon. Étendu sur le côté, Antoine dessinait l'échancrure de la robe de nuit de sa femme du bout des doigts, descendant un peu plus bas à chaque passage, appréciant la douceur et l'arrondi du sein. Quand sa paume suivit le même chemin, elle protesta :

— Tu dois aller déjeuner. Dans une demi-heure, ton père t'attendra dans son étude.

— Je ne pense pas que je perdrai mon emploi si je suis un peu en retard.

— … Puis ton frère et ta sœur circulent dans le couloir.

Même si son plaisir venait tout en silence, cette proximité la troublait toujours. Toutefois, l'objection qu'elle venait de formuler était si peu convaincante que le jeune homme réussit à dégager le sein suffisamment pour y poser les lèvres. Elle changea légèrement de position pour lui donner un meilleur accès. Jamais les attentions d'Antoine ne recevaient un mauvais accueil.

— Tu ne me trouves pas devenue trop grosse ?

— Qu'en penses-tu ?

La main descendait maintenant vers l'arrondi de son ventre.

— Ton frère et ta sœur…

Cette protestation-là devait être prise pour un acquiescement.

Quand Antoine descendit pour le déjeuner un peu plus tard, Fernand lui adressa un sourire plein de connivence en le croisant dans le couloir. Le père de famille avait saisi la raison du retard de son fils et il savait que cela signifierait une arrivée un peu tardive au travail. Effectivement, il devait bien être neuf heures trente quand Antoine le rejoignit dans le bureau.

— Je m'excuse, plaida le jeune professionnel. Depuis l'arrivée de Béatrice, il y a parfois un certain embouteillage en haut.

— Je comprends bien, fit le notaire sans dissimuler son amusement.

Tout en s'adossant confortablement dans son fauteuil, Fernand posa un regard attendri sur son aîné. De la main, il lui désigna la chaise devant son bureau.

— Profite bien de ta chance. J'aurais aimé me présenter un peu plus tard au travail, un an après mon mariage. Tu te souviens suffisamment bien de ta mère pour savoir pourquoi je m'en privais.

Le grand garçon acquiesça. Eugénie incitait à la fuite, pas au rapprochement.

— Alors, ne gaspille pas ces années à me donner des explications. Ainsi, à mon âge tu n'auras pas à vivre avec le sentiment d'avoir ruiné quinze ans de ta vie.

Le rose monta aux joues d'Antoine. Même avec le père le plus compréhensif, ce genre de conversation demeurait gênant. Il murmura pourtant :

— Avec Élise…

— Je n'ai aucune raison de me plaindre, tu le sais bien. Tu vois, ça fait partie de mon malheur. À vingt ans, je ne la voyais même pas, je me suis aveuglé pour poursuivre une chimère…

L'homme s'interrompit avant de dire «comme un parfait imbécile». Ce jugement sévère sur lui-même gâchait un peu son bonheur présent. Le moment sembla idéal à Antoine pour aborder un autre sujet délicat :

54

— Le jour du baptême, j'aimerais inviter Jeanne.

— Tu peux inviter qui tu veux. Dans ces moments, sa présence est très naturelle. Elle a si bien pris soin de toi, tout comme de ta sœur et de ton frère. Eux aussi ont trouvé agréable de la voir à ton mariage.

Le plaisir de ces retrouvailles n'avait pas paru tellement perceptible chez Charles, mais Béatrice avait renoué avec joie avec l'ancienne domestique.

— Pour Élise, cela crée une situation un peu… troublante.

— Tu sais, même si je la trouve toujours magnifique à regarder, les plus grandes qualités de ma seconde femme se trouvent là, et là.

De la main, Fernand désigna sa tête et sa poitrine.

— Elle sait comprendre sans jouer au censeur. Je ne pense pas que tu as à m'envier à ce sujet. Louise accepte la présence de Jeanne aussi bien que mon épouse.

Le garçon hocha la tête. Sa femme, tout comme sa belle-mère, jugeait des événements avec une belle ouverture d'esprit. Toutes les deux acceptaient facilement la domestique qui avait eu la générosité de se substituer à une mère pire qu'absente, se refusant néanmoins à imaginer son rôle auprès de son employeur. Dans toute cette situation, Jeanne se trouvait certainement la plus mal à l'aise. Au moment de la réception lors du mariage, la pauvre était demeurée muette, dans son coin, assaillie par des souvenirs troubles.

— Bon, je me mets au travail, déclara Antoine en se levant.

— Attends une minute, dit son père, j'aimerais te parler d'autre chose. Ton enfant sera le premier, mais sans doute pas le dernier.

L'affirmation ne nécessitait aucune réponse. Le « contrôle de la famille » ne s'imposerait pas avant longtemps.

— Que dirais-tu d'acheter cette grande maison ?

Le garçon écarquilla les yeux, puis dit en riant :

— Jamais je n'aurai ces moyens-là !

— Tu ne les as pas encore, mais dans cinq ans, dix ans tout au plus… Béatrice ne reviendra jamais habiter ici, et Charles rêve tant de voler de ses propres ailes que je doute qu'il vive encore parmi nous le jour de la Saint-Jean. Je peux te vendre au prix du marché, moins un tiers. Ce sera une avance sur ta part d'héritage. Après la transaction, je te verserai un loyer pour moi et Élise, lui aussi au prix du marché.

Les informations se bousculaient pour le jeune homme. Déjà, des chiffres s'alignaient dans sa tête. Depuis deux ans maintenant, il se faisait un honnête revenu à titre de notaire, mais pas assez pour songer à devenir propriétaire dans la Haute-Ville.

— Avec le salaire de deux domestiques en plus…

Évidemment, cette dépense reviendrait aussi au nouveau maître de la maison.

— Hortense pense à prendre sa retraite. Si Louise accepte de mettre la main à la pâte, ce sera des gages économisés. Élise fera sa part, n'en doute pas.

La vieille cuisinière s'essoufflait pour un rien, elle irait sans doute bientôt vivre chez des membres de sa famille qui voulaient bien lui faire une place pour ses vieux jours. Les Dupire ne la remplaceraient pas. En ces temps de conflit, les femmes gagnaient de bons salaires dans les usines d'armement, aucune ne songeait à s'employer dans une maison privée. Les bourgeoises pouvaient considérer leur participation à l'entretien de leur demeure comme leur effort de guerre.

— Louise acceptera certainement de s'occuper de la cuisine et de la maison. Mais je ne me vois pas contracter un prêt pour payer une bâtisse comme ça, même si son prix est amputé du tiers.

Des yeux, il fit le tour de la grande pièce.

— Je ne te parle pas de ça pour te mettre mal à l'aise, dit le notaire en sortant un document d'un tiroir. Tu liras ça à tête reposée.

Un projet de contrat! Antoine voulut le parcourir des yeux.

— Pas tout de suite, regarde ça avec Louise à midi. Maintenant tu as du travail.

Fernand accompagna son rappel à l'ordre d'un gros clin d'œil. Son rôle de patron débonnaire lui revenait tout naturellement.

Chapitre 3

Ce mercredi, Thalie devait passer la journée au Jeffery Hale. Au cours des dernières années, elle aurait trouvé plus facilement à s'employer dans un hôpital catholique qu'à la fin de ses études. Depuis quinze ans environ, l'Université de Montréal acceptait des femmes en médecine, l'Université Laval avait emboîté le pas un peu plus tard. Lentement, les mentalités se faisaient à leur présence. Toutefois, Thalie avait su faire sa place au sein de l'établissement de langue anglaise et l'idée de recommencer ailleurs lui répugnait.

Ses consultations ne débuteraient pas avant dix heures ce jour-là, aussi ne se pressait-elle pas au moment d'entrer dans le grand édifice de brique. Trois infirmières discutaient dans le hall, l'une d'elles retenait visiblement ses larmes avec difficulté. L'omnipraticienne s'approcha pour demander :

— Que se passe-t-il ?

L'une des jeunes femmes se détacha du groupe pour venir lui expliquer :

— Le fiancé de Jane quittera la base militaire de Valcartier cette semaine pour s'embarquer à Halifax. Il doit se rendre en Europe.

Dans une institution canadienne-anglaise, ce genre de commotion se produisait souvent. Tous les jeunes hommes considéraient qu'il était de leur devoir de combattre aux côtés des Britanniques dans le présent conflit.

Thalie s'adressa directement à la jeune infirmière pour dire :

— Je comprends ton inquiétude, j'ai éprouvé la même quand mon frère est parti pendant la Grande Guerre. Je te souhaite du courage, et une bonne dose d'optimisme aussi. Tu le verras sans doute revenir dans un an ou deux.

— C'est vrai, renchérit une de ses collègues. Les Canadiens ne vivent pas l'enfer des tranchées comme la dernière fois. Un cousin nous écrit régulièrement de là-bas. Les soldats passent leurs journées à s'entraîner et à s'ennuyer.

Malgré l'évocation d'un retour au pays bien lointain, la destinataire de ces bonnes paroles hocha la tête en reniflant.

— Ce n'est pas comme s'il était dans la marine ou l'aviation, avança une autre. L'armée n'a connu aucun combat depuis 1940.

— Justement. Ça ne durera pas comme ça jusqu'à la victoire, protesta l'infirmière chagrinée. Puis je le connais, il voudra faire sa part.

Évidemment, alors que le gouvernement évoquait le renforcement du contingent canadien, tout le monde comprenait qu'une action d'envergure était à prévoir.

Un employé soucieux du bon fonctionnement de l'hôpital devait être allé avertir le directeur de l'existence de ce petit rassemblement. Il forçait les visiteurs à en faire le tour. Le patron arriva bientôt. Sans prononcer un mot, avec un simple froncement des sourcils, il dispersa les jeunes femmes.

En regagnant son bureau, Thalie demeurait songeuse. Quelle exaltation devait envahir ce jeune homme aujourd'hui. Malgré l'anxiété, l'action courageuse lui donnait certainement le sentiment de s'accomplir.

❖

Pour meubler ses soirées, Thalie parcourait les imprimés sans discrimination. Les éditions dominicales des grands journaux pouvaient durer toute une semaine. Celle de *La Patrie* comptait quatre-vingt-douze pages. Sur la première, on évoquait la situation explosive aux Indes. Les chefs nationalistes entendaient troquer leur appui à l'effort de guerre contre la promesse de l'indépendance prochaine. La présence des communautés hindoue et musulmane là-bas rendait les demandes d'autonomie bien complexes.

L'omnipraticienne apprit aussi que des dépenses d'un demi-million de dollars seraient nécessaires pour protéger la ville de Montréal contre les raids aériens.

— Quelle histoire absurde ! murmura-t-elle.

Aucun avion ne pouvait parcourir la distance entre un aéroport allemand, ou même de la France occupée, jusqu'au Canada. Il fallait des endroits où se ravitailler. L'Irlande ne pouvait leur permettre de s'arrêter sur son territoire sans se voir entraînée dans le conflit. En Islande comme à Terre-Neuve, la présence des Alliés rendait la chose impossible. Dans ces conditions, l'aveuglement de toutes les fenêtres de la ville et l'arrêt de la circulation automobile durant la nuit ne changeaient rien.

Si les vingt pages suivantes contenaient différentes nouvelles littéraires destinées aux lectrices, le même sujet s'imposait toujours : la guerre. Le feuilleton s'intitulait *Reconnaissance aux aviateurs*. On voyait sur l'illustration l'accompagnant un pilote à demi étendu sur une civière tracer avec un pinceau une petite croix gammée sur le fuselage de son appareil, pour immortaliser une victoire. Une infirmière plutôt pulpeuse, une grande croix rouge sur la poitrine, se penchait sur lui.

La médecin la contempla un long moment. La réalité devait s'avérer infiniment moins romantique, mais au moins cette femme avait autre chose à faire que de s'ennuyer dans un petit appartement. Avec un soupir, elle tourna la page. L'article sur l'architecture canadienne la laissa indifférente, tout comme celui sur l'effet de la guerre sur la mode masculine. Rien ne l'intéressait vraiment. Les lettres des femmes à la courriériste du cœur évoquaient des mariages discrets, tenus « dans la plus stricte intimité ». Des jeunes gens se donnaient ainsi une assurance contre les vicissitudes de la guerre. Si jamais la conscription pour le service outremer entrait en vigueur avant la fin du mois, ils y échapperaient.

Les bandes dessinées n'avaient rien pour la passionner. *Jacques le matamore*, *Nos loustics*, *La femme invisible*. Tous ces récits « réalistes » évoquaient le conflit. Les autres s'adressaient aux enfants trop jeunes pour comprendre les grands événements du jour. De tous ces héros tracés à coups de crayon, Philomène demeurait la plus sympathique à ses yeux.

L'ensemble des publications périodiques ne servait à la fin qu'à gagner les esprits à l'effort de guerre. La page 48 de l'édition de *La Patrie* du dernier dimanche lui apprit la nouvelle de l'hécatombe de soldats nazis devant Briansk. On dénombrait 3 000 tués au cours des derniers jours, 46 000 depuis le début de l'offensive.

Les petits entrefilets étaient souvent les plus intéressants. Une photographie de Margaret Eaton montrait un visage sévère malgré son maquillage. Cela tenait sans doute surtout au port de l'uniforme, peu susceptible d'ajouter à son pouvoir de séduction. Il s'agissait de l'une des héritières du grand commerce lancé à Toronto au siècle précédent, dont on trouvait maintenant quelques succursales dans d'autres villes.

Dès la Grande Guerre, la majorité des femmes portant l'uniforme œuvraient dans le service médical, il en était encore ainsi vingt-cinq ans plus tard. Toutefois, leur contribution allait maintenant plus loin. Le Canadian Women's Army Corps était né quelques mois plus tôt, une unité féminine existait aussi pour l'aviation et une autre verrait prochainement le jour dans la marine. Ensemble, ces quatre organisations compteraient bientôt quelques dizaines de milliers de membres, contre 800 000 hommes en 1942.

Thalie parcourut son salon des yeux, le reflet de son petit confort, de sa petite vie. À quarante-deux ans, peut-être lui restait-il vingt-cinq ans de pratique médicale. Des centaines d'accouchements encore, dix fois plus de coliques, trop, beaucoup trop de décès d'enfants. La bonne nouvelle de la formation d'une association destinée à maintenir la paix au terme du conflit actuel ne changea rien à sa morosité. Un espoir au milieu d'une liste de catastrophes.

L'horloge posée sur l'énorme poste de radio indiquait neuf heures. Elle remplaçait le phonographe acheté à Victor Baril dix ans plus tôt. L'appareil accumulait maintenant la poussière dans le fond d'un placard. L'avoir sans cesse sous les yeux, après leur séparation, la déprimait trop. Dans ses plus mauvais moments, elle espérait revivre l'automne 1936.

Tant qu'à ne savoir que faire pour s'occuper, Thalie décida d'aller dormir tout de suite.

❖

Mathieu avait dû revenir précipitamment du magasin pour récupérer un document laissé par inadvertance à son domicile. Voilà l'inconvénient d'amener du travail à la maison : les papiers se dispersaient entre deux places au lieu d'une seule. Heureusement, une voiture achetée en

1939 lui rendrait d'excellents services pour de nombreuses années encore.

Au moment de retourner vers la Basse-Ville, il nota que la jauge à essence était trop basse. Une station-service Imperial se trouvait un peu plus loin dans la rue de la Couronne : autant s'occuper tout de suite de faire le plein pour éviter tout risque de panne sèche. Deux pompes installées près de la chaussée se dressaient sur sept ou huit pieds de haut. Quand il se fut arrêté devant l'une d'elles, un homme sortit du garage tout en essuyant ses mains graisseuses avec un torchon.

— Vous avez vos tickets ? demanda-t-il d'entrée de jeu.

Le marchand chercha dans les poches de son veston, en vain.

— En me changeant ce matin, j'ai dû les oublier.

Si les coupons relatifs à la nourriture et aux vêtements ne quittaient jamais sa cuisine, les autres l'accompagnaient – ou devaient l'accompagner – sans cesse.

— Bin, y vous les faut, sinon moé j'peux pas vous vendre de gaz.

— Je les ai, je vous assure. Je vous les ferai porter demain par un de mes garçons de course.

Comme l'autre demeurait silencieux, il insista :

— Vous me connaissez. Si je vous dis que vous les aurez demain, vous pouvez me faire confiance.

Tout le monde le savait dans le quartier, autant l'un des cousins Picard tendait à oublier des factures çà et là, autant la parole de l'autre valait le meilleur contrat notarié. En bougonnant tout de même un peu, le garagiste commença à actionner la pompe pour faire monter l'essence dans le grand contenant de verre situé tout en haut. Il servait à montrer au client la quantité qui irait ensuite dans le réservoir par simple gravité.

— Ouais. Faut pas oublier. Les fonctionnaires du gouvernement passent souvent pour vérifier que les tickets ramassés correspondent à mes ventes.

Mathieu hocha la tête. Lui aussi se sentait surveillé de près. Ces vérifications tatillonnes le lassaient. L'une des consignes voulait qu'on ne vende plus des habits avec deux pantalons : selon l'État canadien, un seul suffisait bien amplement. Les commerces n'appartenaient plus vraiment aux propriétaires.

— Promis, je m'en occuperai sans faute.

— C'est rendu que le monde achète moins de gaz que la valeur des coupons. Rouler, ça devient un péché mortel, comme si toutes les gouttes dépensées ici privaient l'armée.

— Un péché ?

— Bin oui. Ceux qui roulent trop, on en parle sur le perron de l'église Saint-Roch.

Le marchand enregistra l'information. Prendre le tramway plus souvent pour venir au travail édifierait ses employés.

❖

Depuis son départ pour Montréal en 1938 afin de poursuivre des études de droit, Thomas Picard junior, le fils d'Édouard Picard, venait à peu près une fois par mois en visite chez son grand-père, le juge Paquet. Le vieil homme ne se montrait pas très accueillant. Sans jamais prononcer explicitement un mot en ce sens, il arrivait à faire sentir au garçon et à sa mère tout le poids de sa générosité. Au moment du naufrage du mariage de la pauvre Évelyne, tous les deux étaient déménagés dans la grande maison de la Grande-Allée.

Les repas étaient toujours les moments de la journée les plus difficiles. Ils ressemblaient à un tribunal d'un genre particulier, où les voix demeuraient basses, les mots neutres, les sous-entendus assassins.

— Alors, seras-tu prêt pour l'examen du barreau, cet été ?

Le magistrat présidait, assis au bout de la table. La question qu'il venait de poser contenait un doute implicite. À soixante-dix ans, il portait ses cheveux blancs coupés ras sur le crâne. Bien droit sur sa chaise, sa cravate serrée autour du cou, un veston sur le dos, il ressemblait à un président d'un conseil d'administration déçu du rendement de ses employés.

— Je serai prêt.

Le juge souleva un sourcil en accent circonflexe, comme pour dire « Vraiment ? ».

— Ton année de cléricature se déroule bien ?

— Oui.

Cette fois, la voix du jeune homme parut moins assurée, il gardait ses yeux fixés sur son assiette.

— Il y a bien longtemps que je n'ai parlé à ton patron, maître Dionne. Je devrais lui téléphoner cette semaine.

Le garçon eut un mouvement brusque, le morceau de viande qu'il allait porter à sa bouche retomba dans son assiette. Sa mère se trouvait juste en face de lui. Très vite, elle demanda :

— Je suppose que tout Montréal commente le fameux plébiscite. Comment cela se passe-t-il chez tes collègues avocats ?

— Tout le monde milite dans la Ligue pour la défense du Canada. Les soirs où il ne se tient aucune manifestation, ils vont d'une maison à l'autre à la recherche du bon parti. Jamais les filles des quartiers Saint-Jacques et Saint-Louis n'ont été aussi populaires. Les pires laiderons reçoivent trois ou quatre demandes pour convoler en justes noces.

— Le mariage est une sainte institution, intervint le grand-père, pas un sujet pour pratiquer un mauvais humour.

66

Maintenant que tu as ton diplôme, évite ces blagues de carabin.

Les mots flottèrent un moment dans la pièce, les trois autres convives baissèrent la tête. La grand-mère du visiteur ne se mêlait guère aux conversations. De toute façon, son époux parlait pour deux.

— J'espère que tu ne fais pas partie de ces gens qui harcèlent les jeunes filles, insista ce dernier. Tu es bien placé pour savoir ce que donne ce genre d'union.

— Ça donne un enfant comme moi, n'est-ce pas ? Je ne croyais pas que j'étais un drame national.

L'ironie ne plaisait pas plus au magistrat que l'humour.

— Demande à ta mère ce qu'elle pense de ce comportement. Voilà vingt ans qu'elle paie son erreur. Le jour où j'ai accepté le mariage avec ce maudit chanteur de pomme, j'aurais mieux fait de me casser le cou.

Au moins, il se chargeait d'une part de responsabilité dans le naufrage conjugal. La lèvre inférieure d'Évelyne commença à trembler. L'attitude glaciale de son père ne valait guère mieux que les aventures d'Édouard. Le fils craignit un flot de larmes.

— Grand-père, commença-t-il en vitesse pour le détourner de ce sujet, comment voterez-vous au plébiscite ?

Le juge voulut comprendre qu'on lui demandait ses directives. Il adopta le même ton qu'au tribunal au moment de dispenser des conseils moraux à un accusé :

— Je me prononcerai pour le "Oui", la seule attitude digne, dans les circonstances. Nous serons bien peu à le faire. Une nouvelle fois, comme en 1917, nous passerons pour des lâches aux yeux des Canadiens anglais.

— Voyons, ce n'est pas une question de courage ou de couardise. Les jeunes ne veulent pas aller se battre dans un pays étranger, contre des gens qui ne nous ont jamais fait aucun tort.

— En s'attaquant à l'Empire britannique, les Allemands s'en prennent à nous. Ce sont nos ennemis aussi.

Pourtant, jamais le vieil homme ne s'était senti particulièrement attaché à la mère-patrie. L'argument ne servait qu'à avoir le dessus dans cette discussion et à se distinguer de la grande majorité de ses concitoyens. Il en invoqua rapidement un autre :

— De toute façon, maintenant il s'agit de délier le gouvernement de sa promesse de ne pas recourir à la conscription pour le service outremer. Ça ne veut pas dire qu'on forcera des jeunes à aller sur les champs de bataille.

— Quand on veut se faire relever d'une promesse, c'est qu'on a déjà l'intention de la rompre. Les soldats qui s'entassent dans les bases militaires canadiennes sont aussi bien de se faire à l'idée qu'ils devront prendre le bateau avant la fin de l'été.

Thomas reprenait les arguments de la Ligue pour la défense du Canada sans y changer un mot. Son grand-père le fusilla du regard, outré que quelqu'un ne prête pas foi aux arguments du premier ministre Mackenzie King. Après tout, il tenait son poste du Parti libéral, il avait à cœur de ne jamais déroger de son programme politique.

Alors que le repas prenait fin, monsieur Paquet remarqua :

— Tout de même, cela m'étonne que ton patron te donne ces jours de congé en pleine semaine.

— Il me donne du temps pour préparer les examens du barreau. Je peux le faire aussi facilement ici qu'à Montréal.

Le jeune professionnel était arrivé avec une valise pleine de livres. Son grand-père quitta la table pour aller se réfugier dans son bureau. Les trois autres convives s'attardèrent juste quelques minutes de plus. Dans le couloir, Évelyne demanda à son fils, une pointe d'inquiétude dans la voix :

— Vraiment, ton année de cléricature se déroule bien ? Jamais tu ne m'en parles.

— Que veux-tu que je te dise ? Un clerc, c'est juste un cran au-dessus du gars qui fait le ménage. Je constitue des dossiers, je fais des résumés.

Thomas regretta tout de suite son ton cassant. Il se reprit :

— Ne t'inquiète pas, tout va bien.

Comme pour le lui prouver, il lui embrassa la joue et présenta un sourire un peu forcé. Peu après, il disait :

— Je vais monter, je ne connais pas encore tout le code civil par cœur.

Sa soirée se passerait dans sa chambre. Les quatre occupants de cette grande maison se retrouveraient dans des pièces différentes.

❖

Après une nuit d'insomnie, Thalie se leva de mauvaise humeur. La veille, un vendredi, elle avait effectué ses consultations auprès des employées du magasin PICARD. Ensuite, au moment de rentrer à la maison en compagnie de son frère, elle l'avait invité à monter prendre un verre mais avait essuyé un refus. L'empressement de ce dernier pour rentrer voir ses enfants lui était tombé sur les nerfs. Décidément, elle devenait acariâtre.

Après le déjeuner, la femme se décida à faire une longue marche pour chasser son début de migraine. Le vieux gardien de service dans le hall lui adressa son meilleur sourire, souligné par une dent en or.

— Bonjour, docteure Picard.

— Bonjour, monsieur Demers. Chaque fois que je vous vois, vous me semblez dans une forme excellente.

— Présenter un visage souriant demande juste un petit effort le matin, quand les os font un peu mal. Pour le reste de la journée, ça va tout seul.

Le sourire de la praticienne trahit une pointe d'acidité. Ce genre de conseils, elle les distribuait à ses patientes un peu déprimées. Notamment celles qui flirtaient avec la ménopause. Ses idées moroses ne tenaient-elles qu'à cela, un désordre hormonal, un effet du vieillissement? Bien sûr, à son âge, ce développement s'avérerait un peu précoce, mais pas au point de présenter une anomalie médicale.

Dans la Grande Allée, elle profita de la fraîcheur d'avril. Alors qu'elle passait à la hauteur de la Citadelle, le va-et-vient attira son attention. L'un des plus importants centres de recrutement militaire du Canada se trouvait là. Parmi une multitude de garçons, elle découvrit deux filles d'une vingtaine d'années conversant de façon animée. Deux jolis minois. Dans le corps féminin de l'armée, on n'enrôlait donc pas que des costaudes avec un brin de moustache sous le nez.

«Celles-là au moins ne paraissent pas s'ennuyer», grommela-t-elle. Sa propre remarque lui tira un long soupir. Se pouvait-il que parmi les volontaires, on ne trouvât que des déprimées lassées de leur condition? Pendant tout le reste du trajet la séparant du Château Frontenac, Thalie regarda les militaires avec une nouvelle curiosité. Chacun d'entre eux semblait animé par une mission.

❖

Lors des grandes manifestations nationalistes, le bon peuple du Québec faisait connaissance avec les étudiants et les autres jeunes militants les plus prometteurs. Les noms de plusieurs se trouveraient encore dans les médias des années plus tard. Ce soir-là, des orateurs se succéderaient sur une estrade montée à la hâte au marché Saint-Roch. La foule se tenait serrée, débordait dans les rues environnantes.

— Ils m'ont demandé de prendre la parole, disait Charles en se bombant le torse.

— Alors, que fais-tu ici avec moi ? rétorqua Béatrice.

Dans son bel ensemble bleu cintré à la taille, les mains gantées, un chapeau posé sur sa chevelure blonde, la jeune femme attirait les regards. Si, du haut de ses cinq pieds dix, elle en imposait à la plupart des garçons, les dominant parfois de plus de quatre pouces, ils l'appréciaient tout de même des yeux.

— D'après mon superviseur à la Société des artisans, ce ne serait pas prudent, compte tenu de la nature de mon travail. Nous vendons des assurances à tous les camps politiques, selon lui. Je ne suis pas d'accord, tous les Canadiens français vont voter du même bord. Intervenir me vaudrait même la sympathie des clients.

De nouveau, le garçon tenait les votes pour acquis. Tout de même, il se montrait prudent. Ses projets de carrière ne devaient pas souffrir d'événements de ce genre.

Béatrice se doutait bien que cette référence à une invitation à prendre la parole ne tenait pas de la bravade. Charles laissait le souvenir d'un charmant garçon là où il passait. Depuis quelques minutes, une vingtaine de ses compères, dont certains arrivés de Montréal pour l'occasion, étaient venus le saluer. À chacun il avait donné sa carte professionnelle, glissant : « Si tu veux te renseigner sur des assurances, téléphone-moi. » Tous les anciens scouts de la ville entendraient parler de lui avant la fin de l'été. Sa sociabilité le servait sans doute beaucoup dans son nouvel emploi.

Un grand jeune homme mince se tenait à l'écart du frère et de la sœur depuis quelques minutes, les yeux sur eux. À la fin, il trouva l'audace de s'approcher.

— Charles ?

Le jeune Dupire détourna les yeux de l'estrade pour examiner le nouveau venu.

— … Thomas ?

Son cousin tendit la main, un sourire hésitant sur les lèvres.

— Oui, c'est moi.

— Voilà qui est curieux. On ne se rencontre jamais, pourtant je suis de retour à Québec depuis deux ans.

— La réponse est toute simple : j'étudie à Montréal depuis 1938.

La vie auprès de son grand-père, chez qui il était arrivé encore enfant, avait été plutôt difficile, les études supérieures lui avaient donné le parfait prétexte pour prendre ses distances. En réalité, c'était dans la métropole qu'ils auraient pu se croiser.

— Donc tu as fréquenté ces gars-là. Je ne les connais pas.

Charles désignait un petit groupe de jeunes gens grimpant sur la scène improvisée.

— Le plus petit, Jean Drapeau, étudie en droit à l'Université de Montréal. Celui qui gesticule en parlant s'appelle Michel Chartrand, c'est un imprimeur. Il s'est marié avec la brune accrochée à son bras en février dernier, à l'église Notre-Dame. L'abbé Lionel Groulx a présidé la cérémonie.

Le vendeur d'assurances ouvrait de grands yeux, jaloux. Le prêtre éducateur lui avait donné un cours d'histoire du Canada deux ans plus tôt. L'expérience ressemblait plus à un long prêche nationaliste à un groupe de convertis.

— Celui qui s'allume une cigarette avec le mégot de la précédente, c'est André Laurendeau, le secrétaire de la Ligue pour la défense du Canada.

Maigre, très nerveux, l'homme scrutait la foule devant lui. Des policiers à motocyclette se tenaient en bordure de la rue de la Couronne. Après une petite concertation avec ses camarades, ce fut Michel Chartrand qui s'approcha du bord de l'estrade pour demander d'une voix railleuse :

— Vous voterez de quelle façon, le 27 avril prochain ?

— "NON" ! cria-t-on de tous les coins de la place du marché.

Les voix se révélaient bon enfant, mais la tension demeurait palpable. Les réunions de ce genre se terminaient souvent par des échauffourées et une douzaine d'arrestations.

— Faites attention, cria encore l'orateur, c'est peut-être un gendarme de la police montée, le gars à votre droite, ou à votre gauche.

Chacun regarda ses voisins, soudainement soupçonneux. Thomas junior faisait exception : lui ne détachait pas ses yeux du visage de Béatrice.

— Je pensais qu'ils parlaient tous anglais. Bien non, il paraît que certains des "beus" du fédéral comprennent trois mots de français : désobéissance, sédition et trahison.

— Tu ne me présentes pas ? demanda le nouveau venu.

Évidemment, dans cette fébrilité Charles manquait à toutes les règles de savoir-vivre.

— Bien sûr. Voici Béatrice, ma grande sœur, dit-il avec le sourire.

Puis en se tournant vers la blonde :

— Il s'agit de Thomas, le fils de notre oncle Édouard.

Pour l'avoir croisé souvent avant son départ vers Montréal sur le parvis de l'église Saint-Dominique, la jeune femme le reconnaissait maintenant. Ce cousin avait considérablement grandi depuis, au point de paraître efflanqué. Tous les deux demeurèrent un peu empruntés au moment de se dire simultanément « Enchanté ».

— Les "polices montés" se déguisent pour se cacher parmi nous, poursuivait Chartrand. Sans cheval entre les jambes, impossible de les différencier de vous et moi.

La foule s'amusa de l'humour facile. L'orateur continua de la réchauffer un peu, puis il céda sa place à Jean Drapeau. Celui-ci ressemblait à un commis un peu intimidé de se trouver là. Jouer au tribun différait tout de même beaucoup de la publication d'articles dans le journal des étudiants de l'Université de Montréal.

— Nous devons voter "Non" à ce plébiscite. Personne ne demande d'être relevé d'un engagement à moins d'avoir déjà la tentation de le violer.

Thomas reconnut son propre argument. Tout le monde le répétait depuis plusieurs semaines.

— De toutes les promesses que le premier ministre a faites au peuple canadien, il n'en reste qu'une qu'il ne souhaite pas respecter : celle de ne pas utiliser la conscription pour les champs de bataille européens. Voter "Oui", c'est voter en faveur de la conscription. Les horreurs de 1917 vont se répéter.

Il prononçait les mêmes mots, à la ville et à la campagne, depuis des semaines. Ce qui commença comme un cri de protestation se termina dans un hurlement de colère. Les policiers s'agitèrent dans la rue de la Couronne. Une intervention musclée devenait probable.

— Nous devons empêcher cela, notre salut national en dépend.

L'étudiant sur la scène se montrait prudent, mais le maire de Montréal s'était retrouvé dans le camp de détention de Petawawa pour avoir dit à peu près la même chose. Son regard ne quittait pas l'effectif des hommes en uniforme debout en périphérie du marché.

— Vous vous intéressez à la politique, mademoiselle Dupire ? demanda Thomas junior.

— Béatrice.

Devant les yeux interrogateurs du jeune homme, elle précisa :

— Nous sommes cousins au premier degré, si je comprends bien ces liens de parenté. L'usage des prénoms entre nous me semble respecter les convenances. Pour répondre à votre question, mes frères ont l'habitude de m'entraîner sur les lieux des manifestations politiques. Le cadet surtout. Quant à rester à la maison à lire les pages féminines des magazines, je m'en lasse assez vite.

— Moi, je me suis retrouvé avec eux quelques fois en 1936, après l'élection de Duplessis. Antoine n'a pas eu envie de venir ce soir ?

Charles prit sur lui de répondre :

— Depuis des mois, il s'extasie devant le ventre de sa gentille épouse qui s'arrondit sans cesse. Il devient la parfaite réplique de mon père, toujours auprès des siens.

Si le jeune homme paraissait un peu moqueur, Béatrice savait que lui aussi reprendrait un jour ce modèle. Ses cinq dernières années d'études lui avaient appris que dans une famille, le meilleur comme le pire se transmettait en héritage. Quand une pensée de ce genre lui venait, le souvenir d'Eugénie lui donnait le vertige. Les trois enfants transportaient aussi avec eux l'héritage génétique de cette femme. Finalement, quelles caractéristiques domineraient ?

— Quelle est votre opinion sur le plébiscite ?

Thomas junior ne tenait pas pour acquis que sa présence en faisait nécessairement une partisane de la Ligue pour la défense du Canada. Quelque chose en elle trahissait son scepticisme.

— Voilà des mois que j'entends un autre discours. Aux États-Unis, depuis décembre 1941, tout le pays parle d'une seule voix. L'an dernier encore, des partisans des nazis tenaient de grandes assemblées. Maintenant ils se démènent pour se faire passer pour des patriotes. Je prends la couleur de mon milieu, je suppose.

Une ombre passa sur le visage de la jolie femme. Elle poursuivit d'une voix presque grave :

— Avez-vous la moindre idée du nombre de mes camarades de l'université, certains d'entre eux étant des jeunes hommes exceptionnels, qui se sont enrôlés ? Un sur deux, je pense. Alors, le désir des Canadiens français de demeurer spectateurs me paraît illusoire. Le monde entier sera pris dans la tourmente.

Le benjamin tourna vivement son visage intrigué vers elle, oubliant tout à fait de suivre le discours d'André Laurendeau commencé un instant plus tôt.

— Dans leur cas, dit-il avec empressement, il ne s'agit pas de la même chose. Le territoire des États-Unis a été directement attaqué à Hawaï. Si le Canada subissait une agression de ce genre, tous les membres de la Ligue se porteraient volontaires.

Le sourire moqueur de sa sœur l'empêcha de continuer sur le même sujet.

André Laurendeau continuait d'entretenir les habitants de Québec d'une voix un peu lassante. Le secrétaire de la Ligue manquait d'énergie, personne dans ce trio d'orateurs n'en appellerait à la violence ce soir. Même les policiers se montraient de plus en plus indolents. Aussi Charles reçut-il avec bonne grâce la suggestion de Thomas :

— Si nous allions prendre un café ? J'ai vu un petit restaurant en venant ici, rue de la Couronne. L'établissement m'a paru convenable.

Pour ce garçon élevé dans la Grande Allée, le commentaire valait une recommandation. Béatrice consulta Charles du regard, puis accepta :

— D'accord. Je me rends compte que je ne vous connais pas du tout, alors que vous êtes mon seul cousin.

La voilà qui répétait exactement les mots de Jacques Létourneau au moment de leurs retrouvailles en 1936. Lui évoquait l'attachement entre un frère et une sœur. Quitter la grande assemblée ne posa pas de difficulté, plusieurs faisaient la même chose.

Le petit restaurant s'appelait avec à-propos La Couronne. À cause de tout le monde attiré par la manifestation, l'endroit ne comptait pas une table de libre. Depuis l'entrée, le regard de Thomas junior s'accrocha à un client. Il hésita entre faire connaître sa présence et prendre la fuite. Puis le consommateur sentit qu'on l'observait, il murmura le prénom du nouveau venu en levant les yeux.

— Thomas, reprit-il, cette fois assez fort pour être entendu du petit groupe.

Édouard Picard quitta son siège pour marcher vers le trio.

— C'est mon père, murmura le jeune homme.

Le garçon fit mine de sortir, mais Édouard le prit de vitesse et se saisit de sa main pour la lui serrer. Pourtant la poignée de main était bien peu cordiale.

— Je ne savais pas que tu te trouvais à Québec.

Le ton contenait un reproche.

— … Je viens tout juste d'arriver chez mon grand-père.

Pour dissimuler son malaise, le jeune homme changea tout de suite de sujet.

— Tu ne prends plus tes repas dans ton garage ?

— Même si je sais me débrouiller dans une cuisine, la tenue d'une maison n'a jamais fait partie de mes activités de prédilection. Comme mon commerce se trouve à moins de 2 000 pieds d'ici, ce petit restaurant joue bien souvent le rôle de salle à manger.

Le marchand de voitures marqua une pause. Le petit groupe, flanqué devant la porte, attirait les regards tout en bloquant le passage à quiconque voudrait entrer ou sortir.

— Tu ne me présentes pas tes amis ?

Pour la première fois, il semblait réaliser la présence des deux autres jeunes gens. La belle blonde attira son regard insistant, puis il reconnut le garçon.

— Ah ! C'est toi.

Sa colère contre les enfants de l'un des responsables de sa déchéance se dissimula sous un sourire de convenance. Puis après tout, il s'agissait aussi des enfants de sa sœur. Autant jouer la bonhomie.

— Tu es le plus jeune, dit-il en tendant la main à Charles.

— En effet, confirma celui-ci.

— Cette jolie créature doit être ton amie.

Ne serait-ce que pour essayer son charme sur cette jeune femme un peu plus grande que lui, Édouard estima qu'il valait la peine d'endurer le benjamin. D'emblée, il tenait pour acquis qu'elle ne pouvait être avec son fils.

— Plutôt Béatrice, dit-elle en tendant la main à son tour. Votre nièce.

L'oncle ne réussissait pas à faire le lien entre la gamine un peu ronde croisée chez sa sœur une douzaine d'années plus tôt et cette personne athlétique. Comme on changeait, entre l'enfance et l'âge adulte.

— Vous allez vous joindre à moi, proposa-t-il en désignant sa table le long du mur.

— Non, papa, nous devons rentrer, puis là nous retardons ton souper.

— Si tu es rentré ici il y a trois minutes, tu ne tenais pas à retrouver ton grand-père l'honorable juge tout de suite.

De nouveau, Édouard prenait un ton chagrin. L'idée qu'il puisse être de trop n'effleura même pas Charles. Il restait immobile, sans montrer le moindre signe de vouloir laisser le père et le fils entre eux. Peut-être voyait-il là une occasion de remettre une autre carte professionnelle. Quant à Béatrice, elle gardait les yeux sur son oncle, comme si elle découvrait un échantillon intéressant du genre humain.

Thomas accepta finalement l'invitation.

Chapitre 4

Les trois jeunes gens se retrouvèrent à la même table que le marchand de voitures. Ils commandèrent chacun un café. Édouard s'intéressa d'abord à ce que devenaient ses neveux. Le sort du garçon le laissa indifférent, celui de la jeune femme capta toute son attention.

— Un doctorat en psychologie ? Je ne savais même pas que ça existait.

— Pourtant, les journaux évoquent parfois la chose.

— Nous ne devons pas lire les mêmes. Après vos études, vous reviendrez à Québec ?

Avec elle, il s'en tenait à un vouvoiement poli.

— Je le saurai dans deux ou trois ans.

Le sujet la préoccupait un peu : bien des habitants de la petite ville devaient partager l'ignorance de ce garagiste quant à sa profession. Alors, qui viendrait dans son officine ?

— S'étendre sur un divan pour raconter sa vie, ce ne sera pas très populaire, je pense.

La répartie tira un sourire à Béatrice. Ainsi, son oncle connaissait au moins un peu le travail qui serait le sien. La blonde gardait ses beaux yeux bleus sur lui, un regard pénétrant capable de le rendre un peu mal à l'aise, une expérience nouvelle. Édouard s'inquiétait de ce qu'elle pourrait lire dans sa tête. Au fond, ces spécialistes s'imposaient comme un nouveau clergé, fouillant les âmes. Ils ne parlaient pas du salut ou de la condamnation éternels, mais divisaient plutôt la population entre gens normaux et anormaux.

Mieux valait passer à un autre sujet.

— Thomas, c'est fou, mais il me semble que tu as grandi depuis le dernier Noël.

— J'ai vingt-quatre ans. Voilà longtemps que je n'ai pas pris une ligne.

— Alors, je ne m'habitue pas à ta silhouette dégingandée. Tu n'as jamais pensé à fréquenter un centre d'entraînement ? Tiens, la Palestre nationale accepte des amateurs. J'y suis déjà allé pour voir des combats de boxe.

L'appréciation du physique un peu frêle de son fils amena celui-ci à se renfrogner tout à fait. Son allure faisait penser à un adolescent trop grand, maladroit. Heureusement, la présence des deux Dupire apportait une totale civilité à la rencontre. À la fin, Édouard évoqua le rassemblement qui se terminait au marché Saint-Roch.

— Qui se trouvait là ?

— André Laurendeau, le secrétaire de la Ligue, annonça Thomas, puis deux jeunes de Montréal : Jean Drapeau et Michel Chartrand.

— Franchement, ces gens-là sont insultants : envoyer deux jeunots que personne ne connaît à Québec. Comme si on ne méritait pas de déplacer des députés.

— Vous avez raison, intervint Charles. Dans les réunions de Montréal, il y a toujours des députés provinciaux et fédéraux, parfois même le grand Henri Bourassa.

La voix du vendeur d'assurances ressemblait à celle d'un disciple évoquant son maître. Pareil enthousiasme améliora un peu l'humeur de Picard.

— Il a fait un grand discours au marché Saint-Jacques en février, le soir du lancement de la Ligue, continua le jeune homme. La capitale méritait sa visite.

— Vous savez, c'est un vieil homme maintenant, dit Thomas.

La référence au temps qui passe troubla un peu Édouard, comme d'habitude. Il lui semblait s'échapper entre ses doigts, comme du sable très fin.

— Je l'ai vu en 1907 à deux pas d'ici, là où se trouve le parc Jacques-Cartier. Dans le temps, il s'y tenait un marché du même nom. Vous rendez-vous compte ? Alexandre Taschereau avait recruté des fiers-à-bras pour vider la place !

Pour ces jeunots, l'ancien premier ministre provincial si fragile, détruit au Comité des comptes publics par Maurice Duplessis, ne pouvait avoir incarné une telle hargne trente-cinq ans plus tôt. Édouard se toucha la tête, juste à l'endroit où une pierre l'avait atteint ce jour-là. Trente-cinq ans !

Il voulut leur montrer que la question nationale l'inté-ressait toujours.

— Lors de la conscription de 1917, ils n'ont pas pu nous faire disparaître tous. La guerre s'est terminée trop tôt.

La vieille théorie des nationalistes : vingt-cinq ans plus tôt, l'enrôlement obligatoire devait mettre les Canadiens français en première ligne. Dans le cas d'une si petite nation, éliminer ainsi tous les jeunes hommes aurait valu un génocide.

— Là, ils reviennent à la charge, pour profiter d'une seconde chance.

— Justement. Selon Bourassa, si la guerre dure encore deux ans, on nous enverra sans faute sur les champs de bataille, cela malgré les engagements de King de ne pas recourir à cette mesure.

Si à sa grande déception Charles n'avait pu se rendre à la manifestation du marché Saint-Jacques l'hiver précédent, le discours de Bourassa, reproduit dans les journaux, avait fait l'objet d'une analyse approfondie.

— Pas dans deux ans, se fâcha Édouard. Le plébiscite aura lieu le 27. Le 28, ils commenceront à nous expédier là-bas. Dans le temps, on savait mieux se mobiliser. En 1917 et 1918, je participais à toutes les grandes manifestations. On a incendié l'Auditorium de Québec parce que les locaux des recruteurs s'y trouvaient, on a affronté les mitrailleuses sur le boulevard Langelier.

À l'entendre, les balles avaient sifflé autour de sa tête. En réalité, il se trouvait dans le magasin PICARD, bien à l'abri.

— Aujourd'hui, je ne sais pas ce qui me retient de recommencer, conclut le quinquagénaire.

Voilà que le marchand de voitures reprenait la vieille rengaine des *has been* : « Dans mon temps ». Comme dans les phrases « Dans mon temps on avait de vrais hivers sibériens » ou « Dans mon temps on faisait de vraies manifestations ».

— Alors, fais-le, c'est très facile, dit Thomas d'une voix méprisante. Aujourd'hui, tu manges tranquillement un steak alors que des gens se réunissent à deux pas. Tu sais bien qu'à ton âge, tu ne seras jamais parmi les appelés même si la guerre durait jusqu'en 1960.

L'homme accusa le coup en serrant les dents. La suite serait encore plus brutale.

— Le vrai mystère, dit le fils avec ironie, c'est pourquoi tu faisais tous ces efforts il y a vingt-cinq ans. Tu t'es marié pour échapper à l'appel, puis moi j'étais en route en 1917.

Les mots n'étaient pas insultants en soi, tant de jeunes gens faisaient la même chose. Le ton contenait toutefois un mépris palpable. Béatrice eut l'impression de voir sous ses yeux l'illustration d'un cas clinique. Les auteurs consacraient des rivières d'encre à évoquer les rapports difficiles entre les fils et leur père… et entre les filles et leur mère.

— Mes motifs ne sont pas nécessairement égoïstes. Je me soucie du sort de ma nation.

L'homme en était à boire son café. Son geste pour attirer l'attention de la serveuse frôla la vulgarité.

— L'addition, mademoiselle.

Charles chercha son portefeuille dans sa poche, mais Édouard régla le tout sans se soucier de lui. Debout, il tendit la main vers Béatrice :

— Mademoiselle Dupire, ce fut un plaisir de vous voir.

De cela, personne ne doutait. Le « Monsieur » de la blonde s'accompagna d'une inclination de la tête. Puis en se tournant vers son fils, le garagiste prononça avec une colère mal contenue :

— Thomas, viens que je te dise un mot.

Le père et le fils se dirigèrent vers la porte. Pendant un long moment, tous les deux discutèrent à mi-voix, Édouard faisant des gestes de colère. Puis le garçon revint vers ses cousins.

— Désolé, ce ne fut pas une rencontre bien agréable pour vous.

— Pour vous non plus, s'aventura Béatrice en se levant.

Le garçon fut sur le point de dire quelque chose, puis s'abstint.

— Ah ! Les relations familiales, parfois c'est mouvementé, dit Charles en feignant une expérience qu'il ne possédait pas. L'auto de papa se trouve dans le stationnement du magasin. Veux-tu que je te reconduise ?

Thomas hésita un moment, puis acquiesça d'un geste de la tête. L'idée de rentrer en tramway ne lui disait rien. Tout en marchant sur le boulevard Charest, puis lors du trajet vers la Haute-Ville, le trio demeura silencieux. Charles s'arrêta devant la demeure du juge Paquet, dans la Grande Allée.

— Content de t'avoir revu, dit Charles en se tournant à demi pour tendre la main.

— Moi aussi, répondit Thomas machinalement.

Il garda toutefois la main de sa cousine un peu plus longuement, puis proposa sans assurance :

— Béatrice, accepterais-tu de prendre un café avec moi avant mon retour à Montréal ?

— … Oui, bien sûr. Ce n'est pas ce soir que nous avons pu faire connaissance.

« Quoique, songea-t-elle, cette scène familiale en disait beaucoup. » Dès qu'il eut refermé la portière, Charles démarra en faisant un vague salut de la main. Après avoir parcouru une cinquantaine de verges, il murmura, un peu moqueur :

— Si ça se termine devant l'autel, avec un cousin germain, avoir une dispense sera difficile.

— Si tu vivais une relation amoureuse de ton côté, tu ferais assurément preuve d'un meilleur discernement quand tu abordes ce sujet, répondit-elle du tac au tac.

La remarque ironique était fondée, car au chapitre des amours, le garçon se sentait beaucoup plus jeune que ses vingt-trois ans et dix mois.

❖

Dès que Béatrice entra dans la maison, elle vint se planter devant la porte du salon.

— Papa, je peux m'installer dans ton bureau pour écrire quelques lettres ?

Le notaire et sa femme parcouraient les journaux et les magazines, comme ils en avaient l'habitude quand le calme revenait dans la grande demeure.

— L'endroit est toujours ouvert pour toi, tu le sais bien, répondit le père. Mais auparavant, peux-tu t'asseoir un peu ?

Elle vint occuper un bout du canapé avec sa belle-mère.

— À quoi ressemblait cette manifestation ?

— Il s'agit toujours de la même chose : des discours donnés par des étudiants ambitieux, des membres des forces de l'ordre pour assurer la paix, ou provoquer des affrontements, selon les points de vue, et des centaines de jeunes inquiets de se retrouver sur les champs de bataille.

— Ce soir, il n'y a pas eu de violence ?

Fernand avait effectué un petit détour avant d'en venir à son véritable sujet de préoccupation.

— Non seulement Charles n'a reçu aucun coup, mais il en a été de même pour tout le monde.

La jeune femme avait dit cela avec un sourire un peu espiègle. Elle enchaîna :

— Il devient très prudent, au point de refuser de prendre la parole en public afin de soigner sa carrière à la Société des artisans.

— D'un autre côté, il demeure bien… enthousiaste, au point de frôler l'indélicatesse, même à la table familiale.

— Il lui faut bien remplacer tous les échanges enflammés qu'il a connus au sein des associations nationalistes. Il a perdu sa tribune habituelle, en quittant l'École des Hautes Études commerciales.

La conversation s'était poursuivie à mi-voix, même si le principal intéressé était reparti avec la voiture paternelle aussitôt après avoir déposé sa sœur à la maison.

— Je suppose que ses objectifs de carrière vont le conduire à un comportement plus tempéré. Maintenant, j'aimerais te dire un mot de l'offre d'Antoine.

— De faire de moi la marraine de son enfant à venir ? Je suis profondément touchée, mais je suis encore étudiante, puis il faut aussi un parrain, non ?

— Oui, mais pas nécessairement l'époux de la marraine. Je suis le parrain du fils de Mathieu, Thalie est ma commère.

Le notaire reprenait le vieux terme français pour désigner la marraine par rapport à lui : Thalie était sa commère, lui son compère. Le rose monta aux joues de la jeune femme.

— La personne choisie doit se substituer aux parents en cas de malheur, continua Fernand. Voilà ma conviction : Antoine ne pourrait mieux choisir. Élise partage tout à fait mon avis.

La belle-mère tendit la main pour serrer doucement son bras, comme pour confirmer l'affirmation.

— … J'accepte, fit la blonde d'une voix émue.

— Bon, tu le lui annonceras toi-même demain matin, dit son père avec son habituel sourire affectueux. Cette importante question réglée, nous te laissons à ta correspondance.

L'homme quitta son fauteuil, consulta son épouse des yeux puis lui tendit la main pour l'aider à se lever. La permanence de ces petites attentions charmait toujours sa fille, au point de l'amener à supputer de ses chances de connaître les mêmes dans trente ans. Au moment où il passait la porte, Fernand se retourna pour dire encore :

— Tu auras juste à expliquer à tes amis de l'université que tu rentreras un peu plus tard. On ne peut pas sommer cet enfant de naître d'ici samedi prochain, mais ça ne tardera plus maintenant.

Quand le père parlait d'amis, il tendait une perche pour recevoir ses confidences. À ses côtés, sa femme adressa un sourire entendu à sa belle-fille : elle ne doutait pas une seconde qu'une seule personne aurait droit à une lettre.

— J'écrirai exactement ces mots, et là-bas on comprendra.

Lorsque le couple se fut esquivé, Béatrice demeura un moment immobile, songeuse. Ce rôle de marraine représentait son premier engagement irréversible à l'égard d'un autre être humain. Elle entendait le prendre très au sérieux. Elle se leva ensuite pour se rendre dans le bureau adjacent.

La plume à la main, la blonde hésita un moment sur la façon de commencer et se résolut à un simple «Art». Puis elle enchaîna :

Depuis que je suis ici, les gens semblent tout disposés à se confier à moi, comme si j'étais déjà une psychologue patentée. Tiens, c'est un peu comme les gens qui sont tout de suite prêts à te montrer une partie plutôt intime de leur anatomie en apprenant que tu étudies en médecine. Le plus drôle, c'est que ça me plaît, même si je ne me sens pas très compétente.

Ensuite, son hésitation se prolongea, comme si les mots ne lui venaient pas. Autant dire les choses tout simplement :

Mon frère vient de me demander de devenir la marraine de son enfant. Cela m'oblige à remettre notre prochain rendez-vous de quelques jours. Ça ne devrait pas trop tarder, le ventre de ma belle-sœur ne peut se distendre un pouce de plus. Voudrais-tu en avertir mon directeur de recherche ?

La façon de clore la missive lui poserait un autre problème. De nouveau, la candeur serait la meilleure attitude.

J'ai hâte de te revoir. Très hâte.

Tout de même, sa timidité l'empêcha de mettre un «X» au bout de sa signature.

❖

Même si la confiance régnait entre les copropriétaires du magasin PICARD, une visite du commerce suivait toujours immédiatement le dépôt d'un relevé financier trimestriel.

Le ton cordial n'excluait pas une légère tension. Qu'il le veuille ou non, dans ces circonstances, plus que l'état des lieux, le travail de gestion de Mathieu se trouvait soumis à un examen.

Dans les locaux administratifs, dans l'espace réservé à la secrétaire, ce lundi matin Fernand occupait beaucoup de place. Par la taille évidemment, par son statut de détenteur du tiers des parts surtout. Pourtant, jamais il ne perdait sa bonhomie.

— Flavie, même si j'apprécie au plus haut point l'élégance de ce décor moderne, tu en demeures le plus bel ornement. Viens m'embrasser.

— Pourtant, certains jours je me sens bien vieille. Ce matin j'ai constaté que mes yeux arrivent à la hauteur de la bouche d'Alfred.

Elle quitta sa place pour tendre ses joues l'une après l'autre.

— Bientôt, je vais devoir rejeter la tête en arrière pour l'embrasser.

— Ce n'est pas toi qui es petite, c'est lui qui pousse bien vite. Il reprendra son poste de liftier l'été prochain ?

— Jamais de la vie, dit la mère en riant, ce serait inconvenant pour ce grand jeune homme. Si tu viens acheter des chaussures en juillet ou en août, tu auras les services d'un jeune vendeur bâti comme une asperge.

— Je viendrai juste pour le voir un peu intimidé devant moi. Je maintiens ce que je disais : tu demeures le plus bel ornement de ce décor.

La quarantaine lui allait bien, puis son rôle de « vitrine » pour le magasin la forçait à porter les plus beaux vêtements du troisième étage. Debout dans l'embrasure de la porte de son bureau, Mathieu regardait l'échange avec un sourire amusé. Quand les affaires demeuraient difficiles, seul le notaire arrivait à calmer un peu les inquiétudes de sa femme. Maintenant, pour elle il incarnait l'idéal de l'ami fidèle, attentionné.

L'instant d'après, les deux hommes se serraient la main.

— Marie va-t-elle se joindre à nous ?

— Comme d'habitude, ce matin elle prétendait que ce n'était pas sa place, mais attends juste un peu.

Le directeur général leva son poignet droit pour voir sa montre, dressa un doigt de la gauche, puis un deuxième, un troisième… Au cinquième, sa mère entrait dans la pièce.

— Le revoilà qui fait son spectacle, dit-elle en l'apercevant.

— Tout de même, prévoir votre entrée à la seconde près, commenta Fernand en l'embrassant à son tour, voilà qui m'impressionne.

— Il aurait dû faire de la musique. Selon lui, le bruit de mes pas peut être identifié parmi tous les autres.

Le trio des propriétaires se trouvait réuni. Il revint, comme plusieurs fois auparavant, à Fernand de dire :

— Flavie, tu viens avec nous ?

— Non, je dois recevoir deux fournisseurs.

La secrétaire agissait davantage comme collaboratrice ce jour-là. Le notaire hocha la tête, toujours bienveillant.

❖

Béatrice aidait les domestiques à faire la vaisselle du déjeuner, résolue à ce que sa présence ne soit une corvée pour personne. Les premiers jours, elle avait mis du temps à leur expliquer ce que faisait un « docteur pour la tête ». Après un moment, la jeune femme avait renoncé.

En revenant dans le salon un peu après neuf heures, elle trouva sa belle-sœur bien enfoncée dans son fauteuil.

— Tu me trouveras ridicule : j'essaie de me relever depuis un moment, mais je n'y arrive pas.

— Je te trouve surtout très enceinte, dit Béatrice en riant, s'approchant les deux mains tendues. Accroche-toi.

Compte tenu de sa stature, la tirer de son siège ne posa aucune difficulté. La blonde garda les mains de sa belle-sœur dans les siennes.

— Te portes-tu bien ?

— Oui, oui.

— Je veux dire vraiment bien ?

La sollicitude dans la voix toucha Louise. Passant une main sur son abdomen arrondi, elle expliqua :

— Selon mon médecin… Ou devrais-je dire ma médecin ?

— Je ne sais pas. Je pense que le phénomène est trop récent pour que les grammairiens se soient penchés sur la question.

— Selon le docteur Picard, les choses se passent bien. Toutefois, je ne comprends pas trop comment je me sens. Heureuse, impatiente, mais aussi très inquiète.

Machinalement, elle posa ses deux paumes sur ses reins, se pencha un peu vers l'arrière, tout en esquissant une petite grimace de douleur.

— Tu n'as pas mis le nez dehors depuis quelques jours, n'est-ce pas ?

— Je ne peux pas quitter mon fauteuil toute seule, dehors je ne pourrais même pas me reposer sur un banc sans craindre d'y rester éternellement. Comme Antoine travaille cinq, le plus souvent six jours par semaine, je me promène d'une pièce à l'autre.

— Que dirais-tu de venir avec moi ? Le soleil resplendit, nous avons une charmante journée de printemps.

— Je ne sais pas trop…

— La preuve est faite que je peux t'aider à te relever. Je crois même que je te porterais dans mes bras, si nécessaire.

De cela, la future mère s'avérait incertaine. À la fin, elle consentit d'un geste de la tête, tout en esquissant un sourire un peu effarouché. La belle-sœur qui étudiait aux États-Unis l'impressionnait toujours un peu.

— Auparavant, je dois aller… me refaire une beauté.

Louise se dirigea vers la salle d'eau avec un dandinement de canard.

Les locaux administratifs se trouvaient au sixième, le dernier étage. Le trio se retrouva immédiatement dans la salle à manger, refaite quelques années plus tôt. En matinée, les lieux n'accueillaient qu'une douzaine de femmes venues faire des courses et désireuses de prendre une pause devant un café et des rôties.

— Avec le plein emploi, le restaurant fait d'excellentes affaires. Les travailleuses des alentours viennent le midi, même le soir les jours où nous fermons plus tard. La seule difficulté, c'est le maudit rationnement. Chacun reste un peu sur sa faim.

— Je dois être le seul qui profite vraiment de la situation, ricana Fernand. Mon médecin me félicite de perdre un peu de poids.

En conséquence, dans l'escalier Marie s'informa de sa santé. Il passa tout le temps du trajet vers le rayon des électroménagers à la rassurer. Cette sollicitude lui faisait penser à sa propre mère, disparue quelques années plus tôt. Puis il remarqua les grands espaces vides sur le plancher.

— Le gouvernement fédéral réquisitionne des feuilles d'acier, dit Mathieu devant son regard interrogateur. Nous n'aurons plus de laveuses de toute l'année, selon un fournisseur. La matière première sert à la fabrication des véhicules.

— Tu ne peux pas trouver du côté des États-Unis ?

— Là-bas aussi les matériaux stratégiques sont rationnés. Enfin, je vais faire mon possible. Au moins, avec la hausse des prix, nous ne fonctionnons pas à perte.

La situation méritait un long exposé, mais inutile de se montrer plus précis avec Fernand. Avec les embauches dans l'industrie de guerre, les vendeuses exigeaient des hausses de salaire.

— Tous ces encadrés publicitaires sur les murs, remarqua-t-il, ça n'aide pas non plus.

Ses yeux s'arrêtaient sur un grand panneau montrant une femme souriante, en bleus de travail, tenant une bombe entre ses mains, comme dans une cuisine elle aurait présenté à la famille une volaille bien préparée.

— "Je fabrique des bombes et j'achète des bons de la Victoire", lut Marie à haute voix.

— Voilà l'ironie de la situation. En achetant du matériel militaire, le gouvernement fournit des emplois à tout le monde. Puis il récupère une bonne partie des salaires versés en vendant ces obligations. Les gens n'ont pas de mal à épargner, ils ne peuvent rien acheter à cause du rationnement.

Ce portrait amena le notaire à se renfrogner un peu. Il entendait pourtant faire une mise au point lors de cette rencontre. Mathieu le désarçonna un peu plus quand il l'entraîna dans le rayon des appareils électriques.

— Je vais te montrer le côté le plus ridicule de la situation. Tu vois ce beau poste de radio ?

Il montrait un gros meuble de bois atteignant la hanche d'une personne de taille moyenne. Sur le devant, derrière un alignement de colonnes décoratives, on voyait un grand carré de tissu brun strié de doré. Le directeur le toucha du doigt.

— Avec ça, imagine le son : un gros haut-parleur de plus de neuf pouces de diamètre.

Fernand attendit la conclusion, qui, il le devinait, ne porterait pas sur les qualités de l'appareil.

— Le manufacturier ne peut trouver des haut-parleurs. Dans ce cas aussi, il s'agit d'un produit stratégique. Alors, on les vend vides. Derrière cette toile, il y a simplement un grand trou.

— Des gens l'achètent sans pouvoir l'entendre jouer ? Ça ne sert à rien.

— Bah ! On peut déposer un pot de fleurs dessus, ou alors l'un de ces plats remplis de fruits de cire.

Devant le dépit de son fils, Marie posa une main sur son avant-bras. Celui-ci reprit, un peu plus calmement :

— Les gens imaginent en trouver un sur le marché noir. Un client est venu m'annoncer qu'il y avait mis un haut-parleur de bombardier. Je ne savais même pas qu'on en trouvait dans ces gros avions.

— Sans doute pour que les ordres couvrent le bruit des moteurs.

Le rationnement créait des débrouillards de ce genre. Des ouvriers quittaient la manufacture avec un objet dissimulé sous leur manteau, des camionneurs expliquaient qu'en chemin une caisse de leur cargaison était tombée sur la chaussée pour disparaître aussitôt, des cultivateurs se présentaient avec un quartier de bœuf dans le coffre de leur voiture lors de rassemblements sportifs ou politiques.

Lors de la visite du rayon des vêtements pour femme, tout naturellement Marie prit le relais. Que l'on y accède par l'escalier ou le passage entre le vieil et le nouvel édifice,

celui de 1891, un panneau indiquait « Boutique ALFRED »,
et une affichette rappelait que le fondateur, Théodule
Picard, avait eu deux fils, Thomas et Alfred.

Là aussi, les étalages se trouvaient plus éloignés les uns
des autres, les vêtements s'empilaient moins haut sur les
rayonnages.

— Toutes les travailleuses ont de l'argent pour s'habiller,
les épouses des entrepreneurs veulent ressembler à des
vedettes de cinéma. Avoir plus à vendre, je vendrais plus.
Néanmoins, ça va bien.

La note optimiste changeait agréablement de l'attitude
déprimée du directeur. Quelques minutes plus tard, arrivés au
rez-de-chaussée, ils convenaient de se retrouver au sixième.

❖

Le soleil d'avril était juste assez chaud pour qu'une veste
suffise pour se sentir bien. Louise s'accrochait au bras de
sa belle-sœur, un peu incertaine de son pas sur le trottoir.

— Tu ne regrettes pas de m'accompagner ?

— Non, ça me fera du bien, malgré la douleur dans mes
jambes. Puis de voir des gens… Je veux dire d'autres gens
que les membres de la famille.

— Je comprends.

Béatrice caressa les doigts de sa parente posés sur le pli
de son bras. À chaque fois qu'elles croisaient une femme
poussant un carrosse, Louise l'arrêtait pour se pencher sur
l'enfant, s'informer de son âge, formuler quelques compli-
ments sur sa bonne mine.

Aussi mirent-elles assez longtemps pour atteindre le
parc des plaines d'Abraham. Sur un banc, le visage orienté
vers le soleil, les deux jeunes femmes demeurèrent un long
moment silencieuses.

— Des fois, je le sens bouger, remarqua Louise en posant sa paume sur son flanc.

— Cela doit donner une drôle de sensation.

Sa compagne prit sa main pour la poser sur son ventre.

— On dirait un coup de pied, constata la blonde avec un sourire ému.

— Aimerais-tu en avoir, toi aussi ?

Béatrice amorça un mouvement caressant, comme si l'enfant pouvait le sentir.

— Ça me ferait de la peine de rater cette expérience. Cependant, auparavant je dois répondre à une simple question : avec qui ?

— Pour une femme avec ton allure, instruite en plus, ça ne devrait pas être difficile.

— Tu as vu une file d'attente devant la maison ?

Louise rit doucement puis remarqua :

— Plus personne ne te connaît à Québec, tu es partie en 1936. Montre-toi un peu, on verra bien.

— Je n'aurai pas le temps de me constituer une armée de prétendants. Je vais rentrer au Connecticut le lendemain ou le surlendemain du plébiscite.

— Ça ne devait pas être la veille ou l'avant-veille ?

Silencieuse la plupart du temps, la future mère ne manquait rien aux conversations.

— L'horaire précis sera déterminé par cet enfant à venir, dit Béatrice.

Sa belle-sœur lui adressa un sourire. Le choix de la marraine lui donnait la plus entière satisfaction. Puis elle baissa la voix d'un ton pour demander encore :

— Tu vas voter comme Charles t'incite à le faire ?

Le benjamin ne manquait jamais l'occasion d'un repas pour prêcher en faveur du « Non » aux membres de sa famille.

— Si cela se produit, je t'assure que ce sera l'effet du hasard. J'espère que tu ne voteras pas comme Antoine par souci d'obéissance.

— Nous n'avons jamais discuté de la question, mais si je suis en mesure de me déplacer ce jour-là, je voterai librement. Remarque, tu ne seras peut-être pas fière de moi pour autant. Comme mon mari m'incite à suivre mes convictions, tu vas penser que je lui obéis si nous sommes du même avis.

Le ton moqueur de Louise voulait souligner gentiment le petit côté condescendant de Béatrice. Au lieu de s'en formaliser, celle-ci s'en amusa. Elle savait qu'Antoine respectait l'opinion de son épouse, et que sa belle-sœur ne faisait que taquiner une parente tentant de lui faire la leçon.

— Moi, continua Louise, je ne peux supporter que l'on force des garçons à tuer d'autres garçons. Ma voix ira au "Non".

De nouveau, la femme caressait son abdomen, songeuse. Dans vingt ans, son enfant s'exposerait-il au même risque ?

— Tu sembles toujours t'entendre aussi bien avec mon frère.

Un sourire ému passa sur les lèvres de Louise, puis elle murmura :

— Tu te doutais que de gros et grands garçons comme lui pouvaient être si doux, si attentionnés ?

— J'ai été élevée par un gros homme tout aussi doux et attentionné.

L'autre rit de bon cœur à la remarque. Évidemment, le fils et son père pratiquaient le même métier de notaire avec la même prudence, leurs discussions les plus animées se faisant toujours d'une voix posée. L'un ressemblait tellement à l'autre.

— Tu as raison, ton père est un homme très bon… Savais-tu qu'il a offert à Antoine de lui vendre la maison ?

Béatrice bougea la tête de haut en bas. L'aîné se confiait à son frère et à sa sœur sur le sujet, pour que leur sensibilité ne soit pas écorchée si la transaction se réalisait.

— Je pense que papa entend faire de lui et de toi le maître et la maîtresse des lieux.

— Ça représente tellement d'argent. Puis si lui et sa femme restent là…

Bien sûr, Fernand risquait de peser comme un patriarche sur la vie du clan, et Élise aussi.

— Comme nous savons toutes les deux qu'il s'agit d'un homme attentionné, ne t'inquiète pas. Puis Élise prendra bien garde de ne pas te marcher sur les pieds. Les choses iront d'elles-mêmes.

La conversation porta un long moment sur les rapports d'une jeune femme avec sa belle-mère. Au moment de revenir rue Scott, le pas de Louise paraissait un peu plus léger. Quant à Béatrice, elle en venait à se reconnaître une certaine compétence de confidente.

❖

Fernand se tenait debout devant l'une des deux fenêtres circulaires dans le bureau du directeur. Le va-et-vient des camions impressionnait, après les années de crise. Surtout, les véhicules vert foncé de l'armée se succédaient à un rythme soutenu. À la Citadelle et dans le camp de Valcartier, des milliers d'hommes se trouvaient sous les drapeaux.

— Les chiffres ne sont pas si mauvais, d'après ton dernier relevé, dit-il en se retournant.

Les deux autres propriétaires se trouvaient assis à une table, de même que Flavie. Au lieu de donner un long exposé annuel, Mathieu préparait un relevé des opérations tous les trimestres.

— Par rapport à 1932-1933, nous roulons sur l'or. Cependant, compte tenu de tout l'argent qui circule, le rationnement nous coûte cher.

— Je le constate moi aussi. D'un autre côté, les changements dans ma vie familiale me donnent envie de laisser le commerce de détail.

Le sujet revenait sur le tapis avec une certaine régularité. Chaque fois, Mathieu s'inquiétait un peu. Dix ans plus tôt, la présence du notaire avait été essentielle à la prise de possession. Même si son ami lui abandonnait la totale direction de l'entreprise au jour le jour, il lui attribuait une large part des succès de l'affaire.

— Des changements ? s'inquiéta Marie.

— Antoine aura son premier enfant dans quelques semaines, il conviendrait qu'il soit désormais propriétaire de son logis.

Lui-même n'était entré en possession de la grande maison qu'à la mort de son père. Il ne voulait pas faire attendre son aîné pendant de nombreuses années, ni lui rendre le service de disparaître prochainement pour lui faire de la place.

— Tu n'auras pas besoin d'un supplément de liquidités dans ces circonstances, intervint Mathieu, puis le magasin demeure un investissement rentable.

Le directeur s'arrêta là. Dans la présente conjoncture, des actions dans les domaines de l'aluminium, de l'acier et de la pétrochimie paieraient mieux que le commerce de détail.

— Je vais financer l'achat d'Antoine, et donner aux autres leur part de la maison en argent. Si je distribue mon héritage tout de suite, enfin, une part de mon héritage, mes enfants n'auront pas à souhaiter mon décès pour toucher l'argent.

— Crains-tu vraiment cela ? demanda Marie avec un sourire en coin.

Le notaire prit un siège à la table, s'adossa confortablement.

— Non, et je ne devrais pas évoquer des hypothèses pareilles. Je ne veux rien bousculer, mais j'aimerais céder chaque année une fraction de mes parts, en commençant en 1943. Là je possède le tiers, j'aimerais qu'il ne me reste rien du commerce dans dix ans, plus tôt si tu peux te le permettre.

La précision ne concernait que Mathieu, pas Marie. Non seulement celle-ci ne participerait à aucun achat, au contraire elle aussi serait bientôt désireuse de vendre sa part du commerce.

— Si jamais la situation se dégrade sérieusement…

— Nous nous reparlerons à ce moment-là. Inutile de prévoir le pire.

Ainsi, ce copropriétaire donnerait la valeur de sa maison à ses enfants d'ici un mois. Au même moment, il entendait commencer à réorienter ses investissements.

— Comme nous n'avons plus rien à payer pour les rénovations, murmura Mathieu, ce sera possible.

Déjà le directeur refaisait mentalement tous ses calculs.

Chapitre 5

Thalie demeura un moment interdite dans l'entrée de la Citadelle, paralysée par le tract. Vue de l'extérieur, la bâtisse s'avérait déjà impressionnante. À l'intérieur, l'ampleur des lieux avait de quoi surprendre. Des dizaines d'hommes s'activant dans tous les sens lui firent une grande impression. Le port de l'uniforme, la coupe de cheveux et le dos très raide les rendaient tous semblables. Dans cet univers, seules quelques femmes s'activaient derrière des machines à écrire.

— Le colonel Murphy m'attend, signifia-t-elle à un planton.

Celui-ci l'examina des pieds à la tête, un sourire en coin.

— Vraiment ? J'en doute.

— Je vous assure. Vérifiez, je suis la docteure Picard.

Sur le bureau du planton reposait un agenda ouvert à la page du jour. Une ligne fit disparaître son air goguenard.

— Suivez-moi, madame.

Inutile de le corriger, le statut de célibataire de Thalie ne lui donnait aucun sentiment de fierté. Le service de santé occupait une longue suite de pièces. Des dizaines de jeunes hommes en civil, la très grande majorité avec de la crainte dans les yeux, hantaient ces lieux. Dans les premières salles du service, tous se trouvaient vêtus, la chemise boutonnée jusqu'au cou, la vareuse ou la veste sur le dos. Plus loin, les appelés présentaient des poitrines creuses ou musclées.

Sur son passage, les plus pudiques croisèrent les bras pour se cacher.

— Nous ne voyons pas souvent des femmes dans ces parages, expliqua son guide. Les voilà intimidés.

La précision était inutile, cela se lisait sur tous les visages. «L'examen des recrues féminines revient-il à des hommes?», se questionna la médecin. Sans doute. Dans des circonstances de ce genre, elle aussi songerait à se rendre invisible.

Le bureau du colonel Murphy se trouvait dans les entrailles du service de santé, une pièce bien meublée, mais sombre et encombrée.

— Votre visiteuse, colonel, dit le planton en saluant.

Puis le jeune homme s'esquiva. L'officier supérieur quitta son siège, s'approcha de Thalie la main tendue et risqua en français :

— Docteure Picard, enchanté.

La prononciation était si laborieuse qu'elle répondit en anglais, et s'en tint à cette langue pour tout le reste de la conversation.

— Enchanté, monsieur… ou devrais-je dire colonel? Ou docteur?

— L'usage exige l'utilisation du grade, mais les trois me conviennent. Assoyez-vous.

Au moment d'occuper la chaise libre, Thalie avisa la pile de fiches descriptives sur le bureau.

— Nous recevons des dizaines d'appelés toutes les semaines, dit le colonel en suivant ses yeux. Certains avalent six aspirines avant de se présenter pour qu'on trouve leur pouls trop rapide, ceux qui souffrent d'allergies se roulent dans un champ de foin. Les gens avec des pieds plats, ou même avec les traces d'une exposition à la tuberculose, sont considérés comme chanceux au point de faire envie.

— Ne les comprenez-vous pas?

L'officier demeura songeur, puis admit :

— Je les comprends très bien, au contraire. Voyez-vous, mes parents sont venus d'Irlande. Je n'entends pas parler contre l'impérialisme britannique pour la première fois de ma vie.

La médecin acquiesça d'un mouvement de la tête. La plupart des Irlandais partageaient avec les Canadiens français la religion catholique et une haine tenace des Anglais. Le colonel en vint tout de suite à la raison de cette visite. Il récupéra une lettre dans son tiroir, Thalie reconnut la sienne.

— Vous voulez vous enrôler, docteure Picard.

— Dans le corps médical. Je ne serais pas très utile parmi les couaques… puis j'ai passé l'âge limite pour ce régiment.

Elle évoquait le corps féminin de l'armée, le CWAC, à la façon des Canadiens français : l'acronyme devenait un nom.

— J'ai reçu mon diplôme de l'Université McGill en 1925, poursuivit-elle.

— Je sais. Moi aussi, mais il y a plus longtemps. Nous ne nous y sommes pas croisés. Vous avez laissé un bon souvenir à vos professeurs. Certains d'entre eux sont toujours là.

Bien sûr, l'officier avait pris des informations. Ce genre d'offre de service ne devait pas venir tous les jours.

— Vous savez, aucun homme de troupe n'acceptera des soins d'une femme médecin, jugea-t-il utile de préciser.

— Voilà le côté absurde de la situation. Tout à l'heure, ceux qui j'ai croisés paraissaient tous effarouchés à l'idée que je puisse les voir. Pourtant, en cas de blessure, des infirmières changeront leurs pansements, les feront pisser dans des urinoirs, manipuleront les bassines. Se montrer ne les gêne pas tant que ça, mais voir une femme en position d'autorité, oui.

Le colonel donna son assentiment d'un geste de la tête.

— Toutefois, vous n'entendez pas devenir infirmière pour les accommoder.

— Ce serait une façon bien mauvaise de gérer les compétences. Avant d'en arriver là, je me tournerai vers l'armée américaine. Là-bas je pense qu'on sera moins regardant sur la pudeur des hommes.

— Vous vous devez d'abord à votre pays.

— Je suis d'accord, puisque vous me voyez devant vous aujourd'hui.

Murphy hocha la tête de haut en bas. Des Canadiens pouvaient revêtir l'uniforme du pays voisin, tout comme des Américains étaient venus s'enrôler au Canada dès 1939, par esprit d'aventure ou à cause de leurs convictions politiques.

— Bon, le nombre de femmes ira croissant dans le corps expéditionnaire, consentit-il, au point d'occuper à elles seules un médecin.

La tête de Thalie tourna un peu. Vouloir briser son cercle de mélancolie en rejoignant l'armée était une chose facile à imaginer. Constater que le projet pouvait se réaliser lui donnait le vertige. Pas à cause des regrets, mais plutôt à cause du sentiment de s'être mis le doigt dans un engrenage sur lequel elle perdait le contrôle.

— Cependant ne vous emballez pas trop vite, votre cas est un peu… unique. Mes supérieurs vont y penser à deux fois avant de se décider.

Curieusement, maintenant elle s'inquiétait que le projet ne se réalise pas.

— Vous me contacterez, ou je dois attendre un courrier d'Ottawa ?

— Vous aurez droit aux deux, je suppose, si la réponse s'avère positive. Eux d'abord, moi ensuite. Sinon, l'état-major vous donnera seul la mauvaise nouvelle.

— Je ne vous dérangerai pas plus longtemps. Merci de m'avoir reçue.

Comme elle amorçait le mouvement de se lever, le médecin l'arrêta.

— Puis-je prendre encore un moment de votre temps ?

— Bien sûr, colonel.

Le terme s'accompagna d'un petit sourire.

— Vous savez quel genre de soins nous donnons à nos patients ?

— Des blessures par balle… des éclats d'obus.

Les cicatrices sur le bras et la poitrine de son frère lui revinrent en mémoire.

— Pour le moment, les Canadiens n'ont pas vu de combats, du moins pas en Europe. Les traumatismes sont le résultat de chutes, d'objets reçus sur le corps ou la tête. Les rares blessures attribuables aux coups de feu tiennent à des accidents.

L'homme s'interrompit un instant pour ménager son effet, puis déclara :

— Les consultations les plus fréquentes concernent les maladies vénériennes.

Thalie lui répondit avec un sourire goguenard :

— Voilà sans doute pourquoi nos combattants ne pourraient tolérer un médecin de sexe féminin.

— Cela figure certainement parmi leurs motifs. Comme ce genre de maladies se partage, on les retrouve aussi chez les couaques… De même que quelques grossesses non désirées, précisa-t-il encore.

Les bien-pensants lançaient des commentaires désobligeants sur ces femmes soldats. Loin de leur famille, dans un milieu d'hommes, les nombreuses occasions de pécher les poussaient à des comportements de dévergondées.

— À ce sujet au moins, je me retrouverai en milieu connu, ma pratique ne concerne que ça, des accouchements.

— L'idée de porter l'uniforme ne vous effraie pas?

— Je gagnerai du temps le matin : plus besoin de me demander quoi me mettre.

Son humour sonnait faux, l'autre ne s'y trompa pas.

— Je pensais surtout à ce qui vient avec. Notamment l'obéissance.

Jusqu'où cet homme était-il allé, au moment de recueillir des informations sur elle ? Ceux qui la connaissaient ne devaient pas mettre sa soumission au premier rang de ses vertus.

— De mon côté, l'entraînement physique me fait le plus peur. Obéir aux ordres ne doit pas être difficile, comparé aux courses dans la boue.

« Voilà au moins l'occasion de faire fondre la petite couche de graisse sur mes hanches », songea-t-elle, se jugeant tout de suite un peu sotte de penser à ça.

— Rassurez-vous, les médecins ne sont pas tenus de s'entraîner. Si vous recevez une offre d'enrôlement, ce sera avec un uniforme très mal coupé et un grade de capitaine. Toutefois, ne sous-estimez pas la difficulté d'obéir à des ordres parfois imbéciles.

L'homme se redressa sur sa chaise en contemplant la pile de documents sur son bureau.

— Je vous remercie de votre visite, docteure Picard.

— Merci de m'avoir reçue, colonel Murphy. Au plaisir de vous revoir.

La femme quitta sa chaise et marcha vers la sortie. Dans les couloirs du grand complexe, la pudeur de quelques hommes fut de nouveau troublée.

Le télégramme de son père, au lieu d'un simple coup de fil, donnait un caractère dramatique au rendez-vous. Ce moyen de communication servait généralement à annoncer un malheur, notamment un décès. Édouard se donnait tout ce mal pour éviter d'avoir sa femme, ou pire, son beau-père, au bout du fil.

Le garçon ne venait pas au garage pour la première fois, pourtant l'endroit lui paraissait encore nouveau. Il habitait Montréal depuis le début de ses études universitaires, et lors des grandes vacances il était si accaparé par ses multiples occupations qu'il était contraint d'espacer ses visites.

Lors de son arrivée, Édouard se trouvait en grande conversation avec un client potentiel.

— Je vous assure, monsieur Desrosiers, voilà une voiture parfaite pour vous.

— Bah, une 1940. Acheter un char usagé, c'est hériter des problèmes des autres.

— Si vous voulez vous plaindre, adressez-vous au gouvernement fédéral. Moi, je vous en vendrais dix, des autos neuves, si je pouvais. Je peux vous certifier cependant que celle-là vous donnera de bons services jusqu'à la défaite des Boches.

L'homme d'une cinquantaine d'années fit le tour de la voiture avec une mine dubitative, puis frappa du bout du pied sur chacun des pneus avant de conclure :

— Bon, j'vas y penser, monsieur Picard. Moé, j'voudrais un char neuf.

— Faites le tour de tous les concessionnaires, vous n'en trouverez pas. Revenez ici ensuite. Je vends des voitures de seconde main depuis dix ans, je m'y connais, vous serez satisfait de celle-là.

Le dénommé Desrosiers ne paraissait pas tout à fait convaincu. Quand il eut passé la porte, Thomas demanda :

— Es-tu certain qu'il n'en trouvera nulle part?

— À moins d'être très chanceux, ce bonhomme sera déçu. Je ne peux pas visiter tous mes compétiteurs pour vérifier dans les salles de montre, mais je ne pense pas qu'il voie un seul char neuf. Regarde, voilà la raison.

Un grand encart publicitaire avait été épinglé au mur : «La Victoire est notre affaire». L'illustration montrait un véhicule blindé dans un paysage enchanteur.

— Tu as lu ça? reprit le garagiste. "Les hommes et les femmes de General Motors du Canada sont animés d'un esprit combatif dans leur travail". Et un peu plus loin: "Des produits de guerre GM de fabrication canadienne servent déjà sur tous les théâtres de guerre. Il y en aura encore davantage, jusqu'à ce que cette lutte acharnée soit finie et que la paix se rétablisse en vertu d'un nouveau titre à la liberté".

Un juron traduisit tout ce qu'il pensait de l'effort de guerre.

— J'ai vu cette image dans les journaux, dit Thomas. Ça ne doit pas être très rentable pour les compagnies de dire à tout le monde que leurs produits servent en Europe.

— Voilà leur façon de rappeler à tous qu'ils existent encore, qu'on retrouvera des voitures et des camions une fois la paix revenue.

Ces publicités se trouvaient partout, General Motors se présentait comme un citoyen exemplaire. Le marchand contempla son fils un moment.

— Quand es-tu arrivé à Québec?

— Il n'y a pas très longtemps.

Le père rageait encore d'avoir appris sa présence tout à fait par hasard, le soir de la manifestation politique de la Ligue pour la défense du Canada.

— Tu resteras combien de temps chez ton grand-père?

— Deux ou trois jours tout au plus. Un examen m'attend.

— Autant que ça ! se moqua Édouard. Dans ce cas, je peux priver le juge Paquet et ta mère de ta présence pendant quelques heures. Tu pourras venir avec moi à l'assemblée de ce soir, à Sainte-Croix-de-Lotbinière.

Il ne s'agissait pas d'une question, plutôt d'une exigence. Le garçon songea d'abord à refuser, puis se ravisa. De toute façon, il serait bientôt cinq heures, trop tard pour planifier une autre activité ce soir-là.

— Il faudra plus d'une heure pour nous y rendre, dit-il plutôt.

— Alors, partons tout de suite, nous trouverons de quoi manger en chemin.

Dans les circonstances présentes, Édouard ne risquait pas de perdre des clients en fermant un peu avant l'heure. Un carton portant le mot « Fermé » se trouvait suspendu à un clou près de la porte. Il l'accrocha contre la vitre.

— Tu vas pouvoir essayer ma Cadillac 1939. Comme tu vois, les choses ont changé depuis l'ouverture de ce commerce. Aujourd'hui, j'ai un meilleur char.

L'homme tenait à lui faire savoir que depuis la déchéance de 1932, il avait su se relever. Sans cette satanée guerre, il aurait retrouvé son niveau de prospérité antérieur en 1947, au plus tard 1950. D'héritier malchanceux, il se voyait devenir un *self-made-man*. Puis la guerre avait tout ajourné.

❖

Pour se rendre à Sainte-Croix, dans le comté de Lotbinière, Édouard devait emprunter le pont de Québec, la grande construction de fonte jetée sur le Saint-Laurent avant la Grande Guerre. Chaque fois, le souvenir de l'effondrement de 1907 le rendait morose. Un garçon de dix-sept ans était mort dans ses bras. Son état d'esprit l'incitait au silence, ce qui convenait tout à fait à Thomas. Avec son père, cela valait mieux que les disputes.

La route longeait le fleuve, le paysage sous le soleil déclinant méritait le coup d'œil. Édouard roulait depuis une heure quand un véhicule de la Police provinciale apparut à l'intersection d'un chemin de traverse, pour entamer une poursuite.

— Les cochons, les maudits cochons, ragea le conducteur.

Derrière, un agent lui faisait signe de se ranger sur la droite de la route, le bras sorti par la fenêtre. Il s'arrêta, surveilla le policier rondouillet venant vers lui. Un autre, un peu plus athlétique, lui emboîta le pas.

— C't'un bon char que t'as là.

— Si vous voulez en acheter un, ça tombe bien, j'en vends.

— Pis y roule vite, en plus.

Le petit homme se penchait pour voir les sièges recouverts de cuir et le tableau de bord.

— Tu peux faire du quatre-vingt avec, p'tête du cent.

— Cent milles à l'heure, la voiture en est capable, mais aucune route ne le permet au Québec.

Tout en parlant, Édouard cherchait son portefeuille dans la poche intérieure de sa veste.

— Tu peux dépasser quarante, j'viens juste de l'voir. Tu connais pas le nouveau règlement ?

Parmi toutes les mesures liées au rationnement, celle de limiter à quarante milles à l'heure la vitesse sur toutes les routes ne dérangeait pas grand monde. Les voies de circulation ne permettaient pas d'aller tellement plus vite. Cependant, cela représentait une belle occasion pour les policiers d'arrondir leur traitement.

— En tout cas, du temps de Maurice ce règlement n'aurait pas été appliqué dans la province.

Ces politiques provenaient du gouvernement fédéral, mais c'était la police locale qui en assurait le respect. L'allusion au chef de l'Union nationale ne suscita pas le moindre clignement d'œil.

— T'allais trop vite, insista l'agent.

— Vous êtes certain ? dit le contribuable en tendant un petit bout de carton avec son nom dessus. Il me semble que je ne roulais pas à quarante milles.

De nouveau, le policier ne broncha pas. Ces représentants de l'ordre devaient avoir une âme de mercenaire, pour ne pas réagir à la présentation d'une carte de membre d'un parti politique. Avec un soupir, Édouard sortit deux billets de cinq dollars. L'agent le plus rondouillard les escamota d'un geste vif.

— Bon, ça s'peut bin qu't'allais à trente-neuf milles. Tu t'en vas à l'assemblée politique, avec ton beau char ? Fais attention, souvent ça finit avec des coups de matraque.

Cet avertissement devait servir d'au revoir. Les deux compères en uniforme retournèrent à leur automobile et Édouard démarra.

— Les policiers voulaient juste un peu d'argent ?

— Tu n'apprends pas ces choses-là, dans ta grande école de droit ?

— Nous apprenons le Code civil et le Code criminel. Le rôle des policiers est de faire respecter l'un et l'autre, de même que les règlements municipaux.

— La vie doit représenter une meilleure école, à la fin. Tu leur donnes un uniforme, un revolver et un peu d'autorité, ils en profitent pour voler les citoyens.

Thomas secoua la tête de droite à gauche, déçu de trouver le monde moins parfait que la représentation qu'il s'en faisait.

❖

Le village de Sainte-Croix était situé en bordure du fleuve. Une église trop grande pour la population agricole des environs se dressait en plein milieu de la localité. Déjà, toutes les rues étaient encombrées par des voitures, les unes à essence, les autres tirées par des chevaux. L'estrade élevée à côté du temple témoignait de la sympathie du clergé pour la cause nationaliste, au moins au niveau local. Le cardinal du diocèse de Québec penchait plutôt pour l'effort de guerre.

Le député du comté de Lotbinière, René Chaloult, menait une carrière politique intéressante, mais mouvementée. Élu dans Kamouraska en 1936 en tant que membre de l'Union nationale, il s'opposait au premier ministre dès le premier jour de la session, en guise de protestation contre la façon dont Duplessis traitait les progressistes ayant rejoint son parti. Après avoir participé à la création du Parti national peu après, c'est comme libéral indépendant qu'il se faisait réélire en 1939.

Depuis le déclenchement de la guerre, son action se résumait à combattre la menace d'une conscription. Cela suffisait à lui donner une bonne visibilité.

— Les autres, tu dois les connaître ?

Édouard voulait parler des autres vedettes du jour : le député Maxime Raymond, de Beauharnois-Laprairie, et Maxime Pouliot, de Témiscouata, tous les deux élus au gouvernement fédéral.

— J'ai vu Raymond au moment de la création de la Ligue pour la défense du Canada en février, au marché Saint-Jacques.

— Lors de cet événement, des personnes ont été arrêtées, je pense.

— Dix-huit, au total. La même chose peut survenir ici. Les policiers que nous avons croisés tout à l'heure doivent se trouver parmi ceux-là.

La Police provinciale semblait tenir un congrès dans la petite localité. Les voitures d'un vilain vert s'alignaient sur la pelouse du presbytère. Le curé devait regretter maintenant de s'être montré si accueillant.

René Chaloult, la vedette de la soirée, monta sur les planches pour s'adresser à ses électeurs. D'abord, il tint à dire sa joie de voir les forces nationales s'unir pour lutter contre la conscription.

— Les Canadiens français se sont libérés de leurs attaches partisanes, ce qui est de bon augure pour leur avenir.

L'homme avait belle allure dans son habit noir, avec sa chemise blanche et son col aux pointes cassées. Son monocle lui donnait l'air d'un intellectuel, et sa petite moustache celui d'un séducteur tout droit sorti d'un film français.

— Soyez calmes, soyez fiers. Ne souffrez pas de ce complexe d'infériorité dont sont malheureusement affligés trop de nos représentants publics.

L'argument tira un sourire à Thomas. Si le hasard leur permettait de se voir encore, il demanderait à Béatrice son opinion sur la psychanalyse appliquée aux hommes publics.

— Il ne faut pas négliger notre patrie pour voler à la défense des étrangers. Nous avons moins de raisons en 1942 que nous en avions en 1917 de courir après le danger puisque nous sommes moins exposés.

L'homme quitta le devant de l'estrade pour céder la place à Maxime Raymond, sous un tonnerre d'applaudissements.

— Ces cultivateurs sont bien calmes, remarqua Thomas. À Montréal, après des mots pareils, des cailloux voleraient déjà en direction des policiers. Ses déclarations peuvent lui valoir des ennuis avec la justice.

— Comment ça ? Ce député dit simplement la vérité.

— Si la vérité nuit à l'effort de guerre, ça n'impression-nera pas les autorités fédérales.

Le jeune homme prenait toutefois ces limites à la démo-cratie avec philosophie. Le père et le fils écoutèrent encore les discours pendant une demi-heure, puis quittèrent les lieux en même temps que des spectateurs surexcités. La question de la conscription inquiétait les cultivateurs, même si leurs fils pouvaient être exemptés du service à cause de l'importance stratégique de leur travail.

Le trajet du retour se fit en silence. À quelques reprises, Thomas se tourna à demi, puis abandonna l'idée de faire des confidences à son père. Pourtant, quelque chose le troublait visiblement. Édouard approchait de la maison du juge, dans la Grande Allée, quand il demanda à son fils :

— Dis-moi, tu n'as personne dans ta vie ?

— … Que veux-tu dire ?

— Une femme. Je sais bien que l'appel concerne les garçons de moins de vingt-quatre ans et que tu les as, mais on ne sait jamais. Les hommes mariés ne seront pas appelés avant que les Allemands ne viennent en Amérique.

— Non, je n'ai personne dans ma vie.

Le ton se révéla cassant, proche de l'exaspération. Thomas endurait avec difficulté que son père aborde de façon si légère et intrusive sa vie intime.

— En tout cas, enchaîna Édouard, du moment où ce n'est pas Béatrice Dupire, n'importe quelle fille me conviendra. Celle-là, pour être aussi jolie, ne tient que de ma sœur Eugénie, pas de ce lourdaud.

— Il s'agit de ma cousine germaine.

Le garçon marqua une pause. Ce ne fut que lorsque son père ralentissait devant la demeure du juge qu'il dit d'une voix chargée de colère :

— Jamais je ne me marierai pour éviter de faire mon devoir, jamais je ne ferai un enfant parce que j'ai peur de combattre.

Le coup de pied sur le frein les projeta tous les deux vers l'avant.

— Tu peux me mépriser, mais seuls les imbéciles sont allés se faire tuer pour le roi d'Angleterre.

— Tu penses vraiment que le roi joue un rôle là-dedans? Le sens de l'honneur, ça ne te dit rien?

— Descends de ma voiture. Vite, avant que je te sorte.

Le père ne faisait pas mine de réaliser sa menace. Après un regard assassin, Thomas ouvrit la portière pour quitter le véhicule. Il avait fallu un second conflit mondial pour l'amener à livrer le fond de sa pensée à son père.

❖

Heureusement que Béatrice aimait prolonger ses lectures tard le soir, car quand le téléphone sonna dans la maisonnée, tous les autres se trouvaient déjà au lit. Une voix anxieuse répondit à son «Allô»:

— Béatrice, j'aimerais vous voir demain. Est-ce possible?

— Qui est à l'appareil?

— Thomas… Thomas Picard.

La jeune femme se rappela soudain la demande de rendez-vous qu'il avait formulée au moment de descendre de voiture quelques jours plus tôt.

— Oui, bien sûr.

— Nous pourrions luncher ensemble.

— … D'accord. Je vous attendrai au New World Cafe vers midi. Vous savez où il se trouve?

— Mon père avait l'habitude de m'y emmener, autrefois.

Devant la tristesse du ton, Béatrice eut envie de proposer un autre endroit. Thomas la prit de vitesse :

— Si vous arrivez la première, prenez une table. Je ferai la même chose dans le cas contraire. Bonne nuit, mademoiselle Dupire.

— … Bonne nuit.

Son cousin germain ne lui déclarerait pas son amour. La future psychologue devinait plutôt une consultation professionnelle.

❖

Au moment d'entrer dans son stationnement, Édouard frappa du pied sur le frein, la voiture s'arrêta dans un crissement de pneus. Depuis son passage à la résidence du juge Paquet, la colère ne le quittait pas.

« Quel petit imbécile, ragea-t-il. Il rapporte tout à lui… ou à moi. »

Impossible pour lui de nier qu'au moment de son mariage, il souhaitait échapper à la conscription. Toutefois, ça ne signifiait pas l'absence de toute motivation politique : la survie des Canadiens français se trouvait vraiment menacée par l'attachement de leurs concitoyens de langue anglaise à l'Empire britannique.

L'instant d'après, le marchand de voitures entrait dans son commerce et traversait la salle de montre sans ouvrir la lumière. Les lampadaires de la rue permettaient de distinguer les véhicules à l'intérieur. Puis l'endroit ne se trouvait pas si encombré, bien au contraire. Une petite porte au fond donnait accès à un escalier. À l'étage, il alluma le plafonnier. L'appartement comportait un salon assez grand dont le plancher était recouvert d'une moquette d'un vert passé. Les meubles achetés pour son logement du Château

Saint-Louis paraissaient trop luxueux dans ce cadre. La cuisine, quant à elle, contenait une glacière et une plaque de cuisson électrique. Il y posa sa poêle à frire pour se faire cuire deux œufs. Ceux-ci comptaient pour beaucoup dans son alimentation depuis une dizaine d'années.

Quelques instants plus tard, il allumait la radio, puis s'installait dans son meilleur fauteuil, son assiette à la main. Cela faisait aussi partie de ses habitudes de vieux garçon. Il était temps pour lui de se trouver un véritable logis, sinon il deviendrait infréquentable. Le bulletin de nouvelles évoquait les activités de la Ligue pour la défense du Canada.

— Tous les jeunes font partie de cette association, sauf mon fils, grommela-t-il à haute voix. Il ne trouve pas mieux que me faire chier parce que j'ai évité la conscription il y a vingt-cinq ans.

L'assiette souillée se retrouva sur une table basse. Il prit le numéro le plus récent de *La Nation* et se passionna pour un article de Paul Bouchard.

❖

Le lendemain de la conversation téléphonique plutôt laconique, Béatrice entrait dans le New World Cafe situé tout près de la cathédrale, juste en diagonale de celle-ci. Comme la session universitaire durerait encore deux bonnes semaines, les étudiants composaient l'essentiel de la clientèle.

— Mademoiselle, vous avez une réservation ? demanda un serveur.

— Merci, je vois que l'on m'attend déjà.

Le jeune homme était assis sur une banquette placée près du mur. Les demi-cloisons leur procureraient une certaine intimité. Il laissa son journal pour la regarder venir, puis se leva pour l'accueillir. La robe étroite allant à mi-mollet, la veste cintrée à la taille firent de nouveau une certaine impression sur les clients. Décidément, le bleu la flattait.

— Merci d'être venue, dit-il en lui tendant la main.

— Je suis heureuse de vous revoir. Les nouvelles sont bonnes ?

Des yeux, la blonde désignait le journal laissé ouvert sur la table. Elle remarqua la tasse de café à moitié vide. Il l'attendait depuis un moment.

— Les troupes soviétiques ont lancé une offensive, victorieuse selon nos journaux. J'aimerais bien voir aussi ceux de Berlin, pour me faire une meilleure idée.

Tous les deux s'assirent de part et d'autre de la table, Thomas fit disparaître la publication sur la banquette.

— Pendant des mois, les nazis ont progressé à grande vitesse dans le territoire russe, dit la blonde. Cependant, c'est un pays qui a une population et des ressources importantes. Staline a tout en main pour répliquer.

— Je ne savais pas que vous vous intéressiez aux opérations militaires.

— Tout le monde s'y intéresse. *La Revue moderne* ne donne pas de nouvelles du front, ou de la politique, seulement des textes de fiction, des conseils de couture ou de cuisine. Toutefois, tous ces petits romans évoquent le conflit, les patrons de robe proposés sont conçus pour ménager le tissu, les recettes tiennent compte du rationnement des aliments.

Thomas hocha la tête en signe d'assentiment. Bien sûr, le sujet habitait tous les esprits. Même les récits destinés aux enfants faisaient de la place au conflit. D'un geste de la main, il attira l'attention de la serveuse. Une fois les commandes faites, il regarda la grande salle et commenta :

— Lorsque mon père s'occupait de moi les dimanches après-midi, nous venions souvent souper ici. Quand j'avais treize ou quatorze ans, il me désignait les jeunes femmes qui accompagnaient des étudiants et me demandait lesquelles me plaisaient.

De nouveau, Béatrice eut l'impression que ses études en faisaient la personne à qui se confier. Pourtant elle se trouvait si gauche, si inexpérimentée. Si elle s'était inscrite en théologie, sans doute lui quêterait-on des absolutions.

— Il me vantait les... qualités de certaines.

La colère durcissait ses traits, tellement l'émotion malsaine qui l'étreignait alors le hantait toujours. Il ressemblait à une caricature freudienne.

— Les qualités physiques, je veux dire.

— J'avais compris.

Son sourire se révéla un peu moqueur, au point de le mettre mal à l'aise.

— Je me demande s'il s'imagine que les femmes peuvent en avoir d'autres. Je ne pense pas qu'il leur prête le moindre intérêt, excepté pour ça.

Ce « ça »-là embarrassait clairement le jeune homme.

— Il me semble beaucoup les apprécier, remarqua-t-elle.

Cette fois, ce fut son tour à lui de se montrer un peu goguenard.

— Vraiment, vous croyez ?

— Certainement. Je ne compte pas parmi celles qui se contenteraient d'un intérêt limité à la libido, mais je ne m'en passerais pas non plus.

À la façon dont il la dévisageait, Thomas ressemblait plus à son père qu'il ne l'aurait avoué.

— Pourrions-nous nous tutoyer ? demanda la jeune femme. D'abord, nous sommes parents. Puis ce serait plus simple pour parler de choses si personnelles.

Il donna son assentiment d'un geste de la tête, tout de même un peu intimidé. La conversation prenait vraiment une tournure intime, mais tout en se limitant à des sous-entendus. Des deux, le garçon s'avérait le moins à l'aise. Un silence inconfortable dura jusqu'à ce que les assiettes arrivent sur la table.

— Tu lui en veux de t'avoir abandonné enfant?

Voilà, elle posait le premier diagnostic de sa vie. Cela ne présentait pas une bien grande difficulté, Béatrice se faisait l'impression de lire l'un de ses manuels de première année en psychologie. Les causes du mal à l'âme de Thomas lui apparaissaient d'autant plus évidentes qu'elle avait vécu la même chose, en pire lui semblait-il. Mais elle avait conscience d'estimer ses problèmes toujours pires que ceux des autres.

— Il nous a laissés, maman et moi, pour courir après… Il multipliait les aventures.

L'émotion ressentie à ce moment-là demeurait intacte, comme si on lui retranchait soudainement treize ou quatorze ans de vie.

— Je me souviens un peu de ces événements, dit-elle. Les voisines qui visitaient maman racontaient des histoires à mi-voix.

En réalité, la fillette malheureuse tentait d'obtenir un peu d'attention en venant se planter devant la porte du petit salon d'Eugénie, pour se faire rabrouer aussitôt. «Ferme la porte et cesse de nous embêter.» Ces mots avaient défini sa personnalité, sa vision d'elle-même: un embêtement. Sa raison lui disait l'absurdité de se juger ainsi, ce qui ne changeait rien à sa façon de percevoir les choses.

Thomas n'était certainement pas le seul des deux à garder des blessures profondes.

— À cette époque, je ne comprenais pas, et personne ne parlait à haute voix de sa séparation. Enfin, pas devant moi. Je remarquais toutefois qu'il venait à la maison sans toi ni sa femme.

Le jeune homme revint d'emblée au présent.

— Quand nous nous voyons, chaque fois il y a des étincelles. Hier soir, je lui ai dit des choses qu'il ne me pardonnera jamais.

«Tout de suite après, le pauvre m'a appelée pour m'inviter à manger», songea la blonde. Cela lui mit un poids sur les épaules. Que pouvait-elle dire pour alléger son mal à l'âme?

— Tu souhaites m'en dire un peu plus?

Tout en mangeant, le jeune homme lui raconta l'expédition vers Sainte-Croix-de-Lotbinière.

— Moi, je suis né parce que mon père était trop peureux pour risquer d'aller au combat. Ça me laisse un drôle d'héritage.

«Pourtant meilleur que le mien», pensa la jeune femme.

— On ne choisit pas nos parents… et ceux-ci ne choisissent pas nécessairement d'avoir des enfants. Une fois devenu grand, on ne peut faire autrement que de se réconcilier avec nos expériences particulières. Autrement, la vie deviendrait invivable. Car quoi que l'on fasse, elles ne changeront pas.

Bien qu'irréfutables, ces mots ne consolaient vraiment ni l'un ni l'autre.

— Je l'ai traité de lâche, révéla Thomas un ton plus bas.

— Pour avoir fait en sorte d'échapper à la conscription? Tous les autres qui ont fait la même chose en 1917, ceux qui participent à la course au mariage aujourd'hui, ce sont des lâches aussi à tes yeux?

La clientèle du New World Cafe venait de l'Université Laval, toute proche. Ces étudiants échappaient à l'enrôlement obligatoire en suivant une formation d'officier. Cela leur coûtait quelques week-ends et des semaines d'oisiveté lors des longues vacances. Presque tous devaient chercher très fort l'âme sœur, surtout ceux qui en étaient à leur dernière année.

— … Je n'ai rien contre tous ceux-là.

— Seulement contre ton père, et je suppose que cette querelle n'a pas grand-chose à voir avec son opinion sur la conscription, ou le plébiscite.

Le petit sourire contenait une bonne dose de sympathie. Thomas demeura silencieux, incapable de lui donner raison. Cela l'engagerait trop à fond dans les confidences. La conversation porta sur d'autres sujets. Ils en étaient au dessert quand Béatrice demanda :

— Tu sais comment tu voteras, à ce fameux plébiscite ?

Absorbé dans la contemplation des yeux bleus de sa cousine, le garçon fut surpris par la question.

— Oui, je le sais. Depuis un bon moment, d'ailleurs.

Comme il ne disait pas quel camp recevrait son suffrage, elle jugea préférable de ne pas insister. Thomas demanda pourtant :

— Crois-tu aller voter ? La consultation se tiendra dans moins de deux semaines.

— Normalement, je devrais me presser de retourner aux États-Unis. Charles insiste pour que j'attende le 28 avril avant de repartir, avec la certitude que je voterai du « bon bord ». De mon côté, j'ai un autre motif. Ma belle-sœur doit accoucher bientôt, j'attendrai jusqu'après le baptême. Antoine m'a demandé d'être marraine.

La proposition l'avait émue au point de lui tirer des larmes. Il restait à dénicher un parrain. La famille de Louise comprenait quelques célibataires prêts à servir de père de substitution « en cas de malheur ».

— Je comprends mal comment tu peux être étudiante et te trouver à Québec en avril. Pour l'essentiel, le calendrier scolaire est le même qu'ici, n'est-ce pas ?

— À un jour ou deux près, la rentrée et la fin de l'année correspondent, comme tous les congés.

— Donc, tu fais l'école buissonnière.

L'idée l'amusa, car elle ne se souvenait pas d'avoir manqué un seul jour d'école de toute sa vie, excepté lors des funérailles de sa mère.

— Au doctorat, nous avons quelques séminaires, et beaucoup de travail individuel. Je paierai cher mon petit congé, je passerai tout l'été dans un hôpital.

— Un asile ? Comme à Beauport ?

Elle acquiesça d'un geste de la tête. À cette idée, le trac la tenaillait parfois. Les livres lui étaient plus familiers que les malades.

— De ton côté, tu as terminé tes études ?

— L'an dernier, à peu près à cette date.

— Tu travailles à Montréal ?

— Oui et non. J'ai préparé l'examen du barreau. Disons que je me trouve présentement entre deux emplois.

Les yeux du jeune homme s'écartèrent des siens pour se fixer sur la table d'à côté. Il faisait sans doute un petit accroc à la vérité.

— Fais attention. En vertu de la loi du service national, si tu n'occupes pas un emploi, le gouvernement peut t'affecter dans une usine de guerre.

— Si le travail correspond un peu à mes compétences, je m'en accommoderai.

Au moment de se quitter, tous les deux demeuraient empruntés. Ils étaient pratiquement des inconnus l'un pour l'autre et trouvaient être allés trop loin dans les confidences. Béatrice accepta de prendre le bras de son cousin jusqu'à la maison du juge Paquet, dans la Grande Allée.

— Je peux te reconduire chez toi, offrit-il.

— En plein jour, je pense que le quartier bourgeois de la ville de Québec n'offre pas beaucoup de danger. Je marcherai sans escorte.

Elle accepta ses bises sur les joues, échangea un au revoir avec le jeune homme. Pourtant, leur prochaine rencontre risquait de survenir dans bien longtemps.

Chapitre 6

— Madame Dupire! cria une voix depuis l'étage.

Dans le salon, Béatrice perçut l'effarement dans le ton de Louise et quitta aussitôt son fauteuil pour s'engager dans l'escalier.

— Élise! Venez!

Le passage au prénom témoignait du sérieux de la situation, mais la belle-mère de Louise ne se manifestait pas. Montant l'escalier deux marches à la fois, la jeune femme trouva sa belle-sœur debout dans sa chambre à coucher, les bas tout mouillés, les pieds dans une flaque.

— C'est le moment?

Évidemment, l'obstétrique ne figurait pas au programme de psychologie, et ses connaissances du déroulement d'un accouchement étaient plutôt abstraites. Heureusement, Élise arriva à son tour à l'étage, prête à prendre les choses en main.

— Nous avons encore un bon moment devant nous, je vais t'aider à te préparer. Béatrice, va avertir Antoine de la naissance prochaine. Rappelle-lui de téléphoner à Thalie, elle nous rejoindra au Jeffery Hale si elle ne s'y trouve pas déjà.

La blonde s'exécuta sans tarder. Son entrée dans le bureau du rez-de-chaussée fit sursauter les deux notaires.

— Antoine, appelle la médecin.

— Déjà ?

— Si on oublie son regard inquiet, ta femme semblait dire "Enfin".

— Oui, bien sûr. Elle a eu tellement de mal à monter l'escalier ce matin.

Déjà, il décrochait le combiné, demandait à être mis en communication avec le cabinet de la rue Claire-Fontaine. Béatrice échangea un regard complice avec son père. L'idée de devenir grand-père le troublait un peu. Le bruit des pleurs et l'odeur des couches ne le rendraient pas malheureux. L'événement se doublait toutefois de la désagréable impression de prendre un coup de vieux.

Quand Antoine raccrocha, une ombre passa sur son visage.

— Je ne pourrai pas l'accompagner, un client doit venir tout à l'heure.

— Si tu crois pouvoir me faire confiance, dit Fernand en riant, je vais m'en occuper.

— Merci. Alors, je vais la rejoindre tout de suite.

Le futur père quitta la pièce, Béatrice vint s'asseoir sur la chaise réservée aux clients.

— Tu devrais les accompagner, lui dit son père. Dans son état de nervosité, Antoine risque de détruire ma voiture.

— L'hôpital se trouve tout près.

— Tout de même, prends le volant. Je vais avertir la famille Couture, puis je rendrai visite à ma bru quand j'aurai terminé ma journée.

Accompagner la parturiente ! La blonde soupçonna son père de la mettre à l'école de la vie. Une espèce d'invitation discrète à la prudence dans ses rapports avec les hommes.

— Je me demande si je vivrai cela, confia-t-elle.

— Une naissance ? Si tu en as envie, j'en suis certain. Tu aimerais ?

Le rose aux joues, elle répondit d'un hochement de la tête affirmatif. Peut-être qu'une fois rendue au Connecticut, elle reconnaîtrait le bon candidat.

— Si tu as une fille, j'espère qu'elle aura tes grands yeux bleus.

— Dans le cas d'un garçon ?

— Je lui permettrai d'avoir les yeux de son père.

Le sourire complice lui rappela le temps de son adolescence, quand il multipliait les efforts pour alléger son mal de vivre. Un bruit de voix dans l'escalier attira son attention.

— Je vais les rejoindre.

— Je compte sur toi pour me téléphoner, si le bébé se montre à l'hôpital avant moi.

— Promis.

Béatrice retrouva les autres au pied de l'escalier. Louise paraissait toujours affreusement nerveuse. Élise la tenait par la taille, tandis qu'Antoine répétait pour se convaincre lui-même : « Ça va bien aller. Ça va bien aller. » Comme son père le lui avait conseillé, elle les accompagna dehors, posa la main sur la poignée de la portière, puis s'arrêta :

— Peut-être voulez-vous conduire, Élise ?

— Je serai plus utile derrière.

La femme continuait de soutenir sa bru, Antoine poursuivait sa litanie : « Ça va bien aller ! » Quelques minutes plus tard, la voiture s'arrêtait devant la porte de l'hôpital.

— Je vous laisse descendre, puis je vais me stationner.

Quand elle pénétra à son tour dans l'établissement, Béatrice se retrouva face à face avec Thalie.

— Vous êtes déjà rendue ici ?

— Je passe deux jours complets par semaine dans cet hôpital. Je n'ai eu qu'un étage à descendre.

— Louise se trouve déjà dans la salle d'accouchement ?

— Non, dans une chambre. Lors d'un premier enfant, l'attente dure des heures. J'aurai le temps de voir toutes mes malades ayant un rendez-vous, et peut-être devrai-je passer la nuit sur une chaise. Pour l'instant, je vais la saluer, histoire de la rassurer un peu.

Tout en parlant, elle s'engageait dans une aile du Jeffery Hale, jusqu'à une toute petite chambre privée. Trop de gens s'y trouvaient pour le confort de la patiente. La médecin alla tout de suite vers le lit pour lui prendre les deux mains.

— Voilà enfin le grand jour.

Une infirmière avait invité Louise à se coucher après l'avoir aidée à se dévêtir.

— J'ai mal.

— Je sais. Dans quelques heures, tu l'oublieras. Je vais t'examiner.

Dans ces moments, Thalie passait naturellement au tutoiement. Elle embrassa Élise, dit quelques mots à Antoine, puis mit tout le monde dehors.

❖

Les prévisions de la médecin se révélèrent exactes. La praticienne eut le temps de recevoir toutes ses patientes, de dîner et de souper avant le dénouement. Puis l'enfant se décida à se montrer en début de soirée. Antoine, Fernand, Élise et même Charles s'extasièrent sur ce poupon nommé Jean.

Désignée comme chauffeuse depuis le matin, Béatrice était allée chercher les Couture, la famille de Louise, pour les ramener chez eux ensuite. À dix heures, la blonde occupait une chaise dans le hall de l'hôpital. Thalie la découvrit au moment de sortir.

— Que faites-vous ici? Un problème?

— Ma belle-mère m'a demandé de vous reconduire, puisque vous n'avez pas de voiture.

— Voilà bien la gentillesse d'Élise, mais je vous trouve encore ici après une longue journée d'attente. Je suis désolée.

La blonde lui adressa son meilleur sourire.

— Vous y êtes encore aussi, et ma journée a été plus facile que la vôtre.

— Mais moi, on me paie.

Malgré le ton léger, Béatrice lui trouva les yeux cernés, une grande lassitude sur le visage. Toutes les deux marchèrent vers la voiture stationnée dans la rue Saint-Cyrille. Quand elles furent assises, la blonde commenta :

— Votre travail demeure extraordinaire, malgré ces longues heures.

— Un bébé joufflu dans les bras, la jeune maman oublie le sang versé, la peau déchirée, les mois d'attente. Puis l'accoucheuse va dormir l'âme en paix, pour une fois.

La conductrice lui jeta un regard oblique. Si cette naissance l'avait rassérénée, les autres soirs elle devait être déprimée au point de présenter un cas clinique.

— Je m'excuse, dit Thalie après une pause. Je deviens une vieille fille exécrable.

Quelle attitude adopter dans les circonstances ? À son âge, Béatrice se voyait mal répondre : « Dites-moi ce qui ne va pas », mais l'envie la tenaillait. Vraiment, sa profession lui conviendrait très bien. L'initiative de se livrer revenait toutefois à son aînée. Le silence régna jusqu'à ce que la voiture s'arrête devant le Château Saint-Louis. Comme si elle craignait de rentrer seule, la médecin commença :

— Vous étudiez aux États-Unis. Les femmes y sont-elles mieux considérées qu'au moment où je me trouvais à McGill ?

— Je suis arrivée alors que le chemin se trouvait ouvert, grâce à des personnes comme vous. Déjà, nous représentions une minorité non négligeable quand j'étais à Montréal. À New Haven, les hommes qui s'opposent à notre présence sont toujours assez nombreux, mais toutes les personnes de moins de quarante ans trouvent leur attitude stupide. Au moins publiquement.

— … Décidément, je suis née vingt ans trop tôt.

Comme elle ne faisait pas mine de descendre, Béatrice se tourna à demi pour lui parler, tout en songeant : « Dans deux ou trois ans, je n'aurai sûrement pas de mal à me faire une clientèle. »

— Souhaitez-vous que je monte avec vous, le temps d'une conversation ?

Thalie se ressaisit, posa la main sur la poignée de la portière, pour s'arrêter encore.

— Nous sommes fatiguées toutes les deux, mais oui, j'aimerais discuter avec vous dans de meilleures conditions. Vous savez, Béatrice, vous êtes une jeune femme exceptionnelle.

Le compliment troubla un peu la blonde. À la fin, elle finirait par le croire, si on le lui répétait assez souvent.

— Comme vous êtes plus occupée que moi, téléphonez à la maison pour me dire quel moment vous convient le mieux, dit-elle. Toutefois, je dois vous dire que je retournerai à l'université le lendemain du baptême.

— Je le ferai sans faute. Bonne nuit.

— Bonne nuit, Thalie.

Peu après, Béatrice s'arrêtait à côté de la maison paternelle. Des lumières brillaient dans le salon. Le père, le grand-père et même l'oncle devaient fêter l'heureux événement un verre à la main. Élise participait certainement à cette célébration des Dupire. Il lui tardait de se joindre à eux.

Comme tous les vendredis, Thalie devait descendre dans la Basse-Ville pour recevoir des employés du magasin en consultation. Sur le ton de la confidence, elle avait pris un rendez-vous avec son frère. Arrivée dans les locaux administratifs, elle commença par s'installer sur la chaise en face de la secrétaire.

— Comment te portes-tu, Flavie ?

Son interlocutrice s'adossa contre son siège et répondit d'un ton amusé :

— Je pourrais bien me plaindre des cheveux blancs que j'ai découverts ce matin, des plis au coin des yeux. En réalité, la vie me gâte. Tout va bien pour les enfants, mon mari trouve toujours le temps de me dire des choses gentilles, ici je m'inquiète de l'état des affaires, mais pas plus que de coutume.

Déjà, garder le sourire en faisant cet aveu témoignait de son aptitude croissante à contrôler son anxiété. Sa satisfaction évidente ne servit qu'à augmenter un peu la mélancolie de sa belle-sœur.

— Nous avons le même âge ? demanda celle-ci.

— Je suis ton aînée d'un an.

La comparaison entre leurs lots respectifs l'attrista un peu plus. Tout lui échappait. Heureusement, Mathieu ouvrit la porte de son bureau, lui épargnant la nécessité de livrer des confidences, ou de forcer un sourire.

— Tu sais, nous aurions pu tenir cette conversation à la maison, la tienne ou la mienne.

— Je souhaite parler à mon employeur.

L'homme échangea un regard avec son épouse et déclara avec un sourire :

— Je sais bien que les prix montent, mais de là à t'accorder une augmentation de salaire… Viens avec moi.

Thalie le suivit dans son bureau et accepta de prendre place sur l'un des fauteuils placés près d'une fenêtre circulaire. Six étages plus bas, elle voyait l'agitation du boulevard Charest.

— Je te sers quelque chose à boire?

— Non. Si mon haleine recèle la moindre odeur d'alcool, mes patientes feront en sorte que le Collège des médecins en entende parler.

Aucune d'entre elles ne devait connaître l'existence de cette association, mais tous les péchés finissaient par devenir publics.

— Tu n'auras pas à m'augmenter, continua Thalie. Du moins, je ne pense pas. Il y a quelques jours, j'ai rendu une petite visite au centre de recrutement de la Citadelle.

Mathieu abandonna l'idée de se servir un cognac. Plutôt, il occupa le fauteuil en face de celui de sa sœur, pour la contempler longuement.

— Tu penses t'enrôler dans le Canadian Women's Army Corps?

— Non, dans le service médical, à titre de médecin.

L'homme laissa échapper un grand soupir avant de demander, incrédule:

— Pourquoi diable fais-tu ça?

— Servir mon pays? Combattre les horreurs du nazisme? Quelle réponse te convient le mieux? Ce sont les arguments des campagnes de recrutement. Ou alors le désir de voyager? Plus simplement, je n'arrive pas à trouver quel rôle jouer dans ma propre vie, comme toi en 1917.

L'argument eut l'effet escompté sur son frère. Vingt-cinq ans plus tard, lui-même n'aurait pu expliquer ses motivations d'alors d'une meilleure manière.

— On n'en revient pas en très bon état. Tu te souviens de moi en 1919 ? De mon gant noir ?

Il leva la main pour montrer son doigt manquant. Les souvenirs des combats lui revenaient souvent en plein milieu de la nuit, pour le laisser ensuite terrorisé pendant des heures.

— En tant que médecin, mon travail sera de tenter de remettre les morceaux ensemble, pas de tirer sur les Allemands. Ça, seulement si on veut bien me laisser approcher des blessés. Au pire, je m'occuperai des autres femmes du service.

— Même si tu as raison, ce ne sera pas exempt de tout danger. Quelques-unes des "sœurs" ont été tuées pendant la Grande Guerre.

Machinalement, l'homme reprenait le terme utilisé dans les hôpitaux de campagne. L'habit et le voile bleu le rendaient d'autant plus naturel : il rappelait la défroque des religieuses. On allait jusqu'à parler des *angels*.

— Ton inquiétude pour moi me touche. Les infirmières courent bien plus de risques, on ne me permettra sans doute pas de soigner dans les zones de combat.

Bien sûr, dans le cas contraire, elle s'y rendrait. Suivant le cours de ses pensées, Thalie dit tout doucement :

— Mon travail à Québec comporte aussi sa part de dangers. J'ai côtoyé des dizaines de tuberculeux au fil des ans. Chaque fois que j'ai utilisé une aiguille ou un scalpel, la septicémie demeurait une possibilité. Selon les revues de médecine, la pénicilline permettra désormais de réduire ces risques. Au Royaume-Uni et aux États-Unis, on en a commencé la production industrielle.

— Des bombes tombent toutes les nuits sur Londres…

Mathieu s'arrêta. Ces arguments ne l'avaient pas découragé, pendant la Grande Guerre. Il aurait facilement obtenu une exemption grâce à son statut de fils unique d'une veuve. Pourtant, il s'était enrôlé comme volontaire. Thalie disait vrai : le sens du devoir ne lui était pas passé par la tête, à ce moment-là.

— Quelque chose me dit que la tâche d'annoncer la nouvelle à maman me reviendra. Tu n'aborderas le sujet avec elle qu'après le premier orage passé.

— J'ai offert mes services, mais Sa Majesté le roi n'a pas daigné me répondre encore.

— Tu ne m'as jamais paru capable d'accepter un refus au cours de ta vie. Tu dois avoir un plan B.

La remarque fit sourire Thalie. Devant le colonel Murphy, elle avait parlé de s'enrôler dans l'armée américaine. Autant ne pas évoquer cette possibilité tout de suite.

— Ne lui dis pas un mot avant que je te fasse signe. Quand je serai fixée, quand j'aurai réglé les détails pratiques à propos de mon travail et de mon appartement, tu pourras déclencher la tempête maternelle.

Voilà, il reviendrait à son frère de parler à Marie. L'homme n'osa pas protester.

❖

Une partie de la nuit, Thalie s'était retournée dans son lit, incapable de trouver le sommeil. En se confiant à son frère, elle donnait un caractère officiel à son projet. Faire volte-face maintenant la couvrirait de ridicule : on penserait à de la lâcheté. Quelle curieuse contagion. Partout on parlait du courage, du sens du devoir. Elle se trouvait dans un monde divisé en deux : d'un côté ceux qui affichaient ces qualités martiales, et les autres.

Heureusement, ce samedi, la médecin commençait un peu tard au cabinet de la rue Claire-Fontaine, elle pouvait donc paresser au lit. Un peu avant dix heures, elle descendait au rez-de-chaussée. Comme le facteur était déjà passé, elle prit son courrier. Une lettre portait les armes du Canada : l'écu avec, de part et d'autre, le lion et la licorne, et une couronne au-dessus.

La réponse de l'armée, adressée au docteur Picard.

Son pouce caressa le rabat, mais le cœur lui manqua. La missive alla dans son sac, puis elle marcha vers la sortie.

— Bonne journée, mademoiselle.

Le gardien la saluait ainsi tous les matins. Il incarnait la seule véritable amélioration dans son existence au cours des dernières années. Celui qui multipliait les indélicatesses à son égard s'était envolé un an plus tôt. Son remplaçant, un vieux monsieur retraité du Château Frontenac, était d'une politesse irréprochable.

— Je vous remercie, monsieur. Bonne journée à vous aussi.

Dehors, la médecin respira profondément à quelques reprises. En ce 18 avril, l'air demeurait frais, un peu humide. Pendant tout le trajet, son esprit fit l'inventaire de tout ce qui lui manquerait dans l'éventualité d'une réponse positive. La liste s'avérait si mince : les membres de sa famille et Élise. Elle se passerait sans mal de tout le reste.

En entrant dans la clinique, elle marcha directement vers le bureau de la réceptionniste.

— Bonjour. Nous pouvons manger ensemble, à midi ?

— Oui, bien sûr.

Élise se montrait un peu surprise par le ton très sérieux.

— Tu vas bien ?

— Mais oui, juste un peu le trac devant une importante décision. Nous en parlerons ensemble. Mes patientes pour la matinée sont là ?

— Toutes ont confirmé hier.

Le défilé commençait cinq minutes plus tard. Ces femmes trouvèrent sans doute la médecin un peu distraite. Peu après midi, la réceptionniste entrait dans le bureau, un plateau dans les mains.

— Finalement, commenta Thalie, tu te trouves ici aussi souvent qu'en 1925, l'année de mon arrivée dans ce bureau.

— Pas tout à fait, mais presque. Non seulement les enfants de Fernand sont grands, mais Louise entend s'occuper d'Antoine et de son fils. Quant à Charles, il parle d'aller vivre ailleurs tous les deux jours. Seule la rareté des logements disponibles explique sa présence rue Scott.

À une époque où la construction domiciliaire s'arrêtait parce que les entrepreneurs se consacraient à l'équipement public ou militaire, les travailleurs gagnaient la ville en grand nombre. Trouver où résider tenait de l'exploit. La médecin enregistra l'information.

— Je viens donc ici pour me tenir occupée, sans compter que Pierre ne trouvait personne pour faire ce travail à cause de la rareté de la main-d'œuvre.

— Au moins, le soir, tu rentres dans une maison pleine.

Chaque fois que la récrimination revenait, Élise faisait mentalement la liste des veufs qu'elle connaissait. Son amie avait accepté de sortir une fois, parfois deux, avec plusieurs d'entre eux. Le plus souvent, ces hommes se refusaient à aller plus loin, découragés par le côté abrasif de la médecin. Autant changer de sujet.

— Comment se porte ma bru ? Je ne l'ai pas trouvée bien forte, hier soir.

— Une première naissance, un gros garçon… On lui donnera son congé lundi.

— Tout de même, la pauvre doit passer toute la fin de semaine à l'hôpital.

— La solitude ne lui pèsera pas, avec toute sa famille qui négocie avec les infirmières pour allonger la période de visites.

À cause de la chambre privée, celles-ci se montraient plutôt conciliantes. L'allusion au clan Dupire amena Thalie à un autre sujet.

— Ta belle-fille, Béatrice, me semble une jeune femme… remarquable.

Élise arbora un sourire très fier, comme s'il s'agissait de son enfant.

— La voilà devenue grande. Petite, elle paraissait si vulnérable, tellement disposée à s'effacer pour éviter les coups de griffe maternels.

— Puis tu es arrivée dans la maison en 1931.

Alors qu'elle entrait dans l'adolescence, la présence d'une femme bienveillante lui avait procuré un cadre plus épanouissant.

— Surtout, quelle force de caractère, pour devenir cette charmante jeune femme alors que sa propre mère la détestait.

— Tu oublies Fernand qui tentait de l'aimer pour deux.

— Ça ne lui donnait pas une mère pour autant.

Pourtant, cette présence avait dû s'avérer salvatrice. Au total, cela donnait une personne particulièrement sensible, empathique, attentive aux autres.

— Je veux l'inviter à manger demain. Comme elle ressemble à une vieille âme, sa sagesse sera peut-être contagieuse.

Au cours de la conversation, toutes les deux avaient avalé le repas léger préparé par la vieille madame Caron. La réceptionniste rangeait les couverts sur son plateau, dans un instant elle regagnerait son poste de travail. La morosité de son amie l'amenait inconsciemment à écourter cette rencontre.

— Tu veux lire une lettre pour moi ? Son contenu m'effraie un peu.

Élise pensa tout de suite à un diagnostic médical arrivé par la poste, mais la missive que lui tendit Thalie la détrompa, sans la rassurer pour autant. La lettre venait du Quartier général de l'armée canadienne, Service de recrutement.

— De quoi s'agit-il ?

Thalie secoua la tête de droite à gauche et dit simplement :

— Lis-la-moi.

Élise prit le coupe-papier sur le bureau et fendit le rabat.

— "Docteur Picard", commença-t-elle.

Elle passa les lignes suivantes sous silence puis reprit sa lecture au dernier paragraphe :

— "Vous pourrez signer une offre d'enrôlement dans le bureau du colonel John Murphy, dans la citadelle de Québec. Il vous indiquera les étapes suivantes."

Élise leva les yeux vers son amie, bouche bée. Le silence dura un long moment.

— Tu ne vas pas faire ça.

Thalie se sentit un peu honteuse d'en arriver à cette extrémité.

— Je ne fais plus qu'exister. Je trouverai peut-être une nouvelle raison de vivre à l'autre bout du monde.

— Tu connais une mauvaise passe. Tu le sais, à notre âge…

Le diagnostic tira tout de même un regard amusé à la médecin.

— Tu sais, pour moi la ménopause viendra dans quelques années.

Élise éclata de rire en entendant la précision. Puis un peu songeuse, elle demanda :

— Puis-je dire quelque chose pour te faire changer d'avis ?

L'autre secoua la tête de gauche à droite. Malgré sa frayeur, chacun de ses mots, de ses gestes la menait à un point de non-retour.

— Quand tu auras mis ton nom sur ce formulaire, impossible de reculer sans passer devant un tribunal militaire. Ils appellent ça une désertion, pire, une trahison, si tu ne fais pas ce qu'on te dit.

— Je me sentirai vraiment utile, enfin.

« Que fais-tu de toutes tes patientes ? », songea Élise. La médecin connaissait tous ces arguments, ils n'opéraient plus.

— Je vais regagner mon bureau, dit-elle. Là, je suis toute bouleversée.

Un instant plus tard, la femme quittait la pièce, des larmes dans les yeux. Son amie ne se trouvait pas dans un meilleur état.

❖

Le calme de la maison des Dupire fut rompu par une voix masculine trahissant une émotion profonde :

— Vous avez vu ?

L'instant d'après, Charles entrait dans la salle à manger, la seconde édition du *Soleil* à la main. Les autres membres de la famille, déjà à table, tournèrent les yeux vers lui.

— Non, mais je sens que ça ne durera pas, ricana Béatrice.

— La guerre est rendue chez nous, au Canada.

L'information les laissa bouche bée.

— Ça se limite à un petit encadré, sans aucune photographie, aucune entrevue avec un politicien ou un militaire. Je vous le lis : "Un U-Boat allemand a coulé un navire marchand, le *SS Nicoya*, à Gaspé. L'attaque a eu lieu à cinq milles de la municipalité de Cloridorme."

Puis le silence pesa sur la pièce pendant une bonne minute. Les larmes montèrent de nouveau aux yeux d'Élise. Depuis sa conversation avec Thalie lors du dîner, la tristesse ne l'avait pas quittée.

— Continue, dit Antoine.

Lui s'inquiétait maintenant pour trois : sa femme et son fils s'ajoutaient à ses préoccupations.

— Il n'y a rien d'autre. Juste ces quatre lignes.

Gloria, la domestique filiforme, était arrivée dans l'entrée de la pièce avec la soupière dès le début de la lecture. Ses yeux exprimaient une véritable horreur. Remarquant son affolement, Fernand lui demanda :

— Que se passe-t-il ?

— J'connais ce village, Cloridorme. Y s'trouve près de la mer. Y a-tu du monde de mort ?

— Pas dans le village, je suppose, dit Charles. Sur le navire, sans doute. Il n'y a aucune autre information.

L'émotion de la domestique incita la maîtresse de maison à s'occuper seule du service. Puis en reprenant sa place, elle murmura :

— La pauvre a deux de ses frères dans la marine marchande. Déjà, des milliers de matelots sont morts.

En Gaspésie, les emplois se faisaient rares, si bien que les jeunes filles s'engageaient dans des maisons privées comme bonnes, et les garçons sur les navires. De tous les habitants de la maison, Charles se trouvait pourtant le plus préoccupé. À la fin, il formula son inquiétude à haute voix.

— Si la guerre vient au Canada, la victoire du "Non" n'y changera rien. Les personnes recrutées pour le service au pays vont tout de même se trouver forcées de se battre.

Même la Ligue pour la défense du Canada admettait le principe de la conscription pour le service au pays. Jusque-là, la guerre représentait une aventure lointaine.

Qu'elle arrive dans le golfe du Saint-Laurent changerait totalement la donne.

❖

La nouvelle d'un torpillage tout près de la côte gaspésienne laissait Antoine et son père vaguement inquiets. La guerre se rapprochait. Chacun se rassurait en pensant que jamais un sous-marin allemand ne débarquerait des soldats en Amérique. Lorsqu'ils entrèrent dans la chambre du Jeffery Hale, toutes ces pensées s'envolèrent. Louise donnait le sein à son fils. Le jeune homme vint l'embrasser, demeura longuement penché sur elle, échangeant des mots doux à voix basse.

Le nouveau grand-père salua la jeune mère de loin afin de préserver sa pudeur, puis se retira dans le couloir avec sa grande enveloppe. Une bonne demi-heure plus tard, une infirmière vint chercher le poupon. Seulement alors se sentit-il autorisé à retourner dans la chambre.

— Je suis désolée, monsieur Dupire, s'excusa la jeune femme, mais on venait tout juste de me l'apporter.

— Voyons, tu n'as pas de raison de te désoler.

L'homme se pencha pour l'embrasser sur le front.

— Certaines choses sont plus importantes que d'autres. Là, nous nous occuperons simplement d'un travail de notariat.

— Ce travail est terminé, non?

Deux ans à proximité de l'étude lui procuraient tout de même quelques notions de droit. Son sourire disait toute sa satisfaction. Tous les jours depuis la naissance, Antoine venait lui rendre compte de ses discussions sur ses projets immobiliers.

— Vous êtes mariés en communauté de biens. D'habitude, les deux époux sont dans mon bureau au moment d'une transaction importante. Antoine a apposé sa signature ce matin devant un collègue, nous venons te montrer tout ça.

Tout en parlant, l'homme sortait un contrat de son enveloppe pour le poser sur la table mobile placée devant la patiente alitée. La jeune mère commença par regarder la dernière page pour voir la signature, puis se concentra sur les articles. Ceux-ci reprenaient la proposition du premier jour : le garçon achetait la grande demeure aux deux tiers de sa valeur, le père lui consentait une hypothèque. La somme irait au frère et à la sœur, en parts égales.

— Comme ça, mes enfants n'auront pas à attendre mon décès pour toucher une part de leur héritage, ricana le notaire.

Juste pour le plaisir de s'entendre contredire, il répétait ces mots.

— Monsieur Dupire, s'empressa-t-elle de répliquer, ne dites pas des choses pareilles, même pour rire.

Fernand répondit d'un sourire à l'admonestation, puis déclara :

— Alors, ma belle, lundi quand tu rentreras avec ton premier enfant, tu seras chez toi.

— Mais pas pour vous chasser.

Cet élément de l'entente la mettait mal à l'aise, de même que son époux.

— Ce sera votre maison, nous serons chez nous dans l'ajout ; tout de même nous nous croiserons sans cesse.

— Vous n'allez pas manger de votre côté, et nous du nôtre.

— Nous sommes enclins à accepter les invitations, alors ne vous gênez pas.

L'homme occupait déjà avec sa femme une chambre du côté de l'annexe à la propriété construite vingt ans plus tôt, afin de profiter d'une certaine intimité dont il ne bénéficiait pas avec ses trois enfants dans des pièces voisines. Le local occupé par sa mère jusqu'à sa mort leur fournirait un parfait salon. Il donnait sur la cuisine, le couple pourrait sans mal partager des repas en tête-à-tête. Une porte leur permettrait d'entrer et de sortir sans traverser le logis principal.

— Parce que vous êtes un peu timides tous les deux, de peur de déranger vous n'avez invité personne au cours des deux dernières années, pas même tes parents.

L'allusion mit un peu de rose aux joues de Louise. Jusque-là, les visites s'étaient déroulées à sens unique. Maintenant, sa mère tolérerait mal un accès si limité à son premier petit-fils. Le notaire reprenait là les arguments utilisés avec son fils Antoine lors de leurs discussions. Sa bru ne demandait qu'à le croire.

— Même vos amis, à toi et Antoine, se tiennent loin de la maison. Dorénavant, vous aurez le champ libre. Si Charles n'avait pas tant de mal à se trouver un logis, il serait déjà parti. Ce sera fait dans un mois tout au plus. Votre vie deviendra plus normale, non ?

Ces mots s'accompagnèrent d'une ombre dans le regard. Au même moment de son existence, le notaire n'avait d'autre ami qu'Édouard. Il entendait faire en sorte que son fils n'incarne pas le bon garçon vivant éternellement chez ses parents, sans autre réseau social. Ce genre d'isolement coûtait cher.

Finalement, tous se quittèrent rassurés sur l'avenir.

Chapitre 7

Thalie se trouvait assise un peu à l'écart dans le salon de thé du Château Frontenac, soucieuse de n'être entendue de personne. La précaution ne servait pas à grand-chose. En ce dernier dimanche d'avril, les touristes n'étaient pas très nombreux, et les militaires stationnés dans la ville se réunissaient plus volontiers au bar de l'établissement que devant une tasse de Earl Grey.

Béatrice se présenta dans la grande salle à l'heure prévue. Dès qu'elle reconnut la médecin, elle vint vers elle avec un sourire charmant. Thalie l'examina avec soin : une grande jeune femme blonde, vêtue de bleu, comme à son habitude. La température douce et le soleil autorisaient le chapeau de paille. L'âge adulte lui allait bien, tellement mieux que l'adolescence et ses livres en trop.

— Je ne vous ai pas fait attendre, j'espère, dit-elle en arrivant près de la table.

Son interlocutrice se leva pour lui serrer la main.

— Pas du tout. Voilà une habitude de célibataire, j'arrive toujours bien trop en avance.

« Surtout, les vieilles filles passent leur temps à se plaindre », songea-t-elle. Il aurait été affligeant de prendre en note le nombre de ses récriminations quotidiennes. Toutes les deux occupèrent les chaises placées l'une en face de l'autre. Thalie attira l'attention du serveur, puis attendit l'arrivée des tasses et de la théière.

— Je vous ai demandé ce rendez-vous, commença-t-elle, et maintenant je ne sais plus trop pourquoi.

L'omnipraticienne paraissait un peu embarrassée. La scène se répétait, quelqu'un prenait de nouveau Béatrice pour une conseillère. Cela tenait-il à ses joues rougissantes, à sa timidité ? Personne ne devait la voir comme une menace. Elle voulut bien jouer le jeu.

— Alors, faisons semblant d'être des amies éloignées l'une de l'autre pendant un long moment. Comment allez-vous ?

Ses gants blancs et sa jolie robe la rendaient tout à fait ravissante. Puis vint son sourire désarmant.

— Vous étudiez aux États-Unis, dit Thalie, vous êtes donc habituée au *How do you do ?* que l'on s'envoie l'un à l'autre. Alors, vous-même, comment allez-vous ?

Béatrice hocha doucement la tête, l'air de dire « Voilà qui ne nous avance pas ». Cette conversation risquait de durer bien peu de temps.

— En français, enchaîna la médecin, quand on se fait poser cette question, l'usage veut que l'on répondre "Très bien, et vous ?" Personne ne s'attend à entendre "Plutôt mal, en vérité".

— Pourtant, dans votre métier, vous entendez sans cesse ces mots.

— C'est vrai. Dans mon cabinet, les patients oublient certains usages. Ce sera la même chose dans votre bureau.

Béatrice voyait Thalie en consultation depuis 1925. Une attention de Fernand pour sa fille mal dans sa peau : lui épargner un soignant de sexe masculin. Dix-sept ans plus tard, la blonde ne reconnaissait pas sa médecin, toujours volontaire, allant droit au but.

— Recommençons, voulez-vous ? Comment allez-vous ?

— Je m'ennuie tellement que je me suis engagée dans l'armée.

— … Des amies me disent parfois la même chose, mais la finale ressemble plutôt à "Je suis allée au cinéma". Lors des pires déprimes, j'entends "Je me suis acheté une jolie robe".

Avec un teint plus pâle, Thalie aurait rougi jusqu'aux oreilles.

— Je sais, je suis totalement ridicule.

— Pour l'ennui, ou pour l'armée ?

La médecin rit franchement, cette fois.

— Un peu des deux, je suppose.

— Le travail de médecin ne suffit pas à vous donner un sentiment d'accomplissement.

Ce n'était pas une question, mais un constat.

— Pourtant je rencontre des tas de clientes, je joue un rôle important dans leur existence, puis il y a ma famille.

— Mais cela ne suffit pas à vous rendre heureuse.

Béatrice abandonnait la généralisation pour en faire une affaire personnelle. Elle marqua une hésitation, puis continua :

— Je me sens très mal à l'aise, vous savez. Je ne connais rien de la vie, et me voilà en train de poser des questions et de formuler des remarques sur la vôtre.

Dans le cas de Thomas, quelques jours plus tôt, avoir le même âge rendait les choses plus faciles.

— Vous devez avoir un don. Cela doit tenir au sourire un peu timide et à la douceur des yeux.

— Dans ce cas… Si je suis indiscrète, dites-le-moi. Dans votre énumération de tout à l'heure, la carrière, la famille, il manque quelque chose qui vous paraît essentiel.

Malgré le préambule, son audace troubla son interlocutrice. Béatrice ne s'encombrait pas de précautions au moment d'aller au fond des choses.

— … Un époux, ou juste un amant.

L'aveu la troubla. Sa vie se gâchait à six heures, au moment de rentrer chez elle. Engagée sur ce sujet, autant continuer.

— Je les fais tous fuir. Mathieu m'a sans doute présenté tous les veufs de la Haute-Ville. Là, il n'ose plus, je suppose que certains lui en veulent de les avoir mis en contact avec moi. Quelque chose ne va pas chez moi.

Pendant des années, Thalie avait préféré invoquer les insuffisances de ces hommes, leur manque de respect pour ses projets professionnels. Cette fois, elle souhaitait se mettre au centre de sa propre histoire.

— D'après vous, de quoi s'agit-il?

La médecin secoua la tête, étonnée de ses propres confidences, et surtout de son désir de les continuer. C'était sans doute dû au fait que Béatrice quitterait la ville bientôt. Ce serait son cas aussi après la signature de l'offre d'enrôlement. Elles risquaient peu de se trouver face à face dans un avenir proche.

— Il y a quelques années, j'aurais dit que j'ai trouvé tous ces hommes… sans intérêt. La maturité m'amène à plus de modestie. Le problème est de mon côté, non? Ils ne peuvent pas avoir toujours tort, et moi raison.

Un bref instant, Thalie souhaita que son interlocutrice la contredise. L'autre demeura silencieuse.

— Je prends la fuite dès que quelqu'un veut s'engager. Il y a eu quelqu'un… qui voulait se marier.

«Le marchand de la rue Saint-Jean», se dit Béatrice. L'existence de Victor Baril ne lui avait pas échappé, même si celui-ci n'acceptait guère les invitations à souper chez les Dupire. Lorsqu'elle était adolescente, l'omnipraticienne comptait parmi les femmes qui la fascinaient, sans qu'elle connût quoi que ce soit de sa vie privée. L'envers de la médaille se trouvait maintenant sous ses yeux.

— J'ai cessé de le voir tout de suite après sa demande, certaine que le mariage mettrait fin à ma carrière. Le sujet n'a jamais fait l'objet d'une conversation entre nous, je ne voulais même pas savoir si mes craintes étaient fondées.

Que redoutait-elle, alors ? De découvrir un homme résolu à trouver tous les aménagements susceptibles de lui faciliter la vie.

— Je suis incapable de m'attacher vraiment. Mes soirées se passent à attendre un appel d'un membre de ma famille, ou alors d'Élise. Pour en finir avec cette existence, je me suis enrôlée.

Son interlocutrice lui adressa un sourire plein de commisération.

— Vous dites être incapable de vous engager… Peut-être n'avez-vous tout simplement pas trouvé la bonne personne.

— À mon âge… Vraiment, Mathieu s'est arrangé pour me faire rencontrer tous les bons et les moins bons partis comptant parmi ses relations. Je me suis dit pendant des années que personne ne me convenait. Plus probablement, je ne conviens à personne.

Thalie n'avait pas encore touché sa tasse, son interlocutrice non plus. Bien que cette dernière se troublât toujours d'être prise ainsi pour confidente, les réparties lui venaient très spontanément.

— Peut-être n'avez-vous pas croisé le bon.

La médecin émit un petit rire lassé.

— Je n'ai plus vingt ans. Les occasions vont se raréfier.

Plus le temps passait, moins cela lui paraissait susceptible de se produire. En 1936, une rupture avec Victor lui avait semblé la chose à faire. Personne ne devait l'empêcher de poursuivre son travail de médecin. Elle avait donc raccroché lors de ses appels, elle avait fui quand, à deux ou trois reprises, il était venu jusque sur le parvis de l'église

Saint-Dominique pour lui parler, et tout s'était terminé entre eux avec leur rencontre pitoyable lors de la parade du Père Noël.

— Vous évoquez souvent votre âge. Rien ne peut plus vous arriver de bon ?

— À moins qu'une épidémie ne tue des dizaines de femmes dans la ville, je crois avoir rencontré tous les partis raisonnablement intéressants encore libres. J'ai chassé tout le monde au nom de ma carrière.

— Tout le monde, ça commence à combien ?

Thalie haussa les épaules. Combien ? En réalité, elle parlait d'une dizaine d'hommes. Mathieu ne connaissait tout de même pas un escadron de veufs, ou de vieux garçons.

— Celui qui vous a offert le mariage… Vous regrettez ?

Le visage de la mariée lui revint en mémoire. Victor n'avait pas perdu son temps en atermoiements : des épousailles tôt en 1938 avec une toute jeune femme, une fille peu après. Thalie la jalousait. Il lui fallait l'admettre, jamais elle n'avait trouvé cet homme aussi intéressant qu'après le moment où il était devenu inaccessible.

Béatrice attendit un instant une réponse, puis déclara :

— Vous dites chasser les hommes. Je vous suggère une autre hypothèse : vous n'avez croisé personne qui vous plaisait assez pour remettre votre façon de vivre en question.

— Dans ce cas, j'ai joué de malchance, et maintenant, les candidats ne se bousculeront plus.

La blonde lui adressa un sourire voulant dire « Vous êtes têtue ». À la fin, elles s'intéressèrent à la boisson plus très chaude. Le moment de se séparer approchait quand Béatrice remarqua :

— Je ne vous ai pas beaucoup aidée, je crois.

Thalie haussa les épaules, puis admit :

— Je ne sais pas ce que j'attendais au juste. Je vous ai confié des choses que je ne croyais pas formuler à haute voix un jour.

— Je parais si inoffensive ! dit Béatrice, amusée. L'enrôlement, c'est irrémédiable ?

Thalie se troubla un peu. Reculer demeurait-il encore une option ?

— Je suppose que le roi s'attend à ce que je respecte ma signature.

— Vous regrettez ?

— Je suis tenaillée par l'angoisse. D'un autre côté, depuis plusieurs jours je ne me suis pas ennuyée une seconde. Tout prend une autre intensité, maintenant.

Se rendant compte que cela manquait un peu de conviction, Thalie précisa bien vite :

— Voilà ma routine bien cassée. Ma vie ne sera plus jamais la même.

La médecin se tut de nouveau, pensive. Plus rien ne serait pareil, il s'agissait de sa dernière certitude.

— L'histoire de ma vie terminée, que diriez-vous de parler de vos études ? Un sujet moins intime me permettra de retrouver une contenance avant de quitter les lieux.

Le parcours universitaire de Béatrice les occupa pendant un peu plus d'une demi-heure, puis elles se quittèrent en s'embrassant, avec des souhaits de bonne chance. Thalie rentra chez elle un peu perplexe, s'interrogeant sur l'utilité de cette confession.

Depuis près de quarante-huit heures, dans la ville de Québec, tout le monde ne parlait plus que du naufrage du *SS Nicoya*. Partout, sauf dans la maison de Mathieu Picard.

Du haut de ses seize ans, Alfred évoquait parfois son désir de s'enrôler dès l'année suivante. La menace n'étant pas immédiate, son père préférait ne pas user de son autorité pour bloquer ce projet, avec l'espoir de le voir changer d'idée d'ici là. Puis comment le pouvait-il ? Au premier mot, son fils répondrait : « Toi, tu t'es bien engagé, même si grand-maman s'y opposait. » Dans la bouche de l'adolescent, l'argument se révélerait imparable.

Une autre pensée rendait la position du marchand plus délicate encore. Il connaissait suffisamment bien la situation politique européenne pour reconnaître la justesse de la cause des Alliés, au point où il songeait à se prononcer pour le « Oui » lors du plébiscite. Empêcher son fils de rejoindre l'armée confinerait au cynisme, s'il pouvait l'envisager pour les garçons des voisins. Le fait d'admettre cela à haute voix lui vaudrait la haine éternelle de sa femme, aussi jamais il ne dirait un mot.

Le sujet de la guerre devenait donc un peu tabou dans l'appartement de la rue Saint-Cyrille, afin de garder intacte la paix domestique.

❖

Le couple Picard quittait la maison tous les matins un peu avant huit heures, ou alors encore plus tôt. Le temps des bises aux enfants, comme un rituel immuable, était déjà chose du passé. Maintenant, la vie de chacun suivait un horaire spécifique, toujours un peu trop chargé.

— Bonne journée, Alfred, cria Flavie depuis l'entrée.

— Bonne journée, maman. Tu penseras à me ramener de l'encre, je n'en ai presque plus.

La voix venait de la salle de bain. Le grand adolescent passait de longues minutes à se raser. En fait, il prenait plus de temps à épier l'ombre des poils qui tardaient à apparaître qu'à couper ceux qu'il avait.

— Tu ne vas pas te mettre en retard ? s'inquiéta la mère.

— Il essaie de se faire beau pour impressionner les grandes de mon école, intervint Ève depuis la cuisine. Des fois, il me reconduit jusqu'à la porte de mon couvent juste pour se montrer.

— Toi, c'est sûr que tu vas faire fuir les garçons avec ta grande langue.

Flavie sourit en mettant son chapeau de paille. Son plus grand faisait vraiment de beaux efforts pour donner la meilleure impression. Sa fille afficherait la même préoccupation dans un an tout au plus.

— Alfred, ne dis pas des choses pareilles à ta petite sœur.

— C'est vrai, ça, ne me dis pas des choses pareilles.

Le ton rieur indiquait que ces deux-là s'entendaient toujours très bien.

— Bonne journée, Ève.

— Bonne journée aussi, maman.

Sans la moindre pause, la jeune fille continua à l'intention de son aîné :

— Tu achèves, dans les toilettes ? J'attends depuis dix minutes.

Laura fut la seule à se planter à l'autre bout du couloir pour répondre à l'au revoir de sa tante, puis elle se consacra à débarrasser la table. Dans un instant, Flavie monterait dans la voiture du couple pour rejoindre le magasin. Mathieu s'y trouvait déjà pour un rendez-vous si matinal qu'elle lui avait demandé de prendre un taxi.

L'adolescente se tenait près de la table, dans la salle à manger, le journal du matin grand ouvert, les yeux fixés sur les photographies de navires à demi éventrés par des torpilles. Il s'agissait des moins gravement touchés, puisque l'équipage avait pu les ramener au port. La plupart disparaissaient sous les flots.

Un bruit lui fit lever les yeux, son frère se tenait dans l'embrasure de la porte et, tout en ajustant sa cravate, il lui lança :

— Là, si tu ne te dépêches pas, nous serons en retard.

— Très drôle, dit-elle en courant vers la salle de bain.

Un peu plus tard, le frère et la sœur marchaient ensemble sur le trottoir. Leur chemin se séparerait à l'intersection suivante, car le couvent se trouvait sur le chemin Sainte-Foy. Ève portait son béret un peu incliné sur l'œil. Dans son uniforme scolaire, elle incarnait une charmante jeune fille, pas tout à fait une adolescente encore. Une pointe d'espièglerie dans les yeux tempérait un peu son allure d'enfant sage. Ce matin-là, elle se révélait plus inquiète que taquine.

— Tu crois que les Allemands peuvent venir jusqu'à Québec ?

— Là, on sait qu'ils se rendent à Percé.

— Oui, mais à Québec ?

Le grand garçon jeta un regard en biais à sa sœur, y lut la pointe d'inquiétude.

— Non, je ne pense pas.

Si Ève devait se sentir rassurée par ces paroles, cela ne fonctionna pas.

— Mais ils ont des savants bien… savants. Comment savoir ce qu'ils ont inventé ? Des avions capables de traverser l'Atlantique, des sous-marins d'un mille de long.

La lecture des bandes dessinées, la fréquentation des salles de cinéma présentant des films de série B où la propagande l'emportait sur la qualité artistique, lui donnaient une imagination un peu débridée. On pouvait tout attendre de ces ennemis impitoyables.

De la menace lointaine, Alfred la ramena à une autre, bien plus immédiate :

— Le garçon qui te criait des choses, il a recommencé ?

— Des fois, il se tient sur le trottoir, mais sans rien dire.

— S'il te taquine encore, tu me le dis tout de suite.

— Toi, tu me taquines sans cesse.

— Ce n'est pas la même chose, je suis ton grand frère. La parenté donne le droit de taquiner. Mais ça doit rester dans la famille.

Les deux jeunes gens s'arrêtèrent au coin d'une rue, ce qui fut l'occasion pour Alfred de mieux apprécier le degré de confiance de sa sœur. Celle-ci paraissait surtout touchée d'être l'objet d'une telle attention, jamais elle ne changerait de grand frère. Un observateur aurait dit qu'il tenait beaucoup de Mathieu.

— Alors, promis, s'il t'embête, tu me le diras.

— Promis.

Ève se dirigea vers son école d'un pas un peu dansant. Elle répondit d'un geste de la main à son « Étudie bien » moqueur, sans se retourner. Sur son trajet, aucun garçon malicieux ne lui lança des mots « sales », dont le sens lui échappait parfois.

Cette absence la renvoya vers sa source principale d'anxiété. Au couvent, de nombreuses élèves profitaient de quelques minutes de liberté avant le son de la cloche. La nouvelle venue se joignit aux autres petites. L'une entretenait ses compagnes des prédictions de l'auteur de ses jours :

— Mon père dit que les Allemands vont gagner. Avec un chef comme Hitler, ils ne peuvent pas perdre. Ils ont remporté toutes les batailles.

— Moi, mon père dit que c'est un fou.

La confrontation des deux expertises opposées en matière de relations internationales et de stratégie militaire dura un moment. Les positions étaient si inconciliables que le groupe se scinda au lieu d'en venir à un échange de mots disgracieux.

— Toi, qu'est-ce que tu penses de ce que raconte Géraldine ? demanda une dénommée Thérèse à Ève.

La jeune fille comptait parmi celles qui priaient pour la victoire alliée tous les dimanches.

— Je ne sais pas. Mon frère Alfred parle des énormes machines des Allemands.

Ce sous-marin d'un mille de long lui resterait longtemps dans la tête. Si son père ne travaillait pas de si longues heures, elle lui demanderait son opinion. Après tout, il comptait parmi les héros de l'autre guerre. Parfois, elle avait aperçu toutes les cicatrices sur sa poitrine. Lui devait savoir.

— J'espère que non. Les Boches font des… choses aux femmes.

Un peu plus âgée, Thérèse ajoutait d'autres effrois à ceux de son amie. Aucune des deux ne savait exactement quoi, mais ces « choses » devaient être horribles, pour alimenter tant de conversations d'adultes à voix basse.

— Si au moins on pouvait faire quelque chose, dit Ève. On ne pourra aller dans les usines de guerre avant des années.

Cela leur semblait la façon d'aider la plus réaliste. Puis aller à la *shop* paraissait un peu exotique.

— Moi, j'ai ramassé du vieux fer, répondit Thérèse.

Devant l'air intrigué de sa compagne, elle se fit un plaisir de partager ses connaissances.

— Ils font des armes avec ça. C'est pour l'effort de guerre.

Comme Ève demeurait silencieuse, sa camarade se montra encore généreuse :

— Du vieux fer, n'importe quoi. Des cadenas, des haches, des pelles, des marteaux.

La pauvre Ève se désola, ses parents ne possédaient rien de tout cela.

— Il y a aussi des chaudrons, des poêles…

La cloche interrompit tous les conciliabules. Une armée de jeunes filles, de douze à vingt ans, s'aligna dans la cour.

Quelques fois dans l'année, Thalie demandait à son confrère Pierre Hamelin un peu de son temps pour une rencontre formelle, d'autres fois son collègue prenait l'initiative de fixer le rendez-vous. La plupart du temps, il s'agissait d'échanger sur un patient ou une patiente. D'autres fois, ils discutaient de leur horaire de travail ou de leur rémunération réciproque.

Ce jour-là, l'homme écouta avec attention, surpris.

— T'enrôler ?

— Je sais, je dois être une femme bien étrange.

— Engagée convient mieux. Je voyais bien ta mine désolée ces derniers mois. Lire tout ça dans les journaux et se sentir totalement impuissants nous tombe sur le moral.

L'homme évoquait son humanisme, son patriotisme peut-être, mais la médecin se doutait bien que ses véritables motifs ne faisaient pas mystère à ses yeux. Il les comprenait probablement mieux qu'elle. Pourtant, jamais elle ne pourrait se confier à lui. Cela ne tenait pas à son sexe, mais à son âge, à son statut d'époux et de père. Quant à se confier au vieux monsieur Caron, sa timidité l'en empêchait.

— Tu devras porter l'uniforme ?

— Je m'en suis commandé un d'une couturière de Montréal. Mon statut de médecin me vaudra des galons dorés. Ceux de capitaine, avec en plus un écusson portant le bâton d'Esculape.

Le symbole était limpide pour qui avait fait ses humanités, Esculape étant le nom romain d'Asclépios, le dieu grec de la médecine. Pierre Hamelin plaça ses coudes sur le bureau et reprit, avec un ton professionnel :

— Quand dois-tu partir ?

— Vers l'Angleterre, en juillet. Cependant, je devrai aller à Montréal et à Ottawa dès le mois de juin. Il faut me donner quelques cours, semble-t-il.

— Pour apprendre à marcher au pas, lança son collègue avec un sourire moqueur.

— On m'a dit que non, un privilège de médecin. Je n'ose y croire tout à fait. Les règlements, les procédures, les modes de communication, les grades aussi : tout cela leur semble essentiel.

La complexité de l'organisation militaire justifiait sans doute quelques semaines d'apprentissage.

— D'ici là, je chercherai quelqu'un pour occuper ton bureau, dit Pierre.

Sa délicatesse l'empêchait d'ajouter « pour te remplacer ».

— Je ne peux pas faire tout le travail dans ce cabinet, se justifia-t-il.

— Je comprends très bien.

Tous les deux payaient le loyer de ces locaux au docteur Caron, une seule personne ne pouvait assumer ces charges et gagner un honnête revenu.

— Je tiens à te remercier de m'avoir fait une place pendant toutes ces années.

— Et toi pour ta présence pendant ces mêmes années. Nous en avons tous les deux tiré des avantages.

Comme elle ne semblait pas comprendre, il précisa :

— Tu attires de nombreuses patientes, avec leurs enfants. Leurs garçons, et même leur époux, finissent dans mon propre bureau. Comme accoucheuse, tu augmentes sans cesse notre clientèle.

Ces paroles lui firent chaud au cœur. La suite ajouta à son plaisir :

— À ton retour, passe me voir. J'aimerais t'avoir encore comme collègue, et comme voisine immédiate.

— Si tu obtiens la collaboration d'un jeune médecin, ce serait dommage de t'en séparer.

— Nous pourrions partager un cabinet à trois, à ce moment-là.

L'homme se cala de nouveau dans son fauteuil, puis conclut :

— Aujourd'hui, cette discussion ne sert à rien. À ton retour, si le cœur te dit de collaborer avec moi, fais-le-moi savoir. Nous chercherons ensemble comment y arriver.

Thalie hocha la tête. Bien de l'eau coulerait sous les ponts d'ici là, aucun des deux ne savait où la vie le conduirait. Toutefois, cette proposition lui faisait un plaisir extrême. En se levant, elle prononça d'une voix émue :

— Je te remercie, Pierre. Je n'ai pas beaucoup travaillé avec ton père, tout de même je pense que je le connaissais assez bien. Je retrouve toutes ses qualités chez toi.

— … Merci. À demain.

Sur ces mots, elle quitta la pièce, un peu bouleversée de se rendre compte que son départ créerait un vide.

❖

Des deux enfants, Ève revenait toujours la première de l'école. Non pas que le cours classique des garçons exigeât de plus longues heures que celui des filles, mais Alfred trouvait toujours le moyen de s'occuper bien longtemps après la fin des classes.

Cela permettait à la jeune fille de nuire un peu au travail de Laura sous prétexte de l'aider à préparer le souper. Elle préférait cela plutôt que de s'absorber tout de suite dans ses devoirs, ou, pire, de feuilleter encore les journaux pour y lire la liste des horreurs allemandes ou japonaises. Celles-là, même son père n'osait pas les évoquer à haute voix devant elle. Sans doute brûlaient-ils les femmes toutes vivantes après... Elle ne savait pas trop après quoi. Se faire occuper par ces «jaunes» ressemblait certainement à l'enfer, aussi le feu lui venait-il tout de suite à l'esprit.

— Ce gros chaudron, tu ne t'en sers jamais, Laura?

L'élève des sœurs de la Congrégation plongeait la tête dans l'armoire du bas.

— J'en ai rarement besoin. Tu sais, on n'a pas souvent un si grand nombre de personnes à table.

On pouvait sans doute y faire cuire un repas pour douze personnes. Ève ne se souvenait pas de l'avoir vu sur le poêle électrique. Quant à la cuisinière à charbon, elle n'en gardait aucun souvenir. Cela relevait de «l'ancien temps», celui de ses parents, des films muets et de ces danses étranges, où tout le monde sautillait au son du jazz.

— C'est la même chose avec celui-là?

Sans sortir la tête de sous le comptoir, la jeune fille tendait une lèchefrite.

— Avec le rationnement, on ne verra plus souvent de rôtis, répondit Laura.

Sa visite si gênante à l'épicerie, au moment de préparer le dîner de Pâques, resterait dans les plus mauvais souvenirs de la domestique. Se faire réprimander ainsi par le commis pour cette histoire de coupons! Cet homme se montrait si attentionné, d'habitude.

Pendant de longues minutes, Ève parut se consacrer à une recherche sur la fréquence d'utilisation des divers éléments de la batterie de cuisine. Thérèse lui avait parlé d'un centre de récupération d'objets de métal rue Saint-Jean. À l'entendre, elle-même y avait déposé dix livres de « vieux fer ». Comme pour toutes ses affirmations, mieux valait diviser ce chiffre en deux.

❖

Le dernier samedi d'avril, Thalie quitta son cabinet assez tôt pour pouvoir passer par la librairie Garneau avant sa fermeture. L'endroit lui faisait toujours une grande impression, avec ses rayonnages allant du plancher au plafond, répartis sur deux étages. Tous ployaient sous le poids des livres. Puis il y avait encore les boiseries sombres, les lampes de cuivre, les bureaux derrière lesquels s'affairaient des commis si pâles qu'ils ne devaient jamais voir le soleil.

Elle s'adressa à celui qui se tenait derrière le comptoir :

— Je cherche quelque chose sur l'Angleterre.

— Voilà un bien vaste sujet. Qu'est-ce qui vous intéresse, de ce pays ? La politique, la faune, la flore…

L'homme tout maigre, âgé d'une cinquantaine d'années, marqua une pause avant de continuer avec un sourire moqueur :

— S'il s'agit de la gastronomie, honnêtement je vous le déconseille.

La cliente fit semblant de s'amuser de la répartie, avant de préciser sa requête :

— Sa politique, son engagement militaire, ses forces comparées à celles de l'Allemagne.

— Je ne doute pas que ce soient des sujets intéressants, mais ce genre d'informations ne se trouve pas facilement, depuis 1939. Venez, je vais vous montrer.

Thalie le suivit dans un recoin poussiéreux. Sur le dos des livres, elle lut les titres sur le régime politique britannique, les grandeurs de l'Empire, son entreprise civilisatrice. À la fin, un volume sur l'organisation du gouvernement et un autre sur l'économie retinrent son attention.

— Je vous le disais, nous n'avons pas grand-chose. Depuis le déclenchement de la guerre, nous ne recevons presque rien d'Europe. Les amants de la littérature française se trouvent au régime, à moins de se limiter aux classiques.

Pareille pénurie lui faisait véritablement de la peine. La reliure rouge d'un tome épais attira l'attention de la cliente.

— Et ça ? On dirait une bible.

— Ah ! Il s'agit de celle des voyageurs. Un guide de la Grande-Bretagne publié par un éditeur allemand, Baedeker. Voilà qui est curieux, n'est-ce pas ? Les touristes britanniques se fient à ces guides depuis des décennies.

— Je vais le prendre aussi.

— Il date déjà de 1937. Je ne sais pas s'il décrit bien la réalité actuelle.

Cinq ans plus tôt, la population urbaine devait être plus faible, et surtout de nombreux monuments avaient croulé sous les bombes lors du Blitz, ces cruels bombardements de 1940 et 1941.

— En avez-vous un plus récent ?

Le commis fit non de la tête. L'instant d'après, l'omnipraticienne payait ses livres, puis se cherchait une place sur un banc du petit parc situé juste en face du commerce, sous les yeux du grand cardinal Taschereau de bronze. Il était trop tôt pour aller manger au Kerhulu, rue de la Fabrique.

Thalie commença à feuilleter ses derniers achats, sans arriver à se concentrer. Son regard se portait sans cesse sur le commerce de ses parents. Aujourd'hui, la petite bâtisse de trois étages était devenue une annexe du magasin Simons. Elle y avait vécu heureuse pendant de nombreuses années.

❖

Le dimanche, la famille de Mathieu Picard se trouvait réunie autour de la table dès le retour de l'église. Laura acceptait de fréquenter la basse-messe pour consacrer sa matinée à la préparation du dîner.

— Nous aurions pu manger un rôti, commenta le père de famille au moment où la domestique posait une assiette devant lui, mais ces temps-ci reconstituer une batterie de cuisine pose quelques difficultés. On n'en trouve plus sur le marché, le métal doit servir à fabriquer des armes.

Les joues brûlantes, Ève baissait les yeux.

— Mathieu, dit Flavie en réprimant un sourire.

— Bien sûr, ça nous permet d'économiser des coupons de rationnement, puis les spaghettis, c'est bon aussi.

Tout de même, l'homme allongea la main pour caresser la joue de sa fille du bout des doigts. Grâce à elle, l'armée canadienne avait gagné deux ou trois livres d'un métal inutilisable. Peut-être pour rendre service à sa cadette, Alfred demanda à son père :

— Tu vas voter comment, demain ?

La question revenait sans cesse, et Mathieu était toujours aussi réticent à répondre.

— D'habitude, ce genre d'information demeure privé. C'est pour cela qu'on va derrière un rideau, au moment de faire une petite croix.

— Ton père va voter "Non", et moi aussi, intervint la mère. Personne ne devrait être forcé d'aller combattre.

Plus franche, elle aurait dit : «Je vais tout faire pour te forcer à rester à la maison.» De son côté, Mathieu préféra ne pas se prononcer sur le sujet. Des familles se trouvaient déjà cruellement divisées sur cette question ; demain, ce serait le pays tout entier.

— Les Allemands sont à deux doigts de contrôler toute l'Europe, insista le garçon, les Japonais massacrent tout le monde en Asie.

— Ma famille n'a pas à faire les frais de cette croisade. Déjà votre tante Thalie…

La femme s'arrêta, consciente d'en avoir trop dit. Puis elle réalisa que l'initiative ne resterait pas bien longtemps secrète. Les uniformes ne passaient pas inaperçus.

— Tu veux dire que Thalie s'est engagée ?

— Tante Thalie, corrigea la mère.

L'adolescent ne se formalisa pas de la remontrance.

— Avec le corps féminin ? Ce sera une couaque ?

— Tu sais que c'est un médecin, dit son père. On lui donnera mieux à faire.

— Si elle peut y aller, moi aussi.

D'un regard, Mathieu lui signifia de changer de sujet. Après le repas, il aida à desservir, puis prit sa femme à part pour lui dire :

— Je vais monter. Si jamais elle l'apprenait par quelqu'un d'autre, ça la blesserait tellement.

— Je suis désolée, tout à l'heure je me suis échappée.

— De toute façon, aujourd'hui ou dans quelques jours, ça ne changera rien. Impossible d'y couper.

Après avoir enfilé son veston, il sortit pour aller à l'étage.

❖

Levée tardivement, Thalie avait décidé de faire l'écono-mie d'un dîner en prenant un déjeuner plus copieux. Sa « glacière électrique » – tout le monde disait maintenant frigidaire – du dernier modèle contenait toujours des œufs, du lait, et assez de fromage pour concocter une omelette. Avec du thé, ce serait parfait.

Ensuite, toujours en pyjama, l'omnipraticienne s'installa dans son fauteuil préféré, puis commença à feuilleter son guide Baedeker. *Great Britain, Handbook for Travellers*, lut-elle sur la page titre. Il s'agissait de la neuvième édition. Le contenu se divisait en plusieurs sections, en fonction de la géographie : le sud, le centre, le nord de l'Angleterre. D'autres concernaient le Pays de Galles et l'Écosse.

Tout d'abord, elle n'y comprit absolument rien. Bien sûr, les chapitres sur la géographie, l'histoire, l'économie fournissaient des renseignements limpides. Mais ensuite, tout s'embrouillait. Puis la clé de lecture lui apparut. Les villes étaient évoquées en fonction de leur emplacement sur les principales routes, ou les lignes de chemin de fer. Il fallait imaginer un voyageur quittant Londres pour une quelconque destination dans le pays. Le premier trajet couvrait la distance de la capitale jusqu'à Dover, par les autoroutes A20 et A253, une distance de soixante-dix-sept milles. Toutes les localités sur le trajet faisaient l'objet d'un petit paragraphe dans un style télégraphique. Puis on indiquait la façon de couvrir cette distance en train.

— Ça doit être l'efficacité allemande, dit-elle à mi-voix. Si l'on sait exactement où aller, on consulte l'index puis on cherche la bonne page.

Tout de suite, elle s'intéressa aux villes universitaires d'Oxford et Cambridge. La description suffit à la déterminer à s'y rendre. Comme tous les autres volontaires, l'idée de voir du pays lui servait de motivation.

Dans l'appartement de Paul et Marie Dubuc, la musique servait toujours de fond sonore à la lecture. La femme levait parfois les yeux pour regarder son époux. Soixante-dix ans déjà ! Comme la vie filait vite entre les doigts. Ses cheveux, ses sourcils, les poils de ses mains devenus blancs, son dos un peu voûté indiquaient clairement son âge. Une pile de journaux s'entassait près de son fauteuil. La politique l'intéressait toujours, surtout en ces temps de turbulence, mais ce ne serait plus jamais de façon active.

Le temps avait été clément pour Marie, plus jeune de sept ans. Bien sûr, ses cheveux gris, les rides sur le visage et les petites taches brunes sur l'épiderme ne permettaient plus de faire illusion. Toutefois, tous les matins elle prenait le chemin du commerce avec plaisir. Quelque chose lui disait que la retraite marquerait sa fin. De toute façon, l'actualité ne deviendrait jamais son passe-temps, et tous ses petits-enfants se considéraient comme de grandes personnes maintenant. L'inactivité complète la tuerait.

Quelques coups contre la porte attirèrent son attention.

— Les filles arrivent déjà ? demanda Paul.

— Pour le souper, c'est un peu tôt, dit sa femme en se levant pour aller ouvrir.

Devant elle, Mathieu arborait son air grave des mauvais jours.

— J'aurais peut-être dû téléphoner avant de monter.

— Comme tu vois, nous menons une vie rangée. Que se passe-t-il ?

— J'aimerais te parler un moment.

Quel visage d'enterrement ! Tout de même, il ne pouvait lui annoncer une faillite imminente trois semaines après avoir envoyé un état financier positif.

— Viens.

Au moment où ils revenaient dans le salon, Paul fit mine de se lever en disant :

— Je vais vous laisser seuls.

— Non, non, ce n'est pas la peine. Restez avec nous.

Ensuite, le silence s'appesantit au point d'énerver sa mère.

— Tu te décides ? Si c'est pour me congédier, tant pis pour toi, je vais ouvrir une nouvelle boutique.

— Non, ce n'est pas ça… Thalie souhaite s'engager dans l'armée.

Comme pour toutes les mauvaises nouvelles, tergiverser ne servait à rien. Les mots prirent lentement leur sens, puis la mère prononça d'une voix blanche :

— Ma foi du bon Dieu, elle est folle.

Cruel, le commentaire inquiéta son fils, il se demanda comment amoindrir le fossé entre elles. La question de l'enrôlement ne devait pas séparer irrémédiablement ces deux-là.

— Maman, ne dis pas des choses semblables. Des milliers de personnes s'engagent, avec les meilleurs motifs.

— Ma fille va sauver la civilisation chrétienne, je suppose.

La voix contenait une bonne dose de dérision.

— Pas à elle seule, mais elle peut faire sa part, ne penses-tu pas ?

Marie secoua la tête de droite à gauche, comme découragée du comportement de ses proches. Les autres sauveraient le monde, les siens devaient demeurer tout près, s'entraider de façon à affronter l'adversité.

— Puis elle ne vient même pas me le dire elle-même. Ma fille a peur de moi, et elle veut aller à la guerre.

Mathieu chercha ses yeux, lui adressa un demi-sourire. À la fin, elle confia :

— Pendant ton absence, tous les jours ont été une véritable torture, sans une seconde de repos. Je te voyais mort au fond d'une tranchée, ou alors une jambe arrachée, étendu dans le *no man's land*. Parfois, mon esprit s'évadait bien un peu. Cependant, les actualités filmées, un article dans le journal, la rumeur qu'une voisine avait reçu un télégramme, tout cela me ramenait à la même cruelle réalité. Voilà que ça va recommencer. Je suis trop vieille pour cela, je ne m'en remettrai pas.

Cette tension, tous les parents de militaires l'avaient vécue pendant la Grande Guerre ; ils la vivaient encore aujourd'hui.

— Je comprends. Du moins je le crois. Alfred compte les jours qui le séparent encore de son enrôlement.

La femme arrondit les yeux, horrifiée par cette éventualité.

— Il s'agit encore d'un enfant.

— Des jeunes mentent sur leur âge pour s'engager dans l'armée. Dans un an, deux tout au plus, ce ne sera plus nécessaire de tricher.

Le monde devenait fou, pas seulement Thalie, si l'armée recrutait des enfants. Marie manquait de conviction quand elle dit :

— Il ne sera pas encore majeur, tu pourras l'en empêcher.

— Tu sais bien que non.

— Alors, que feras-tu ?

Pour la première fois peut-être, elle demandait un conseil à l'un de ses enfants. Un véritable conseil, pas ce qu'elle désirait entendre.

— Je serrerai les dents, et je tenterai d'amener Flavie à faire comme moi : respecter son choix. Ensuite, nous nous torturerons pour ceux que nous aimons.

Marie hocha la tête, deux larmes coulèrent sur ses joues. Que l'on fasse le choix d'aller en enfer la dépassait complètement. Elle avait tendu de toutes ses forces à trouver la sécurité, qu'on désire faire le chemin inverse devenait si absurde.

— Bon, quand viendra-t-elle m'annoncer la nouvelle ?

— Je ne sais pas. Je lui dirai que tu n'as pas l'intention de l'enfermer dans sa chambre, pour la rassurer.

— Je devrais. Là, elle risque de se faire tuer.

Paul demeurait silencieux, témoin d'une conversation déjà familière. Lors de la Grande Guerre, Mathieu lui avait demandé de servir d'intermédiaire auprès de sa mère. Voilà que sa femme devait recevoir un nouvel émissaire, replonger dans la même réalité.

— Thalie ne connaîtra pas les combats, insista le visiteur. Aucune femme ne se trouve au front. Elle soignera les gens.

— Si les Allemands l'emportent…

La femme baissa la tête, vaincue. Depuis l'entrée en guerre de l'Union soviétique, puis des États-Unis l'année précédente, la victoire des Alliés paraissait acquise. Seule la mise au point d'une nouvelle arme formidable pouvait changer la donne, et dans ce cas même Québec ne serait pas à l'abri.

— Maintenant, je vais vous laisser.

Mathieu quitta son siège, mais Marie ne bougea pas d'un pouce. Paul dut le raccompagner jusqu'à la porte. Laissée seule, la mère laissa échapper un sanglot.

— Vous allez prendre bien soin d'elle, n'est-ce pas ?

— Je m'y consacre depuis près de trente ans.

Ils échangèrent une poignée de main, puis le visiteur rentra chez lui.

Souvent, au moment de rejoindre son ami, Oscar Drouin se pensait en route vers son confesseur. « Édouard

Picard ne compte pas vraiment parmi mes amis, réfléchit-il, et il s'agit encore moins d'un être vertueux à qui confier mes fautes. » Le garagiste était plutôt un véritable opportuniste qui échappait totalement au sentiment de culpabilité.

Cette fois, les deux hommes devaient se rencontrer au café New York, rue Saint-Jean. Si près de l'Université Laval, un samedi soir, l'endroit grouillait d'étudiants, et de petites amies d'étudiants.

— Que fais-tu dans un lieu pareil ? dit-il en lui tendant la main.

Édouard occupait une table vers le fond de la salle, d'où il pouvait observer les autres clients, et tous ceux qui passaient la porte.

— Je suppose que j'essaie de faire du rattrapage. Comme je ne suis pas allé à l'université, jamais je ne serai plus près des études supérieures.

Drouin prit la chaise en disant :

— Nous sommes de loin les plus âgés, ici.

— Parle pour toi. Ces donzelles me prouvent le contraire.

Ses yeux se posaient sur deux jeunes filles en imperméable, un béret sur la tête. Que voyaient-elles ? Un quinquagénaire victime du démon de midi, ou un homme toujours séduisant ?

— Tu viens ici pour… te trouver des gamines à séduire ?

— Dans un moment, tu vas me traîner à la cathédrale pour me faire exorciser.

Le visage allongé de Drouin faisait tout de suite penser à Don Quichotte, le chevalier à la triste figure. Dans ses jours les plus sombres, il évoquait plutôt un inquisiteur.

— Tes turpitudes ne me concernent pas.

Pourquoi le politicien le rencontrait-il avec régularité, même quand il fallait se rendre dans son horrible taudis de

Limoilou ? Pour donner une absolution, ou en demander une ?

— Heureux de te l'entendre dire, répliqua le marchand de voitures.

Il leva la main pour attirer un serveur, puis ils attendirent les bières. Dans la salle, les regards se posaient sur eux, Drouin devenait nerveux.

— Tu dois être le seul membre du cabinet à avoir jamais mis les pieds dans la place. Comme on voit ta photo un jour sur trois dans un journal, tu ne peux pas passer inaperçu.

— Compte sur moi, on se rencontre ici pour la première et dernière fois.

Les yeux des autres clients lui semblaient porter un jugement sévère. Dans le murmure des conversations, on distinguait le mot «conscription».

— Nous retournerons au Château Frontenac la prochaine fois, juré. C'est toujours plein d'Anglais qui ne te connaissent pas. Ici, tu as des gens très intéressés par le débat sur la motion de Chaloult.

Multiplier les discours de village en village ne suffisait pas au député libéral indépendant de Lotbinière. Il avait demandé aux membres de l'Assemblée législative de se déclarer unanimement pour le camp du «Non» au plébiscite. Sans succès. Si au moins tous les membres francophones de l'Assemblée avaient appuyé sa proposition, le gouvernement fédéral craindrait de s'aliéner tout un peuple. Même cela ne s'était pas réalisé.

— Pourquoi diable as-tu fait un discours favorable à cette foutue proposition, pour ensuite voter contre en chambre ?

Le ministre comprit alors que ce rendez-vous était un piège, une convocation devant un jury populaire, même si personne dans la salle ne lui adresserait la parole. Tout autour d'eux, ces jeunes hommes s'inquiétaient pour leur avenir.

— Je n'appuie pas le "Oui", je l'ai dit devant tous les députés, se défendit Drouin.

— Donc tu as voté contre la proposition Chaloult pour conserver ton ministère.

Voilà. Édouard se traînait à genoux en 1936 pour que son ami lui obtienne le patronage de l'Union nationale, et aujourd'hui il lui tendait un miroir pour lui montrer sa propre faiblesse. Bien sûr, le politicien pouvait plaider la nécessité : sa famille et lui dépendaient de son traitement pour vivre.

— Les choses ne sont pas si simples, dit-il plutôt. Nous vivons dans l'ensemble canadien, nous ne pouvons pas nous mettre à dos toutes les provinces.

— Qu'on s'en sépare, tout simplement. Pourquoi se laisser diriger par ces étrangers ? Nous avons fondé ce pays.

Voilà qui se formulait aisément quand on n'avait jamais assumé la moindre responsabilité publique.

— Tu as eu l'occasion d'exprimer tes convictions à ce sujet un certain nombre de fois, ironisa Drouin. Par exemple, au moment de la création du Parti national. Pourquoi ne te voit-on jamais t'impliquer dans ces mouvements-là ?

Les regards des autres clients rendaient le ministre de plus en plus mal à l'aise. Mieux valait terminer son verre et quitter les lieux. Au moment de se lever, il tendit la main.

— Je vais rejoindre ma famille.

— Nous devions souper ensemble...

— Je ne me sens pas très bien.

Sa longue figure laissait toujours croire à des ennuis de digestion, le prétexte s'avérait plausible. Édouard accepta la main tendue, la retint dans la sienne.

— Demain, tu vas voter de quelle façon au plébiscite ?

— Je ne crois pas que ce soit de tes affaires.

Pourtant, il quitta le café avec la conviction que tous les clients présents voteraient comme lui.

❖

Les deux filles de Paul Dubuc venaient souper chez leur père une semaine sur deux avec leur époux et ceux de leurs enfants disposés à sacrifier un après-midi pour voir des grands-parents. Les deux garçons de Françoise étaient les plus susceptibles de négliger ces invitations dominicales : au milieu de la vingtaine, ils étaient mariés depuis peu. Les rejetons d'Amélie, âgés de treize et sept ans, venaient plus volontiers. De toute façon, on ne leur laissait pas le choix.

Ce jour-là, Marie se montra si peu accueillante qu'avant huit heures les visiteurs avaient quitté les lieux. Tout de suite après, la femme disparut dans sa chambre. Son époux la connaissait assez bien pour la laisser seule le temps de regagner une certaine contenance. Elle vint le rejoindre au salon une heure plus tard, les paupières un peu gonflées.

— Je m'excuse. Les filles vont penser le pire de moi, maintenant.

— Elles vont continuer de penser le meilleur, et en plus elles s'inquiéteront des raisons de ta tristesse, ce soir.

L'habitude devenait si ancienne que Paul ne lui demandait plus si elle désirait boire quelque chose. Il se leva comme tous les soirs pour lui verser un sherry alors qu'elle retrouvait sa place habituelle sur le canapé.

— Je ne pouvais pas leur expliquer…

— Je comprends. Tu dois d'abord assimiler la nouvelle.

Son époux tendit le verre, regagna son fauteuil.

— J'aurai honte de le leur dire. S'enrôler à quarante-deux ans ! C'est complètement fou.

— Je n'en reviens pas. T'entendre évoquer la honte à l'égard des agissements de l'un de tes enfants…

— Quelle erreur ai-je commise? À vingt-cinq ans d'écart, tous les deux décident d'aller faire la guerre. Volontairement!

— Ne confonds pas la réalité d'un combattant avec celle d'un médecin. Elle ne verra jamais les lignes ennemies.

Le même argument revenait sans cesse. Marie n'écoutait pas, toute à son désarroi.

— Tous les deux! Je sais bien que je n'ai pas été très présente. Je me trouvais toujours dans la boutique, je les laissais à Gertrude. Pire, ils revenaient de l'école pour travailler une heure, parfois deux, avant de monter souper.

Le vieil homme secoua la tête. Dans cet état, sa femme se fermerait les oreilles, elle retournerait chacun des arguments contre lui, ou contre elle-même. Pendant de longues minutes, la pauvre continua dans cette voie.

À la fin, Marie tourna les yeux vers lui pour dire:

— Je suis ridicule, n'est-ce pas?

— Sans pitié, plutôt. Si tu me destinais un dixième des méchancetés que tu viens de débiter contre toi, je me sentirais tellement malheureux.

— Jamais je ne ferais ça. Pas une journée je n'ai regretté de t'avoir rencontré.

Paul secoua la tête, dépité.

— Mais ces méchancetés, tu les adresses à une personne que j'aime. Comment veux-tu que je me sente?

L'argument réduisit sa femme au silence pendant de longues minutes. À la fin, elle prononça à voix basse:

— Je ne pourrai jamais accepter son choix. S'engager dans l'armée à quarante-deux ans!

Marie répétait ce chiffre, comme si à cet âge Thalie aurait dû se montrer raisonnable.

— Tu n'as pas à approuver, tu n'as même pas à comprendre. Accepter, oui. Tu dois accepter que des adultes fassent leurs choix pour eux-mêmes… surtout si ces adultes sont tes enfants.

— Même des choix allant contre leur propre intérêt?

— Comment peux-tu le savoir? Il s'agit de sa vie.

Après ces derniers mots, l'homme craignit d'être allé trop loin. Marie gardait les yeux fixés sur son verre vide tenu dans sa main droite. Après un long moment de silence, elle dit:

— Cette semaine, je téléphonerai à tes filles pour m'excuser. Maintenant je vais me coucher.

— Dans le cas de Thalie…

La femme s'arrêta avant de sortir du salon, se tourna à demi pour regarder son époux.

— Elle ne m'a pas dit un mot de son projet. Ma fille a peur de moi.

Au fond, le pire aspect de la situation se trouvait là. Envoyer son frère à sa place pour ne pas s'exposer à ses reproches. Cela représentait un jugement sévère de sa qualité comme mère.

Chapitre 8

Dans tout le Canada, ce lundi 27 avril trouva les citoyens plongés dans la plus grande tension. Il ne s'agissait pas d'élections ordinaires. Relever le Parti libéral au pouvoir à Ottawa de son engagement de ne jamais recourir à la conscription pour le service militaire en Europe aurait de graves conséquences. Littéralement, le résultat deviendrait une question de vie ou de mort pour des milliers de personnes.

Chez les Dupire, on se présenterait au bureau de scrutin en famille, car tous ceux qui occupaient un emploi se trouvaient en congé en ce jour fatidique.

— Vous êtes certaine de pouvoir vous occuper de lui? demandait Louise à la domestique.

— Oui, madame, je me suis chargée de mes frères et sœurs très souvent.

Gloria penchait son grand corps osseux sur le berceau placé au milieu du salon. Pour la première fois, la jeune mère s'éloignerait un peu de son rejeton. Cela ne la laissait guère rassurée.

— Il ne devrait pas avoir faim avant deux heures. Je l'ai nourri tout à l'heure.

Son interlocutrice hocha la tête. Si cette inquiétude paraissait charmante, la bonne souhaitait pouvoir se remettre au travail.

— Je vais transporter le ber dans la cuisine, pour le garder à l'œil.

La jeune femme allait donner toute une série de nouvelles directives quand Antoine vint se poster dans l'entrée de la pièce.

— Louise, tu viens? Nous ressemblons aux paroissiens réunis pour la Fête-Dieu, tous debout sur la galerie.

— Oui, oui, j'arrive.

Pourtant, la mère se tourna de nouveau vers Gloria pour demander:

— Vous êtes certaine? Ce n'est pas si important, ce vote, je peux rester ici, si vous préférez.

Antoine s'approcha pour prendre son bras doucement.

— Nous serons de retour dans moins d'une heure.

La femme s'assit sur ses talons, caressa la joue du poupon du bout des doigts.

— Je reviens tout de suite. Ne t'inquiète pas.

Elle se leva en continuant de répéter les mots rassurants pour l'enfant, puis accepta de quitter la pièce. Tout de suite, Gloria saisit le berceau par ses deux extrémités pour l'emmener vers la cuisine.

— J'pensais qu'a mettrait toute la journée à me dire comment m'occuper de son Jésus, comme si j'en avais jamais vu.

La cuisinière Hortense haletait un peu au-dessus de l'évier, les mains plongées dans l'eau de vaisselle. Le simple fait de demeurer debout l'épuisait.

— Quand a n'aura dix, a va s'calmer.

— Voyons, c'monde-là ça contrôle la famille. Prends la nouvelle madame Dupire. Y a dix ans, a pouvait encore en avoir, pis son homme s'occupait d'elle. On n'a pas vu de nouveau pour autant.

Le commentaire ne comportait aucun jugement négatif. Elle, comme sa collègue, avait trouvé la meilleure manière d'empêcher les naissances: demeurer vieille fille.

Dehors, la famille put enfin se mettre en route. Antoine tenait toujours le bras de son épouse, Béatrice marchait de l'autre côté.

— Gloria saura en prendre soin, dit-elle dans un souffle.

— Je le sais bien. Je suis tout à fait ridicule.

— Tu es tout à fait en amour avec ton enfant. C'est touchant.

La marche jusqu'à l'école représentait tout un défi pour Louise. Son accouchement, onze jours plus tôt, l'avait laissée affaiblie. Chaque pas lui tirait un petit rictus : les points de suture entre les jambes demeuraient douloureux. À cause de sa longue immobilité, sa taille restait lourde. Fernand remarqua :

— Nous aurions pu prendre la voiture.

— Ce petit exercice me fera du bien, dit-elle en se tournant à demi pour lui faire face.

Son médecin lui avait conseillé un peu d'activité, de façon à accélérer sa récupération.

L'état de la nouvelle mère n'était pas la principale préoccupation de tout le monde. Charles ouvrait la marche. Il dit à sa sœur en élevant la voix :

— Tu vas voter "Non", n'est-ce pas ? Tu ne voudrais pas m'envoyer là-bas.

— Si je jouissais du pouvoir de te garder à Québec à vendre des assurances, jamais je ne t'enrôlerais de force. Ton travail est essentiel ici.

L'affirmation était faite avec une ironie suffisante pour l'inquiéter.

— Ne te moque pas de moi. Les Anglais n'attendent que ça, nous envoyer au massacre.

— Je ne me moque pas, mais je me demande pourquoi tu sembles croire que le résultat m'appartient.

— Nous avons besoin de toutes les voix. Aucun Canadien français ne devrait voter "Oui".

Venant au dernier rang de ce petit groupe, Fernand contemplait ses enfants. Marié, maintenant père, Antoine se trouvait en sécurité. Les femmes ne seraient jamais enrôlées de force, que ce soit au Canada ou aux États-Unis. Seul son benjamin avait des raisons de s'inquiéter. Il ne cherchait même pas à dissimuler son effarement. Son père le comprenait sans mal. L'imaginer un fusil à la main en train de faire feu sur des ennemis lui paraissait inconcevable.

Quand ils arrivèrent au bureau de scrutin, ce fut pour se trouver au milieu d'une foule grave, silencieuse. On y trouvait surtout des femmes, des vieillards et des hommes assez jeunes pour fréquenter encore l'université. Ceux dans la force de l'âge déposeraient leur bulletin de votre à l'heure du lunch, ou en revenant du bureau.

— Votez "Non", dit Charles assez fort pour être entendu à la ronde.

— Tais-toi, maugréa quelqu'un. Il y a certainement des gens de la police montée parmi nous.

Des regards se tournèrent vers le notaire. Il avait l'âge pour occuper un emploi de ce genre. Toutefois, la plupart de ces personnes le croisaient sur le parvis de l'église tous les dimanches ; les autres, devant sa mine débonnaire, trouvèrent l'idée saugrenue.

« Il a raison, le gouvernement doit avoir des agents un peu partout », songea le notaire.

Consentez-vous à libérer le gouvernement de toute obligation résultant d'engagements antérieurs restreignant les méthodes de mobilisation pour le service militaire?

Le morceau de papier sous les yeux, Béatrice porta le crayon à sa bouche, interrompit son geste en songeant à la multitude ayant posé le même depuis ce matin. Sa lenteur à tracer son «X» la rendait certainement suspecte de voter pour le «mauvais bord», comme si elle hésitait devant son acte de trahison.

À la fin, le «Non» l'emporta. Les membres de sa famille se tenaient déjà sur le trottoir quand elle sortit. Louise grimaçait maintenant. Elle aurait plus de mal à revenir vers la maison. Charles examina soigneusement sa sœur, visiblement désireux de savoir. Il se contenta de grommeler:

— On va leur sacrer une volée, à ces maudits Anglais.

La formule pouvait laisser croire à la promesse d'affrontements dans les rues.

❖

Le Canada était un pays très vaste qui possédait six fuseaux horaires. Aussi, même si tous les Québécois réalisèrent s'être majoritairement prononcés pour le «Non» avant d'aller au lit, il fallait attendre les journaux et les émissions de radio du lendemain pour connaître l'issue de la consultation.

Au déjeuner, Charles avait transporté son poste de TSF dans la salle à manger pour syntoniser Radio-Canada. Les résultats ne se firent guère attendre:

— Le plébiscite sur la conscription a obtenu 2 612 265 "Oui" contre seulement 1 486 771 "Non", lit-on sur la page titre de *La Patrie*, déclara un lecteur de nouvelles.

— Sacrament! grommela Charles.

Les yeux sévères de son père l'amenèrent à continuer :

— Pardon, mais la situation me fait enrager. Là les Anglais pourront faire ce qu'ils veulent.

L'annonceur donna l'ampleur de la victoire :

— On parle donc de 64 % du vote en faveur de la proposition fédérale.

— Si on regarde le vote canadien-français, le portrait est bien différent, expliqua un journaliste partageant le micro avec l'animateur de l'émission. Les habitants de la province se sont prononcés à 71 % pour le "Non".

De nouveau, le Canada se trouvait divisé sur la question de l'enrôlement obligatoire, comme en 1917.

— Je n'en reviens pas, protesta encore le benjamin. Une véritable trahison !

L'accusation revenait sans cesse, comme une rengaine.

— Comment ça ? questionna Antoine. Tout le monde savait que King l'emporterait.

— Dans les autres provinces, ça allait de soi. Mais un Canadien français sur six a voté "Oui". Tout le monde devrait avoir voté "Non".

Le calcul s'avérait juste : l'unanimité francophone aurait signifié 85 % de « Non » dans la province, pas 71 %.

— On annonce que 1 160 villes et villages russes ont été reconquis par les troupes de l'Armée rouge, continuait la radio.

Le regard du benjamin se porta sur sa sœur. Tous les autres membres de la famille lui paraissaient avoir d'excellentes raisons de s'opposer à la mesure, pas elle.

— Dans cette maison, justement nous sommes six à avoir voté hier, dit-il avec colère.

— Cette fois ça suffit, intervint Fernand.

Posée, douce même, sa voix portait tout de même. Le garçon porta tout son intérêt sur sa tasse de café. De son côté, la blonde ne le quittait pas des yeux. Clairement, elle entendait répondre à la prochaine remarque avec fermeté. Le chef de famille ne souhaitait pas voir ses enfants se disputer sur une question aussi sérieuse que celle-là. Surtout que ce mardi devait être une journée de réjouissances familiales à l'occasion du baptême du dernier-né.

— Louise, tu ne sembles pas trop fatiguée de l'expédition d'hier, intervint Élise.

— Je deviens donc habile à faire semblant. Une partie de mon anatomie en garde un souvenir plutôt mauvais.

Toutefois, la jeune mère montrait un visage plus enjoué. Mettre le nez dehors lui avait fait du bien.

— Tout à l'heure nous prendrons l'automobile pour nous rendre à l'église, lui rappela son beau-père.

— Je l'espère bien. Je suis même prête à prendre le volant, s'il le faut.

Ce ne serait pas nécessaire. Après le déjeuner, chacun monta à sa chambre pour se faire beau. Un peu avant dix heures, Antoine soutenait sa femme pour lui permettre de descendre l'escalier et marcher vers la Buick. Béatrice suivait avec le poupon dans ses bras. Après avoir aidé la jeune mère à s'asseoir devant, le père ouvrit la portière pour que sa sœur occupe la banquette arrière avec son fardeau.

Louise tenta de se retourner à demi pour voir sa belle-sœur. L'effort lui tirant une grimace de douleur, elle y renonça.

— Il semble se trouver bien dans tes bras.

— Voilà un enfant bien calme, doué pour faire confiance aux gens.

La blonde se pencha vers le poupon, pour lui répéter: «Tu me fais confiance, n'est-ce pas?» Un grand bâillement lui donna raison.

— L'enthousiasme de notre cadet devient un peu lourd, murmura Antoine une fois rendu dans la Grande Allée.

— La peur en fait un partisan de la pensée unique. Chaque vote pour le "Non" doit lui apparaître comme une poussée dans son dos vers l'Europe.

— Il aura vingt-quatre ans en août, remarqua Louise, le recrutement pour le service au Canada ne s'applique pas à lui. Cependant, les discours de tous ces mouvements nationalistes pour lesquels il se passionne lui montent à la tête.

Lors de toutes les conversations tenues à voix basse, elle et son mari devaient discuter de sujets très sérieux, ou alors sa grossesse lui avait permis de parcourir plusieurs journaux à petit tirage partisans de la séparation de la province du Canada.

— Dans le cas de Charles, dit Béatrice, les motivations sont surtout personnelles, pas politiques. Il semble croire sérieusement que l'âge du recrutement obligatoire sera relevé pour l'englober tôt ou tard. Mais je suis peut-être tout à fait injuste à son égard. Après tout, j'ai été deux ans presque sans le voir.

Elle gardait le souvenir d'un garçon enthousiaste, prompt à prendre à son compte un discours, prompt aussi à s'en détacher. Ses opinions toujours exprimées avec véhémence ne paraissaient pas reposer sur des convictions profondes.

Le conducteur roula jusque dans la rue Salaberry pour cueillir l'un de ses beaux-frères, le parrain de son fils. Le compère se retrouva sur la banquette arrière. Même s'il entretint Jean de divers sujets susceptibles d'intéresser un enfant de douze jours, où dominaient les «coucous», ses yeux semblaient irrémédiablement attirés vers le corsage de la marraine.

❖

Le reste de la famille Dupire, tout comme les autres Couture, devait se rendre à l'église Saint-Dominique à pied. Fernand s'arrangea pour marcher à côté du benjamin, Élise s'intéressa juste assez aux nouvelles pousses dans le parterre des voisins pour se faire devancer d'une douzaine de pas.

— J'espère que tu sauras maîtriser un peu ton enthousiasme pour la Ligue de défense du Canada et ses projets politiques, et surtout montrer plus de respect envers les opinions des autres.

— Présentement, ce qui se passe est sérieux, il ne s'agit pas de querelles entre les vieux partis.

Ces vieux partis, c'étaient ceux qui ne changeaient rien à la réalité politique et sociale du Québec. Pour les jeunes de l'âge de Charles, vieux partis et vieilles personnes allaient ensemble. Trois mois après l'élection de 1936, l'Union nationale avait hérité de ce qualificatif. La Ligue pour la défense du Canada discutait de son entrée dans l'arène politique. Celle-là échapperait peut-être à l'étiquette un peu plus longtemps.

— Il s'agit de la survie de la race, insista le garçon.

— Ton camp a triomphé à cinq voix contre une chez les Canadiens français, et la race te paraît menacée ? Il te faut l'unanimité ? Crois-tu que faire la tête à ta sœur parce qu'elle a peut-être voté "Oui", je dis bien peut-être, va arranger les choses ?

— Elle a voté "Oui", jamais elle n'a parlé en faveur du "Non".

Charles marqua une pause, puis reprit, un ton plus bas :

— Comme je suis le plus exposé de la famille à me retrouver en Europe, je m'attends à ce que tout le monde vote de façon à m'éviter ça.

À ses yeux, de toute la maisonnée seule Béatrice méritait ses soupçons. Les jeunes femmes lui paraissaient les moins fiables, quand il s'agissait de défendre la nation. Le notaire secoua la tête, refusant de s'engager dans une discussion si peu rationnelle. Puis son benjamin n'avait plus dix-huit ans. Avec l'âge adulte venait la responsabilité d'assumer ses choix, et les risques inhérents à ceux-ci. Sa crainte était de voir sa famille se diviser là-dessus.

Bientôt, ils arrivaient à l'église. Sur le parvis ils croisèrent les Couture. Les retrouvailles se firent de manière un peu embarrassée : ils ne s'étaient côtoyés qu'au moment du mariage, deux ans plus tôt.

❖

Pendant le baptême, Béatrice et son compère, Henri, s'engagèrent à protéger Jean « des pompes et des ruses de Satan », à travailler à son salut. De façon plus prosaïque, si un malheur faisait disparaître l'un des parents, et à plus forte raison les deux, ils s'occuperaient du petit.

Au terme de la cérémonie, tout le monde se trouvait convié à une petite réception chez les nouveaux parents. Louise répétait avec plaisir à tous les membres de sa famille « Venez chez nous », ou « Venez à la maison ». Le titre de propriété lui faisait plus plaisir qu'elle ne l'aurait avoué. Assise dans un fauteuil du salon, son trésor dans le berceau posé près d'elle, elle se donnait des allures de nouvelle reine-mère dans sa ruche, sous les yeux protecteurs d'Antoine.

Un traiteur s'occupait du repas, les groupes se dispersaient dans les pièces du rez-de-chaussée. Les deux frères Couture avaient très vite renoncé à l'idée d'unir plus à fond les deux familles : Béatrice les dépassait de trois doigts, cela suffisait à tuer leurs désirs. Très vite, ils s'étaient découvert de nouvelles affinités électives.

— On n'aura pas le choix, affirmait Charles dans un coin du bureau de son père. Il faudra se séparer de ces maudits impérialistes, sinon on va disparaître.

Les frères de Louise hochaient la tête avec un enthousiasme de nouveaux convertis. Aucun n'ayant atteint l'âge salvateur de vingt-quatre ans, ils avaient reçu la semaine précédente une lettre les priant de se présenter à l'examen médical.

Encore quelques bières, et les trois jeunes gens marcheraient vers Ottawa en vainqueurs. Une détermination qui durerait jusqu'au moment de dégriser. De son côté, la seule fille de la fratrie des Dupire offrait des petits fours aux convives.

— Ça va ? demanda Élise en s'approchant de Béatrice au moment où toutes les deux revenaient dans la cuisine.

— Oui. Le désir d'être d'accord avec tout le monde, et que tout le monde soit d'accord avec moi, m'est passé avec difficulté. Aujourd'hui me voilà affranchie de ce manque de confiance.

— Certaines mères disent que tout vaut mieux qu'une dispute susceptible de gâcher les rapports familiaux pour longtemps. Y compris cacher ses convictions, ou même voter comme les autres désirent.

Béatrice se retourna pour contempler sa belle-mère.

— Une telle recommandation obtient les effets désirés ?

— Je ne sais pas, je ne parlais pas de ma mère. Puis je n'ai jamais servi ce genre de salade à mes enfants. Toutefois, je ne sais pas si mon approche était plus sage.

— Dis toujours.

— L'harmonie tient au respect des opinions et des valeurs des autres. La compréhension ne nuit pas non plus. Autrement, il s'agit de soumission.

La blonde hocha la tête. La sensibilité d'Élise faisait d'elle une précieuse conseillère. Ce constat rendait Béatrice un peu mélancolique : pareille présence lui avait manqué si longtemps.

Élise continua avec un sourire navré :

— Toutefois, ce respect doit s'exprimer dans les deux sens, pas au détriment de l'une des parties.

— Si ce n'est pas réciproque ?

— Certains vieillissent plus lentement, d'autres ne vieillissent jamais. Dans ce cas, il ne faut pas se donner la responsabilité de la situation…

Charles allait sur ses vingt-quatre ans. La sagesse ne lui était pas venue précocement.

— Viens-tu marcher un peu ? Louise est montée dans sa chambre, ces visiteurs tiennent visiblement à nous enfumer.

Aucun des Dupire n'enfilait une cigarette après l'autre, ni n'imposait la puanteur d'un cigare. Les invités ne présentaient pas la même délicatesse. Le nuage bleu flottant dans toutes les pièces les piquait à la gorge et aux yeux.

— La pauvre madame Couture, seule parmi tous ces hommes… déplora Béatrice.

— Antoine s'occupe d'elle. Il tient manifestement à s'imposer comme le meilleur gendre de la ville, dit Élise.

Toutes les deux, se tenant par le bras, parcoururent la rue Scott sur toute sa longueur.

❖

La belle-mère et la fille de la maison revinrent dans la demeure au moment où Thalie sortait sur la grande galerie.

— Tu souhaitais me voir ? demanda toute de suite Élise en échangeant des bises.

— Non, même si je suis bien heureuse de tomber sur toi. Je me souvenais que le baptême avait lieu ce matin, aussi je suis passée féliciter les heureux parents.

— Oh! Tout à l'heure Louise était allée s'étendre.

— Je suis montée la voir, avec la permission du nouveau propriétaire de la maison, précisa Thalie avec un petit sourire ironique.

Antoine ne pouvait dissimuler sa satisfaction, même à des personnes étrangères à la question.

— Malgré tout, dit Élise, si je n'entre pas, je passerai pour une mauvaise hôtesse. Je te revois cet après-midi.

Elle pénétra dans la maison, laissant l'omnipraticienne seule avec Béatrice. Toutes les deux échangèrent un regard, puis la jeune fille remarqua :

— Vos projets sont en voie de se réaliser, à en croire ma belle-mère.

— Elle doit penser que je n'ai plus toute ma tête.

— Vous savez bien que ce n'est pas le cas.

Thalie se sentit un peu gênée. Jamais Élise ne portait de jugement de ce genre. Son attitude était plutôt de chercher à comprendre. Béatrice enchaîna tout de suite :

— Votre départ aura lieu dans quelques semaines.

— En juillet.

La médecin hésita un moment avant de répondre à la question implicite.

— Une fois la décision prise, tous ces délais finissent par me tomber sur les nerfs. J'embarquerais dès demain. En même temps, j'ai un peu peur.

— Comme devant toute décision susceptible de changer une vie.

Quoique juste, cette remarque ne rasséréna pas la volontaire du service de santé de l'armée. Surtout, toutes les confidences de leur dernière rencontre flottaient entre elles, les rendant un peu mal à l'aise.

— Je dois retourner au cabinet, maintenant, dit Thalie en tendant la main. Je vous souhaite bonne chance pour la poursuite de vos études.

— Et moi pour votre grand projet, répondit Béatrice.

L'omnipraticienne descendit les quelques marches pour s'engager dans l'allée. Béatrice la suivit des yeux jusqu'au coin de la rue. Derrière elle, quelqu'un ouvrit et referma la porte.

— Ah! fit une voix familière. Ma commère! Je vous cherchais depuis quelques minutes pour vous saluer.

Le débit hésitant trahissait un certain abus d'alcool. Il n'était guère édifiant de se trouver dans cet état si peu de temps après le dîner. La blonde se retourna pour voir devant elle les deux frères Couture.

— Avec toute la fumée de cigarette à l'intérieur, autant rester dehors.

Les deux jeunes hommes semblaient avoir un mégot au coin de la bouche en permanence. L'idée de s'excuser ne les effleura pas.

— Je voulais vous embrasser avant de partir. Maintenant, nous voilà liés pour la vie.

— La vie nous réserve de ces surprises, parfois!

À en juger par son ton, celles-ci ne se révélaient pas toujours heureuses. Béatrice offrit sa joue au premier, puis au second des frères.

— Ça vous dirait de faire quelque chose, cette semaine?

— Peut-être lors de mes prochaines vacances. Demain je retourne aux États-Unis.

— Ah oui! Vos études universitaires…

Les femmes savantes ne devaient pas l'attirer outre mesure. L'arrivée de sa mère sur le perron mit fin à l'échange. La matrone dit au revoir à Béatrice, puis elle prit le chemin de la maison avec ses deux fils en remorque.

❖

Le lendemain matin, les valises de Béatrice se trouvèrent près de la porte avant le déjeuner. Pendant le repas, tous affectèrent une fausse gaieté. La situation politique créait une tension entre certains, la certitude de ne pas se revoir au cours des six prochains mois en attristait d'autres.

Après s'être essuyé la bouche, Louise annonça :

— Je vous prie de m'excuser, mais quelqu'un criera bientôt sa faim.

— Je t'accompagne, dit la blonde. Ce sera une occasion pour moi de dire au revoir à mon filleul et à ma belle-sœur.

L'enfant passait ses journées dans le salon, afin d'éviter à la mère ou à la domestique de s'épuiser dans l'escalier. De la situation résultait un certain désordre : tout le nécessaire pour lui donner ses soins quotidiens s'étalait sur le canapé. Béatrice dit quelques mots au poupon, qui garda sa bonne humeur même si la tétée se trouvait ajournée un peu, puis elle embrassa sa parente tout en lui souhaitant le meilleur.

L'instant d'après, elle trouvait le reste de sa famille dans le couloir. Antoine fut le premier à la prendre dans ses bras pour lui souhaiter les plus grands succès dans ses études. Puis il rejoignit sa petite famille. Les adieux d'Élise se révélèrent touchants. Fernand la reconduisait, donc il ne restait qu'à dire au revoir à Charles. Un long moment, tous les deux demeurèrent immobiles, l'un en face de l'autre. À la fin, le garçon s'approcha pour l'embrasser sur les joues.

— Bonne chance dans ton hôpital pour les fous.

— Et toi dans ta compagnie d'assurances.

Elle arrivait à donner au dernier mot des accents pitoyables. De nouveau, ils se regardèrent un instant, puis il dit :

— Je dois y aller maintenant.

— Moi aussi.

— Alors, bonjour.

— Bonjour.

Leurs adieux ne témoignaient d'aucune chaleur, la question du plébiscite les avait séparés. En évitant l'usage des prénoms, ils rendaient l'échange impersonnel. Le benjamin quitta les lieux en répétant encore « Bonjour », non pas « À bientôt », ni même « Au revoir ». Fernand regarda sa fille avec des yeux empreints de tristesse, puis il prit les deux valises laissées près de la porte.

— Je peux m'en charger, papa.

— Moi aussi. Et s'il te plaît, ne me répète pas que tu aurais aussi pu prendre un taxi.

Elle se le tint pour dit et demeura silencieuse jusqu'à ce que son père s'installe derrière le volant.

— Je suis désolée, tu sais. J'aurais dû laisser entendre que je votais comme lui. Là, l'atmosphère s'est trouvée gâchée.

— Si tu l'avais fait, dit Fernand en s'engageant vers le nord dans la rue Scott, ça m'aurait attristé.

D'un seul coup, elle retrouvait son père soucieux de lui redonner une certaine confiance. Lui la revoyait à treize ans, facilement blessée par la moindre remarque juste un peu ironique. Combien ces quelques jours dans la maison familiale minaient l'assurance acquise au fil des dernières années.

— Es-tu heureuse de retourner là-bas ? voulut-il savoir.

— Oui. J'entame la dernière étape de mes études. Encore une quinzaine de mois, et je pourrai commencer à travailler pour un véritable salaire.

— Dans cet hôpital où tu seras cet été, on ne te donne rien ?

— Comme il s'agit d'un stage faisant partie de la formation, je toucherai une rémunération bien symbolique.

« Ça doit ressembler à l'année de cléricature, songea Fernand. En plus difficile, évidemment. Je n'échangerais pas mes vieux papiers pour ses patients. » À haute voix, il jugea bon de préciser :

— Je compléterai la somme, ne t'en fais pas.

— Voyons, avec ce que tu me donnes en compensation de la vente de la maison, j'aurai trop d'argent.

— Je n'ai aucune intention de changer notre entente. Je paie les études de mes enfants.

— Je traîne encore à l'école à vingt-cinq ans.

— Ah ! Tu traînes ? Pourquoi avais-je l'impression que tu étudiais ?

Le ton moqueur fit rire Béatrice. Évidemment, ses études prenaient tout son temps, tellement elle tenait à réussir. Pour elle, il s'agissait de la seule façon de justifier l'investissement consenti.

— Pourquoi te montres-tu si généreux avec nous ? Céder ta maison à Antoine à de si bonnes conditions, nous verser chacun notre part d'ici cinq ans…

Elle et Antoine se posaient souvent des questions sur ses ressources. L'économie de guerre ne semblait pas lui peser plus que la longue crise des années trente.

— Vous entrez dans la vie, vous avez besoin d'un coup de pouce maintenant. J'aimerais vivre encore au moins vingt-cinq ans. Ça te donnerait quoi de recevoir cette somme à cinquante ans ?

— Je ne saurai même pas quoi faire avec.

Tout le reste du trajet se passa à discuter des investissements les plus rentables. Le sujet permettait de mettre leurs émotions en veilleuse. Sur le quai de la gare, toutefois, le moment des adieux les toucha comme toutes les fois précédentes.

— Prends soin de toi, ma grande.

L'étreinte dura un moment, puis ils s'éloignèrent un peu l'un de l'autre.

— Toi aussi, papa. Marche tous les jours…

— Ne fais pas le travail du docteur Hamelin. Mais rassure-toi, je suis devenu très sage, ces dernières années.

L'homme avait raison à ce propos. La vie lui donnait toutes les raisons de souhaiter prolonger son séjour sur terre.

— Reviendras-tu nous voir bientôt ?

— À Noël.

Fernand comptait mentalement. Près de huit mois.

— Tu me manqueras.

— À moi aussi. J'aimerais que toi et Élise veniez à New Haven, histoire de couper ce temps en deux.

— Je ne sais pas…

— J'aimerais que tu voies mon appartement, mon directeur de thèse, l'hôpital. Je veux partager tout cela. Pour que tu saches au moins pourquoi tu dépenses tant d'argent.

Bien sûr, l'Université Yale lui coûtait une fortune, il serait sûrement content de pouvoir visiter le campus. Mais Béatrice rêvait surtout de lui montrer qui elle devenait au fil des ans.

— M'as-tu entendu parler anglais ? Je ne saurais même pas commander un repas.

Le notaire n'exagérait pas du tout. Pour lui, l'anglais était comme le latin : une langue écrite, mais que personne ne parlait dans son univers.

— Moi je deviens plutôt bonne, je traduirai. Maintenant, va-t'en, sinon je vais me mettre à pleurer.

— Avec ces hommes tout autour, ce serait une misère de chiffonner ton beau visage.

Les trois quarts des passagers portaient l'uniforme. Certains jetaient vers eux des regards curieux.

— À bientôt, Béatrice, dit-il en l'embrassant sur les joues.

— À bientôt, papa.

Lui-même n'en menait pas large. Il s'éloigna, la laissant debout sur le quai.

Chapitre 9

La seconde visite de Thalie à la Citadelle se déroula le dernier jour d'avril. Malgré son attitude un peu crâneuse, il lui avait fallu tout ce temps pour passer à l'action. Sa nervosité s'avérait aussi grande que la première fois. Au moins, le planton la reconnut. Le trajet dans les entrailles de l'édifice fut semblable au premier, des recrues firent les mêmes gestes pudiques sur son passage. Le colonel se leva à son entrée, s'avança la main tendue.

— Madame Picard, je suis heureux de vous revoir.

Le ton était bien un peu gouailleur, avec un sous-entendu : « Il vous en a fallu, du temps, pour vous décider. » La femme choisit de ne pas trop s'en formaliser.

— Je ne vous dirai pas que tout le plaisir est pour moi.

Il lui désigna la chaise devant son bureau, reprit sa place.

— J'ai ici l'offre d'enrôlement à vous faire signer. Vous vous trouverez sous les drapeaux pour la durée de la guerre, avec une solde de capitaine.

— Vous voulez dire avec la solde d'une femme capitaine.

En gros, les soldates recevaient les deux tiers de la somme versée à un homme. Cela tenait à un ensemble de facteurs, dont la tradition : dans aucun secteur d'activité on ne trouvait un salaire égal.

— Vous avez raison.

— Au cabinet, mes honoraires sont les mêmes que ceux de mes collègues.

— Vous n'avez pas encore signé ce document, et rien ne vous y oblige.

Son interlocuteur la défiait. Bien sûr, elle connaissait les règles et les avait acceptées, mais elle ne pouvait se retenir de protester. Cette attitude cadrait mal avec la discipline militaire.

— Prêtez-moi votre plume, je vais le faire tout de suite.

— Vous ne voulez pas le lire à tête reposée?

Murphy prit l'offre d'enrôlement pour la placer sous ses yeux.

— À tête reposée ou non, croyez-moi, j'ai songé à tout cela.

— Le document vous engage à accepter une affectation outremer.

— C'est bien ce que j'avais compris.

La main tendue, l'impatience lui fit agiter les doigts pour qu'il y mette une plume. Puis elle tourna les pages pour apposer sa signature aux endroits marqués d'un « X ». Quand ce fut fait, elle s'appuya contre le dossier de sa chaise en laissant échapper un soupir.

— Maintenant, que se passe-t-il?

— Préparez-vous à vous rendre à Ottawa dans une ou deux semaines. Vous recevrez une brève formation, puis votre affectation.

Aucun roulement de tambour, aucun comité d'accueil au moment où sa vie changeait définitivement.

— Bon, alors je vais attendre, dit-elle en se levant.

L'officier fit la même chose, lui tendit de nouveau la main.

— La prochaine fois, mademoiselle, je vous appellerai capitaine et je ferai le salut militaire.

— Alors, au revoir, colonel.

Au moment de rejoindre le cabinet de la rue Claire-Fontaine, Thalie s'aperçut qu'au lieu d'éprouver de l'inquiétude, ou de la peur, elle se sentait légère, une vague excitation la gagnait. Enfin, quelque chose d'important se passait dans sa vie, au point de lui faire oublier tout son ennui.

❖

Dans la salle d'attente, Élise se tenait derrière son petit bureau, le livre des rendez-vous ouvert. Elle leva les yeux vers son amie, s'étonna de voir un sourire sur son visage.

— Voilà qui est fait, dit cette dernière en s'approchant.

— Tu as signé ?

De son côté, la réceptionniste ressemblait plutôt à une pleureuse debout près d'une fosse, attendant de voir le cercueil s'enfoncer dans la terre.

— Oui, il y a vingt minutes à peine.

En accomplissant ce geste définitif, elle s'était libérée de la pression qui pesait sur ses épaules. Maintenant, il ne lui restait plus qu'à aller de l'avant, régler les derniers détails.

— Tu me disais l'autre jour que Charles souhaitait quitter le toit familial ?

— Oui, mais les logements disponibles sont peu nombreux.

— Peut-être accepterait-il de louer le mien jusqu'à mon retour.

Son interlocutrice comprit que dorénavant les événements suivraient leur cours, sans changement possible. Autant faire contre mauvaise fortune bon cœur.

— Ce serait sans doute l'idéal. Je lui en parlerai ce soir.

À cause de sa visite à la Citadelle, Thalie était en retard de quelques minutes. L'instant d'après, elle accueillait la première cliente en disant :

— Je m'excuse de vous avoir fait attendre, mais je devais régler une affaire urgente.

La visiteuse conserva toutefois son air maussade tout au long de l'examen.

❖

Il fallut encore presque une semaine à Thalie avant de trouver le courage d'affronter sa mère. Elle ne s'avouait pas sa crainte, toutefois. De toute façon, Marie savait, Mathieu lui avait dit. Puis il restait tant de choses à régler avant que tout cela se réalise.

Quand la médecin frappa à la porte, un jeudi soir, l'heure des visites entre gens bien élevés était passée. Dans l'appartement, la femme questionna Paul du regard.

— Je n'attends personne. Mes filles ou leurs enfants auraient téléphoné avant de se présenter aussi tard.

Il ne restait qu'une possibilité.

— Laisse-nous seules, s'il te plaît.

L'homme acquiesça d'un geste de la tête, se dirigea vers la chambre lui servant de bureau et ferma la porte derrière lui. Sa compagne alla ouvrir, pour découvrir sa fille terriblement mal à l'aise, comme une enfant coupable d'un mauvais coup.

— Je peux entrer ?

— Viens, dit la mère en se plaçant un peu de côté pour la laisser passer.

Dans le salon, la visiteuse prit place sur le canapé. Au lieu de s'asseoir juste à côté d'elle, comme à son habitude, Marie occupa un fauteuil.

— Mathieu t'a expliqué…

— Tout de même, j'aimerais l'entendre de ta bouche.

— J'ai rejoint le corps médical.

En omettant les mots «de l'armée canadienne», elle tentait de donner une allure de normalité à sa décision. Le silence de sa mère la força à préciser :

— Je passerai en Europe au cours de l'été. Là-bas, je travaillerai dans un hôpital. Ce ne sera pas vraiment différent du Jeffery Hale.

— Rien ne sera semblable. Des bombardiers survolent l'Angleterre toutes les nuits. Puis auparavant, il y aura la traversée.

Pour les bombardiers, elle exagérait. Le Blitz s'était terminé à l'avantage des Britanniques un an plus tôt. Cependant, à peu près toutes les semaines les journaux évoquaient les navires coulés par les sous-marins. Thalie n'avait guère envie de s'engager sur le terrain des stratégies et des risques.

— Pourquoi… fais-tu une chose pareille ?

Le «me» muet n'échappa pas à Thalie. Sa mère ramenait la question à leur relation, à sa propre inquiétude. Reprendre ses confidences à Béatrice l'aurait trop intimidée. Elle s'en tint à une version édulcorée de celles-ci.

— J'espère être moins malheureuse, c'est tout.

Cette simple notion dépassait totalement son interlocutrice. Comment pouvait-on être malheureuse quand on était plutôt jolie, intelligente, pratiquant une profession non seulement très gratifiante, mais assurant de bien vivre toute son existence ?

— Pour te sentir mieux dans ta peau, tu veux devenir une couaque.

L'intonation donnait un sens très péjoratif au dernier mot.

— Non, une médecin du service de santé. Ce n'est pas la même chose. Je ferai exactement le même métier qu'aujourd'hui.

Marie secoua la tête, incapable d'accepter cette réponse.

— Tu porteras un uniforme, dit-elle de façon abrupte.

Aucun argument ne la ramènerait à de meilleurs sentiments. Thalie décida de quitter les lieux avant d'élever la voix.

— Je dois rentrer maintenant, annonça-t-elle en se levant.

Sa mère la raccompagna jusqu'à la porte, lui ouvrit :

— Bonne nuit, maman.

Toutes les deux échangèrent un long regard. La visiteuse s'engageait déjà dans l'escalier quand elle entendit un vœu de bonne nuit murmuré.

❖

Avant même de passer à table, Charles avait tenu à prendre un rendez-vous avec Thalie. Un peu avant huit heures, quand le portier signala son arrivée, au lieu de le faire monter, la femme descendit le rejoindre dans l'entrée.

— Bonsoir, dit-elle en lui tendant la main.

— Bonsoir. Je me suis peut-être montré un peu trop empressé, mais dès que ma belle-mère m'a dit, j'ai voulu sauter sur l'occasion.

— C'est très bien, je souhaite régler cette question au plus vite. D'abord, nous allons voir la salle à manger.

Le jeune homme ouvrait de grands yeux, visiblement surexcité à l'idée de loger dans un immeuble aussi prestigieux que le Château Saint-Louis.

— Vous pourrez prendre le déjeuner et le souper ici, et même faire monter votre repas, mais le prix est très élevé. Puis ce service cessera sans doute bientôt.

— Pourquoi ? C'est très pratique.

— Au moment de la construction, personne n'aurait songé à équiper son appartement d'un poêle à bois ou à charbon, c'était impossible. Aujourd'hui, les locataires ont des cuisinières électriques, des réfrigérateurs. Comme les clients recourant à ses services sont moins nombreux, le traiteur ne fait pas ses frais.

Charles ramassa une feuille donnant la liste des prix et conclut tout de suite que l'apprentissage de la cuisine s'imposerait, sinon il y passerait tout son héritage.

— Montons à l'appartement, suggéra Thalie.

Le jeune homme apprécia de nouveau le hall tout de marbre, les casiers postaux, les portes de laiton de l'ascenseur. Au moment d'entrer dans le logis, elle dit encore :

— Vous trouverez peut-être les lieux un peu féminins, mais au moins je n'ai pas mis de papier peint fleuri sur les murs, ou de revêtement rose sur les meubles.

Elle le guida successivement dans la petite cuisine, le salon, la chambre à coucher. Dans cette pièce, elle songea : « Voilà des années qu'aucun homme n'est entré ici. » Cette pensée suscita un mélange de tristesse et de honte. Comme elle devait être désagréable, pour faire ainsi le vide autour d'elle. Pour chasser ces pensées, elle annonça le prix de location, ce qui fit légèrement grimacer son interlocuteur.

— Mon bail prévoit cette somme, je vous le montrerai. Je ne ferai aucun profit. D'ailleurs le paiement se fera au gérant de l'immeuble.

— Je comprends, c'est juste que je viens d'obtenir mon premier emploi vraiment intéressant. Mais ça ira.

Le jeune homme commençait tout juste à recevoir les versements relatifs à sa part de la maison familiale. Au lieu de garder le tout pour acheter sa propre demeure un jour, il en consacrerait une partie à ce loyer.

— Accepterez-vous un cognac ? Je vous expliquerai les autres détails de l'entente.

Tout en acquiesçant d'un geste de la tête, Charles se troubla un peu. Pour la première fois de sa vie, il se trouvait seul avec une femme dans un appartement. Même si cette dernière était considérablement plus vieille, il ne la trouvait pas vilaine.

— Installez-vous dans ce fauteuil, dit Thalie en lui tendant son verre. De mon côté je vais prendre un peu de vin.

Quand elle se dirigea vers la cuisine, le jeune homme apprécia sa silhouette, tout en se disant : « Malgré tout, pas mal pour une vieille. » Quand son hôtesse revint, elle le trouva debout devant une fenêtre.

— Voilà une vue superbe, dit-il.

Même si le soleil avait disparu de l'horizon, il faisait suffisamment clair pour permettre de voir la ville, et au-delà la chaîne des montagnes.

— Oui, on ne s'en lasse pas.

Tous les deux occupèrent les fauteuils, l'hôtesse continua :

— Je compte laisser tous les meubles, la vaisselle, les chaudrons. Vous n'aurez rien à acheter, pas même des draps et des couvertures.

— Voilà qui rendra mon aménagement plus facile.

— J'entreposerai mes vêtements, mes papiers, enfin, toutes mes affaires personnelles ailleurs. Voulez-vous réfléchir à la question, avant de vous décider ?

Elle reprenait presque les mots du colonel Murphy, son interlocuteur montra le même empressement à répondre :

— Non, j'accepte. L'entente vaudra jusqu'à la fin de la guerre ?

— Oui, à moins que nous voulions mutuellement y mettre fin. Mon frère s'occupera de mes affaires pendant mon absence.

— Il faudrait une clause me permettant de partir sans verser de dédommagement si jamais je suis conscrit.

— Vous avez vingt-quatre ans ?

L'homme répondit négativement d'un geste de la tête, puis ajouta :

— Pas encore. Mais les conditions d'enrôlement peuvent changer rapidement, surtout avec le résultat du plébiscite.

Toute une génération de Canadiens français vivait dans la même angoisse. Thalie comprenait très bien qu'un événement de ce genre obligeait quelqu'un à rompre bien des engagements.

— L'entente deviendra caduque si vous rejoignez l'armée, volontairement ou pas.

Le jeune homme laissa échapper un ricanement à l'évocation d'un engagement volontaire. Cela n'arriverait jamais.

— Élise m'a dit que vous travaillez depuis peu pour une compagnie d'assurances.

Le changement de sujet lui fit plaisir. Pendant un moment, le visiteur parla avec enthousiasme d'un sujet qui ennuya son hôtesse. Heureusement, bien élevé, Charles remarqua que son verre de vin était vide et qu'elle ne faisait pas mine de s'en servir un autre.

— Je vais vous quitter maintenant. Vous pourrez confier l'entente dont nous avons parlé à ma belle-mère, je la signerai et la renverrai de la même façon.

— D'accord, vous l'aurez d'ici deux jours.

Elle le reconduisit jusqu'à la porte. Au moment de sortir, il osa demander :

— Pourquoi vous êtes-vous engagée ?

Thalie fronça les sourcils, puis formula après un moment de réflexion :

— Ça m'a semblé la chose normale à faire.

Au moment de monter dans l'ascenseur, Charles songea : « Pour moi, ça ne le sera jamais. Auparavant, je me sauverai dans les bois. » Ils seraient quelques dizaines à faire cela au cours des prochaines années.

Sans voiture, Thalie devait réserver les services d'un camion pour déménager ses affaires. Au moins, le chauffeur pourrait transporter ses quelques caisses du sixième étage du Château Saint-Louis au second de l'immeuble de la rue Saint-Cyrille. Au moment de frapper à la porte, elle sentit des larmes perler à la commissure de ses yeux.

— Te voilà, ma petite, dit Paul en ouvrant.

Elle se réfugia dans les bras grands ouverts, se laissa enlacer. Le gros homme qui suivait avec une caisse de vêtements interdisait les trop longs épanchements. Cela valait mieux ainsi. Le maître de la maison le guida jusqu'à une chambre inoccupée. Thalie entreprit tout de suite de pendre ses robes dans l'armoire et de mettre son linge dans la commode.

— Tu ne gardes rien?

— On m'a dit que je devais voyager léger. J'emporterai ma plus belle robe, des sous-vêtements, des bas, mais je n'aurai sans doute pas l'occasion de me faire belle là-bas.

La demi-douzaine de boîtes contenait aussi ses livres, ses papiers, tous les petits objets qui témoignent que l'on a vécu. Quand elles furent toutes dans la pièce, Thalie tira de son sac quelques dollars pour le camionneur, puis continua son rangement.

— Je m'excuse de te laisser tout faire seule. L'âge me rend inutile.

La femme leva les yeux vers Paul en souriant.

— Ne dites pas des choses pareilles. Pas à moi. Un homme inutile ne se trouve pas dans le cœur d'une bonne douzaine de personnes.

« Et moi, de si peu », se dit-elle. Pourtant elle comprenait. L'homme présentait les signes du grand âge. La peau parcheminée portait des taches brunâtres. Quand elle en eut terminé, ils se retrouvèrent tous les deux dans l'entrée, embarrassés.

— Cela me gêne tellement d'apporter mes choses pendant son absence, comme une voleuse, dit finalement Thalie.

L'absurdité de sa remarque lui tira un demi-sourire. Au contraire, elle déposait toutes ses possessions, comme si elle reprenait sa chambre de jeune fille.

— Tu n'avais pas d'autre choix, n'est-ce pas?

Oui et non. Marie se trouvait au travail pendant la journée, mais le camionneur aurait sans doute accepté de faire ce déménagement en soirée.

— Elle pensera à moi tous les jours, cette pièce servira d'aide-mémoire. Pas un seul instant elle ne m'oubliera. Mes affaires alimenteront sa colère, ou sa peur, ou les deux.

— La présence ou l'absence de tes possessions n'y changera rien : tous les jours, toutes les heures elle se souviendra de toi. La colère lui passera bien vite. L'inquiétude ne la quittera pas. On s'inquiète pour ceux qu'on aime, si on les pense dans une situation dangereuse.

— Je ne fais pas ça pour la contrarier.

— Fais-lui confiance. Parce que tu es célibataire, elle se sent responsable. Marie en viendra certainement à se convaincre un jour que tu peux te débrouiller seule, comme elle le faisait il y a trente ans.

— Même si j'étais mariée…

Sa mère exerçait aussi son contrôle sur Mathieu, ses petits-enfants n'y échappaient pas tout à fait non plus.

— Alors, Paul, je vous souhaite le meilleur.

— Moi aussi. J'espère que tu trouveras là-bas ce que tu cherches.

L'homme marqua une hésitation, puis continua :

— Tu sais, tu es une personne exceptionnelle. J'ai non seulement de l'estime pour toi, mais aussi une grande admiration. Je voulais te le dire aujourd'hui, car je n'en aurai peut-être plus l'occasion.

— Je ne m'en vais pas combattre, mais soigner des gens. Je ne risque rien, ou pas grand-chose.

— Je ne faisais pas allusion aux risques pesant sur les membres du service médical de l'armée, mais à ceux qui menacent un vieux monsieur de soixante-dix ans.

Bien sûr, une chute dans l'escalier, une mauvaise grippe pouvait l'emporter.

— Alors, laissez-moi profiter de l'occasion pour vous dire toute mon affection. Je n'oublierai jamais votre patience, même vos bons mots, quand je vous prenais à partie pour toutes mes frustrations politiques.

— Comme au sujet du vote des femmes.

— Que nous avons eu il y a deux ans seulement. Merci.

Lors de leur dernière étreinte, l'homme lui glissa dans l'oreille : « Essaie d'être heureuse, tu le mérites. » Parce que l'émotion lui serrait la gorge, Thalie quitta les lieux en larmes, sans prononcer un mot de plus.

❖

— Franchement, même sur mesure, l'uniforme ne m'avantage pas. Le kaki non plus.

Thalie se tenait devant un miroir, dans la chambre de son hôtel. Comme tous les officiers possédant quelques moyens, elle en avait commandé deux faits sur mesure à une couturière s'annonçant dans les journaux. La dame, une Juive tenant boutique rue Saint-Laurent, en était à sa première cliente désirant ce type de vêtement. Le résultat était parfait, mais comment s'habituer à sa nouvelle allure ?

Quand elle posa le képi sur ses cheveux coupés assez courts, l'envie lui vint de pouffer de rire.

Sa valise à la main, elle prit l'ascenseur avec trois autres personnes, des hommes. Ils l'examinèrent des pieds à la tête, prononcèrent «Bonne journée, officier» l'un après l'autre. De cela aussi il lui faudrait prendre l'habitude. Les Canadiens anglais lui exprimeraient leur appréciation pour son sens du devoir, les Canadiens français la regarderaient avec la plus grande méfiance, sinon une certaine hostilité.

Un taxi la conduisit à la gare, à Ottawa un autre la déposa devant les quartiers généraux du Royal Canadian Army Medical Corps. Un moment, elle demeura plantée devant le grand édifice de pierre, regrettant de ne pas être passée à l'hôtel pour déposer sa valise. Puis en se raidissant le dos pour se grandir un peu, elle entra. Comme dans tous les locaux militaires, un soldat assis derrière un bureau accueillait les visiteurs.

— Capitaine, que puis-je pour vous?

L'appellation lui tira l'ombre d'un sourire. Pour une personne de son âge, il était plaisant de ne plus entendre «Mademoiselle».

— J'ai rendez-vous avec le colonel Luton, ou le médecin-chef, je ne sais pas comment l'appeler.

— Les deux conviennent très bien. Vous trouverez son bureau à l'étage, juste en haut de l'escalier.

En montant, Thalie remarqua la présence de nombreux soldats de sexe féminin. Chacune portait un dossier, une liasse de documents ou un bloc de sténo. Le corps féminin formé l'année précédente devait permettre de remplacer les hommes dans certaines tâches afin de les affecter à des unités de combat. Comme les politiciens l'avaient souligné au moment de l'adoption de la mesure, 10 000 femmes valaient le recrutement d'un nombre équivalent de combattants.

Tous ne devaient pas apprécier cette initiative. Les nouvelles secrétaires et commis y trouvaient toutefois leur compte, à en juger par le sourire de celle qui l'accueillit.

— Je veux voir le colonel Luton.

— Bien sûr, capitaine… Picard.

Elle avait dû regarder sur la liste des visiteurs pour trouver son nom. Dans la pièce voisine, un homme et une femme attendaient, assis de part et d'autre d'une table. Les galons dorés sur la manche indiquaient la hiérarchie entre eux.

— Colonel, commença Thalie en adoptant à peu près la posture du garde-à-vous.

Son salut donnait l'impression qu'elle voulait chasser un moustique près de son oreille. Sa méconnaissance évidente des usages lui valut un sourire un peu moqueur de la part de la jolie dame dans la trentaine.

— Capitaine Picard, je vous présente la capitaine Eaton, chef adjoint du corps féminin de l'armée canadienne.

Margaret Eaton. La photo de cette dame dans *La Patrie* avait renforcé sa détermination à s'enrôler. Fille d'un grand bourgeois, elle arrivait à se donner un air martial, ou antipathique. Les deux pouvaient se confondre aisément. Toutefois, vue de près, elle ne paraissait pas avoir trente ans.

— Capitaine…

Fallait-il saluer encore ? Tendre la main ? Comme la femme se contenta d'un salut de la tête, autant s'en tenir au grade comme seule marque de civilité.

— Veuillez vous asseoir, capitaine. J'ai invité la capitaine Eaton à se joindre à nous, car votre affectation concerne ses troupes.

En occupant le troisième siège, Thalie remarqua l'écusson de sa voisine sur l'épaule, les trois feuilles d'érable surmontées de la tête d'Athéna. Elle-même portait plutôt le symbole habituel des médecins, le bâton d'Esculape autour duquel s'enroule un serpent. Sa présence s'expliquait sans mal, mais le médecin-chef précisa tout de même :

— Chaque régiment comprend une petite équipe médicale, mais les soldats qui demandent plus qu'une intervention ponctuelle sont envoyés au service de santé. Nous disposons de nombreux hôpitaux au Royaume-Uni, des maisons de convalescence, des postes de triage. Nous parlons de centaines d'employés de sexe féminin, des infirmières pour au moins la moitié. Au moment de présenter votre candidature, le colonel Murphy a évoqué qu'elles pourraient préférer consulter une personne de leur sexe.

Visiblement, lui-même trouvait la suggestion ridicule, à en juger par son ton.

— À ces personnes s'ajoutent les corps féminins de l'aviation, de la marine, et celui qui sera sans doute plus nombreux, celui de l'armée. Des femmes ont déjà pris le chemin de l'Angleterre, leur nombre s'accroîtra très vite.

— On parle de la population d'une petite ville, intervint Eaton, de quoi occuper une praticienne. La seule différence sera la dispersion de ces femmes dans divers établissements militaires.

Pour sa part, la capitaine semblait trouver clairement justifiée la présence d'une médecin pour leur dispenser des soins.

— En conséquence, dit le colonel Luton avec une pointe d'agacement dans la voix, après un entraînement de base vous vous embarquerez. Il y aura un convoi au début du mois de juillet, vous y aurez une place réservée.

Thalie ne cilla pas en entendant la nouvelle.

— Merci, colonel.

Pour souligner de nouveau son désaccord à propos de son enrôlement, l'homme chercha à la mettre un peu mal à l'aise.

— Vous pratiquez la médecine depuis longtemps?

— J'ai reçu mon diplôme de l'Université McGill en 1925, je n'ai pas cessé depuis.

— Quel problème traitez-vous le plus souvent?

— Il ne s'agit pas d'un problème. Je fais des accouchements surtout.

L'autre eut un petit rire bref, il se cala dans son siège en lui jetant un regard méprisant.

— Les blessures par balle sont bien différentes… Tout le sang…

Cherchait-il à obtenir sa démission avant même le début de sa formation? Thalie voulut s'en assurer tout de suite:

— Si vous aviez pratiqué des accouchements, vous sauriez que ce n'est pas bien propre. Nous avons à peu près le même âge. Comme l'armée canadienne a peu combattu depuis l'entrée du Canada en guerre, je pense avoir vu plus de sang et entendu plus de cris de douleur que vous. Beaucoup plus.

Elle se rendait déjà coupable du crime de lèse-officier. Le visage de son interlocuteur, un blond, tendit vers le violet. De son côté, sa collègue riait franchement.

— Capitaine, vous ferez peu d'accouchements en Angleterre, dit Eaton, mais puisque les femmes ne vont pas au combat, vous ne verrez pas plus de blessures par balle. Depuis leur arrivée au Royaume-Uni, les médecins du service ont soigné surtout des cas d'influenza et de rougeole.

— J'ai une bonne expérience des deux. Très contagieux, dans le confinement d'un camp militaire.

— Cela tient au climat exécrable des trois derniers hivers. La température était dix degrés sous la normale, en février dernier. Là-bas, ils n'ont ni des vêtements, ni des logis suffisamment chauds.

Thalie hocha la tête. Sa situation serait délicate si ses supérieurs dans le service médical la prenaient en grippe.

Elle trouvait une alliée inattendue à la tête des couaques. Luton le comprenait aussi, et il savait que cette grande bourgeoise bénéficiait de l'oreille attentive de tous les ministres. Cela suffirait à le rendre conciliant à l'égard de la nouvelle venue.

— Vous pouvez disposer, capitaine.

La visiteuse se leva, salua aussi maladroitement qu'en arrivant, puis tourna les talons. Elle mettait la main sur la poignée de la porte quand elle entendit :

— Capitaine, un instant je vous prie.

— Oui, capitaine Eaton ?

— Si vous êtes libre, je vous invite à dîner au mess.

— Ce sera avec plaisir.

— Attendez-moi un moment à la sortie.

Quand elle eut quitté les lieux, Luton grogna entre ses dents :

— Avec ses airs de suffragette, elle ne fera pas long feu avant de se retrouver au cachot pour insubordination.

— Vous croyez ? Si je n'avais pas eu un an en 1914, j'aurais volontiers marché avec les suffragettes.

— Elle a la réputation d'être têtue.

— Vous avez fait enquête ? Moi aussi. Elle a participé tous les ans au "pèlerinage" à l'assemblée du Québec pour réclamer le droit de vote pour les femmes de sa province. Sans des personnes comme elle, à cette heure je serais en train de préparer un repas. Comme il y a une base militaire et un hôpital à Sainte-Anne-de-Bellevue, elle apprendra à saluer et à marcher en ligne droite le matin, et elle se familiarisera avec l'organisation et les mœurs du corps médical de l'armée en après-midi.

Eaton se leva, salua en faisant claquer ses talons, puis quitta la pièce avec un sourire moqueur.

Thalie avait retrouvé sa valise au rez-de-chaussée et s'était plantée près de la porte. Avec le va-et-vient des officiers, elle essuya sa part de regards appuyés, et de saluts plus martiaux que le sien. La capitaine Eaton la rejoignit bientôt, toujours amusée par la scène précédente.

— Je viens de demander qu'on avertisse mon chauffeur de venir nous prendre. Il sera là dans un instant.

Évidemment, la grande bourgeoise ne marchait pas, ni ne prenait de taxi.

— Je ne vous demanderai pas pourquoi vous vous êtes enrôlée, remarqua Eaton, nous le savons toutes les deux : un vide à remplir. Je m'étonne tout de même, car votre profession devait représenter un bel accomplissement.

— Donc cette impression de vide ne concernait pas ma vie professionnelle.

Une légère crispation dans le visage signifia à son interlocutrice de changer de sujet. Heureusement, une grosse voiture de couleur verdâtre approchait. Un homme en uniforme en descendit pour ouvrir la portière. Toutes les deux prirent place à l'arrière. Quand le chauffeur retrouva son volant, Eaton dit :

— Goodwyn House.

Puis, à l'intention de sa compagne, elle précisa :

— Il s'agit du mess réservé aux femmes officiers. Les hommes n'y entrent que sur invitation. Cela permet d'échapper aux attentions parfois un peu trop insistantes de ces messieurs.

Comme Thalie fronçait les sourcils, elle continua :

— C'est un endroit où nous pouvons manger et prendre un verre. Voyez, nous arrivons déjà.

Il s'agissait d'une grande demeure à la devanture de pierre. Quand la praticienne fit mine de reprendre sa valise, Eaton demanda :

— Où allez-vous avec ça ?

— Je pensais me retrouver dans un camp dès aujourd'hui, je me suis munie du nécessaire.

— Laissez-la dans l'auto, je vous déposerai à l'hôtel Elgin tout à l'heure. Vous pourrez prendre le train pour Sainte-Anne-de-Bellevue tôt demain matin.

Peu après, elles entraient dans le mess. L'endroit rappelait un restaurant assez chic, avec une particularité cependant : toutes les clientes et les quelques clients portaient l'uniforme. Au moment où un serveur tirait sa chaise, Thalie remarqua à mi-voix :

— Je pourrais être la mère de toutes ces jeunes femmes.

Sa collègue couvrit la salle des yeux, puis convint :

— Toutes sauf moi, j'ai vingt-neuf ans. Les femmes ne font pas de carrière militaire, aucune ne s'est enrôlée avant 1939.

Pour l'ensemble des forces armées, ce n'était pas tout à fait vrai, car même en temps de paix, on conservait quelques infirmières. Ces dernières formaient l'essentiel de la clientèle, Thalie remarquait l'écusson avec le bâton d'Esculape sur l'épaule.

— La plupart des femmes de l'armée appartiennent au corps médical, à ce que je vois.

— Non, elles se trouvent plutôt dans le corps féminin, ce sont les couaques. Mais la très grande majorité des officiers, oui. Cela tient au fait que depuis la Grande Guerre les infirmières reçoivent le grade de sous-lieutenant. Ce n'est pas le cas des secrétaires, des commis ou des chauffeuses.

— Comment ça ? La formation de ces filles est à peu près la même, pour la durée en tout cas.

— Pour réprimer un peu les envies pressantes de ces messieurs. Les hommes de troupe y pensent à deux fois avant de laisser leurs mains se balader entre les jambes d'un officier. La cour martiale se montre plus sévère.

— La même tentation existe aussi dans les bureaux. Surtout que les hommes y sont en meilleure santé que dans un hôpital.

La praticienne constatait le charme de toutes ces employées. L'uniforme seyait à plusieurs, toutes portaient du rouge à lèvres, la plupart avaient des cheveux ondulés, que ce soit à cause de la nature ou par un artifice.

— Pourtant, ces événements surviennent plus souvent dans un hôpital. Les hommes ont une psychologie très particulière. Peut-être qu'après avoir frôlé la mort sur le champ de bataille, ils veulent se prouver qu'ils sont bien vivants. Ou alors les uniformes bleus des infirmières de service, leur tablier et leur coiffe blanche empesés agissent comme un excitant.

— Bon, espérons que le sarrau blanc du médecin n'a pas le même effet.

En disant ces mots, Thalie se surprit à songer sans déplaisir que dans ce milieu masculin, une femme comme elle pourrait recevoir bien des attentions. Le vide dans sa vie ne tenait-il qu'à cela ?

Chapitre 10

La gare de Sainte-Anne-de-Bellevue se révéla toute petite, mais terriblement achalandée. De nouveau, le nombre de personnes en uniforme impressionna Thalie. Une grande proportion de celles-là marchaient en boitant, ou alors portaient le bras en écharpe. Même si les Canadiens n'avaient pas encore participé à des affrontements significatifs, sauf à Hong Kong, les exercices dans les différents camps causaient leur lot de blessés.

Elle s'approcha d'un homme se déplaçant avec deux béquilles et demanda :

— Monsieur, pouvez-vous me dire où se trouve l'hôpital ?

— Madame… je veux dire capitaine, se reprit-il en menaçant son équilibre pour esquisser un salut.

— Pour tout de suite, laissons les formalités de côté. Comme vous le voyez, elles ne me sont pas du tout familières. Je viens ici pour commencer une formation.

S'il s'étonnait de voir une recrue aussi âgée, il ne le montra pas. Lui devait avoir vingt-deux ou vingt-trois ans.

— Dans ce cas, si marcher à la vitesse d'une tortue ne vous embête pas, venez avec moi, je m'y rends justement.

— D'accord.

Tous les deux regagnèrent la grande rue devant la gare. La praticienne devait en effet ralentir son pas pour éviter de le distancer.

— C'est grave ?

— Fracture du tibia.

— On dit que tous ces entraînements sont très exigeants.

— Je suis tombé en revenant d'une permission chez mes parents.

Thalie y alla d'un rire franc. Ce grand garçon portant les insignes du Royal 22ᵉ Régiment lui rappelait son frère au même âge.

— Rien pour mériter une *Victoria Cross*.

Elle craignit que son humour l'ait blessé, car il se renfrogna un peu. Il la détrompa.

— Si je boite suffisamment, ils me renverront à la maison. Ce sera ma plus belle médaille.

Celui-là comptait parmi les personnes enrôlées de force pour le « service au Canada ». Le gouvernement pouvait maintenant décider de la conscription pour les champs de bataille européens, une réelle menace pesait donc sur lui. Une blessure juste un peu invalidante le tirerait d'affaire.

Bientôt, ils arrivèrent devant l'établissement de santé. Il s'agissait de quatre grandes bâtisses parallèles, en brique, réunies entre elles par des couloirs.

— Voilà, nous sommes arrivés.

— En réalité, je dois me rendre à la maison de la Croix-Rouge. Je dois y loger pendant ma formation. On m'a dit que c'était tout près de l'hôpital.

— Nous venons tout juste de passer devant.

De la main, le jeune homme désigna une grande demeure à une centaine de pas.

— Moi je vais là-dedans. Je vous souhaite une bonne journée, madame, ou capitaine.

— Vous pouvez me dire votre nom ?

L'autre hésita, comme s'il craignait d'être dénoncé pour sa confidence précédente.

— Yves Gauthier.

— Alors, Yves, je vous souhaite de la chance, exactement la chance que vous désirez avoir.

Il hocha légèrement la tête, la remercia d'un sourire. Quand elle tourna les talons pour rejoindre ses quartiers, après une longue hésitation il osa demander en élevant la voix pour être entendu :

— Madame, et vous, quel est votre nom ?

— Thalie… Thalie Picard, dit-elle en se retournant à demi pour le regarder.

— Merci, Thalie.

Son sourire le rendait très séduisant, comme on l'est à vingt ans. « Il pourrait être mon fils. » Pourtant, pour le reste du chemin, son pas montrait plus d'entrain.

❖

Le jeune officier marchait d'un pas vif dans la rue Dorchester. Grand et maigre, il donnait une impression de fragilité. Son uniforme portait les insignes du régiment des fusiliers Mont-Royal.

Il s'arrêta devant le concessionnaire Chevrolet. GARAGE ÉDOUARD PICARD, disait le panneau au-dessus de la porte d'entrée. Pour le propriétaire, le prénom prenait toute son importance : il ne s'agissait pas d'un héritage, mais de son affaire. Quand il passa la porte, il eut une impression de déjà-vu. Le vendeur moussait une voiture vieille de deux ans à un client. La même voiture, le même client qu'à sa dernière visite. Cette fois, la transaction semblait sur le point de se réaliser.

— Donnez-moi un instant, monsieur, je suis à vous dans une minute. En attendant, examinez ce beau char sous tous les angles.

Ce fut à ce moment qu'Édouard reconnut le nouveau venu :

— Thomas ? En soldat ?

Le militaire demeura planté là, sans répondre.

— Attendez-moi, il s'agit de mon fils.

Si le client souffrait de se voir négligé, il n'en laissa rien paraître. Il s'installa derrière le volant, s'imaginant déjà roulant dans les rues de Québec.

— Tu t'es enrôlé à cause de l'autre fois ?

Édouard faisait allusion aux dernières paroles échangées au retour de Sainte-Croix-de-Lotbinière. Son fils haussa les épaules.

— J'ai rejoint le régiment au mois de janvier dernier.

— Tu me disais avoir assisté à la manifestation tenue au marché Saint-Jacques en février.

— Quand j'enlève ça – il parlait de son uniforme –, je peux passer pour un nationaliste.

De toute façon, recrutés à cause de la loi sur le service national, la grande majorité des fusiliers appuyaient la Ligue pour la défense du Canada et craignaient que le gouvernement ne les expédie en Angleterre.

— Te retrouver dans l'armée juste pour me montrer ton courage, je n'en reviens pas. Tu ne pouvais pas te contenter de me casser la gueule ?

Le lieutenant jugea inutile de contredire son père. Au fond, ses propres motivations lui demeuraient bien mystérieuses.

— Puis là, tu viens me narguer avec ton uniforme kaki.

— Je viens te saluer une dernière fois, juste au cas. Dans trois jours, je prends le train pour Halifax. Mon bateau quittera le quai le lendemain.

La nouvelle laissa le marchand de voitures interdit, pâle.

— Tu as signé pour l'autre bord ? Tu es fou ?

Le client sortit la tête par la vitre baissée du véhicule. Peu désireux d'assister à une scène de famille, il la releva. Le père et le fils se dévisagèrent un long moment. À la fin, Thomas murmura un adieu à peine audible, puis tourna les talons pour quitter les lieux. Édouard demeurait là, immobile, murmurant :

— Maudit fou ! S'en aller là-bas pour me narguer.

Sans doute se donnait-il un trop grand rôle dans la décision de son fils. À la fin, il se précipita vers la porte et cria :

— Thomas, fais attention à toi.

La silhouette de Thomas se trouvait déjà hors de vue, hors de portée de voix.

— Fais attention à toi, glissa-t-il encore entre ses dents.

Pour la première fois, Thalie frappait directement à la porte de l'ajout à la maison Dupire construit au début des années 1920. Élise vint ouvrir, pour la découvrir vêtue de son uniforme, son képi sur la tête.

— Seigneur ! Mais oui, c'est bien toi.

Toutes les deux s'embrassèrent. Fernand se tenait juste derrière son épouse, il eut droit aussi aux bises et à l'étreinte. En s'éloignant, il remarqua :

— C'est vrai que cet habit te change beaucoup.

— Quelque chose me dit que ce n'est pas en mieux.

— Oh ! Je ne dirais pas ça. Le veston, la jupe sont seyants, puis la cravate fait son petit effet.

— Dire que j'ai dû apprendre à faire des nœuds.

« Voilà une femme qui n'a jamais vraiment été dans l'intimité d'un homme, pour ne pas avoir eu l'occasion de faire ça pour lui », songea Élise. Elle l'avait fait pour Charles

Hamelin d'abord, son premier époux, Fernand ensuite, sans compter son fils, et même son père.

— Viens t'asseoir, dit le notaire. Tu es notre première visiteuse depuis la réalisation des nouveaux aménagements.

La grande pièce prenait des allures multifonctionnelles. Essentiellement, il s'agissait d'un salon, mais des rayonnages chargés de livres occupaient le mur du fond, une petite table pour deux personnes se trouvait près de la fenêtre, exactement à l'endroit où l'aïeule faisait autrefois ses patiences.

— Il m'arrive de la voir parfois, dit l'homme en suivant son regard. Dire que maintenant je suis devenu le grand-père vivant un peu à l'écart.

— Le pauvre a des coups de vieux comme ça, dit Élise en se moquant un peu. Heureusement, le plus souvent il montre un regain de jeunesse. Je te sers un sherry.

La visiteuse fit oui d'un mouvement de la tête.

— Le fait de me retrouver sans enfant me donne l'impression de former un jeune couple, expliqua Fernand. Mais tu restes plantée là. Viens t'asseoir.

L'ajout le plus significatif dans la pièce consistait en un chesterfield recouvert de cuir, avec deux fauteuils assortis.

— Je ne savais pas que le magasin PICARD vendait d'aussi beaux meubles, dit Thalie en prenant place dans l'un des sièges moelleux.

— J'ai presque été infidèle, dit-il en riant. Le chef de rayon les a commandés juste pour moi chez le fournisseur. Ils sont passés directement de la manufacture à cette maison.

Élise prit place sur le canapé, près de Thalie, un verre dans chaque main. Elle en donna un à son amie. Son époux avait déjà le sien à sa portée.

— Vous vous sentez bien dans ce petit refuge? demanda la visiteuse en examinant de nouveau la pièce.

— Très bien, dit le notaire. Nous passons nos soirées en tête-à-tête, nous mangeons avec les enfants un soir sur deux, mais ce sera éventuellement un sur trois ou quatre. Ils voudront se retrouver en famille, et inviter des amis, des parents de Louise.

— Je pense que la moitié de la Haute-Ville est venue contempler le bébé, compléta Élise en riant. À la voir toute timide, jamais je n'aurais pensé que Louise possédait un tel réseau de relations.

— Timide et gentille, remarqua le notaire. La combinaison n'est pas toujours mauvaise.

Quand des proches évoquaient ainsi leur famille, leurs amis, Thalie sentait toujours le même pincement au cœur. Au point de revêtir un uniforme pour faire partie d'un ensemble, d'un groupe. Élise sentit le changement d'humeur.

— Ces quatre semaines de formation, intervint-elle, les as-tu appréciées?

— Me retrouver sur les bancs d'école fut un bon exercice de patience, surtout avec des instructeurs peu compétents.

— Des bancs d'école? Je croyais l'entraînement militaire plus exigeant.

— Oh! On m'a fait marcher au pas. Maintenant je pourrais participer à une parade sans faire tout rater. Du moins je le pense.

Le couple échangea un sourire. Tous les deux auraient bien aimé voir ça.

— Je sais même saluer.

Thalie se raidit, porta sa main droite à sa tempe pour le leur prouver.

— Tous les après-midi se passaient à mémoriser toute une série de règlements. Vous ne pouvez pas imaginer combien c'est complexe. On dirait le monde de Kafka.

Même si ses amis ne connaissaient pas l'écrivain tchèque, ils pouvaient facilement s'imaginer la situation.

— Puis j'ai dû me familiariser avec les étapes du traitement des blessés, depuis les brancardiers sur le champ de bataille jusqu'à la maison de convalescence… ou le cimetière.

La conversation ne pouvait porter longuement sur ces sujets. Les labyrinthes administratifs de l'armée présentaient un intérêt médiocre. Quand le silence s'étira un peu plus, Fernand évoqua son benjamin.

— Charles se languit de déménager. Le rôle du petit frère dans la maison de son aîné lui pèse sur les épaules, surtout depuis que nous ne sommes plus là.

— Je dois prendre le train le 30 juin, à Lévis. Les navires lèveront l'ancre le jour de la Confédération.

— Souhaites-tu me voir sur le quai de la gare, lors de ton départ? demanda Élise.

Son amie fit signe que non de la tête, avant d'expliquer :

— Fondre en larmes en public ne me dit rien qui vaille. Je suis venue vous saluer ce soir.

En disant cela, elle ne put empêcher une larme de se former à la commissure de ses yeux.

— Vous voyez mon état. À côté de tous ces hommes qui prendront le train avec moi, je serais un peu ridicule.

— Dans deux jours, murmura Élise. Je savais bien que ça arriverait, mais pas si vite. Je t'imaginais pendant des mois dans l'un ou l'autre des hôpitaux militaires du Canada.

— Comme tous les jeunes qui s'enrôlent volontairement, je souhaite voir du pays. Je me suis même acheté un guide de voyage.

Après un moment de silence, Thalie secoua la tête, se leva en disant :

— Je vais rentrer maintenant. Je suis contente de vous avoir vus dans ce cadre. Je me souviendrai de vous comme ça.

Elle voulait dire debout côte à côte dans la grande pièce, en amoureux.

— Élise, dit-elle en faisant un pas.

L'étreinte dura longtemps, elles se séparèrent les larmes aux yeux. Pour éviter de les voir éclater en sanglots, Fernand proposa :

— Je te reconduis à la porte.

Après des bises sur les joues, Thalie chercha une clé dans la poche de sa veste, la tendit à son hôte en disant :

— Pour Charles. Il pourra prendre possession de l'appartement le 1er juillet, après neuf heures. Au revoir, Fernand.

— Au revoir, et fais attention à toi.

La femme tourna les talons en mettant son képi, puis sortit dans la nuit.

❖

Thomas se trouvait chez son grand-père depuis trois jours. Pour la première fois, il s'était présenté avec son uniforme sur le dos. La pauvre Évelyne avait lancé un grand cri, puis était montée en courant jusqu'à sa chambre. Le vieux magistrat, quant à lui, avait fixé son regard sur le jeune homme, interdit.

— Pourquoi as-tu fait ça ? À ton âge, tu ne risquais rien.

— Je vous ai entendu dire il n'y a pas si longtemps que tous les Canadiens nous prendraient pour des lâches, à cause du résultat du plébiscite. Je fais ma part pour garder votre honneur intact.

Leurs yeux s'étaient livrés à un véritable duel, jusqu'à ce que le vieil homme détourne finalement le regard. Dès le lendemain, il avait retrouvé sa morgue habituelle. Tout de même, il s'était montré circonspect. Puis le dimanche

28 juin, juste après le petit déjeuner, le garçon se présenta avec son sac de toile accroché à l'épaule.

— Je dois y aller, maintenant.

Évelyne quitta son fauteuil pour s'approcher de lui et accrocha le devant de son uniforme avec ses doigts.

— Tu n'es pas obligé. De toute façon, ton régiment passera à Lévis demain. Tu pourras aller le rejoindre là.

— Maman, je dois faire le trajet avec mes hommes.

Pas une fois elle n'avait demandé pourquoi ; elle connaissait la réponse depuis des années. Se rendre digne de respect, laver son nom. Des sottises que les quinze dernières années ne lui avaient pas permis d'effacer de son esprit.

Défaite, elle hocha la tête, se laissa enlacer. Des sanglots silencieux secouaient ses épaules. De nouveau, la fuite demeurait la seule solution. Après un instant, le bruit de la porte de sa chambre refermée avec force parvint au rez-de-chaussée. Il ne restait plus que le juge dans le salon, debout, muet. Un vieil homme.

— Bon, maintenant j'y vais.

Le lieutenant s'engagea dans le couloir, le juge s'accrocha à ses pas.

— Thomas !

Il se retourna pour voir la main tendue. Après une hésitation, il l'accepta. Aucun des deux ne prononça un mot. L'officier se retrouva dehors sous le soleil de juin. Son train ne partirait pas avant une heure. Il choisit de se rendre à la gare à pied pour profiter du spectacle de la ville une dernière fois.

❖

Le mois de juin s'achevait déjà. Thalie continuait ce qu'elle appelait, faute d'une meilleure expression, sa tournée d'adieu. Quand elle se présenta chez son frère, Alfred vint lui ouvrir. L'uniforme le surprit un instant.

— Ma tante, ça te change beaucoup, dit le grand adolescent en souriant.

— Pour le mieux ? demanda Thalie d'un ton un peu moqueur.

— … Oh ! Oui, pour le mieux.

L'hésitation la fit rire.

— Tu vieillis au point de ménager la susceptibilité des femmes.

— Ce n'est pas ça. Tu es différente, pas plus ou moins jolie.

— Vraiment, tu deviens un très charmant jeune homme. Viens m'embrasser.

Le filleul s'exécuta de bonne grâce. Attirée par le bruit des voix, Ève vint les rejoindre. Sans la moindre hésitation, elle se laissa enlacer. L'émotion lui mettait des larmes aux yeux. Dans le couloir, le père et la mère contemplaient la scène.

Mathieu s'approcha en disant :

— Capitaine ! Un diplôme de médecin est mieux payé qu'un diplôme de droit, dans l'armée canadienne.

— Tu n'avais pas terminé tes études.

— Même avec l'année manquante et mon diplôme en bonne et due forme, je serais demeuré un lieutenant.

La conversation légère ne dissimulait pas son émotion. Lui d'abord, puis Flavie, la prirent dans leurs bras. Dans la cuisine, Laura l'embrassa à son tour. La table se trouvait mise dans la salle à manger, le repas serait servi dans quelques minutes.

— Je vais lui téléphoner.

L'homme parlait de sa mère. Il n'osa pas fermer la porte de son bureau. Cela signifiait que les autres entendraient la moitié de l'échange.

— Maman, Thalie vient d'arriver. Nous t'attendons avant de passer à table.

Le moment de silence pesa dans l'appartement. Les autres entendirent quelques « huhum ». Flavie échangea un regard attristé avec sa belle-sœur.

— Si tu penses que c'est mieux.

Une colère contenue était perceptible dans la voix de Mathieu. Il mit un moment avant de revenir dans la salle à manger, le temps de se calmer un peu.

— Paul ne se sent pas très bien. Elle descendra un peu plus tard.

— Le malaise de notre beau-père tombe si bien que ça devient difficile d'y croire, dit Thalie d'un ton grinçant.

La remarque ne méritait aucun commentaire. Flavie dit simplement :

— Laura, nous allons enlever deux couverts.

L'époux se chargea de replacer les chaises le long du mur. La précaution devait créer l'illusion d'une famille complète.

❖

Pendant tout le repas, la conversation languit. La routine de la vie à Québec semblait si peu captivante, maintenant, comparée à la grande aventure de Thalie. D'un autre côté, que pouvait-on dire de celle-ci à la veille du départ ? Il ne s'agissait encore que d'espérances.

Une fois dans le salon, les échanges ne reprirent pas vraiment. Tout le monde attendait les coups contre la porte. L'absente en venait à prendre toute la place. Un peu après neuf heures, la visiteuse posa son verre vide sur la table placée au bout du canapé.

— Demain la journée sera interminable. Je vais rentrer.

— Attends un moment, dit Mathieu en se levant.

Cette fois, l'homme ne chercha pas à dissimuler sa colère. Derrière une porte close, il trouva les mots pour convaincre. En rejoignant les autres, il laissa tomber :

— Dans quelques minutes, elle sera là.

Forcer une mère à venir faire ses adieux à sa fille, à la veille d'un long et dangereux voyage, laissait un goût amer dans la bouche. Pour dissimuler son malaise, Thalie chercha dans la poche de la veste de son uniforme et récupéra une enveloppe cartonnée de trois pouces sur cinq.

— Je me sens un peu gênée, comme si je me prenais pour une vedette de cinéma… mais tout le monde faisait la même chose, quand j'étais à Sainte-Anne-de-Bellevue.

Tout en parlant, la militaire sortait des photographies.

— Peut-être désirez-vous en avoir une.

Alfred se pencha sur elle pour voir, puis dit avec enthousiasme :

— Tu es en uniforme ? Oui, j'en veux une.

Peut-être se prenait-elle un peu pour une vedette : son prénom, tracé avec soin, s'étalait au bas de l'image. Le sourire paraissait crispé, peut-être un peu triste. L'uniforme ne la flattait pas vraiment, mais au moins il ne la rendait ni plus dure, ni plus martiale.

— Moi aussi, dit Ève en tendant la main.

L'accueil de ces deux-là devenait un baume. Leurs parents prirent aussi la leur avec un empressement rassurant. La dernière du lot demeura dans l'enveloppe, qu'elle laissa sur la petite table. Les coups sur la porte auraient pu passer inaperçus sans l'attention de Mathieu. Quand il ouvrit, Marie se tenait là, les paupières gonflées. Sans un mot, il la laissa entrer. Dans le salon, tout le monde se leva. En réaction à la tension palpable, Ève risqua un timide :

— Bonsoir, grand-maman.

Si la principale intéressée entendit, elle n'en laissa rien paraître. Debout devant sa fille, elle commença :

— Je te souhaite un bon voyage.

— Merci, maman.

— Tu pars demain, je pense.

— Je prendrai le train très tôt. Le navire partira d'Halifax après-demain.

La mère hocha la tête. Combien elle tenait à punir sa fille de ne pas se plier à sa volonté, et dans cette attitude, combien elle se faisait du mal. Le fils était sur le point de les pousser l'une vers l'autre avec quelques gros mots bien sentis. Ce ne fut pas nécessaire, à la fin ce fut Thalie qui s'approcha, les bras ouverts. L'autre se raidit un peu quand leurs corps entrèrent en contact.

Quand elles se séparèrent, le silence devint rapidement insupportable.

— Encore une fois, je te souhaite un bon voyage, et de trouver ce que tu cherches.

Cette fois, la pause dura juste un instant, puis elle poursuivit :

— Maintenant, je vais remonter. Paul m'inquiète un peu, depuis mon retour du travail.

Marie se dirigea vers la porte, visiblement soucieuse de quitter les lieux sans tarder.

— Maman, je peux monter pour l'examiner, si tu veux.

La mère prit les mots de sa fille pour ce qu'ils étaient, une accusation de mensonge. Elle disparut sans se retourner. Après une scène pareille, personne ne pouvait retrouver sa contenance. Avec toute la sensibilité de ses treize ans, Ève menaçait de se répandre en pleurs.

— Mieux vaut que je rentre, maintenant, dit Thalie.

— Je vais te reconduire, proposa son frère.

— Non, marcher me fera du bien. Un jour, nous nous retrouverons dans cette pièce. Je ne peux dire quand, mais nous nous retrouverons.

La benjamine fut la première à se blottir dans ses bras un long moment, pour se retirer tout de suite dans sa chambre. Le scénario se répéta avec son grand frère.

— Promets-moi de faire attention à toi, disait Flavie quelques secondes plus tard.

— Promis.

— Je vais dire à Laura de venir te saluer.

Surtout, cela lui permettrait de dissimuler sa peine à son tour. Avec la domestique, les adieux se révélèrent plus sobres. À la fin, il ne restait que le frère et la sœur dans le salon.

— Quel sens du drame ! dit Mathieu.

L'homme évoquait l'étrange attitude de Marie.

— Quand tu es parti, ça ressemblait à ça. Elle ne semble rien avoir appris au cours de toutes ces dernières années.

Tout en formulant son jugement sévère, Thalie fit le geste de reprendre la photographie laissée sur la table.

— Non, laisse-la-moi.

Le fait de la reprendre ressemblait trop à une petite vengeance, l'homme ne souhaitait pas que sa sœur quitte sa demeure de cette façon.

— Tu es certaine de vouloir rentrer à pied ?

— L'exercice me fera du bien. Puis personne ne s'en prendra à une membre de l'armée canadienne. Nous voyons-nous demain matin ?

— Je serai devant ta porte, promis, juré.

Au moins, ils ne se quittaient pas sur de grands adieux. Cela ne viendrait que le lendemain.

À sept heures du matin, Mathieu était encore en train de se faire la barbe quand le téléphone sonna. Une minute plus tard, Flavie vint se planter dans la porte de la salle de bain pour dire :

— C'est ta mère. Elle ne paraît pas brillante... et je la comprends très bien. À sa place...

L'homme savait que si l'un de ses enfants s'engageait, sa femme serait effondrée, et lui ne vaudrait pas beaucoup mieux. Il se rendit dans la petite pièce lui servant de bureau pour répondre :

— Oui, maman.

— Je n'irai pas travailler ce matin. Je ne suis pas capable de le faire.

— Tu es certaine ? Ce serait peut-être mieux de t'occuper toute la journée.

— Avec ma tête, je ferais fuir les clients. Alors, à moins que tu comptes me mettre à la porte pour cette absence, je ne bougerai pas d'ici.

Mathieu demeura silencieux. Toute réponse risquait d'alimenter sa colère, pas le contraire. À la fin, sa mère reprit à voix basse :

— Je m'excuse, je sais bien que je ne peux pas vous empêcher de vivre, ou de mourir.

— Tu désires que je lui dise quelque chose de ta part ?

— Non...

❖

Avant de fondre en larmes, Marie avait préféré raccrocher. Elle se trouvait dans le bureau de Paul, pour ne pas être entendue. Celui-ci traînait encore dans la chambre conjugale, soucieux de se protéger de la tempête imminente.

La mère se rendit dans la pièce où Thalie avait entreposé ses quelques affaires. Malgré sa colère, elle avait préféré accueillir tous ces objets, autant de souvenirs précieux. Les quelques boîtes ne l'intéressaient pas. Dans le tiroir du haut de la commode se trouvaient des chemisiers. Elle en prit un, le porta vers son visage et en couvrit sa bouche et son nez afin de respirer son odeur.

Au jour dit dans son assignation, Thalie ferma soigneusement la porte de son appartement, tourna la poignée pour être certaine qu'elle soit bien verrouillée, puis avec son bagage à la main elle alla jusqu'à l'ascenseur. À son arrivée au rez-de-chaussée, le gardien quitta son siège, une mine solennelle sur le visage.

— Je vous souhaite bonne chance, mademoiselle. Ce que vous faites est très courageux.

— Merci, dit-elle en acceptant la main tendue. Toutefois, vous savez, je ferai là-bas le même métier qu'ici.

La femme marqua une pause avant de continuer :

— Si je reçois du courrier, faites-le suivre chez mon frère.

— Oui, mademoiselle.

Elle devait le lui rappeler pour la troisième fois, et pourtant sa correspondance se réduisait à sa plus simple expression. Autant partir tout de suite. Mathieu se trouvait bien là, appuyé sur l'aile de son automobile pour profiter un peu du début d'une belle journée.

— Je ne savais pas si je devais monter pour t'aider à porter ça.

Il s'approcha de sa sœur et prit le gros sac de toile kaki accroché à son épaule.

— Le réalises-tu, je n'ai pas le droit à une valise.

— Tu découvriras encore de curieuses exigences, dans l'armée.

— Mes vêtements seront toujours fripés. Dire que j'emporte ma plus jolie robe.

— De mon côté, je n'avais pas ce souci.

L'homme avait placé le bagage sur la banquette arrière, puis ouvert la portière du passager à sa sœur.

— C'est un peu ridicule. À Québec je n'avais jamais l'occasion de la porter, et là je l'apporte dans un camp militaire.

— Une chose est certaine, on s'attendra à ce que tu mettes ton uniforme fait sur mesure lors des banquets régimentaires.

— Ne te moque pas. Il paraît que tous les officiers font ça. Puis comme je suis petite, tu ne t'imagines pas mon allure avec celui qu'on m'a donné. Je ressemblais à une adolescente portant les vêtements de sa mère.

— Au contraire, je m'imagine très bien. Tout est disponible en trois tailles, finalement personne n'en a un tombant parfaitement.

Tout en parlant chiffons, Mathieu s'était dirigé vers la Grande Allée, pour tourner à gauche. L'allusion à une mère et à sa fille avait rendu sa sœur morose.

— Tu crois qu'elle reviendra de sa colère un jour ?

— Tu te souviens de ta colère, le jour où ton père s'est embarqué à bord de l'*Empress of Ireland* ?

Quand il évoquait Alfred Picard, décédé en 1914, Mathieu ne disait plus jamais « notre père ». Depuis qu'il occupait le poste de directeur du magasin, en fait.

— … J'étais demeurée dans ma chambre, au lieu de l'accompagner jusqu'au quai.

Comme ce dernier au revoir raté par sa faute lui avait manqué, ensuite. Elle se le reprochait encore, parfois.

— Pourtant, lui partait pour le plus beau voyage de sa vie, pas pour la guerre.

— J'étais encore une enfant, pas une femme de plus de soixante ans.

— Tu étais la fille de ta mère, surtout. Incapable de voir quelqu'un que tu aimais follement s'éloigner. Vos proches ne doivent pas se trouver plus loin que le rayon de votre regard à toutes les deux, n'est-ce pas ?

Muette, Thalie posa sa main sur l'avant-bras de son frère, exerça une pression. En approchant du pont de Québec, l'homme reprit :

— Tous les membres de ma famille t'adressent leurs meilleurs souhaits. C'était une merveilleuse idée de distribuer une copie de ta photo en uniforme.

— Tout le monde fait la même chose.

— Pourquoi renier une gentille attention ?

La question demeura en suspens. Naturellement, chaque personne devant s'embarquer tenait à laisser cette image d'elle-même aux êtres chers. Le même désir l'avait animée.

— Ce matin, mes deux enfants avaient piqué cette photo à la tête de leur lit. Tu as deux admirateurs.

— Leur tante risque de leur donner le mauvais exemple, maintenant.

— Au sujet de l'enrôlement, tu te souviens, je me suis chargé de ça il y a vingt-cinq ans. Maintenant, je soupçonne Ève de chercher où on voudrait accepter une infirmière de treize ans. Quant à Alfred, il compte les jours d'ici ses dix-huit ans. Alors, tu vois, je suis des deux côtés de la barrière, maintenant. Je te comprends, mais je comprends aussi maman.

Une fois le pont de Québec franchi, Mathieu se dirigea vers la gare de Lévis. Il s'agissait du meilleur endroit où prendre le train en direction des provinces de l'Atlantique.

Aux environs de la gare, la circulation très dense rendit la progression difficile. On trouvait tous les modèles de véhicules militaires, mais aussi une multitude d'automobiles privées.

Le conducteur s'arrêta à plus de mille pieds de son objectif.

— Autant me stationner ici, nous continuerons à pied.

Bientôt, tous les deux se trouvaient debout près de la voiture, la portière arrière ouverte. Mathieu allait mettre le sac de toile sur son épaule quand elle l'arrêta.

— Non, donne-le-moi.

— Nous sommes loin du quai, et c'est plutôt lourd.

— À compter d'ici, je préfère continuer toute seule.

Elle n'allait pas répéter l'explication donnée à Élise, lui comprenait très bien.

— Je suis contente de partir avec l'image de mon grand frère toujours protecteur, toujours disponible pour m'expliquer les choses et calmer mes inquiétudes.

Mathieu la serra contre lui, murmura à son oreille :

— Prends bien soin de toi, et invoque ta bonne étoile.

— Pourquoi tout le monde me parle-t-il de la chance ? demanda-t-elle en se reculant un peu.

— Tu pourras échapper à certains dangers en étant prudente, mais la plupart du temps, ce sera une question de chance.

Thalie hocha la tête, puis se dégagea tout à fait.

— Au revoir, Mathieu.

— À bientôt, sœurette, répondit-il en lui accrochant le gros sac sur l'épaule.

Un moment, il la regarda s'éloigner. Le bagage était si lourd que son corps penchait un peu sur la droite. Puis il monta dans sa voiture pour se rendre à son travail.

Chapitre 11

Dans la gare, il y avait une telle foule que la progression de Thalie en fut arrêtée. Ses «pardon, excusez-moi» n'avaient aucun effet sur ces soldats, surexcités, et leurs proches en larmes. Sur les épaules de plusieurs de ces jeunes, elle reconnaissait l'écusson du 22ᵉ Régiment. À force de coups de coude, un peu penchée en avant comme pour affronter la tempête, elle réussit à atteindre la porte donnant accès au quai. Un membre de la police militaire en contrôlait l'accès. Tous les soldats devaient montrer leur ordre de mission. Elle chercha le sien dans la poche intérieure de sa veste.

— Capitaine Picard? Votre voiture se trouve à l'avant du train. La numéro 2.

— Merci, sergent.

Sur le quai de bois, l'affluence était moins grande, mais la progression demeurait tout de même un peu difficile. Son wagon ne se trouvait pas très loin. Au moment de grimper les trois marches un peu hautes, elle sentit son bagage la tirer vers l'arrière, au point de l'obliger à s'accrocher aux barres verticales.

Dans la voiture, elle passa d'abord par une section où déposer son sac. Ils s'entassaient les uns sur les autres, un peu comme des bûches dans une corde de bois.

— Si je ne peux pas faire presser ma robe là-bas, j'aurais mieux fait de la laisser ici.

Quelqu'un arrivait derrière elle, ce n'était pas le temps de se lamenter. Le bagage se retrouva avec les autres, puis elle s'engagea dans l'allée entre les deux rangées de sièges. La plupart étaient déjà occupés par des femmes. L'armée ne mélangeait pas les genres. Une place demeurait libre à côté d'une blonde.

— Je peux ? demanda Thalie en anglais.

Cela aussi caractérisait l'armée canadienne : tout le monde devait comprendre cette langue, alors que le français demeurait très, très facultatif.

— Bien sûr, capitaine.

La jeune femme ne devait pas porter un uniforme depuis longtemps, car elle esquissa un salut maladroit. L'espace entre les sièges ne facilitait pas ce genre de formalité.

— *At ease*, lieutenant.

« Repos ». L'indication permettait à la subalterne de relâcher un peu sa colonne vertébrale et d'abandonner les formules de politesse.

— Je vois que vous êtes aussi du corps médical, dit Thalie pour entamer la conversation.

— Oui. On m'a affectée à l'hôpital d'Aldershot. Ils ont plus de mille lits, là-bas.

— Avez-vous déjà travaillé dans un établissement semblable ?

— Jamais. Je sors tout juste de l'école.

La pauvre avait de bonnes raisons de se sentir nerveuse : l'uniforme tout nouveau, la traversée de l'Atlantique et l'apprentissage d'un nouveau métier. Elle n'osa pas demander la même information à sa supérieure, mais celle-ci se montra obligeante.

— Je dois me présenter au quartier général du service de santé. Je pense qu'ils ne savent pas encore ce qu'ils vont faire de moi.

Devant les yeux interrogateurs de sa compagne, elle ajouta :

— Je suis médecin.

Cela ne demandait pas d'autres précisions. Cette jeune femme avait côtoyé suffisamment de praticiens pour savoir qu'ils étaient tous des hommes.

— Avez-vous déjà fait un voyage en bateau ? interrogea Thalie.

— Non... Je n'ai jamais vu la mer. Je viens de la Saskatchewan.

— Moi, je n'ai jamais vu de champ de blé.

L'autre sourit, montrant un alignement parfait de dents blanches. « Une charmante jeune fille, pensa la capitaine. Sa première rencontre avec le monde ne manquera pas de piquant. »

— Et vous ? Vous avez navigué déjà ?

— Une fois, il y a quelques années.

La petite croisière aux Bermudes avec Catherine, sa mère et Paul occupa la conversation jusqu'au départ du train.

❖

Le trajet prit toute la journée. Quand Thalie descendit à Halifax plus de douze heures plus tard, ce fut directement au port, aussi ne vit-elle rien de la petite ville. Toutefois, la rade lui réservait toute une surprise. Sous le soleil déclinant, elle apercevait des dizaines de navires. Vraiment plusieurs dizaines, cent peut-être.

— Comment je fais pour trouver mon transport de troupes, maintenant ? murmura-t-elle entre ses dents.

La jeune lieutenant s'accrochait à ses pas, comme si elle était contente de s'en remettre à une grande personne. Thalie lui répéta sa remarque en anglais.

— Quand on entrera là-dedans, quelqu'un nous guidera bien, dit-elle.

La blonde se coulait déjà dans la réalité militaire : sans cesse, quelqu'un saurait pourquoi, quand et comment faire quelque chose. La plupart des navires amarrés étaient des cargos. Des débardeurs, avec d'immenses grues, emplissaient des cales. D'autres, camouflés sous une couche de peinture d'un bleu grisâtre, étaient des paquebots servant au transport de troupes. Tant le *Normandie* que le *Queen Mary*, les deux transatlantiques les plus beaux peut-être et les plus luxueux, participaient ainsi à l'effort de guerre.

Comme l'avait prévu la jeune lieutenant, un point de passage précédait la section où s'alignaient les paquebots. Là, les autorités faisaient le tri des volontaires. Les soldats formaient de longues lignes. Des policiers militaires, encore une fois, contrôlaient les accès. Thalie entendit crier :

— *Queen's own rifle*, section 10 : l'*Express of Australia*.

« Ils font les affectations plusieurs hommes à la fois », songea-t-elle. Effectivement, une colonne de cinquante soldats s'ébranla derrière un officier qui tenait un morceau de carton à la main.

— Les maudits cochons, ragea quelqu'un en français. Nous aut', on niaise depuis deux heures, pis les Anglais qui viennent d'arriver passent tout de suite.

La protestation venait d'un soldat tenant son casque d'acier d'une main, son gros sac de toile dans l'autre, sa carabine en bandoulière.

— Ta gueule ! Si y en a un qui t'entend, toute le peloton risque de se faire punir.

— Bin dans c'gang-là, y en a pas un criss qui parle français.

Thalie se tourna vers le groupe pour dire en murmurant :

— Ne pariez pas là-dessus, soldat. On ne sait jamais.

L'homme se mit au garde-à-vous, salua en claquant des talons.

— Pardon, capitaine. Je ne voulais pas…

— Oubliez les simagrées, faites juste attention. Même si vous dites vrai, vous n'échapperez pas à la corvée.

Les hommes se détendirent, un sourire de soulagement sur le visage.

— Quel est votre régiment?

— Les fusiliers Mont-Royal.

Le soldat marqua une pause, puis demanda, un peu hésitant:

— Capitaine, vous, c'est quoi votre régiment?

— Service médical.

— Infirmière?

— Médecin.

L'information, tout en l'impressionnant, le rassura. Son expérience lui disait que les gens de ce service ne se présentaient pas comme des maniaques de la discipline.

— Si je peux me permettre, les officiers passent de ce côté.

Devant une autre guérite, des militaires formaient une toute petite ligne, composée en partie de femmes.

— Merci, soldat.

Toujours flanquée de la jeune femme de la Saskatchewan, Thalie se dirigea de ce côté. Elle entendit l'un des fusiliers déclarer: «Bin j'espère qu'a va soigner ma chaude-pisse, pi que j'vas y donner.» La capitaine se résolut à se montrer désormais pointilleuse sur les saluts et l'usage du grade. Ces gars-là devaient être tenus à distance.

Bien vite, elle déclina son identité, reçut une pièce de carton portant le numéro d'un pont et celui d'une cabine. Après avoir dit au revoir à sa compagne de voyage, elle marcha vers la passerelle d'embarquement du *Queen of*

Bermuda. Un peu plus, et elle se retrouvait sur le même bâtiment que lors de ses vacances avec Catherine.

Sans mal, elle trouva ses quartiers. Quelqu'un occupait déjà la toute petite pièce, une autre capitaine qui se présenta avec son seul nom de famille : Radcliffe.

— J'ai pris le lit de ce côté-là, dit-elle. J'espère que vous n'y voyez pas d'inconvénient.

— Tous les deux me semblent rigoureusement identiques.

La médecin posa son sac sur la couche que le sort lui désignait, sortit sa brosse à dents, une autre pour les cheveux.

— Les toilettes se trouvent un peu plus bas dans le couloir, dit sa voisine.

— Je suppose que si je désire le grand confort, je devrai devenir au moins colonel.

— Nous ne sommes pas si mal loties. Les lieutenants sont quatre dans une cabine de la même taille que celle-ci, avec des lits superposés. Les soldats se retrouvent à huit, ou alors à cinquante dans un dortoir, à deux pas des moteurs.

Cette femme savait se montrer philosophe. Même si les lits étaient collés aux murs opposés de la pièce, il restait un peu moins de trois pieds entre les deux.

— Surtout, on a eu la gentillesse de placer toutes les femmes de ce côté-ci du pont. Nous n'aurons pas à nous boutonner jusqu'au cou, dans l'éventualité d'un besoin pressant en pleine nuit.

Thalie aussi apprécia cette attention en se souvenant des fusiliers croisés sur le quai. Sa compagne en avait terminé de son petit rangement. Elle suggéra :

— Nous pourrions monter sur le pont supérieur. Cette cabine sans fenêtre est un peu étouffante, puis j'aimerais jeter un coup d'œil sur ce convoi.

Toutes les deux gravirent les escaliers et se trouvèrent bientôt à l'air libre. L'horizon adoptait une teinte indigo. D'un côté, elles virent les centaines d'hommes empruntant les passerelles pour embarquer.

— Vous savez combien de passagers se trouveront à bord ? demanda Thalie.

— Largement plus de 1 000, sans compter l'équipage, pour un total de plus de 1 500 personnes, je suppose.

— Tous ces paquebots portent donc ensemble près de 10 000 personnes.

— Oui. On a déjà plus de 150 000 Canadiens rendus de l'autre bord. Le nombre augmente sans cesse.

La femme parlait comme si tout cela lui était familier. Thalie jugea qu'elle avait à peu près son âge. Tout son corps paraissait massif, et sa tête carrée était encadrée de cheveux déjà striés de gris. Ses larges mains laissaient penser à une travailleuse manuelle.

— De l'autre côté, c'est encore plus impressionnant.

De cet endroit un peu plus élevé que le quai, Thalie profitait d'une meilleure vue sur la rade. La multitude de cargos la stupéfia de nouveau.

— En Angleterre, la proportion des hommes sous les drapeaux est si élevée que les usines, les fermes, tout fonctionne au ralenti, dit Radcliffe. Puis les matières premières arrivent difficilement. Le Canada envoie du blé, du porc, du beurre, des chaussures et des uniformes, mais aussi des camions, des avions et des sous-marins.

Le rationnement devait permettre d'envoyer plus de marchandises aux pays assiégés.

— Demain, combien de ces navires prendront la mer ?

— Plus de quarante. Tout le trafic se fait avec de grands convois.

L'obscurité s'appesantissait sur la rade. Les deux femmes profitèrent longuement de la fraîcheur du soir, accoudées au bastingage. Des centaines de passagers faisaient la même chose, occupant tout l'espace.

— Vous allez rejoindre les services médicaux, remarqua Radcliffe.

L'écusson sur son épaule ne laissait aucun doute à ce sujet. Thalie acquiesça d'un mouvement de la tête.

— Vous ne devinerez jamais ce que je vais faire en Angleterre, continua sa collègue.

Évoqué de cette façon, le motif ne devait pas être évident.

— Les membres du corps féminin que j'ai croisés jusqu'ici s'occupaient de secrétariat.

— Vous me voyez taper à la machine ?

Elle montrait ses deux grandes mains pour prouver le côté improbable de cette proposition.

— On doit construire une immense buanderie, assez imposante pour accueillir cent cinquante travailleuses.

— Étant donné que la taille du contingent canadien approche la population de la ville de Québec, un équipement de ce genre sera utile, releva Thalie. Cependant, il doit se trouver bien des femmes capables de faire cela au Royaume-Uni.

— Les Canadiens laveront leur linge sale en famille. Je m'en vais préparer la venue de cent cinquante couaques pour laver les caleçons de nos soldats.

Présentée comme cela, la stratégie des autorités militaires devenait tout d'un coup moins raisonnable. Il semblait absurde de mettre tant d'effort pour un pareil objectif.

— Vous travaillez dans ce domaine au Canada ?

— Oui et non. Je possède un atelier de couture à Toronto, je sais organiser le travail et gérer le personnel. Dans l'armée, ça me vaut un grade de capitaine et un beau voyage.

— Vos ouvrières seront sans doute plus disciplinées que dans le civil.

— Vous croyez ? Si nous nous revoyons, je vous en parlerai.

À sa réaction, Thalie se dit que la direction de travailleuses ne devait pas être une sinécure, avec ou sans uniforme.

❖

La capitaine Radcliffe tolérait mal de vivre dans une pièce sans fenêtre et Thalie ne s'en accommodait guère mieux, si bien que toutes les deux montaient sur le pont dès le matin, comme des centaines de militaires. Très vite, la praticienne avait fait la connaissance de toutes les infirmières du service médical se trouvant à bord, une vingtaine en tout.

Le *Queen of Bermuda* transportait aussi un autre médecin, pas très engageant. Il comptait parmi la très grande majorité de ces professionnels pour qui une femme remplissait très bien les rôles subalternes dans un hôpital, mais devait laisser les choses sérieuses aux hommes. Thalie avait l'habitude de ce genre de personne.

La présence d'une centaine de fusiliers Mont-Royal lui permettait d'entendre des bribes de conversation en français. Comme l'usage de l'anglais ne lui posait aucun problème et que lors de son premier contact avec eux, elle les avait trouvés un peu trop familiers, elle jugeait préférable de garder dorénavant une certaine distance. Bien sûr, cela ne les empêchait pas de jeter sur elle un regard insistant.

Un jeune lieutenant semblait particulièrement s'intéresser à elle. Au matin du second jour de juillet, il s'approcha, un peu hésitant.

— Mada... Capitaine, ne seriez-vous pas la docteure Picard ?

Lui non plus ne s'était pas encore fait à l'usage du grade, au moins quand il s'adressait à une femme. La question la prit totalement par surprise.

— Oui, c'est bien moi.

Le lieutenant esquissa son salut militaire, mais constatant qu'il était un peu tard pour cela, il tendit la main à la place.

— Nous sommes parents. Je suis Thomas.

— Bien sûr, dit-elle avec un sourire, comme dans Thomas Picard. Maintenant que vous me le dites, je constate un air de famille.

Le fils du bel Édouard. Le fait de le voir assez âgé pour porter l'uniforme donna un coup de vieux à Thalie. Après la poignée de main, le jeune homme expliqua :

— Je vous ai aperçue un certain nombre de fois devant l'église Saint-Dominique, mais je ne crois pas vous avoir parlé un jour.

— Nous appartenons à deux branches de la famille qui pouvaient se croiser parfois, mais sans jamais entrer en contact.

La répartie parut troubler tellement le lieutenant qu'elle s'empressa d'ajouter :

— Toutefois, nous ne sommes pas obligés de poursuivre cette tradition.

Cela suffit à redonner sa contenance à son interlocuteur.

— Vous savez, j'ai entendu parler de vous dès le soir de l'embarquement. Les hommes évoquaient une femme médecin qui leur avait fait une forte impression. Je ne sais pas pourquoi, mais j'ai tout de suite pensé à vous.

— Une forte impression... Je me demande comment cela se traduisait dans leurs mots.

Thomas ne cacha pas son malaise au moment d'expliquer :

— Vous ne seriez pas chichiteuse, selon eux.

— Bien que cette façon de me désigner me décrive assez bien, du moins je l'espère, ça ne doit pas être le seul qualificatif qu'ils ont utilisé.

— Ces gars ne s'expriment pas tout à fait comme les étudiants du Petit Séminaire, mais la plupart sont de braves garçons. Vous n'y trouverez pas plus de goujats que dans les belles maisons de la Grande Allée.

La grande rue bourgeoise de la ville de Québec n'en manquait pas, en effet. Tout de suite, Thalie songea au père de son interlocuteur, Édouard Picard. À sa plus profonde surprise, Thomas semblait suivre le cours de ses pensées.

— Je ne sais pas si vous voudrez m'expliquer, mais j'aimerais savoir pourquoi mon père… ne vous apprécie pas tellement.

Il avait pu taire les premiers mots venus à son esprit: «vous déteste autant». La femme ne s'y trompa pas, toutefois. Aussi chercha-t-elle à éluder la question.

— Il y a une dizaine d'années, mon frère, assisté de Fernand Dupire, a récupéré le commerce de la rue Saint-Joseph. Il en garde certainement un très mauvais souvenir.

— C'est vrai, mais déjà avant ces événements, mon père… utilisait des mots indélicats à votre égard.

— Le fait est que votre père me haïssait pour un certain nombre de raisons, de bonnes et de moins bonnes. Ses sentiments n'ont sans doute pas changé depuis. Alors, je me doute bien de sa façon de parler de moi.

Thomas hocha la tête. Pas chichiteuse, avait dit l'un de ses subordonnés. Cela allait jusqu'où? Il décida d'en avoir le cœur net.

— Pouvez-vous me dire pourquoi?

La praticienne secoua la tête de droite à gauche, peu désireuse de se livrer à ce genre de confidence.

— Même tout jeune, je sentais son hostilité pour vous, insista le jeune officier, alors que moi je vous trouvais un air gentil. Vous êtes la fille du frère de mon grand-père, cela ne fait pas de nous des proches parents, mais j'aurais bien aimé pouvoir vous parler.

Le compliment la toucha. Sa solitude l'amenait à s'imaginer avec un visage revêche. Une appréciation de ce genre la rassérénait un peu. À la fin, elle se résolut à dire la vérité.

— Nous ne partagions pas les mêmes opinions sur la plupart des sujets, il en va certainement de même aujourd'hui. Cependant, sa rancœur tient à un événement dont je ne suis pas fière du tout.

Un « événement » qui lui semblait être l'une de ses rares vraies mauvaises actions. Elle avait agi avec l'intention de blesser. Pour ses autres fautes, elle se reconnaissait la plupart du temps des circonstances atténuantes.

— Ce jour-là je me suis comportée comme une idiote prétentieuse.

Cette façon de tergiverser ne lui ressemblait pas.

— Me direz-vous pourquoi, à la fin ?

Un peu goguenard, il ajouta :

— Mes hommes se sont sans doute trompés sur vous. Finalement, vous me semblez plutôt chichiteuse.

— J'ai commis un geste stupide, avoua Thalie, je vous blesserai sans doute en vous le décrivant.

Le lieutenant la regardait fixement, maintenant déterminé à savoir. Sa grande taille la forçait à rejeter la tête en arrière pour voir ses yeux. Après une nouvelle hésitation, elle se décida :

— Pendant la Grande Guerre, au Royaume-Uni les jeunes femmes donnaient une plume de poulet aux hommes célibataires qui ne s'engageaient pas dans l'armée. L'habitude a gagné le Canada, les étudiantes du *high school* souhaitaient faire la même chose. Je suis sans doute la seule à avoir osé.

Les autres défiaient la petite Canadienne française de passer à l'action, pour la mettre en contradiction avec l'opinion majoritaire de sa communauté. Autrement, on l'aurait soumise à un véritable ostracisme.

— Aujourd'hui, conclut-elle, je reconnais sans peine que je n'avais aucun droit de le juger ainsi.

— Vous lui avez donné la plume de poulet des lâches !

À ce moment-là, Édouard cherchait à se marier pour se protéger de la conscription, puis à mettre sa jeune femme enceinte pour obtenir une assurance supplémentaire. L'existence de Thomas tenait à cette précaution.

— Vous comprenez, à cette époque mon frère se portait volontaire, moi-même j'étais pleine d'ardeur patriotique. Mais cela ne m'autorisait pas à me comporter ainsi.

En réalité, si ses regrets avaient été si brûlants, elle aurait sans doute trouvé l'occasion de lui présenter ses excuses au cours des vingt-cinq dernières années. À en juger par sa mine sévère, elle crut que Thomas pensait lui aussi à son manque de sincérité.

Après un silence inconfortable, il demanda :

— Vous, pourquoi vous êtes-vous enrôlée ?

Ses longues conversations avec Élise, Mathieu, et surtout Béatrice, avaient rempli Thalie d'émotions contradictoires sur le sujet. Peu désireuse de se justifier encore, elle ne reprendrait pas ses explications avec ce garçon.

— Lors de décisions aussi importantes, les motifs sont nombreux, entremêlés, et plutôt insaisissables. Alors, je dirai ce que tout le monde dit : le goût de l'aventure.

Plus pour éviter de le voir insister que par réelle curiosité, la capitaine retourna la question à son interlocuteur :

— De votre côté, quelles sont vos raisons ?

— Je pourrais répéter votre préambule sans en changer un mot. Alors, pour moi aussi, il s'agit du goût de l'aventure.

Le plus ironique de la situation était certainement que tous les deux, à peu de temps d'intervalle, avaient cherché dans une conversation avec Béatrice à tirer les choses au clair. Autour d'eux, des militaires allaient et venaient pour se dégourdir les jambes. Plantés là, ils nuisaient un peu à ces déambulations.

— Madame… Capitaine, se reprit aussitôt le lieutenant, cette conversation m'a fait plaisir. Si vous le désirez aussi, nous pourrions la poursuivre prochainement.

— Bien sûr. Nous avons plus de vingt ans d'ignorance mutuelle à rattraper.

Il tendit la main, elle l'accepta. Voilà qui faisait bien peu militaire. Ils se quittèrent ensuite pour retourner dans les entrailles du navire.

❖

Même en plein été, la mer de l'Atlantique Nord s'avérait rude. La combinaison du roulis et du tangage donnait à Thalie un léger mal de cœur. Sa voisine de lit ne souffrait pas de la même affliction. Elle dormait à poings fermés, en émettant un ronflement rappelant celui d'un véhicule Ford.

La médecin se leva sans bruit, endossa la chemise et la jupe de son uniforme, décida de se priver de sa cravate et de son képi mais prit sa veste pendue à un crochet. Sous cette latitude, même en juillet la nuit était froide. Dans le couloir, les mouvements du bâtiment la forcèrent à utiliser les mains courantes pour éviter de tomber. Sur le pont supérieur, elle alla s'appuyer au bastingage du côté d'où venait le vent et tendit son visage pour profiter de la brise.

D'autres militaires faisaient la même chose pour calmer leur mal de mer, ou une peur diffuse. Bientôt quelqu'un s'appuya près d'elle. Décidément, pour une femme se languissant des présences masculines, l'armée canadienne multipliait les occasions. Quand elle songea à se déplacer un peu pour faire l'économie de cette attention, l'homme dit :

— Le sommeil tardait à venir ?

Thomas. Voilà qu'ils se croisaient de nouveau. Sans doute cherchait-il une présence familière.

— Je ne suis pas accoutumée à partager ma chambre avec une autre femme.

— Ni moi avec trois autres hommes. Voilà le drame des enfants uniques : tantôt seuls, tantôt envahis par l'impression d'être de trop.

La répartie un peu morose du jeune homme fit sourire Thalie. Finalement, elle le trouvait plutôt sympathique.

— La mer y est aussi pour quelque chose, confia-t-elle. Je ne dois pas avoir le pied marin.

— Alors, bénissez le ciel de faire la traversée en cette saison. Les vagues sont bien plus fortes l'hiver, puis il faut compter avec le froid.

— Déjà, je ne trouve pas le temps si clément.

En fait, sous sa veste, la femme frissonnait un peu.

— En février, les embruns couvrent toutes les surfaces d'une épaisse couche de glace, dépassant souvent les douze pouces. Les marins doivent la casser à coups de hache, sinon elle pourrait faire couler les navires.

Non seulement des récits de ce genre émaillaient les journaux, mais les actualités filmées, présentées au cinéma, laissaient des images tenaces dans les esprits.

— Comme vous savez consoler une femme, dit-elle en riant.

— Exigez de faire le retour par beau temps, l'été.

Pendant deux ou trois minutes, tous les deux demeurèrent silencieux. Thalie observait les silhouettes des autres
navires, toujours fascinée par ce spectacle qui s'offrait à elle
depuis deux jours.

— J'avais bien lu que la traversée se faisait en convoi,
mais je me représentais mal la scène, confia-t-elle. Vous
savez combien de bâtiments voyagent ensemble ?

— Six transports de troupes, trente-deux navires marchands. L'idée est de pouvoir mieux nous défendre contre
les attaques des sous-marins. Nous sommes escortés par
quatre destroyers.

— C'est bien peu.

Les articles des quotidiens rappelaient ces précautions
chaque fois qu'ils évoquaient un torpillage. En plein
Atlantique, ces informations prenaient un autre sens.

— Vous croyez que nous risquons quelque chose ?

L'inquiétude perçait la voix. Thomas leva les yeux vers
le ciel et dit :

— Ce clair de lune nous permet de voir les autres
bateaux. Les sous-marins allemands aussi peuvent les
distinguer.

Le frisson de Thalie ne tenait plus au vent, maintenant.
Elle remarqua :

— Quand un navire a été coulé en Gaspésie, cela a fait
toute une histoire, comme si la menace grandissait.

— Les Allemands deviennent très audacieux. Ils ont
réalisé un tour de force en attaquant dans un territoire
protégé.

— Là, vous me perdez tout à fait, avoua Thalie.

Thomas lui demanda poliment la permission de fumer.
Elle accepta.

— Dans ce cas, mettons-nous à l'abri des regards. Une
cigarette pourrait attirer l'attention des sous-mariniers.

Un instant plus tard, à l'intérieur du navire, le jeune homme en alluma une, puis commença son explication :

— Quand nous sommes partis d'Halifax, des avions survolaient notre convoi. Nous sommes passés au nord de Terre-Neuve, car c'est plus facile pour l'armée de l'air de bien protéger cette zone. Malgré les risques d'être coulés, les Allemands osent maintenant s'aventurer tout près de nos côtes.

Depuis le début de l'année, ces attaques prenaient une nouvelle intensité. Pour les Allemands, l'entrée des États-Unis dans le conflit rendait plus impérieux encore le contrôle de l'Atlantique.

— Même si nous profitions d'une sécurité relative, poursuivit Thomas, vous avez vu des hommes et des femmes monter sur le pont avec leur *Mae West*.

Le nom donné aux vestes de flottaison fit sourire Thalie. Celles-ci gonflaient la poitrine de telle façon que les aviateurs avaient aussitôt fait un parallèle avec les énormes seins de l'actrice américaine.

— Oui, j'ai vu quelques personnes qui portaient des gilets de sauvetage.

— Elles seront de plus en plus nombreuses à prendre cette précaution. Maintenant, sans aucune protection aérienne, les meutes de loups peuvent nous attaquer sans risque.

— Vous devez me traduire tout cela dans une langue que je comprends.

— Hors de portée des avions, les sous-marins ne craignent plus rien. Ils errent dans l'Atlantique Nord, et quand l'un d'eux aperçoit un navire, il appelle les autres par radio. Ils peuvent se mettre à quinze ou à vingt pour s'en prendre à un convoi.

Thalie appuya son dos contre une cloison métallique, pestant intérieurement contre le clair de lune qui mettait des reflets d'argent sur l'eau. Un temps orageux deviendrait une bénédiction.

— Bonne nuit, Thomas, dit-elle bientôt. Finalement, ce que vous venez de m'apprendre se révèle pire que le mal de mer.

— Je suis désolé…

— Ne le soyez pas. Je me suis engagée dans l'ignorance de ce que je faisais. Vous me ramenez à la réalité.

Après un salut de la main, la praticienne regagna l'escalier. Du coin de l'œil, elle aperçut l'arc décrit par le mégot de cigarette grésillant. Le jeune homme allait tenter lui aussi de retrouver le sommeil.

Chapitre 12

Le Soleil s'étalait grand ouvert sur la table de la cuisine. Marie demeurait immobile, le corps très droit, silencieuse. Deux larmes coulaient de ses yeux.

LA SITUATION DANS LE GOLFE SAINT-LAURENT S'AVÈRE PRÉOCCUPANTE

Le titre s'étalait en petites capitales sur toute la largeur de la page. Juste en dessous, on pouvait lire «déclare le ministre Angus McDonald devant les Communes».

— Ces navires n'ont pas été coulés hier, ou avant-hier, plaidait Paul pour la rassurer. Ça s'est passé avant son embarquement.

— Trois navires marchands torpillés par les Allemands dans le fleuve. Ils contrôlent les voies maritimes au départ du Canada.

Le gouvernement fédéral tirait vraisemblablement la même conclusion.

— Des centaines de navires traversent l'Atlantique Nord chaque semaine.

— Ces bateaux ont disparu en utilisant la même route que son convoi.

Marie avait la carte sous les yeux. Que ce soit depuis Halifax ou Québec et Montréal, le trajet restait à peu près le même. Une seule variante était possible : passer au nord de Terre-Neuve, ou en longer la côte sud. Paul ne savait quels arguments utiliser, lui-même avait ses propres raisons de s'inquiéter. Le fils aîné de sa fille Françoise se trouvait en uniforme à cause de la loi sur le recrutement national. Bien sûr, il refusait de signer pour le service en Europe, mais cette liberté durerait combien de temps encore ?

— Auparavant, les sous-marins n'avaient pas assez d'autonomie pour attaquer très loin à l'ouest de l'Irlande, insistait Marie, et des avions protégeaient les navires jusque-là. Maintenant, on les retrouve dans le Saint-Laurent et sur la côte des États-Unis.

En moins d'une semaine, la mère aux abois était devenue une experte des convois maritimes. Toutes ses semblables faisaient le même apprentissage, ou alors elles se protégeaient en empêchant tous les journaux de pénétrer dans leur demeure et en jetant leurs postes de radio à la décharge municipale. Cet isolement ne donnait pourtant pas toutes les garanties de succès. Une voisine, un livreur pouvait transmettre une information inopportune.

— Madame, dit Jacqueline, la domestique, j'peux servir la soupe, à c't'heure ?

Marie mit un peu de temps avant de répondre :

— Excusez-moi, je vous gêne dans votre travail.

La femme enleva le quotidien de la table, puis dit en se levant :

— Je ne mangerai pas ce soir. Je m'en vais dans ma chambre.

— Tu travailles tous les jours, intervint Paul, tu ne peux pas sauter des repas sans te rendre malade.

Sa sollicitude ne cessait de s'exprimer, au point d'agacer parfois son épouse. Elle répondit de façon un peu abrupte :

— Je suppose que je retrouverai mon appétit quand je saurai qu'elle est rendue là-bas.

Après trois pas, elle se retourna pour ajouter d'une voix grinçante :

— Alors, je n'aurai plus qu'à m'inquiéter des bombardements.

Puis elle s'esquiva. Paul échangea un regard navré avec son employée.

— Je suis désolé, nous vous faisons travailler pour rien. Je vais me contenter de la soupe.

— J'la comprends, m'sieur. Mon plus jeune s'est engagé dans la marine.

— Mon Dieu, quel âge a-t-il ?

— Seize ans, pis y s'prend pour un homme.

— Comment faites-vous…

Il voulait dire « pour ne pas mourir d'inquiétude ».

— J'prie. Qu'essé qu'une mère peut faire d'autre ? J'prie, j'mets tous mes gages sur des lampions, pis si y coule pareil, j'braillerai.

La pauvre femme travaillait depuis dix ans comme domestique pour nourrir ses deux garçons. Maintenant que ceux-ci pouvaient subvenir à leurs besoins, voilà qu'ils risquaient leur vie. Paul lança un soupir découragé en regardant son employée verser la soupe.

❖

De toute la nuit, Thalie ne put fermer l'œil. Si sa vie jusque-là avait été vide, maintenant elle prenait toute sa densité. La présence des meutes de sous-marins ennemis en patrouille rendait tout d'un coup chaque seconde précieuse. Bien sûr, elle savait déjà tout cela. Mais parcourir les journaux assise dans son salon était une chose, se faire rappeler ces réalités dans un transporteur de troupes en était une autre.

Le lendemain matin, l'orgueil l'amena à laisser sa veste de flottaison dans la cabine au moment d'aller manger. Un soldat sur deux portait la sienne. Au milieu de la journée, sur tous les navires les mitrailleurs s'entraînèrent au maniement de leurs armes. Le vacarme assourdissant dura une demi-heure. Elle contempla la rivière de douilles de cuivre sortant des culasses. Les artilleurs visaient le ciel, cela ne les rendrait pas plus précis en cas d'attaque. Faisaient-ils cela pour rassurer les passagers, les convaincre qu'ils ne s'exposaient pas absolument sans défense au feu de l'ennemi?

Les mitrailleuses lourdes devaient abattre les avions au moment où ceux-ci fonçaient vers un navire pour larguer des bombes, ou arroser le pont de balles. On les inclinait vers la mer pour contrer les attaques de sous-marins. Ces armes semblaient être d'une efficacité douteuse; de plus, elles rendaient la sécurité plus précaire encore. Plusieurs commentateurs souhaitaient les voir disparaître, car selon les conventions internationales, on ne devait pas attaquer les navires désarmés. En les équipant ainsi, on en faisait des cibles légitimes. Mais en période de guerre totale, plus personne ne semblait se soucier des traités.

Au terme de cette journée, Thalie posa la *Mae West* près de sa couche et, après une brève hésitation, garda son uniforme au moment de s'étendre.

— Vous avez peur des sous-marins? demanda sa compagne.

— La perspective de me retrouver au fond de l'Atlantique en pleine nuit me trouble un peu, je dois l'admettre.

— Bah! Si Dieu veut vous rappeler à lui, cette baudruche ne vous aidera pas.

« Comme je ne crois pas en Dieu, songea la praticienne, autant mettre ma foi dans une baudruche. » Radcliffe, de son côté, laissa la sienne dans son rangement et endossa sa longue chemise de nuit de toile blanche.

Comme il lui arrivait toujours après une nuit sans sommeil, cette fois Thalie s'endormit bien vite. Puis un bruit sourd l'amena à se plier en deux sur sa couche. Tout de suite, elle entendit des portes claquer dans le couloir, des voix féminines suraiguës hurler : « On va couler ! On va couler ! »

— Qu'est-ce que c'est ? Mon Dieu, mon Dieu ! se lamentait sa voisine.

La médecin ne songea pas à l'aider. Un instant plus tard elle courait vers l'escalier parmi toutes ses collègues. Des hommes se mêlaient au groupe, venus d'une autre section du navire. Au moment d'émerger à l'air libre, la femme entendit deux nouvelles déflagrations sur sa gauche. Des flammes orangées venaient des cargos touchés, bien discernables dans la nuit. Bientôt, les canons des destroyers retentirent aussi, probablement sans grand effet sur des sous-marins en plongée. Les bombes de fond, larguées une dizaine à la fois, s'avéraient bien plus dangereuses en explosant à dix ou vingt verges sous la surface.

— Mais nous avançons toujours, cria-t-elle en anglais.

— Contrôlez vos nerfs, madame, dit quelqu'un sur le même ton.

Dans l'obscurité, elle ne reconnut pas le grade de cet homme, mais le ton d'autorité lui fit penser à un colonel, au moins.

— Des navires sont en train de couler, et nous continuons dans la même direction.

Un bras s'enroula autour de ses épaules. Elle voulut se dégager, mais fut saisie plus violemment encore.

— Venez, Thalie, fit une voix en français.

Thomas Picard. Il l'entraîna vers le bastingage.

— Ces hommes vont se noyer, et personne ne leur porte secours.

— Ce serait créer une hécatombe. Des sous-marins se tiennent à l'affût, un navire qui cesse d'avancer serait tout de suite coulé. Des cibles mobiles sont plus difficiles à atteindre.

Bien sûr, si les destroyers arrivaient à occuper suffisamment longtemps les submersibles, le reste du convoi prendrait ses distances. Dans le pire scénario, les paquebots devaient s'enfuir à toute vapeur. Leur vitesse permettait de distancer les bâtiments ennemis. Quant aux cargos, leur lenteur en faisait des proies faciles.

— La menace pour nous n'est pas si grande, continua Thomas. Les porteurs de troupes sont toujours à l'intérieur du convoi, les navires marchands forment un écran autour de nous, les navires d'escorte patrouillent en périphérie pour intercepter les sous-marins.

— Les gens sur ces navires vont tous périr.

Le bras autour de ses épaules l'enserra un peu plus fort, au point de la presser contre le jeune homme. Que chacun porte sa veste de sauvetage rendait le geste moins intime.

— Avec un peu de chance, la menace s'estompera, des navires vont les récupérer.

La voix manquait tellement de conviction que Thalie comprit qu'il cherchait surtout à la rassurer. La suite le lui confirma :

— Dans l'armée, dans l'aviation, dans la marine de guerre, jusqu'ici il n'y a pas beaucoup de pertes humaines. D'un autre côté, dans la marine marchande c'est une véritable hécatombe. Les matelots disparaissent par milliers.

Toujours en la tenant enlacée, l'homme l'entraîna vers une superstructure métallique pour se mettre à l'abri.

Maintenant, le silence de toutes les personnes sur le navire étonnait la médecin. Elle devait être responsable du plus grand éclat de voix depuis le début de l'attaque. Tout au plus entendait-on le bruissement de conversations murmurées.

Maintenant, le bout d'une cigarette ne risquait plus de signaler une présence à l'ennemi, aussi les hommes ne se privaient pas. Son compagnon en chercha une dans la poche de sa veste. Quand il alluma son briquet, elle remarqua l'important tremblement de la main droite. La peur d'un côté, le courage de l'autre. Un élan de sympathie l'amena à prendre sa main gauche des deux siennes, pour la stabiliser.

❖

Pendant toute la dernière journée en mer, à son grand soulagement, Thalie retrouva les avions de reconnaissance au-dessus du convoi. Les *flying boats* en particulier attiraient son attention. Le fuselage ressemblait bien à une coque de navire, avec une aile démesurée fixée sur elle. Juste avant la guerre, un service de transport de passagers dans ce genre d'appareils avait été établi entre le Royaume-Uni et l'Amérique, avec une escale à l'est de l'île de Montréal. Même après une traversée sous la menace des sous-marins, un paquebot lui paraissait toujours préférable, pour traverser l'Atlantique, à ces méchants oiseaux.

Le nouveau sentiment de sécurité dû à la protection de l'aviation était pourtant bien fragile. Les submersibles allemands partaient de Brest, dans la France occupée. Tout le Royaume-Uni restait exposé à la menace de ces meutes.

La grande flotte arriva par le nord, se glissa entre l'Irlande du Nord et la côte écossaise. Toujours mal à l'aise dans sa chambre sans fenêtre, la praticienne montait sur le pont supérieur afin de respirer l'air frais. À sa grande surprise, elle se découvrait coquette. Si elle tolérait le *battle dress* après le souper, cela tenait essentiellement à l'obscurité. Ce vêtement, fourni par l'armée, était trop grand pour elle et donnait l'impression qu'elle avait volé l'uniforme de quelqu'un d'autre. Aussi toute la journée, la jupe, la cravate et le veston lui paraissaient plus convenables. « Voilà l'effet de la guerre, se disait-elle devant le miroir. J'en viens à me trouver élégante dans cet accoutrement. » Heureusement, les autres femmes du service médical faisaient la même chose. Les moqueries partagées se supportaient mieux.

Au fil des jours, Thomas Picard se retrouvait de plus en plus souvent sur son chemin.

— Ton galant pourrait être ton fils, avait remarqué Radcliffe après l'avoir aperçue attablée avec lui.

La dame un peu forte semblait lui en faire reproche. Était-ce dû à la jalousie, ou à un sens moral écorché ? Elle avait accueilli l'explication avec scepticisme :

— Il s'agit d'un petit-cousin. Tout de même, voilà un curieux hasard. Nous aurions pu faire la traversée sans nous croiser, dans cette foule.

Le navire portait la population d'un gros village. Toutefois, aucune des femmes à bord ne pouvait échapper totalement à l'attention de ces centaines de jeunes hommes. Les dangers de leur nouvelle situation les rendaient soucieux de profiter des plaisirs de la vie, y compris celui bien innocent de voir un mollet sous le rebord d'une jupe kaki.

— Le paysage me fait penser à la Côte-Nord, remarqua Thomas alors que leur navire descendait la côte de l'Écosse.

— Les grands froids en moins, je suppose.

La présence de ce jeune homme devenait même apaisante, comme un rappel d'une vie normale. Alors que l'assurance d'Édouard lui avait toujours totalement déplu, le fils présentait une timidité un peu touchante. Il ressemblait à un enfant dégingandé perdu dans un jeu de grandes personnes. À l'approche de l'embouchure de la Clyde, tous les deux demeurèrent interdits devant les éléments défensifs. Sur les côtes, des batteries aériennes devaient protéger des bombardements. D'autres canons pointaient directement vers la mer. Dans l'eau, des mines flottantes forçaient le *Queen of Bermuda* à exécuter un véritable ballet. Des filets à mailles métalliques empêchaient des sous-marins de venir créer une hécatombe. Un seul d'entre eux, en tirant toutes ses torpilles au jugé, sans viser, aurait coulé autant de navires tellement ceux-ci étaient nombreux.

— On dirait un véritable stationnement, remarqua encore Thomas.

Quelques ports se trouvaient sur la côte ouest du Royaume-Uni, et la plupart des approvisionnements arrivaient de l'Amérique. Cela justifiait l'affluence. La praticienne ouvrit son guide de voyage Baedeker acheté à la librairie Garneau. Destiné aux touristes, il présentait toutefois quelques informations utiles en temps de guerre.

— *"The Harbour and Docks are entered and cleared by over 4,000,000 tons of shipping annually"*, lut-elle à haute voix.

En 1937, tous les ans, quatre millions de tonnes de marchandises transitaient dans ce port.

— Avec le conflit, le chiffre a peut-être doublé.

Une petite embarcation motorisée s'approchait. Thalie se rappela ce qu'on lui avait appris lors de sa formation à Sainte-Anne-de-Bellevue.

— Voilà les autorités médicales du port qui viennent s'assurer que nous n'amenons pas la peste. À l'heure qu'il est, compte tenu de la durée d'une inspection, nous ne débarquerons pas avant demain matin.

— Alors, autant profiter de notre dernier repas à bord. Au camp de la deuxième division d'Aldershot, je vais goûter au rationnement anglais.

— Espérons tout de même que l'attente ne soit pas trop longue. Dans les quartiers des soldats, vous avez constaté la présence de maladies contagieuses ?

— La rougeole, quelques rhumes.

Voilà qu'une fois de plus on évoquait cette maladie d'enfant devant elle. Ce devait être la malédiction de l'armée canadienne. De tribord, une clameur leur parvint. Tous les deux se déplacèrent pour voir les chantiers navals. Des travailleurs adressaient de grands saluts à ces combattants venus d'outremer pour les appuyer. Les soldats répondaient avec enthousiasme, comme si l'idée de se prendre pour des sauveurs leur montait à la tête.

Puis le bruit des chaînes se déroulant dans les puits des ancres confirmèrent l'opinion de Thalie. Sauf quelques très hauts gradés qui débarqueraient avec des vedettes rapides, tous demeureraient à bord. La cousine et le cousin descendirent à la salle à manger. Si les convives n'avaient pas tous porté des vêtements kaki, on aurait pu croire à une croisière. Bien sûr, le fait que les dîneurs soient majoritairement des hommes rompait aussi l'illusion. La situation paraissait faire les délices des infirmières du service médical. On en voyait une ou deux à des tables regroupant dix ou douze personnes, devenues les objets d'une cour plus ou moins insistante, proportionnelle à la quantité d'alcool ingurgité.

Thalie et Thomas trouvèrent sans mal deux places libres à une table. La médecin s'assit entre deux officiers du Cameron Highlanders affublés d'un kilt, et une nouvelle fois elle dut expliquer qui elle était, d'où elle venait.

— Y a-t-il d'autres femmes docteurs dans le service ? demanda quelqu'un.

— Je ne sais pas. Il se peut bien que je sois la seule.

— Pour les soldats, ce ne sera pas évident.

Cela aussi revenait systématiquement. Pourtant, ces militaires auraient dû avoir d'autres sujets de conversation que la pudeur des combattants.

— Savez-vous où vous serez affectée ?

Anodine, la question suscita une réaction puérile d'un autre militaire :

— Hé ! Jack, tu veux demander un rendez-vous ?

Ces officiers, capitaines, majors, commandants, devaient tous être mariés, car les plus jeunes se trouvaient dans le second versant de la vingtaine. Les alliances avaient disparu dès le moment de monter dans le train. Le dénommé Jack bredouilla quand même un peu en répondant :

— Ne les écoutez pas, capitaine. Ces gars ne sont jamais sortis de leur ferme.

Voilà un beau dilemme. Quelle était l'attitude la plus indélicate pour un homme, dans ces circonstances : exprimer son intérêt, ou le nier avec véhémence ? Son interlocutrice choisit tout de même de répondre à sa question :

— Je dois me rendre à Welwyn afin de recevoir une affectation.

— Welwyn ? Vous savez où c'est ?

— Selon un Baedeker publié en 1937, il s'agit d'une charmante ville à une vingtaine de milles de Londres.

Combien d'officiers utilisaient comme elle un guide touristique pour se familiariser un peu avec le Royaume-Uni ? La plupart devaient s'en tenir à un vieux manuel de géographie.

— Les quartiers généraux du service de santé de l'armée canadienne se trouvent là, ajouta-t-elle.

Pas question de demander à ces hommes où ils iraient, car la capitaine se serait exposée à un peu trop d'attention de leur part. Elle préférait éviter toute parole exprimant même le plus petit intérêt. De toute façon, leur destination n'était guère mystérieuse, car les deux divisions de l'armée canadienne occupaient le camp militaire d'Aldershot.

— Vos hommes dans les entrailles du navire ont-ils droit à de tels repas ? On nous traite comme si nous étions des croisiéristes.

Comme Thalie rencontrait des officiers différents soir après soir, excepté Thomas, elle posait toujours les mêmes questions. Dans ces circonstances, il devenait facile de faire la conversation.

— Pas tout à fait, même si personne ne se plaint de l'ordinaire. Disons que nous sommes des passagers de première classe, eux de seconde.

Bientôt, un serveur leur apporta du vin. Vraiment, le sort des officiers se révélait enviable. À la fin du repas, au moment de quitter la table, les membres du Cameron Highlanders continuaient de lui témoigner beaucoup d'intérêt. Quant à elle, elle se découvrait plutôt sensible à l'élégance du port du kilt. Le trop grand nombre d'admirateurs neutralisait ceux-ci. Flirter avec des dizaines de témoins s'avérait inti-midant. Tout de même, l'ineffable Jack trouva le moyen de demander à voix basse :

— Madame, coucherez-vous avec votre *battle dress* ce soir ?

Pour une question de ce genre, le « madame » convenait mieux que « capitaine ».

— Je courrai le risque de mouiller ma jupe, en cas d'attaque.

Puis elle hâta le pas afin de prendre le bras de Thomas. Le jeune homme représentait le cavalier idéal, pour qui souhaitait retrouver sa cabine sans devoir négocier avec des mains envahissantes.

❖

Le lendemain, le navire accostait à Port Glasgow. Afin d'assurer un minimum d'ordre, on demandait aux soldats de se regrouper par régiment, par division, pour débarquer ensemble. Le corps médical descendrait parmi les derniers. Au lieu de demeurer dans sa cabine aveugle, Thalie échangea un au revoir sans chaleur avec Radcliffe puis monta sur le pont avec son sac sur l'épaule.

Le soleil de juillet rendait l'attente agréable. Avec le groupe d'infirmières, assise sur son bagage, le dos contre le bastingage, elle regardait les hommes défiler devant elle.

— Celui-là est mignon, fit l'une de ses compagnes.

— Il s'appelle Henry, précisa une autre. Je lui ai demandé de m'avertir quand il aura une permission.

Cela valait un titre de propriété. Son interlocutrice s'intéressa dès lors à des Al, des Art ou des Bobby. Pourtant, inutile de se montrer si regardante, chacune avait une demi-douzaine de noms dans la poche de sa veste. Quand les fusiliers Mont-Royal passèrent devant elle, Thomas se détacha du lot et vint la rejoindre en tendant un bout de papier.

— Si jamais nous en avons l'occasion, j'aimerais aller prendre le thé avec vous.

De son peloton vinrent des « Oh ! » et des « Ah ! », en plus de commentaires un peu salaces sans doute, murmurés dans l'oreille.

— Je vous enverrai un mot quand je saurai où je suis affectée.

La promesse tira un sourire à son interlocuteur. De nouveau, Thalie constata combien leur rencontre semblait compter pour lui.

— Vous êtes vraiment sa tante, capitaine ? demanda la petite blonde de la Saskatchewan.

Les commérages entre elles circulaient aussi vite qu'à la cantine de l'hôpital Jeffery Hale.

— Vous ne voyez pas que nous nous ressemblons ?

Cela ne sautait pas aux yeux, mais une fois le lien de parenté connu, toutes voulaient trouver des points communs entre eux.

— Puis à mon âge et au sien, je pourrais être sa mère.

La jeune lieutenant protesta que non, qu'elle paraissait trop jeune pour ça. La rumeur de son célibat à un âge aussi avancé devait lui valoir une certaine pitié. « Quelle gentille petite fille », songea la praticienne. Une part d'elle-même souhaitait toutefois que ce fût vrai, que son apparence demeurait juvénile.

— Moi, je prendrais bien son adresse, formula une autre infirmière.

Elle ajouta après une pause :

— Capitaine ?

Thalie préféra ignorer la demande. Une autre commenta :

— Moi aussi. Il ressemble à un petit chien perdu.

Il manquait assurément de l'assurance, feinte ou non, de la plupart de ses collègues. Parmi les dernières à descendre, les femmes du service médical empruntèrent la passerelle. Sur le quai, il fallait prendre bien garde aux nombreux camions qui allaient et venaient. Déjà on s'affairait à décharger les cargos. Les forces combattantes étaient affectées à des wagons précis. Pour les infirmières et la médecin, comme pour certains hommes au rôle indéfini – beaucoup de ces officiers alimenteraient une administration pléthorique –, il fallait trouver une place dans un train pour se rendre en ville. Heureusement, la gare se trouvait à côté du port et des locomotives faisaient sans cesse l'aller-retour jusqu'à Glasgow.

Les membres du service médical eurent un peu de chance, mais profitèrent surtout de la politesse des autres passagers. Elles occupèrent une demi-douzaine de compartiments contigus.

Tout comme les cinq autres jeunes femmes assises près d'elle, Thalie gardait les yeux fixés sur la grande fenêtre de leur compartiment. Le trajet les conduisait d'une ville industrielle à l'autre, des petites localités constituant la constellation de Glasgow. Une fois dans celle-ci, la conversation s'arrêta à peu près. La voie ferrée traversait des quartiers industriels. De plusieurs usines, il ne restait plus que des murs noircis, à moitié effondrés. Des pâtés de maisons entiers paraissaient avoir été écrasés par le poing d'un géant.

— Je ne m'imaginais pas que les bombardements avaient fait autant de dommages, dit la blonde venue de la Saskatchewan.

La praticienne lui avait finalement demandé son nom : Irina Krasnov, la fille d'un immigrant russe ou ukrainien arrivé au Canada dans les années 1920. Pourtant, l'une et l'autre continuaient de se désigner par leur grade.

— C'est le Blitz, fit une autre. En 1940, des centaines d'avions venaient tous les soirs, sans relâche pendant un, même deux mois.

Au cinéma, les actualités filmées, avant le programme principal, avaient montré des images innombrables sur la bataille d'Angleterre, sur ces bombardements massifs destinés à ralentir l'effort de guerre et à ruiner le moral de la population. Parfois, on voyait le roi George VI ou le premier ministre Winston Churchill visiter un quartier dévasté ; toujours, une voix soulignait l'extraordinaire courage du peuple britannique.

Voir cela sur un écran argenté émouvait déjà, avoir ce spectacle de désolation sous les yeux les impressionnait beaucoup. Oui, ces nuits devaient avoir été terribles. Dans tous ces édifices détruits, les gens ayant fait le pari de ne pas aller dans les abris devaient l'avoir payé de leur vie.

Le train s'arrêta bientôt dans la gare centrale de Glasgow, une immense construction de fonte et de verre, un temple du siècle précédent à la gloire de l'industrialisation. Depuis les quais, le petit groupe d'officiers du service médical de l'armée canadienne se dirigea vers une salle aux dimensions extraordinaires. Elle baignait dans une clarté diffuse, à cause du toit transparent. Les excréments des pigeons et la crasse des machines des usines environnantes, accumulés au cours des décennies, servaient de filtre. Les infirmières se regroupaient en fonction d'un instinct grégaire rassurant. Il existait une bonne demi-douzaine d'hôpitaux destinés aux membres du contingent, elles allaient maintenant ensemble selon leur lieu d'affectation.

Comme Thalie serait seule à se rendre à Welwyn, elle fut séparée des autres. Cela lui convenait très bien après plus d'une semaine de promiscuité sur le navire. Un grand kiosque de fonte, en plein centre de l'immense bâtisse, accueillait quelques commerces, dont un marchand de journaux. Un présentoir offrait des jeux de cartes postales, elle en choisit trois représentant la gare sous différents angles. Les plus impressionnantes montraient l'entrée de la rue Gordon, avec au-dessus les quatre étages de l'hôtel Central.

Se présentant à la caisse, la médecin vécut deux expériences un peu déconcertantes. D'abord l'accent écossais, dans sa version particulièrement marquée de Glasgow. À une tirade où elle distingua un seul mot, « Canada », elle répondit :

— Je vous demande pardon ?

Le commis riait de la situation, lui offrant son sourire à demi édenté. Depuis 1939, il avait dû s'amuser un millier de fois au moins de l'incompréhension de ses interlocuteurs venus du Canada.

— Vous venez de là-bas pour faire la guerre ici ? se reprit-il.

— Plutôt soigner ceux qui la font.

Il hocha la tête. Toutes les femmes venues de ce coin de l'Empire répondaient la même chose. L'autre surprise venait de la monnaie. Le Royaume-Uni n'utilisait pas un système décimal. Ainsi, il fallait 12 pence pour un shilling, 20 shillings pour une livre. Pour ajouter à la confusion, les pièces de monnaie s'avéraient des plus fantaisistes. La demi-couronne valait deux shillings et six pence, le florin deux shillings, il existait encore une pièce de six pence, une autre de trois pence, le penny valait un pence, et aussi des pièces d'un demi-pence, et le farthing, pour un quart de penny.

À cause des gens attendant derrière elle, Thalie tendit sa main, des pièces anglaises obtenues à Québec dans sa paume, et le vendeur se paya lui-même. Son sac accroché à l'épaule, elle quitta le commerce pour chercher un endroit où s'asseoir pour manger un peu. Le petit restaurant de la gare lui procura du thé et un sandwich. Le pain offrait une texture bizarre, et une saveur plus étrange encore. Quant au jambon, la tranche mince comme deux feuilles de papier goûtait n'importe quoi, sauf la viande.

— Si Laura avait à se débrouiller avec le rationnement imposé ici, murmura-t-elle, la pauvre se trouverait en dépression.

Sa voix atteignit les convives d'une table voisine, deux femmes et un vieil homme tournèrent la tête vers elle. Tous les médias insistaient sur les dangers de la « cinquième colonne », ces espions susceptibles de ruiner l'effort de guerre. Entendre une voix étrangère suscitait tout de suite les soupçons. Elle les rassura de son plus beau sourire et chacun retourna à ses affaires. Après tout, les agents allemands étaient peu susceptibles de porter un uniforme de l'armée canadienne.

Cherchant un crayon dans la poche de sa veste, elle plaça ses cartes postales devant elle. Bien sûr, le texte serait lu par les services de sécurité, et peut-être censuré. Autant en rester aux généralités. La praticienne écrivit d'abord l'adresse de sa mère, puis ces quelques mots : « Maman, je suis bien arrivée après un voyage sans histoire. Je me présenterai demain aux autorités pour recevoir mon affectation. J'écrirai plus longuement bientôt, Thalie. »

« Sans histoire ! », songea-t-elle. Deux avires avaient coulé à la suite de l'attaque de la meute de sous-marins, quatre autres gîtaient un peu à cause d'avaries. Elle préférait ne pas songer au nombre de victimes. Un cuirassé avait peut-être pu recueillir les survivants, une fois les submersibles ennemis mis en déroute.

Mathieu et Élise recevraient exactement le même texte. Comme ces cartes pouvaient bien se retrouver au fond de la mer après une attaque, dans trois ou quatre jours elle en enverrait d'autres. Cela fait, Thalie regarda la montre à son poignet. Il lui faudrait tuer trois bonnes heures. D'abord, elle dénicha le service de consigne au bout d'un couloir obscur. Un vieil homme – tous les jeunes portaient l'uniforme, ou se trouvaient employés dans des usines de guerre – accepta de garder son sac en échange de quelques pièces. Puis elle sortit pour faire un peu mieux connaissance avec Glasgow.

À cette heure, les ouvriers et les ouvrières commençaient à rentrer à la maison pour le repas du soir. Les rues s'encombraient de bicyclettes, ou alors d'autobus. Les voitures particulières demeuraient rares. Les trottoirs se trouvaient tout aussi achalandés. Des hommes la saluaient en portant la main à leur chapeau, ou alors d'une petite inclinaison de la tête. Elle entendait des « *Captain* » prononcés à mi-voix. Les femmes se contentaient d'un sourire. Des soldats, souvent vêtus du *battle dress*, plus rarement du kilt, esquissaient un salut militaire.

Bien sûr, faire du tourisme en période de guerre comportait des inconvénients. Les monuments, de même que les façades et les vitrines de nombreux édifices, étaient protégés par des sacs de sable entassés les uns sur les autres. Plus elle s'éloignait de la gare, moins elle voyait de maisons, de commerces ou d'ateliers détruits. Tout de même, comme les bombardiers allemands avaient tenté de mettre le peuple britannique sur les genoux, ils avaient fait des dommages en dehors des zones industrielles.

Les vieux édifices signalés dans son guide Baedeker perdaient un peu de leur magnificence dans la réalité. Plus d'un siècle de chauffage au charbon laissait sur toutes les pierres une croûte noire. Malgré le bel éclairage jeté par le soleil déclinant, l'endroit était un peu lugubre.

❖

Les fusiliers Mont-Royal avaient occupé tous les sièges de quatre wagons de chemin de fer. Pour l'ensemble des soldats canadiens ayant débarqué ce jour-là, on parlait de plusieurs dizaines. Le trajet depuis Glasgow jusqu'à Londres leur prit des heures. La présence de ces centaines de militaires canadiens, appartenant à cinq régiments, produisit son effet dans la gare de King's Cross.

— Bin y en passe en masse des *blokes* icitte, dans une journée, cria quelqu'un en français avec un accent marqué de l'est de Montréal.

— R'garde toutes les filles qui nous attendaient.

D'autres donnèrent leur appréciation des voyageuses avec de longs sifflements. Tout pour se faire discret, en somme.

— *Quiet! Quiet!* tonna un officier.

L'intervention d'un capitaine de la Saskatchewan contenait un reproche implicite pour l'officier responsable, et un jugement sévère de l'ensemble des *frenchies* du Canada.

— Formez les rangs, intervint Thomas Picard, vexé de se voir pris en défaut.

— Bon, le jeune qui s'prend pour une grande personne, à c't'heure.

Les mots murmurés parvinrent aux oreilles du jeune homme. Le diplômé en droit timide ne se destinait pas à devenir une vedette des prétoires. Le rôle de meneur d'hommes sur les champs de bataille lui conviendrait-il mieux? Le doute le tenaillait toujours.

Tout de même, il sut les conduire jusqu'au quai situé cinquante verges plus bas dans un ordre relatif, afin de prendre le métro. Les fusiliers firent de nouveau sentir leur présence encombrante à tous les autres usagers. Il fallait rejoindre la gare Waterloo pour aller vers le sud-ouest du pays. Tous les soldats se regroupèrent selon le régiment, la compagnie, le détachement. Cette multitude devait prendre un autre train pour se rendre dans la grande base établie à Aldershot. Cette petite ville se situait dans le Hampshire, à moins de deux heures de la capitale du Royaume-Uni.

Chapitre 13

Le train quittait Glasgow à neuf heures trente, en soirée. À cette heure, en juillet le soleil paraissait sur le point de basculer sous la ligne d'horizon, du côté de l'Atlantique. Les membres du service médical se retrouvèrent sur le quai, toujours par petits groupes, parmi les centaines de voyageurs désireux de regagner le sud du royaume. Thalie ne chercha pas à rester avec les infirmières et aucune ne l'invita à le faire.

À la place, elle trouva un compartiment accueillant une petite famille.

— Je peux me joindre à vous?

Non seulement la matrone accepta-t-elle, mais le père, un solide gaillard, prit son sac pour le placer sur le porte-bagage. Au moment où la locomotive se mettait en marche, il demanda :

— Devez-vous regagner un hôpital canadien?

Le bâton d'Esculape sur son épaule donnait tout de suite l'occupation de la capitaine, tout le monde savait comprendre ce genre d'information après trois ans de guerre. Même les trois enfants de ce couple devaient être devenus des experts dans ce domaine.

— Oui, sans doute, mais je ne sais pas encore lequel. Il y a une dizaine d'établissements dans le sud de l'Angleterre.

L'homme hocha la tête. Alors que des Britanniques se trouvaient dispersés aux quatre coins du monde, de larges sections du sud du royaume devaient être défendues par les troupes venues d'outremer.

— Connaissez-vous l'importance du contingent canadien ? On en voit dans tous les coins de Londres, les dimanches.

— En ce moment, plus de 150 000 hommes.

Lors de sa formation à Sainte-Anne-de-Bellevue, elle avait appris que les établissements de santé canadiens devaient être en mesure de recevoir un vingtième de l'effectif, soit un total de plus de 7 000 malades ou blessés. Ce n'était pas encore le cas, mais comme les troupes n'avaient participé à aucune action militaire, cela suffisait.

À côté de la praticienne, dans les sièges les plus près de la fenêtre, étaient assises deux fillettes. Un garçon plus jeune s'appuyait contre le flanc de sa mère.

— Vous étiez en vacances en Écosse ? demanda Thalie.

La question tira un sourire narquois au chef de famille, son interlocutrice comprit tout de suite que le concept même de vacances avait disparu.

— Nous sommes allés récupérer ces trois-là.

— En 1940, précisa la mère, nous avions expédié les enfants chez l'un de mes frères à cause des bombardements sur Londres. Il habite en pleine campagne, là-bas ils étaient en sécurité.

— Les Boches ne sont pas allés jusqu'à bombarder les troupeaux de moutons, ricana le conjoint.

De nouveau, la praticienne se souvint des informations filmées diffusées dans les cinémas avant le programme principal. Des dizaines de milliers d'enfants avaient été envoyés vers le nord, loin de leurs parents. Un nombre significatif d'entre eux se trouvaient même au Canada.

Cette habitude de leur faire traverser l'Atlantique avait cessé quand des attaques de sous-marins avaient envoyé un très grand nombre d'entre eux au fond de la mer.

— Comme les bombardements sont devenus plus rares, expliqua encore la mère, nous les ramenons à la maison pour la prochaine rentrée scolaire.

Par la suite, la conversation porta sur divers sujets liés à la situation du Royaume-Uni. La praticienne apprit que son interlocuteur travaillait pour la police. Cela expliquait pourquoi l'homme n'était pas engagé dans l'armée. Même si l'obscurité régnait maintenant, aucune lampe n'éclairait le train, dehors elle ne voyait aucune lueur, aucune fenêtre éclairée. Personne ne fumait.

— Le *black-out*, dit l'homme en réponse à une question muette.

Comme la plus infime lueur était suffisante pour trahir une activité humaine, la population se soumettait de bon gré à cette discipline. Thalie ne pouvait s'empêcher de penser que du haut des airs, l'intérieur de la cheminée de la locomotive devait apparaître comme un disque rougeoyant, infiniment plus facile à localiser que le fourneau d'une pipe ou l'extrémité d'une cigarette.

Dans le compartiment, les enfants s'endormirent très vite. Pour les adultes, ce fut plus long, mais tout de même, chacun put gagner quelques heures de sommeil. Quand le train entra dans la gare de King's Cross, la nuit s'achevait. L'adieu de Thalie à ses nouvelles connaissances prit une minute. Puis la voyageuse se planta devant l'immense panneau donnant les heures de départ vers différentes villes du royaume. Les trains vers Cambridge partaient à un intervalle régulier pendant toute la journée. En route, ils s'arrêtaient dans la ville où se trouvait le quartier général du service de santé de l'armée canadienne : Welwyn Garden

City. L'horaire lui laisserait le temps de déjeuner. Cela lui permit de mesurer de nouveau les effets du rationnement. Personne, dans ce pays, ne devait plus souffrir d'obésité, pas même du plus léger embonpoint.

Puis, peu après être sortie de table, elle montait dans un autre train en essayant de ne pas se tenir trop près de quiconque. Depuis vingt-quatre heures, elle n'avait pas quitté ses vêtements, et seuls son visage et ses mains demeuraient à peu près propres après un passage dans les toilettes.

Aldershot in Hants, a town of 34,300 inhab., with a race course, is the headquarter infantry army command...
Baedeker, 1937

Lorsque le train entra dans la gare d'Aldershot, le soleil se trouvait au zénith. Les militaires se déplaçaient depuis la veille, à cause de la fatigue ils se montrèrent plus disciplinés au moment de former les rangs.

— Le camp se trouve à deux milles, expliqua Thomas à ses hommes. Plus vite nous arriverons, plus vite vous pourrez vous reposer.

L'argument amena les hommes à marcher d'un pas alerte dans les rues. L'arrivée de nouvelles troupes ne retenait plus l'attention des résidants. À cette heure, de toute façon, peu de gens traînaient dans les rues. La plupart des habitants se trouvaient à leur travail, seules quelques ménagères et des vieillards les virent défiler. Une trentaine de minutes plus tard, le contingent passait sous les yeux d'un Wellington de bronze monté sur un cheval placé à l'entrée du vaste camp. Il donnait l'impression d'une véritable ville composée de bâtisses d'un étage, construites en brique. Depuis près d'un siècle, l'armée de terre y tenait ses quartiers.

Un grand champ permettait d'apprendre à marcher en rang. Lors des grandes cérémonies, des milliers de personnes pouvaient y défiler. Des officiers se tenaient sur une grande estrade avec des liasses de papier. Quelqu'un criait les noms des régiments et le numéro d'un baraquement.

Quand les fusiliers Mont-Royal atteignirent le leur, ce fut pour se trouver devant le lieutenant-colonel Ménard, un colosse de plus de six pieds sanglé dans son *battle dress*. Il se tenait très droit, les jambes un peu écartées. Machinalement, tous s'alignèrent, posèrent leur bagage sur le sol pour se mettre au garde-à-vous.

— Soldats, officiers, bienvenus au camp d'Aldershot. Ce sera votre domicile jusqu'au jour où nous débarquerons sur le continent. Demain, vous commencerez une nouvelle phase de votre entraînement. D'ici là, vous pourrez faire connaissance avec les lieux. Maintenant, rompez.

Thomas Picard garda les yeux sur son commandant un long moment. Celui-là ne devait jamais entendre des murmures dans les rangs, personne ne pensait qu'il faisait semblant d'être une grande personne. Pourtant, il n'avait que quatre ans de plus que lui.

À la fin, il regagna la chambre minuscule qui lui servirait dorénavant de logis. L'après-midi se passerait à explorer un camp abritant des dizaines de milliers d'hommes, bien plus populeux que la ville voisine d'Aldershot.

❖

Welwyn Garden City is the second of its kind. (Pop. 7,000) Founded in 1919. The church contains the tomb of Edward

Young (1683-1765), author of 'Night Tought', who was rector from 1730.

Une cité jardin, la seconde fondée au Royaume-Uni. L'expression désignait des localités construites selon un plan rigoureux, afin de donner un cadre de vie idéal à ses habitants. En sortant de la gare d'Howardsgate, Thalie constata la présence de rues très larges, d'un jardin public tout à côté, de bâtiments élégants, souvent de style art nouveau. Sauf de rares maisons de ferme, ou des résidences secondaires de Londoniens, rien ne datait d'avant 1920.

Ces observations, elle les ferait surtout dans les jours suivants. Pour le moment, fatiguée, plantée devant la gare, elle cherchait l'habituel alignement de taxis. Aucun ne se trouvait là, comme si le fait de se déplacer en brûlant de l'essence devenait indécent en temps de guerre. Même avec son guide Baedeker à la main, il lui serait difficile, voire impossible de marcher jusqu'à Digswell Place. Le livre ne contenait pas le plan d'une ville si petite. Elle ne pouvait même pas repérer les points cardinaux. Personne ne lui avait dit de se munir d'une boussole.

La fatigue lui enlevait ses moyens, des larmes montaient à ses yeux quand une voix retentit :

— Capitaine Picard ?

Un soldat se tenait près d'une jeep de fabrication américaine stationnée près du trottoir. Elle s'approcha d'un pas rapide, répondit quand elle fut assez proche pour être entendue sans crier :

— Oui, c'est moi.

Le militaire la rejoignit pour prendre le sac accroché à son épaule. Le geste faisait un peu cavalier, pourtant elle lui en fut reconnaissante. Malgré l'épaisseur de la veste et de la chemise, après tout ce temps à le porter la courroie lui brûlait la peau.

— Je me demandais si je vous reconnaîtrais, dit l'homme en regagnant son véhicule.

« Voilà un soldat bien peu observateur, songea-t-elle. Aucune autre femme en uniforme n'est sortie de la gare en même temps que moi. » Comme s'il devinait le cours de ses pensées, il continua :

— Si vous nous aviez envoyé un télégramme depuis Londres, cela aurait été plus simple.

La praticienne n'alla pas jusqu'à s'excuser de sa négligence. La fatigue lui paraissait une circonstance atténuante suffisante. Son bagage se retrouva à l'arrière du véhicule, elle prit place du côté passager. Ils empruntèrent des rues élégantes, avec des pelouses devant les maisons. Toutefois, le gazon avait disparu au profit d'un potager. Ensuite, la route les amena dans une forêt soigneusement entretenue, un parc, privé ou public.

— Allons-nous loin comme ça ?

— Du centre de WGC, comme on dit par ici, à Digswell Place, il faut compter un peu plus de deux milles. Voyez, nous sommes déjà rendus à destination.

Une grande demeure en brique apparaissait effectivement au fond d'une courte allée. Elle semblait avoir plus d'un siècle. On voyait des dépendances, sans doute les anciennes écuries, une remise, un lavoir. Trois voitures de couleur kaki se trouvaient là, de même qu'une petite automobile noire.

Quand Thalie fit le geste de prendre son bagage, le soldat lui dit :

— Vous n'en aurez pas besoin, vous ne logerez pas ici.

Ce jeune homme en savait plus qu'elle sur son propre avenir, une situation un peu vexante. Dans la demeure, le bruit d'une demi-douzaine de machines à écrire l'accueillit.

Sur sa gauche, elle aperçut une grande salle où s'affairaient des secrétaires, toutes civiles. Pour des tâches de ce genre, on recrutait la main-d'œuvre locale.

— C'est de l'autre côté, indiqua son guide. Je vous attendrai dehors.

La médecin pénétra d'abord dans une petite pièce où un commis vêtu d'un uniforme de caporal la reçut.

— Capitaine, vous voilà enfin.

Le planton quitta sa place, revint bien vite avec une femme de près de quarante ans. Thalie la trouva sèche, peu sympathique et plutôt masculine. Le duvet noir au-dessus de la lèvre supérieure justifiait cette impression.

La nouvelle venue enleva son képi, tendit la main en disant :

— Je suis la docteure Picard. Je suis heureuse de vous rencontrer.

Si l'autre accepta la poignée de main, son visage disait qu'elle aurait préféré un salut militaire.

— Lieutenant Pense. Je suis la matrone en chef des effectifs infirmiers dans ce pays.

La matrone, la supérieure de toutes les femmes responsables des soins dans les divers hôpitaux. Un effectif considérable se trouvait sous ses ordres.

— Allons-y, le colonel nous attend.

Cette fois, Thalie salua en respectant les règles militaires. Cet homme, le colonel Bolton, dirigeait le service médical de l'armée canadienne au Royaume-Uni. Il lui désigna une chaise, Pense en occupa une autre. Thalie regarda discrètement autour d'elle. Le bureau se trouvait dans un petit salon. Le papier peint sur les murs s'ornait de fleurs roses, la marqueterie sur le plancher dessinait un motif complexe.

— Capitaine, dit l'homme en ouvrant un dossier, nous avons une maison de convalescence pour le personnel féminin pas très loin d'ici, à Digswell House. On y trouve trente-cinq lits. Vous vous occuperez de ces personnes. Bien sûr, si le besoin se fait sentir, vous recevrez une autre affectation.

— Bien sûr. Je veux me rendre utile.

L'affirmation tira un petit rire à la matrone. Celle-là paraissait bien sceptique. Thalie était trop fatiguée pour réagir. Pour raccourcir cette entrevue, elle demanda :

— En ce qui concerne le logement ?

— Vous logerez là, tout comme les trois infirmières de service.

Un silence pesa sur la pièce, puis le colonel demanda :

— Vous avez des questions, capitaine ?

— Une seule. Comment dois-je faire pour me rendre là-bas ?

Cette fois, Bolton eut un demi-sourire. Il s'adossa contre sa chaise pour expliquer :

— Digswell House se trouve assez près d'ici pour y aller à pied, mais vous ne voudriez pas vous perdre dans nos forêts dès le premier jour. Stevens vous conduira. C'est le garçon qui vous a amenée ici.

Comme elle faisait déjà le geste de se lever, l'officier supérieur continua :

— Auparavant, notre hôtesse aimerait échanger quelques mots avec vous. Vous avez eu une bonne traversée ?

— Quelques navires ont été torpillés, deux sont allés vers le fond.

L'homme afficha une mine si désolée que cela le lui rendit plus sympathique.

— Cette année, les pertes sont épouvantables. Les Allemands ont de nouveaux sous-marins, et comme ils partent de l'ouest de la France, les meutes ont une moins grande distance à parcourir pour rejoindre les convois.

Thomas lui avait expliqué la même chose. Il continua :

— Heureusement, ils n'ont pas encore réussi à couler un transporteur de troupes. Imaginez les centaines de victimes, dans ce cas.

— Littéralement, les navires marchands nous entouraient. Ces pauvres hommes nous servaient de bouclier, en fait.

Même la matrone parut touchée. Devant les victimes de la guerre, elle devait s'adoucir tout à fait. Un bruit contre la porte attira leur attention. Le caporal l'ouvrit pour dire :

— Colonel, madame Maitland est arrivée.

— Nous avons terminé, déclara l'officier.

Puis il se tourna vers la nouvelle venue pour dire :

— Vous avez plus de quinze ans d'expérience dans un hôpital. Vous saurez quoi faire. Maintenant, ne faites pas attendre madame.

Congédiée, Thalie se leva, salua son supérieur et la matrone, puis sortit. Dans la petite pièce servant de bureau au secrétaire, elle trouva une femme élégante, capable de porter un rang de perles au cou avant l'heure du dîner.

— Bonjour, capitaine.

— Madame.

La poignée de main lui rappela sa vie d'avant, quand saluer quelqu'un ne signifiait pas encore porter le bout de ses doigts à sa tempe. Toutes les deux passèrent dans le hall de la grande demeure.

— Capitaine, voudriez-vous dîner avec moi ?

— … Bien sûr. Dites-moi quel moment vous convient.

Si l'invitation surprenait Thalie, elle excitait aussi sa curiosité. La femme lui adressa un sourire amusé.

— Je pensais à ce midi.

La médecin hésita un moment, puis décida de demeurer candide :

— Ce serait avec plaisir, croyez-moi… mais voilà plus de vingt-quatre heures que je me déplace.

Voir une lady plisser le nez devant elle ne lui disait rien. Madame Maitland dut très bien comprendre, car elle précisa avec un sourire de connivence :

— Vous aurez amplement le temps de vous rafraîchir. Je demande à ma domestique de vous conduire à une chambre. Nous nous retrouverons dans ma petite salle à manger improvisée.

— Je vais prendre mon bagage dans la voiture.

— À tout à l'heure, capitaine.

Sur ces mots, la femme disparut dans une pièce attenante.

❖

— Nous y allons ? demanda le caporal Stevens en voyant ressortir Thalie.

Le soldat paraissait avoir attendu tout ce temps appuyé contre la calandre de la jeep.

— Pas tout de suite. Je viens de recevoir une invitation à dîner.

Si le jeune homme se sentit déçu du changement de programme, il n'en laissa rien paraître. La médecin prit son sac pour retourner dans la grande demeure, où l'attendait une vieille domestique sanglée dans un uniforme noir, portant un tablier et une coiffe blanche lourdement empesés.

❖

À l'étage, Thalie découvrit une chambre au décor démodé. Le papier peint fleuri, les meubles blancs délicatement tournés, tout faisait penser au refuge d'une vieille fille un peu fanée. Elle profita aussitôt de la salle de bain attenante pour se décrotter un peu. Même pas très chaude, l'eau de la baignoire lui parut accueillante. Elle n'eut toutefois pas le temps de s'y prélasser, car on l'attendait. Bientôt, elle sortait ses vêtements de son sac pour les poser sur le lit. Son unique robe lui apparut irrémédiablement froissée. Son uniforme de rechange ne lui parut pas vraiment dans un meilleur état, mais personne ne s'attendait à voir un vêtement de ce genre toujours fraîchement pressé.

Quand elle revint au rez-de-chaussée, la même vieille domestique se tenait à sa disposition.

— Madame vous attend de ce côté, capitaine.

Dans une petite pièce autrefois utilisée comme salon, on avait placé une table et quatre chaises. Contre un mur, un foyer au charbon permettait de la réchauffer en des saisons moins clémentes.

— Venez vous asseoir, capitaine Picard, dit la maîtresse des lieux en quittant son fauteuil placé dans un coin.

Thalie occupa la chaise que l'hôtesse lui désignait. Cette dernière s'installa juste en face d'elle, puis agita une petite clochette.

— Avez-vous fait une bonne traversée ?

Sans doute devrait-elle faire le même compte rendu à de nombreuses reprises, à chaque nouvelle rencontre, en fait. Elle formula la même réponse qu'au colonel Bolton.

— Quelle situation horrible. Les faire revenir serait bien trop dangereux.

L'entrée de la domestique, une soupière dans les mains, interrompit la confidence. Pendant quelques minutes, la maîtresse de maison et son invitée se concentrèrent sur le premier service. Incapable de donner un sens aux dernières paroles de madame Maitland, Thalie osa demander :

— Qui évoquiez-vous, tout à l'heure ?

Après tout, si son hôtesse abordait le sujet, elle souhaitait se confier.

— Mes trois enfants se trouvent au Canada. Nous les y avons expédiés en 1940, alors que les bombardements ennemis se poursuivaient nuit après nuit.

La praticienne se souvint de la conversation avec les passagers du train. Si les employés de la police expédiaient leur progéniture en Écosse, les plus nantis mettaient un océan entre les leurs et les ennemis.

— Vous comprenez, nous habitons tout près de Londres, la première cible des nazis en cas d'invasion. Il aurait été criminel de les garder avec nous.

— Je le comprends très bien, je vous assure. Maintenant, alors que la menace d'invasion s'est estompée, celle qui pèse sur les convois vous paraît insupportable.

La femme hocha la tête. Elle ne pouvait imposer ce risque à ses enfants pour le seul plaisir de les voir revenir près d'elle.

— Je sais qu'on les traite bien là-bas, dit madame Maitland, mais ils me manquent tellement.

Thalie jugea inopportun de répondre une platitude comme «Cette guerre ne durera pas toujours».

— Alors, pour remercier les Canadiens, reprit l'hôtesse, j'ai offert l'usage de cette maison au service de santé. Comme je demeure seule ici, je n'occupe qu'une petite place de cette grande demeure. Cette pièce et ma chambre me suffisent.

De la main, elle désigna le salon.

— Je m'en sers comme salle à manger, alors que tout le personnel du service utilise l'autre.

— Tous ces gens habitent sous votre toit?

Un peu de rouge envahit les joues de la bourgeoise quand elle répondit:

— Les officiers supérieurs, oui. Les employés de bureau logent dans des demeures des alentours.

Ainsi, elle trouvait le moyen de bien s'entourer de gens de sa classe sociale. Cela facilitait sûrement la cohabitation.

— Cependant tous prennent leurs repas ici. Avec le rationnement en vigueur, on peut aisément se dénicher une chambre, mais pas la nourriture.

Après ces mots, le second service surprit un peu la médecin. De la viande. De toute évidence, dans ce grand manoir, les vivres ne manquaient pas. Était-il convenable de poser des questions ? Thalie essayait de se souvenir de ses cours de bienséance, au *high school*. La châtelaine ne l'avait pas invitée pour dîner en silence.

— Monsieur Maitland se trouve en voyage ?

— Le colonel Maitland a été affecté en Égypte avec son régiment. Des combats intenses se déroulent présentement là-bas, vous le savez sans doute.

Au ton peiné de son hôtesse, l'invitée regretta de l'avoir imaginée satisfaite de la présence chez elle des officiers du service médical.

— Les Américains entendent trouver en Afrique du Nord leur premier champ de bataille important. Je suppose que les troupes de Rommel seront bientôt chassées de ce territoire.

L'affirmation contenait sa part d'arrogance, comme si elle croyait les Britanniques incapables d'y arriver seuls. Son hôtesse ne s'en formalisa visiblement pas. Par la suite, madame Maitland décida de s'intéresser à la vie de son invitée.

— Vous vous appelez Picard… Il s'agit d'un nom canadien-français ?

La dame s'était tout de même donné la peine de lire un peu sur le pays d'accueil de ses enfants, pour savoir que le Canada comptait une population de langue française. Ou peut-être tous les habitants du Royaume-Uni se faisaient-ils une bonne idée du dominion à en juger par l'échantillon de ses habitants représenté par 150 000 hommes de troupe.

La réalité canadienne les occupa jusqu'à la fin du repas.

❖

Après le dîner, madame Maitland avait laissé entendre qu'un jour prochain, elle inviterait la praticienne à prendre le thé. Le ton ne laissait pas croire à une grande amitié naissante, mais l'une et l'autre tromperaient ainsi leur ennui.

Le caporal Stevens devait passer sa vie appuyé sur sa jeep, car Thalie le retrouva dans cette posture de nouveau. Il prit son sac de ses mains pour le mettre à l'arrière du véhicule. Au moment de démarrer, il demanda :

— Ainsi, la châtelaine vous a fait les honneurs de sa salle à manger personnelle ?

— Elle a eu cette attention, caporal.

Le garçon se redressa à ce rappel des usages entre soldats et officiers. Les hommes ne paraissaient pas trouver la chose évidente, quand une femme possédait le grade le plus élevé.

— De votre côté, vous avez profité de l'autre salle à manger ?

— Ça vaut mieux que jeûner, non ?

Le soldat ajouta bien vite, en souriant :

— Puis, on n'a pas souvent l'occasion de retrouver une dizaine de secrétaires à la même table.

Leur compagnie lui plaisait visiblement.

— Comme tous les jeunes Anglais sont dispersés aux quatre coins du monde, vous voilà en bonne position.

— … Pas tant que ça. Elles sont toutes à la recherche des officiers. Déjà il y avait ceux du Canada, maintenant les Américains vont venir par milliers.

Tous ces mouvements de population devaient entraîner des histoires de cœur bien complexes. De nouveau, le trajet se déroula dans de beaux chemins bordés d'arbres. D'abord, la route Knightsfield, puis la montée des Moines. Digswell House, un grand manoir construit au tout début du siècle précédent, gardait fière allure. Le corps du logis principal s'ornait de quatre grandes colonnes. Le lierre montait sur la façade et les côtés.

— Voilà la plus belle maison de convalescence que j'ai vue dans ma vie, dit la praticienne.

— Dans ce pays, c'est plein de bâtisses comme celle-là, avec des propriétaires incapables de les entretenir. Pour eux, louer à l'armée canadienne est une aubaine.

— Comme les Maitland ?

Le caporal Stevens laissa échapper un rire bref en se stationnant près de l'entrée principale de la grande demeure.

— Non, ceux-là sont de vrais patriotes. L'armée paie les frais de fonctionnement, sans plus.

Donc, la grande dame disait vrai, sa reconnaissance pour l'accueil de ses enfants la portait à la générosité. Le caporal prit le sac à l'arrière de la jeep et le tendit à la médecin en disant :

— Ce fut un plaisir de faire le taxi pour vous, capitaine.

— Merci, caporal.

Après un salut bien cérémonieux, le soldat remonta dans sa jeep. Il démarrait quand une jeune femme se présenta sur le seuil. Elle portait l'uniforme des infirmières du service de santé de l'armée canadienne : une robe d'un beau bleu royal recouverte d'un grand tablier blanc amidonné et un voile sur la tête. Ce dernier détail lui donnait un peu l'allure d'une religieuse. Dans son cas, une religieuse bien accorte de vingt-quatre ou vingt-cinq ans.

— Docteure Picard, c'est bien vous ? demanda-t-elle en français.

— C'est bien moi.

Dans les circonstances, le salut militaire paraissait inopportun. Thalie tendit la main, l'infirmière la prit.

— Marion Poirier. Je travaille ici depuis un an. Donnez-moi votre sac.

La capitaine accepta de le lui remettre. Après tout, depuis dix jours elle l'avait manipulé suffisamment souvent.

— Nous vous attendions pour le dîner, dit la jeune femme en ouvrant la porte du manoir pour la laisser passer.

— J'ai reçu une invitation inattendue, s'excusa Thalie.

Dans le grand hall, elle s'arrêta pour contempler les lieux.

— Impressionnant, n'est-ce pas ? On se croirait dans un film. Enfin, moi, les gens de la haute, je les vois au cinéma.

— Moi aussi. Ma mère tenait une boutique de vêtements.

Son origine relativement modeste rassura l'infirmière. Ainsi, elle se sentirait plus à l'aise.

— D'après ce qu'on m'a dit, dans le passé on trouvait une trentaine de domestiques ici.

— Maintenant, on en trouve combien ?

Marion eut un sourire narquois. Visiblement, le sort des riches et des puissants lui paraissait une source d'amusement.

— Une vieille cuisinière et une fille de la campagne s'occupent des repas. Des femmes de la ville voisine viennent tous les jours pour l'entretien ménager.

Tout en parlant, la jeune femme s'était engagée dans un grand escalier, le bagage toujours sur l'épaule. À l'étage, elle se dirigea vers la première porte dans le couloir.

— Comme vous dirigerez les lieux, nous avons pensé que vous occuperiez la même chambre que votre prédécesseur.

La pièce se révéla très confortable, avec ses fenêtres donnant sur le parc, à l'arrière du manoir. Thalie y découvrit un lit à baldaquin ainsi qu'un pupitre qui n'aurait pas déparé le bureau d'un ministre. Un canapé lui permettrait de passer de longues soirées devant le foyer au charbon.

— Je sens une odeur de pipe.

— Votre prédécesseur en avait toujours une vissée entre les dents.

— Où l'a-t-on affecté ?

— Avec un régiment qui se bat en Égypte. Si vous croisez un docteur Lennox très en colère, ce sera lui. Il aimait s'occuper d'une douzaine de malades, mais la proximité du son des canons ne lui disait rien.

La lieutenant Poirier avait prononcé les derniers mots avec une pointe d'humour, mais dès qu'elle eut fermé la bouche, un certain effarement se lut dans ses yeux. Il était indélicat de parler d'un patron de cette manière dans le civil, assez pour entraîner une mise à pied. Dans l'armée, cela devenait-il le motif d'une sentence de cachot ?

— Dans ce cas, je saurai pourquoi il me fait grise mine, dit la médecin avec un sourire entendu. Maintenant, posez ce sac et conduisez-moi près des malades.

— Oh ! Oui, bien sûr. On les a mises en bas, dans la salle qui servait autrefois aux spectacles.

Déjà Marion sortait de la pièce. En la suivant dans l'escalier, Thalie demanda :

— Des spectacles ?

— Après la Grande Guerre, la maison a été utilisée pour des activités artistiques. Les Anglais sont très fiers d'avoir reçu ici des personnes dont je ne connais pas du tout le nom. Tenez, comme George Bernard Shaw.

— Avez-vous vu le film *Pygmalion* ?

— Avec Leslie Howard ? Oui, il y a trois ou quatre ans.

— Le film est une adaptation d'une pièce de théâtre qu'il a écrite.

La jeune femme hocha la tête. Voilà qu'elle regrettait de ne pas avoir rencontré le dramaturge.

— Auparavant, continua-t-elle, c'était une salle de bal.

Elle poussa une porte, puis s'effaça pour laisser passer la capitaine la première. Trois lustres de cristal pendaient au plafond d'une grande pièce lourdement décorée d'appliques en plâtre. On y avait placé une vingtaine de lits sur deux rangées. Six étaient occupés par des femmes. Les yeux des patientes, tout comme ceux d'une seconde infirmière, se fixèrent sur la nouvelle venue.

— Voici la capitaine Picard, la présenta Marion Poirier dans un anglais sans accent. Elle remplace le capitaine Lennox.

Les malades murmurèrent « Bonjour, docteure ». L'employée vint vers les deux arrivantes.

— Mildred Hill, ma collègue, dit Marion.

De nouveau, la poignée de main prévalut sur un salut plus martial.

— Je pensais que vous vous occupiez d'une douzaine de femmes, remarqua Thalie.

— En effet, mais les autres se promènent dans le parc.

Bien sûr, il s'agissait d'une maison de convalescence, ces patientes étaient sur la voie du rétablissement, pas des grabataires.

— Pouvez-vous m'accompagner au chevet des malades qui se trouvent dans cette salle et me dire un mot des motifs qui les amènent ici ? demanda la praticienne.

— Certainement, dit l'infirmière de service en s'approchant d'un lit.

Marion en profita pour s'esquiver. Après tout, elle bénéficiait d'un peu de temps libre avant de se remettre au travail. Mildred commença :

— Voici la lieutenant Thompson. Sa vilaine fracture au bras résulte d'une très mauvaise chute.

Celle-là regagnerait très bientôt son affectation avec un plâtre pour prouver son état. Les autres femmes souffraient de diverses affections, d'une pneumonie à une appendicectomie récente. Aucune vie n'était en danger. Thalie commençait à se dire que son existence à Welwyn Garden City serait tout aussi peu exaltante qu'à Québec.

❖

La vie dans la maison de convalescence n'avait rien à voir avec tout ce que Thalie avait connu jusque-là. Cela ressemblait à une pension de famille. La plupart des résidantes se sentaient assez bien pour prendre leurs repas avec le personnel, dans la salle à manger. Ce premier soir, elles étaient treize à table. Seules deux malades souperaient dans leur lit, et Mildred Hill dans une minuscule pièce attenante au dortoir. De service ce soir-là, l'infirmière ne les quitterait qu'au moment d'aller se coucher.

L'omnipraticienne s'habituait lentement à la magnificence des lieux. Témoignant de la majesté passée de Digswell House, la pièce où se déroulait le souper était grande, avec un plafond richement orné et du papier peint sur les murs. La table aurait facilement pu accueillir une vingtaine de convives. La médecin s'amusait à imaginer une réception au siècle précédent, avec des femmes aux longues robes soulignées de rubans et de dentelles.

La confusion des époques s'arrêtait là : les convalescentes et la nouvelle directrice portaient un uniforme militaire, tandis que les soignantes revêtaient l'habituelle robe bleue et le tablier et la coiffe blancs. Daisy Sargent, la petite bonne, et Ruby Carruthers, la cuisinière, ne suffisaient pas à faire le service. Les infirmières devaient aider. Au bout de la table, Thalie semblait tenir le rôle de chef de famille. Comme elle était nouvelle, les questions s'adressaient à elle. Déjà, il lui avait fallu évoquer sa formation, sa famille, les événements de la traversée.

— C'est une belle affectation, ici, remarqua une grosse fille.

Celle-là n'envisageait pas son retour à Aldershot du meilleur œil. Le travail de secrétariat était aussi morne dans ce camp qu'au Canada.

— Je ne l'ai pas choisie, mais oui, le travail ne sera pas bien difficile.

— Si vous aviez vu la tête de l'autre médecin quand il a appris son transfert, ricana une autre.

Thalie se souvint de l'allusion de Marion. Elle se rappela également ce que la capitaine Eaton lui avait expliqué : les recrues féminines permettaient d'envoyer les hommes sur la ligne de feu. Le changement avait de quoi décevoir certains. L'attention se détourna ensuite de l'omnipraticienne pour se porter sur la vie au Royaume-Uni. Chacune y allait de son anecdote pour montrer combien ses habitants se révélaient excentriques.

Le repas se composait d'un potage, d'un peu de viande et de beaucoup de légumes. Le rationnement ne pèserait pas trop. De toute façon, dans un établissement de soins, il fallait permettre à la clientèle de refaire ses forces. L'infirmière Poirier disait vrai : les conditions de vie se révélaient très supportables.

Chapitre 14

— Bin là, les gars, préparez-vous à marcher.

L'homme de troupe ne s'enthousiasmait pas devant le programme de la journée. Au contraire, ce fusilier affichait le plus grand dépit. Parti du Canada par esprit d'aventure, il accumulait les ampoules aux pieds.

Au moment du petit déjeuner, les fusiliers Mont-Royal se trouvaient réunis dans une grande cantine. Ceux arrivés la veille emmagasinaient les informations utiles, comme les noms des sergents les plus détestés, la liste des corvées à éviter à tout prix et la meilleure façon de se faire envoyer à l'infirmerie pour profiter d'un petit repos.

— C'est bin simple, renchérit un autre, si on mettait toutes les marches forcées boutte à boutte, on s'rait de r'tour à Montréal.

— Pis la mer, qu'essé tu fais d'la mer ? Tu marches au fond ?

— Vous savez ce que j'veux dire.

Les nouveaux venus comprenaient très bien. Lors de leur entraînement au Canada, après avoir appris à se déplacer en rangs bien alignés dans une grande cour, ils avaient dû marcher des journées entières avec tout leur équipement sur le dos : le sac, la gamelle, la gourde, les vivres, les grenades, les munitions, l'arme sur l'épaule. Un poids d'une quarantaine de livres.

— Ça fait combien de temps qu'vous êtes icitte ? demanda un bleu.

— Deux ans betôt.

— Deux ans à marcher en rond, insista le premier intervenant, dans un temps d'chien neuf fois sur dix.

Les membres des bataillons venus en renfort se regardaient. La recherche d'une vie d'aventure semblait les conduire dans le lieu le plus ennuyeux sur terre.

— Pis les Allemands ?

— Bin, on n'en a jamais vu.

Un homme placé au bout de la table laissa tomber :

— On aurait pu, mais y mouillait trop.

La remarque trahissait beaucoup de frustration. Au moment de partir, il donna un coup de pied contre sa chaise.

❖

Après le souper, Thalie occupait le salon avec deux autres infirmières, Mildred Hill et Dorothy Jones. Toutes les deux avaient vingt-quatre ans, venaient de l'Ontario et cherchaient dans le service militaire la même chose que leur supérieure immédiate : un peu de piquant dans leur vie.

— Je suis étonnée de voir autant de personnes avec des problèmes pulmonaires, disait la médecin.

— Avec le climat de ce pays, expliqua Mildred, ce n'est pas si surprenant.

Thalie avait entendu cela dès sa première visite à la Citadelle. Pourtant, l'été était plutôt chaud.

— Le temps est resplendissant depuis que je suis descendue du navire, objecta-t-elle.

— Voilà qui est tout à fait représentatif, ricana Dorothy. Une semaine de beau temps et le reste de l'année pourri. Si vous aviez vu les orages de la semaine dernière…

Ce devait être vrai. Alors, autant profiter de ces beaux jours avant de subir des trombes d'eau.

— Nous avons les pires hivers depuis un siècle, renchérit Mildred. Puis tout le monde chauffe sa maison avec du charbon, dans ce pays. Certains jours, un brouillard jaunâtre flotte au-dessus de Londres et rend l'air irrespirable. Parfois le vent le pousse jusqu'ici. Nous ne sommes qu'à une vingtaine de milles de la ville, vous savez.

La capitaine hocha la tête. Si on se fiait à la couleur des murs extérieurs de tous les édifices, la pollution devait être difficilement supportable.

— Des gens meurent, dans ces moments-là.

La jeune Daisy Sargent faisait le service. Au premier coup d'œil, Thalie l'avait jugée un peu lente d'esprit, mais remplie de bonne volonté.

— Vous mangez toujours aussi bien ?

— Pour les malades, les portions sont généreuses, expliqua Dorothy. Nous en profitons aussi.

— Selon le colonel Bolton, vous pouvez recevoir jusqu'à trente-cinq convalescentes en même temps. Je n'en ai vu qu'une douzaine.

— Il n'y a pas tant de femmes dans l'armée. À moins d'une épidémie, nous n'en verrons pas plus. Bien sûr, si des centaines de couaques passent de ce côté-ci de la mer au cours de l'année, ce sera différent.

— Ce manoir est immense, mais seule la section centrale se trouve utilisée ?

— Tout le reste est verrouillé. Voilà la gestion typique de l'armée : du gaspillage. Qui sait ? Peut-être un jour nous enverra-t-on dans une plus petite bâtisse, pour récupérer celle-ci pour recevoir des hommes.

Mildred semblait énoncer là un souhait. Sans doute cet environnement féminin ne satisfaisait pas sa recherche de piquant. La conversation languit un bon moment puis, après avoir consulté sa collègue des yeux, Dorothy aborda le sujet qui lui brûlait la langue.

— Capitaine, jusqu'ici nous nous sommes partagé les heures de travail afin de pouvoir sortir à tour de rôle. Vous savez, l'existence devient parfois bien ennuyante dans notre beau parc.

— Dites-m'en un peu plus sur ce partage.

— … Certains soirs, l'une d'entre nous reste sur les lieux, les deux autres se rendent en ville. C'est pareil le samedi ou le dimanche, dans l'après-midi.

« Voilà d'excellentes conditions de travail », songea Thalie.

— Je regarderai votre arrangement, dit-elle, j'aimerais même faire partie de la rotation. Toutefois, je demeurerai seule juge de l'état de nos patientes, et des besoins en personnel pour en prendre soin.

Les deux autres hochèrent la tête, heureuses de la trouver si accommodante. Leur patronne aussi risquait de devenir morose, à jouer à la châtelaine dans un grand manoir. Vingt minutes plus tard, elles buvaient un sherry avant d'aller au lit.

❖

Les étudiants n'étaient pas obligés de s'enrôler, mais ils devaient participer au programme de formation des officiers de l'armée canadienne. Aucun n'y échappait, à moins d'avoir de bonnes raisons médicales. Du nombre, plusieurs étaient ensuite conscrits pour le service militaire au Canada. Même si la plupart de ceux-là refusaient de passer en Europe, un diplômé de l'Université de Montréal avait de bonnes chances de trouver des visages familiers parmi les fusiliers Mont-Royal.

En entrant dans le mess des officiers de la base d'Al-dershot, Thomas reconnut trois de ses anciens condisciples. Il les rejoignit à leur table et échangea des poignées de main.

— Alors, Picard, tu as aimé ta première journée au cœur du grand Empire britannique ?

Les autres éclatèrent de rire. Ils devaient poser la même question à tous les nouveaux arrivés, et s'amuser de leur déception.

— C'est toujours comme ça ?

— Si on laisse les hommes à ne rien faire, dans un mois ils vont s'entretuer… ou tuer nos compatriotes d'une autre origine. L'entraînement les tient occupés.

L'allusion aux Canadiens anglais fut faite sur un ton acide. Thomas demanda, intrigué :

— Ils les haïssent tant que ça ?

— Regarde-les.

Le mess contenait une cinquantaine de tables, les Canadiens français en occupaient deux. La paranoïa jouait peut-être un rôle dans sa perception, mais le nouveau venu eut l'impression de remarquer des regards hostiles. Le résultat du plébiscite suffisait à gâcher les relations. De nouveau, les membres de la minorité se voyaient accusés de lâcheté.

Dans ces circonstances, les membres de bataillons fran-cophones devaient alterner entre le désir de se faire discrets et celui de régler leurs comptes.

— D'autres fois, les *blokes* font les frais de la mauvaise humeur de la troupe. Il se passe bien peu de permissions sans que quelques gars saouls ne tapent sur la gueule des habitants de la ville.

— Des fois, on a l'impression de faire partie d'une armée d'invasion.

La remarque trahissait un malaise évident.

— Pourquoi ça ? Les Anglais doivent être contents de notre présence.

Les compagnons de Thomas étouffèrent un fou rire. Le troisième whisky les aidait à trouver sa naïveté amusante.

— Actuellement, les Britanniques se battent en Afrique et en Asie, tous les jours des parents reçoivent un joli télégramme pour annoncer un décès. Nous, nous restons là à ne rien faire. En permission, les gars font du tourisme. Depuis deux ans, nous sommes supposés défendre une partie du sud du pays contre une attaque allemande. Celle-ci n'est jamais venue.

— Jamais les Allemands ne passeront la Manche, déclara un autre officier. Nous serons ceux qui débarqueront les premiers.

L'auteur de cette affirmation, un dénommé Turgeon, avait été diplômé de la Faculté de droit en 1940. Thomas gardait un bon souvenir de lui.

— On sait bien, se moqua un lieutenant, toi tu vas envahir la France dans deux ou trois semaines.

— Arrête de faire l'imbécile.

Le ton ne tolérait aucune réplique. « Finalement, pensa le dernier arrivé dans ce petit groupe, les Canadiens français s'arrangent très bien entre eux pour échanger des coups. »

— Il y a les femmes aussi, pour déclencher les bagarres, reprit un autre lieutenant après une minute de silence embarrassé.

Thomas parut si intrigué que celui-ci expliqua :

— Dans ce camp, tu as 50 000 gars toujours bandés, et dans les trois villes pas trop éloignées d'ici, environ 6 000 filles célibataires. Chacune a un amoureux en uniforme, quelque part dans l'Empire. Qu'est-ce que ça donne, tu penses, quand on va dans un pub ?

L'allusion à ces besoins primaires troubla un peu le jeune homme. Au fond de lui-même, il demeurait toujours un collégien timide. La conversation se continua sur ce thème si obsédant pendant encore une demi-heure, puis deux des officiers regagnèrent leurs quartiers. Il ne restait que Turgeon, la mine préoccupée, comme devant une décision difficile.

Le silence dura un moment, puis Thomas demanda :

— Tout à l'heure, qu'est-ce qu'il voulait dire ?

Son camarade souleva les sourcils, intrigué.

— Envahir la France.

De nouveau, aucun des deux ne parla pendant de longues secondes.

— Bof ! Après tout, ça ne restera pas secret bien longtemps. Ménard cherche des volontaires pour une expédition en France. J'avais dit oui, ça devait se passer en juillet, mais il faisait mauvais. Là ils parlent de se reprendre en août.

— Il va y avoir une invasion ?

Le rire de Turgeon le mit mal à l'aise, au point qu'il se sentit totalement sot.

— Bien sûr, se moqua l'officier. Les fusiliers vont poursuivre les Allemands jusqu'à Berlin.

Sur un ton plus amène, il continua :

— Juste un coup de main, pour rappeler notre existence aux Boches. Là, les Anglais font quelque chose, les Russes font presque tout. Nous, rien.

Les journaux ne tarissaient pas sur l'héroïsme des Soviétiques, malgré des pertes humaines effroyables. Joseph Staline exigeait de ses alliés un effort militaire à l'ouest de l'Europe.

— Je ne sais pas si je me porterai encore volontaire, conclut Turgeon d'un air taciturne.

Demander pourquoi aurait été manquer de la plus élémentaire délicatesse.

— Ce sera une attaque importante ?

— Environ 6 000 hommes, des navires, des avions. Il faut semer le désordre, tuer le plus de monde possible, puis revenir.

— Seulement des volontaires ?

— Nos chefs sont bien prévenants à notre égard.

De nouveau, Turgeon sombrait dans le sarcasme. Les hommes mêlés à ce raid se montreraient sans doute un peu moins désabusés, mais cela valait-il de risquer sa vie ?

❖

Le centre de la ville de Welwyn se trouvait à un peu plus de deux milles. Pour une femme de bonne constitution, cela ressemblait à une marche de santé. Toutefois, les informations des infirmières se révélaient très justes : le temps était revenu à la normale. Toute la matinée il avait plu des cordes, si bien que le gravier de la route Knightsfield était couvert d'une mince pellicule d'eau. Après quinze minutes, les pieds trempés, Thalie se reprochait d'être sortie.

— Pourquoi ne pas avoir accepté l'offre de Marion ? grommela-t-elle.

L'infirmière lui avait offert d'utiliser sa bicyclette pour se rendre en ville. Afin de ne pas se sentir redevable envers une subalterne, la capitaine avait refusé. Un regard vers le ciel menaçant l'amena à pester encore plus.

De nouveau, les demeures récentes – les premières dataient de 1923 seulement –, les potagers méticuleusement entretenus, les rues larges exercèrent leur séduction. Une agglomération si soigneusement aménagée était rassurante. Tout devait s'y dérouler dans un ordre prévisible, sans mauvaise surprise.

Sa première destination était le bureau de poste, situé près de la gare Howardsgate. Dans la poche intérieure de sa veste, Thalie transportait trois lettres adressées aux personnes à qui elle avait déjà envoyé ses cartes postales, quelques jours plus tôt. Si ses destinataires se mettaient en tête de comparer ses missives, ils constateraient combien elle manquait d'imagination. Les textes s'avéraient à peu près identiques, excepté les premiers et les derniers mots.

Quand elle poussa la porte du petit édifice gouvernemental, ce fut pour se retrouver dans une salle de petite taille, avec deux guichets alignés sur le mur du fond. Sur un autre mur, une grande photo du roi George VI incitait chacun à faire son devoir. Une douzaine de personnes faisaient la queue. Une vieille dame se retourna, déclara en se tassant un peu :

— Passez devant moi, officier.

— Non, merci, madame.

— Allez-y, je peux attendre.

— Moi aussi. Je vous remercie toutefois pour votre grande gentillesse.

Son sourire, plus que les mots, convainquit la dame d'interrompre ses politesses. L'attente fut plutôt longue, car les bureaux de poste servaient aussi de caisse de dépôt. Des travailleurs venaient y encaisser des chèques, d'autres déposer une guinée dans un compte d'épargne.

Cela lui permit de lire tous les encarts accrochés aux murs de ce bureau des postes royales. Certains appelaient les plus jeunes des deux sexes à joindre les rangs de l'armée, de la marine ou de l'aviation. En 1942, les rares personnes qui ne portaient pas encore l'uniforme devaient être dans l'impossibilité physique de le faire. Les plus âgés s'engageaient dans la Home Guard, une armée chargée de combattre une invasion allemande. Ce danger se trouvant écarté, on utilisait ces contingents de grands-papas pour diverses missions d'utilité publique.

D'autres affiches évoquaient le rationnement, différents aspects de l'effort de guerre, les emprunts de la victoire. Quand elle arriva à l'un des guichets, un « Bonjour, capitaine » l'accueillit. L'employé s'occupa de ses lettres et enchaîna :

— J'espère que vous n'avez pas trop de malades ou de blessées à Digswell House.

Sans doute connaissait-on aussi son nom dans tout Welwyn. Depuis jeudi, elle avait croisé trois femmes de ménage, sans compter les fournisseurs venus faire des livraisons. La femme médecin ne devait pas échapper à l'attention publique.

— Heureusement, le chiffre demeure bien petit.

Le guichetier hocha la tête, reçut les pièces de monnaie.

— Vos lettres atteindront vos proches dans une dizaine de jours, capitaine.

Après un « merci », la praticienne se dirigea vers la sortie. Un panneau d'affichage attira son attention. Des clients y avaient piqué de petits cartons. Le premier qu'elle lut portait les mots « Chatons à donner ». Les autres offraient en vente les produits les plus divers, ou alors servaient à demander un objet devenu indisponible à cause de l'effort de guerre.

Trois personnes proposaient des bicyclettes aux consommateurs. L'une donnait l'adresse d'un garage. Une fois dehors, Thalie demanda la direction à des passants et repéra rapidement l'endroit grâce à une pompe à essence qui se dressait près de la rue. Une vieille automobile rouillait lentement à côté du garage et des pneus usés jusqu'à la corde s'entassaient dans un espace boueux. Des bruits métalliques venaient d'un petit atelier. Entrant par la porte laissée ouverte, elle appela :

— Hello, il y a quelqu'un ?

— Ouais, fit une voix venue de sous une Austin toute déglinguée. Qui veut le savoir ?

— Quelqu'un qui cherche une bicyclette.

Un homme au visage couvert de cambouis s'extirpa de sous le véhicule.

— Ah ! Capitaine, vous seriez mieux avec cette magnifique automobile.

— Je ne sais pas conduire.

— Vous êtes sérieuse, là ?

On devait lui avoir fait croire que dans un pays de Cocagne comme le Canada on trouvait une voiture pour chaque habitant. La praticienne fit oui d'un geste de la tête.

— Pour trois shillings, je veux bien vous enseigner. Deux, si vous négociez serré.

Cette fois, la tête fit non. Le bonhomme offrait un sourire à moitié édenté. L'autodérision rendait ses efforts pour se montrer charmant plutôt amusants.

— Bon, dans ce cas je vais vous montrer mes trouvailles.

Le garagiste commença par s'essuyer les mains sur un torchon plus sale encore que sa peau, puis la conduisit derrière son atelier. Quatre vélos se trouvaient appuyés contre le mur de la bâtisse, tellement rouillés que l'on mettait un moment avant d'identifier la couleur du cadre.

— Des produits d'avant-guerre. C'est du solide.

— Vous voulez dire d'avant la Grande Guerre.

— Évidemment ! Ceux fabriqués dans les années 1920 ou 1930, personne ne s'en départirait jamais.

Son ton railleur indiquait qu'il ne fallait guère le prendre au sérieux. Après une pause, il reprit, désireux cette fois de ne pas allonger indûment la conversation.

— Si vous épluchez les petites annonces, vous trouverez peut-être mieux, plus récent, mais certainement pas assez vite pour échapper à l'orage.

Des yeux, l'homme fixait le ciel menaçant. Il avait raison, bientôt la pluie tomberait de nouveau. La présence d'un « bicycle de fille », c'est-à-dire avec la barre supérieure oblique, l'amena à se décider.

— Je peux essayer celui-là ?

— Prenez-le pour aller faire un tour, mais n'oubliez pas de le ramener, ou de le payer.

Thalie prit la bécane par le guidon alors que le garagiste retournait à son travail. Tout de suite, elle constata que la roue avant était déformée. Jamais elle ne remporterait de course sur cette machine, mais au moins elle n'avait pas besoin de se trousser jusqu'en haut des cuisses pour se jucher sur la selle.

Les pneus ne s'écrasèrent pas sous son poids, le guidon faussé permettait tout de même de se diriger assez bien. Finalement, la plus grande difficulté venait de sa propre inexpérience. De toute façon, elle aurait tout le chemin du retour pour réapprendre à se déplacer là-dessus.

— Monsieur, fit Thalie en revenant dans l'atelier, vous en demandez combien ?

— Mettez trois shillings sur la chaise près de la porte, ou remettez la bicyclette à sa place derrière.

Le garagiste ne semblait pas du genre à apprécier la négociation. Elle déposa la somme demandée, puis quitta les lieux. La circulation étant heureusement très limitée, ses zigzags dans la rue ne mirent pas sa vie en danger. On avait évoqué devant elle un magasin à rayons, des passants lui indiquèrent de nouveau le chemin. De construction récente – une plaque près de la porte indiquait l'année d'ouverture : 1939 –, le commerce s'étendait sur tout un pâté de maisons et offrait un stationnement à l'arrière. Thalie appuya son vélo contre une barrière, à côté de ceux qui y étaient déjà rangés. D'un coup d'œil, elle constata que le sien était le plus mal en point. Cela réduisait le risque de se le faire voler.

L'entrée du Welwyn Department Store s'ornait de six grandes colonnes.

— Mathieu serait jaloux, murmura-t-elle en entrant dans l'édifice.

Le commerce de la rue Saint-Joseph avait bénéficié de rénovations quelques années plus tôt, mais celui-là était tout neuf. Cela signifiait un meilleur éclairage, à la fois naturel et artificiel, des allées plus larges, de l'équipement plus moderne. Toutefois, l'endroit se distinguait aussi par la rareté de la marchandise : on n'y trouvait aucune bicyclette, à peu près aucune laveuse, aucun appareil de cuisson.

Comme pour s'excuser, les propriétaires multipliaient les affiches appuyant l'effort de guerre. Les vêtements, les chaussures s'avéraient rares aussi. Près des étals, de petites affichettes demandaient : « Avez-vous pensé à apporter vos tickets de rationnement ? » Thalie en possédait bien quelques-uns, obtenus de ses collègues. Les autorités canadiennes ne se montraient pas trop avares à ce sujet, elles les leur remettraient à la première occasion.

Tout de même, ce jour-là, Thalie se limiterait à un seul achat : un imperméable en forme de poncho, fabriqué dans un rectangle de coton égyptien enduit de cire. Comme la pluie battait maintenant les fenêtres du grand magasin, le moment de l'étrenner viendrait tout de suite. De couleur kaki, il ne déparerait pas le reste de ses vêtements.

❖

Après une nuit sans sommeil, Thomas junior envisagea la seconde journée d'entraînement avec dégoût. Heureusement, les marches interminables faisaient relâche au profit des exercices de tir, qui demandaient un moins grand effort physique.

En fin d'après-midi, le lieutenant arriva à se ménager un rendez-vous avec le lieutenant-colonel Ménard. Il le retrouva dans un grand édifice de brique réservé aux officiers supérieurs, érigé au tout début du siècle. Un caporal l'autorisa à entrer dans le bureau. Après les saluts échangés, de son siège le jeune homme examina la petite pièce. Deux poignards au manche fait d'une longue lanière de cuir enroulée bien serrée sur une tige de fer trônaient sur le pupitre. Les lames avaient été grossièrement forgées. Au mur, un mousquet aux gravures exotiques pendait.

— Juste avant la guerre, j'ai été affecté en Inde. Ce sont des souvenirs.

Le visiteur hocha la tête. Tout le monde connaissait les états de service de l'officier supérieur. De nouveau, il apprécia la stature de son vis-à-vis.

— Lieutenant-colonel, j'ai entendu parler d'un projet de raid contre la France.

— Où ça ?

Ménard affichait maintenant une grande sévérité. Pour avoir la moindre chance de réussir, une telle attaque devait demeurer secrète. Autrement, les Allemands concentreraient leurs forces sur le point de débarquement.

— Je ne sais pas, une conversation, une rumeur.

Devant un ordre formel de se montrer plus précis, jamais Thomas n'aurait pu se dérober. Turgeon se trouverait dans de mauvais draps pour son indiscrétion.

— Je veux me porter volontaire, dit-il avec empressement.

Son supérieur le regarda un long moment, puis demanda :

— Picard ? Ça fait moins de quarante-huit heures que vous êtes là, n'est-ce pas ?

Cela ressemblait à un reproche.

— Donc, je ne suis pas encore blasé.

Si le jeune homme arrivait à présenter une certaine assurance, son cœur battait la chamade. Heureusement que les usages militaires ne favorisaient pas les poignées de main, car ses paumes étaient on ne peut plus moites.

— Quand vous êtes-vous engagé ?

— L'automne dernier.

Ni son grand-père ni sa mère ne l'avaient su. Alors qu'il évoquait son année de cléricature devant eux, ses semaines se passaient à marcher au pas et à apprendre le combat corps à corps.

— Vous ne croyez pas manquer de préparation ? J'ai ici des officiers qui s'entraînent depuis deux ans.

— Parmi eux, certains ont sans doute reçu une préparation pour le projet de juillet.

Le lieutenant-colonel hocha la tête. Finalement, rien n'était resté secret du coup de main prévu.

— Je n'ai participé à rien de cela, mais je crois pouvoir me rendre utile lors de cette attaque. J'ai proposé de bonne foi mes services, vous en jugerez. Je vous remercie de m'avoir reçu.

— Je penserai à tout ça, dit Ménard en se levant en même temps que son subalterne.

Très certainement, le lieutenant-colonel prendrait des informations auprès de ses supérieurs des derniers mois. Ils se quittèrent sur des saluts bien formels.

❖

Si la solde de capitaine ne se comparait pas aux honoraires reçus à Québec, le travail s'avérait aussi bien plus léger. La douzaine de patientes étaient peu exigeantes. Après tout, une maison de convalescence ne recevait que des personnes bien engagées sur la voie de la guérison. Si jamais la condition d'une résidante se détériorait, la directrice la renverrait à l'hôpital, tout simplement.

Thalie tirait un autre avantage de la situation en menant une vie de châtelaine. Dans ses temps libres, elle marchait dans le parc, se réfugiait dans la grande serre située à gauche du corps du bâtiment principal. Cinquante ans plus tôt, la maîtresse de la maison devait y cultiver toutes les plantes ornementales exigées par les événements de la vie familiale, petits et grands. De ce temps, il ne restait plus que des pots vides, des outils rouillés et une extraordinaire abondance de toiles d'araignée. Une vieille chaise longue en rotin lui permettait de s'y réfugier parfois pour lire un peu à l'abri des averses.

Du côté opposé, une longue section de l'édifice était fermée. De lourdes chaînes et de gros cadenas l'empêchaient d'y jeter un coup d'œil. De toute façon, l'espace disponible suffisait complètement à la mission de l'établissement.

Sa nouvelle existence se révélait particulièrement satisfaisante en soirée. Si une infirmière, ou elle-même certains jours, demeurait au rez-de-chaussée pour répondre aux besoins des malades, les autres se réunissaient dans une chambre transformée en salon pour leur usage exclusif. Même à la fin de juillet, un feu de charbon brûlait dans la cheminée afin de faire baisser le niveau d'humidité. Sans cesse une radio distillait de la musique, ou alors des nouvelles. Quand commençaient les informations de la British Broadcasting Corporation, l'une ou l'autre des infirmières lançait d'une voix ironique, assez fort pour couvrir le son de l'appareil :

— Les vaillantes troupes de l'Empire ont chassé les Allemands de l'Asie et les Japonais de l'Europe… Ou alors il s'agit du contraire.

Évidemment, les exigences de la censure militaire rendaient tous les renseignements sur les opérations bien douteux. Certains soirs, pour contrebalancer ce discours, les jeunes femmes cherchaient la station émettrice Reichssender de Hambourg, pour entendre Lord Haw-Haw, un homme né aux États-Unis nommé William Joyce. Son émission commençait par les mots « *Germany Calling, Germany Calling* ».

Dès que la voix nasillarde emplissait le salon, une autre jeune femme se gaussait :

— Les vaillantes troupes allemandes ont chassé les Britanniques, les Américains et tous les autres d'Europe. Elles ont eu beau chercher, elles n'ont trouvé aucun soldat canadien sur le continent.

Les premiers soldats canadiens stationnés en Grande-Bretagne attendaient de voir l'action depuis presque trois ans. Leur implication en France ou en Norvège ne s'était pas concrétisée. On en trouvait certains en Afrique du Nord. En conséquence, l'interminable attente minait le moral des troupes massées à Aldershot.

Comme il était bien peu patriotique d'écouter Lord Haw-Haw, les infirmières jetaient des regards un peu inquiets en direction de leur officier supérieur. Thalie n'entendait pas jouer au censeur. De toute façon, ce samedi-là la propagande nazie destinée aux Britanniques ne les intéressa que quelques minutes.

— Capitaine, souhaitez-vous entendre de la musique ? demanda Mildred.

— Ça me semblerait plus agréable que les sottises de ce type.

La jeune femme tourna le gros bouton jusqu'au moment où elle entendit du jazz. En se relevant, elle demanda encore :

— Nous pouvons faire ça ici ? Dans nos chambres la lumière n'est pas trop bonne.

— Nous sommes entre nous, non ?

Mildred prit cela comme une permission. Après avoir tiré sur le ruban d'une clochette située dans les cuisines pour signaler à Daisy de monter, elle passa dans sa chambre un moment, sa collègue dans la sienne. Pendant leur absence, la fille de cuisine frappa à la porte, ouvrit pour demander :

— Vous avez besoin de quelque chose, madame ?

— Non merci, Daisy. Nous sommes samedi soir, les filles sont allées s'habiller pour sortir en ville et elles aimeraient bénéficier de vos talents de dessinatrice pour compléter leur tenue. En attendant, vous pouvez vous asseoir.

La jeune fille n'avait pas plus de dix-sept ans. Ses yeux se posèrent sur le siège le plus près, puis sur le devant de son uniforme, comme pour y chercher une saleté. Satisfaite de son examen, elle prit place sur le fauteuil le moins confortable.

— Daisy, vous vous plaisez ici ? demanda Thalie.

La bonne se troubla un peu, puis murmura, les yeux posés sur le tapis :

— Oui, madame.

« La pauvre, que peut-elle dire d'autre ? » Même si le ton de la cuisinière était plutôt rugueux – cela semblait être une exigence, dans ce métier –, elle la traitait bien, et surtout la nourriture ne manquait pas. Avec un peu de chance, un fils de fermier lui proposerait le mariage à la fin de la guerre.

Les deux infirmières revinrent dans la pièce cette fois vêtues en civil, tenant leur robe troussée à mi-cuisse.

— C'est encore tout humide, dit Dorothy, mais dans un moment, ce sera sec.

La jeune femme esquissa un pas de danse, comme pour faire circuler l'air sur ses jambes. La lumière électrique permettait de voir la teinte couleur tabac. Comme les bas de soie s'avéraient introuvables et que toute la production de nylon allait à la fabrication des parachutes, un peu de teinture badigeonnée sur la peau devait en faire office. La publicité parlait de *silk in a bottle*.

— Bon, je suppose que là, ça y est.

L'infirmière monta sur une chaise, Daisy quitta la sienne pour accepter un crayon gras de la part de Mildred. La bonne s'agenouilla derrière l'infirmière, posa la pointe du crayon cinq ou six pouces au-dessus du pli du genou et traça une ligne bien droite jusqu'à l'arrière du talon. Elle recommença l'opération sur l'autre jambe.

— Vraiment, dit Dorothy en se penchant un peu de travers pour voir son mollet, personne ne dessine une couture aussi droite que toi.

Les bas montraient tous cette couture à l'arrière. En réalité, en soirée cette ligne seule aurait pu créer l'illusion, sans la teinture. Mildred eut son tour, Daisy reçut une tablette de chocolat pour sa peine, dont bénéficieraient ses frères et sœurs le lendemain.

— Docteure Picard, passez une bonne soirée, dit Dorothy au moment d'ouvrir la porte.

Sa collègue répéta exactement les mêmes mots, puis elle disparut à son tour.

— Vous n'avez besoin de rien, madame ?

Daisy se tenait debout au milieu de la pièce, les yeux baissés.

— Non, merci. Vous pouvez faire comme bon vous semble jusqu'à demain.

Pareille liberté paraissait tout à fait superflue à la domestique. Elle retourna dans sa cuisine. Pendant deux heures, Thalie continua d'écouter la radio en parcourant un livre prélevé dans la petite bibliothèque de sa chambre. Son prédécesseur aimait apparemment les romans d'Agatha Christie, mais il n'avait pas dû juger utile de les emporter dans son nouveau lieu d'affectation.

Chapitre 15

Afin de répartir équitablement les jours de congé, chacune des employées du service de santé profitait d'un samedi sur deux, avec chaque fois une compagne différente. Thalie devinait que cette dernière précaution servait à éviter à la même personne de se trouver toujours collée à elle. Après tout, personne n'aimait passer sa soirée avec sa patronne.

Ce privilège, ou cette corvée, incombait ce soir-là à Marion Poirier. La lieutenant ne paraissait pas attristée par cette perspective. Un peu après souper, elle se présenta dans le salon vêtue d'une petite robe à fleurs, visiblement heureuse de quitter son uniforme et de s'éloigner un peu de la maison de convalescence.

— Vous ne viendrez tout de même pas en ville dans cette tenue, capitaine.

Évidemment, si la pauvre espérait se faire conter fleurette, la présence d'un officier à ses côtés découragerait les cavaliers les plus audacieux.

— Je passe ma robe, et je suis prête.

— Vos jambes…

— Aucune teinture pour moi. Faire semblant d'avoir des bas pendant trois heures ne vaut pas de se frotter pendant une durée équivalente ensuite pour tout faire partir.

Son vêtement civil faisait un peu trop chic pour cette expédition, mais au moins elle trouvait une occasion de le mettre. Daisy s'était assurée d'en effacer tous les plis avec son fer à repasser. Quelques minutes plus tard, toutes les deux roulaient dans la belle allée bordée d'arbres conduisant au chemin public. À chaque coup sur le pédalier, le contact de la roue avant faussée contre la fourche produisait toujours le même bruit : schusss. Les efforts de Thalie pour la redresser n'avaient rien donné.

— Capitaine, la prochaine fois que vous achèterez quelque chose, dit Marion, laissez-moi vous accompagner. Cela vous permettra de faire des économies. Trois shillings pour cette épave, c'est de l'abus.

Toutes les deux roulaient à la même vitesse. Il ne pleuvait pas, mais le ciel demeurait couvert. Le soleil se coucherait après neuf heures, cependant personne n'en verrait rien. Dans ces circonstances, chacune s'encombrait d'un sac en bandoulière contenant un imperméable.

Au moment où elles s'engageaient sur la route Knightsfield, la capitaine déclara :

— Vous savez, avec cette robe sur le dos, autant laisser tomber le "capitaine" et le "lieutenant". Cela d'autant plus que déjà nous ne nous encombrons pas de ça à Digswell House.

Dans le manoir, leurs rapports rappelaient plus la hiérarchie d'un hôpital que la discipline de l'armée. La plupart du temps, elles oubliaient les grades et les saluts pour n'utiliser que les titres de « docteure » et d'« infirmière ».

— Puis le vouvoiement me donne l'impression d'être une vieille tante.

Marion eut un rire bref. Sans doute le souvenir d'une parente un peu ridicule lui revenait-il en mémoire.

— Je veux bien, mais je risque de me tromper devant les autres, ensuite.

— Tu feras ton possible.

La situation serait amusante si elle se trompait, pas catas-trophique. De toute façon, devant les autres, Marion s'en tenait toujours à l'anglais. Le «*you*» éviterait les impairs. Après quelques verges, Thalie demanda :

— Comment se fait-il que tu passes si aisément d'une langue à l'autre ?

— Le français est ma langue paternelle, l'anglais ma langue maternelle.

Après un moment de silence, elle ajouta :

— Maman est irlandaise. Elle n'a pas du tout aimé me voir m'engager pour venir en Angleterre.

— La mienne est canadienne-française, et elle me boude encore. Je n'ai reçu aucune lettre de sa part depuis mon arrivée ici.

— Ça fait quoi ? Moins d'un mois, je pense. Puis les lettres ne se rendent pas toujours.

Bien sûr, chaque convoi devait affronter les meutes de sous-marins.

— Il y en a sans doute une en route, ajouta Marion.

— Tu es gentille, tu sais.

Elles ne mirent pas plus de vingt minutes pour couvrir la distance jusqu'à la ville. Comme l'infirmière connaissait Welwyn, elles se retrouvèrent devant la porte du cinéma suffisamment longtemps à l'avance pour marcher un peu dans les rues avoisinantes.

— Tu vois toutes ces femmes seules, un samedi soir ?

Pour la première fois, elle se risquait à l'usage du «tu».

— Tellement d'Anglais sont en uniforme, maintenant, répondit sa supérieure.

— Et comme la ville ne compte ni base militaire, ni industrie de guerre, il ne reste que les éclopés et les petits vieux.

Un garçon d'une vingtaine d'années affligé d'un pied bot passa sous leurs yeux, comme pour lui donner raison.

— Tu imagines les filles résidant à Aldershot ? continua Marion. Elles ont des milliers de soldats canadiens à se mettre sous la dent.

Sa propre formulation lui tira un rire amusé. Même si les militaires n'avaient pas la liberté de sortir tous les soirs, dans tous les établissements publics on devait en trouver cinq ou six pour chaque jeune femme.

— Welwyn ne possède aucune usine ? demanda Thalie.

— Il y en a bien une, mais sans lien avec l'effort de guerre.

— On y fabrique quoi ?

De nouveau, Marion eut un ricanement bref.

— Tu connais les céréales vendues par Nabisco ?

— … Les *Shredded Wheat* ?

— Bingo ! Voilà la seule production de notre belle cité jardin. La plus haute construction est leur silo.

Au gré de leur promenade, elles s'arrêtaient parfois devant une vitrine, toujours pour commenter les effets du rationnement sur la quantité et la diversité de la marchandise. Machinalement, Marion prit le bras de Thalie. Un moment, celle-ci se crut revenue à ses années d'études, quand elle se promenait dans les rues avec une compagne. Elles passèrent devant une auberge pittoresque, avec de grandes cheminées, des lucarnes et un toit de tuiles fortement incliné.

— Il s'agit de l'Applecroft Hostel, expliqua Marion. Depuis le début de la guerre, on y loge des réfugiés juifs. Ils viennent d'Allemagne, d'Autriche, de la Tchécoslovaquie. Je me demande si tout ce qu'on raconte sur leur sort là-bas est vrai. Ça donne froid dans le dos.

— Je ne sais pas. Ces histoires de grandes tueries me paraissent inimaginables.

— Parfois, votre prédécesseur était appelé là pour soigner un malade. Il ne demandait jamais un penny pour la consultation. Ces gens sont économes, à ce qu'on dit.

Au Québec comme ailleurs, on prêtait aux Juifs un si grand talent pour les affaires que leurs succès devenaient toujours suspects.

— À ce qu'on dit, oui.

L'information sur l'absence d'honoraires rendit le capitaine Lennox sympathique à la praticienne. Généreux et amateur de romans policiers : elle regrettait presque de ne pas l'avoir croisé. Vers huit heures trente, les deux femmes revinrent devant le cinéma. L'endroit servait autant à la présentation de films qu'à celle de pièces de théâtre interprétées par des troupes locales.

Une fois assise, Thalie écouta les conversations tout autour. Des femmes évoquaient une absence, celle d'un fils, d'un époux ou d'un amoureux. Cette situation créait une curieuse ambiance, mélancolique à souhait. Bientôt, les lumières s'éteignirent. Un court film devait d'abord galvaniser toutes les âmes. *Listen to Britain* décrivait une journée sous le Blitz, un exercice de propagande sirupeux destiné à convaincre tous les Britanniques de leur propre héroïsme.

La praticienne apprécia le changement de ton du programme principal : *Banana Ridge*. Rire aux éclats fit sans doute du bien à tous les spectateurs. La grande majorité des productions parlaient du conflit, celle-là racontait l'histoire de deux hommes ayant chacun de bonnes raisons de croire être le père d'un jeune garçon.

Surtout, Thalie reconnut de nombreux endroits de la ville, peut-être même le cinéma où elle se trouvait. Quand les lumières éclairèrent de nouveau la salle, en se levant elle demanda à sa compagne :

— Je me fais des illusions, ou ce film a été tourné ici ?

— Je me demandais si tu le remarquerais. Tous les extérieurs ont été réalisés dans les environs, et les scènes intérieures au Welwyn Studio, situé à deux pas d'ici.

Au moment de mettre le pied dehors, la praticienne eut une nouvelle surprise. Bien sûr, à Digswell House, on respectait les règles du *black-out* : de lourdes toiles masquaient les fenêtres avant même que les habitants n'allument les lampes. Dans une ville, cette noirceur absolue était oppressante. Tous les édifices devenaient des masses noires. Avec un peu d'imagination, on s'attendait à voir des ennemis surgir des coins d'ombre. Les deux femmes récupérèrent leurs bicyclettes pour marcher en les tenant par le guidon.

— … Tu viens prendre une bière avec moi ? demanda Marion après une hésitation.

— Pourquoi pas.

Thalie n'en ressentait aucune envie, mais l'idée de priver sa compagne de cette occasion lui parut trop égoïste. Elle se laissa guider dans une rue un peu à l'écart. À une trentaine de verges, un rectangle de lumière apparut brièvement, le temps d'ouvrir et de refermer une porte. Le bruit de la musique leur parvint. Un moment plus tard, elles entraient à leur tour dans une salle enfumée.

❖

La praticienne pénétrait dans un *public house*, ou *pub*, pour la première fois. Celui qu'elle découvrait était très représentatif des établissements de quartier. Des clients se tenaient accoudés à un comptoir de chêne, derrière lequel un gros homme actionnait les pompes dotées de manches de porcelaine. Dans un coin, d'autres consommateurs commentaient bruyamment la performance des joueurs de fléchettes. Autour des tables, les conversations allaient bon train.

Surtout, comme au cinéma, les femmes étaient nettement plus nombreuses.

— Il y a une place là, lui dit Marion assez fort pour couvrir les voix et la musique à la radio.

Une table dans un coin demeurait déserte, sans doute à cause du vacarme ambiant.

— Tu aimes la bière anglaise?

Thalie secoua la tête de gauche à droite pour signifier son ignorance. Marion prit sur elle d'aller chercher deux pintes de *lager*. De sa chaise, la praticienne vit un homme jeune, d'une maigreur de phtisique, entamer une conversation avec l'infirmière. L'accueil se révéla poli, mais tout de même peu susceptible d'encourager le séducteur. Il ne se laissa pas abattre, son attention se porta sur une autre jeune femme, peut-être une employée de Nabisco, ou une secrétaire des Welwyn Studios. Pour lui, le défi demeurait de se marier avant la fin de la guerre. Maintenant, aucune concurrence sérieuse ne risquait de lui prendre l'élue de son cœur, mais le retour des soldats lui gâcherait l'existence.

Un autre client, pas plus séduisant, s'approcha de l'infirmière. Marion jeta un regard vers sa patronne, puis engagea une conversation. Tout de suite Thalie comprit pourquoi. Un homme chauve, un peu ventripotent, se pencha vers elle.

— Vous me permettez de m'asseoir?

La voix la fit sursauter. Elle reconnut un membre de la Home Guard, cette armée composée de réservistes refusés par toutes les organisations combattantes, même les moins exigeantes sur les performances physiques.

— J'attends mon amie, là.

Des yeux, elle désignait sa compagne. L'homme prit cela pour une réponse positive, car il occupa la chaise vacante.

— Vous devez être infirmière aussi.

Comme elle aurait paru prétentieuse de rétorquer « Non, je suis médecin », elle hocha la tête. Marion ne devait pas être inconnue en ces lieux, ou alors c'était l'accent de Thalie qui conduisait à penser qu'elle travaillait à Digswell House. Seule la maison de convalescence embauchait des Canadiennes.

— J'enseigne l'histoire au collège, ici dans la ville. Je m'appelle Jim.

Elle accepta la main tendue, murmura « *Thalia* ». Son interlocuteur s'exprimait bien, il devait avoir entre cinquante et soixante ans. « Pas si vieux pour moi… », se dit la praticienne. Puis elle se trouva ridicule. Sa conversation avec Béatrice lui revint en mémoire. Finalement, des escadrons masculins ne venaient pas vers elle pour lui faire la cour, et cet homme n'était certes pas plus intéressant que ceux rencontrés à Québec.

— Habitez-vous à Welwyn depuis longtemps ?

Près du comptoir, Marion lui adressa un sourire que Thalie trouva ironique, puis reporta son attention sur le garçon un peu voûté lui faisant la cour.

— Il y aura un mois cette semaine, reconnut-elle enfin.

Puis elle enchaîna avec une phrase complète :

— Je travaille à Digswell House.

— Je sais. Vous êtes canadienne-française ?

Un professeur d'histoire devait connaître tous les peuples de l'Empire britannique.

— Me voilà déçue. Je croyais que mon anglais était sans faille.

— Il l'est. Je discerne à peine une petite pointe d'accent français, le tout est très élégant.

Éduqué, poli, charmant. Non seulement sa main ne portait aucune alliance, mais elle ne distinguait pas la ligne plus pâle indiquant qu'il l'avait fait disparaître dans sa poche avant d'entrer dans ce lieu public.

— Voulez-vous que j'aille vous chercher à boire ?

— Marion tient mon verre à la main. Peut-être daignera-t-elle me l'apporter bientôt.

Un porc-épic, disait Mathieu. Loin d'accepter son offre, elle trahissait son impatience de voir son amie l'abandonner ainsi. L'infirmière lui laissait l'occasion de commencer un brin de conversation : une délicate attention médiocrement appréciée. Son interlocuteur ne s'y trompa guère.

— Je ne doute pas qu'elle revienne bien vite, fit-il d'une voix juste un peu plus froide. Je vais lui rendre sa chaise.

Sur les derniers mots, le professeur se leva. Il prononça encore :

— Bonne fin de soirée, *Thalia*.

— Bonne fin de soirée…

Déjà, elle avait oublié son prénom. L'homme marcha vers le bar, échangea un salut de la tête avec Marion, posa son verre et sortit. Comme il l'avait prédit, l'infirmière retrouva tout de suite sa place.

— Seigneur, il ne te faut pas longtemps pour chasser un admirateur.

— Je n'ai pas vraiment la tête à ça.

— De mon côté, continua Marion comme si elle n'avait rien entendu, je me ferais plus accueillante. Si Jim avait vingt ans de moins, je lui réserverais mon plus beau sourire.

« Mon Dieu, songea Thalie, elle m'avait ménagé cette rencontre. » Cela se pouvait-il ? Tous les deux se connaissaient déjà, l'hypothèse s'avérait plausible.

— Tu sais, Marion, je devrais rentrer tout de suite. Avec ma mine renfrognée, je vais chasser tous tes prétendants potentiels.

— Comme je n'en vois aucun, cela ne changera pas grand-chose.

Pour se donner une contenance, Thalie porta le grand verre à sa bouche et grimaça à cause de l'amertume de la bière. Remarquant sa réaction, sa compagne commenta :

— Heureusement que je ne t'ai pas apporté une *bitter*. Le goût est encore plus prononcé.

Des yeux, elle lui désigna les verres de bière brune sur la table voisine.

— Si la guerre dure assez longtemps, je m'habituerai, je suppose.

Une nouvelle pièce musicale vint de la radio. Une femme cria :

— Monte le son, c'est Vera Lynn.

La personne interpellée obtempéra et la voix riche mit fin à toutes les conversations. Surtout, chacun entonna avec la chanteuse :

We'll meet again,
Don't know where, don't know when,
But I know we'll meet again, some sunny day.
Keep smiling through,
Just like you always do,
Till the blue skies drive the dark clouds, far away.

— Allons-nous-en, dit l'infirmière en posant son verre sur la table.

— Non, moi je vais partir. Profite de ta soirée.

— Cette chanson, je ne la supporte plus. Partons.

Quand elles retrouvèrent les bicyclettes appuyées contre un mur, une question brûlait les lèvres de Thalie : « As-tu quelqu'un que tu rêves de rencontrer de nouveau, un jour ensoleillé ? » Pour cette jolie fille, cela s'avérait possible, sinon probable. Sur la route Knightsfield, le bruit d'une voiture se fit entendre, puis deux minces traits de lumière apparurent. Toutes les deux s'arrêtèrent sur le bord du chemin pour la laisser passer.

— Avec les phares masqués comme ça, remarqua la capitaine, ce conducteur va provoquer un accident.

— C'est à cause du *black-out*. On met du ruban gommé sur les phares, en laissant une fente large comme un doigt dans la partie inférieure. On ne signale aucune catastrophe routière. Si tu veux mon avis, la consommation de bière représente un plus grand danger.

Quand Marion se tut, Thalie perçut un nouveau grondement plus sourd, plus lointain.

— En voici une autre. Ou plusieurs autres.

— Non, dit sa compagne en levant les yeux. Ça vient du ciel.

Le grondement gagnait en intensité, au point de devenir assourdissant. Pendant quelques minutes, elles demeurèrent immobiles, la tête rejetée vers l'arrière, sans rien distinguer toutefois dans cette nuit d'encre.

Le vacarme diminua lentement, bientôt la conversation redevint possible.

— Une autre nuit aux mille avions, souffla Marion.

— Tu veux dire que…

— Depuis cette année, on envoie régulièrement mille bombardiers à la fois au-dessus d'une ville allemande, pour l'écraser. Tu imagines l'enfer de flammes ?

L'infirmière paraissait sincèrement émue, Thalie ne savait comment réagir.

— Les bombes n'atteignent pas que des bases militaires ou des usines d'armement, continua la lieutenant. Dans trois ou quatre heures, des femmes et des enfants vont brûler vifs.

Les émissions d'information de la BBC évoquaient ces raids, sans jamais formuler de commentaires sur les victimes collatérales, ou si rarement. La guerre totale, c'était cela. Les victimes civiles se comptaient par dizaines de milliers, par millions s'il fallait prêter foi aux informations sur les événements en Pologne, en Ukraine et en Union soviétique.

Les deux femmes reçurent les premières gouttes d'eau. Chacune enfila l'imperméable porté en bandoulière depuis le début de la soirée. Très vite, l'averse s'abattit en trombes. Elles appuyèrent de toutes leurs forces sur les pédaliers. Cette fois, la fin du trajet ne leur prit que quelques minutes. Quand elles pénétrèrent dans le grand hall de Digswell House, Mildred, de faction dans la salle des malades, vint les rejoindre.

— Vous rentrez tôt.

— *We'll meet again*, chanta Marion en se débarrassant de son imperméable.

Sa collègue devait partager son dédain pour cette chanson, car elle acquiesça d'un geste de la tête, compréhensive. L'infirmière se dirigea vers le grand escalier tout en disant :

— Bonne nuit, Mildred ; bonne nuit, capitaine Picard.

Quand elle fut hors de portée de voix, Thalie s'informa :

— Est-ce que l'état d'une de nos malades s'est détérioré ?

— À en juger par les ronflements, pas du tout.

L'infirmière marqua une pause, puis demanda :

— Vous avez entendu les avions ?

— Impossible de les manquer. Tous les mille, je pense.

Mildred hocha la tête, attristée. Aucune soignante n'oubliait l'existence des victimes, qu'elles parlent anglais ou non.

Jacques Létourneau en était à sa sixième mission, à la seconde comme escorte de bombardiers dans les expéditions regroupant un millier d'appareils. Voler à côté de cette multitude le rendait terriblement nerveux. Heureusement, une fois au-dessus du couvert de nuages, une clarté relative permettait de les entrevoir.

Il pilotait un Spitfire, capable de rivaliser avec les meilleurs avions ennemis. Le réel danger commençait au-dessus de la France. Les Allemands y occupaient plusieurs aéroports, tous leurs appareils s'envoleraient afin de détruire le plus grand nombre de bombardiers. Avec quelques dizaines de collègues, il lui fallait les en empêcher.

Comme il devait s'y attendre, il aperçut de petites flammes sur sa droite. «On dirait des lucioles», songea le jeune homme. Les armes lourdes des appareils créaient ces petits éclairs de lumière. D'autres apparurent, comme un essaim. Inclinant son aile, il glissa vers elles. Des Messerschmitt faisaient feu en direction de l'escadrille, son rôle était de les intercepter.

Son affectation lui convenait très bien. Seul aux commandes, son masque sur le visage pour lui permettre de respirer en altitude, une veste doublée de mouton sur le dos pour ne pas mourir de froid, assourdi par le moteur Rolls Royce tournant à trois pieds de lui, sa guerre se passait en face-à-face, ou presque. Pas de boue, pas de longues marches, pas de tir au jugé vers un ennemi invisible. Jacques plongea en direction de l'un des attaquants, ouvrit le feu quand l'appareil se trouva dans son viseur. Les huit mitrailleuses de calibre 303 crépitèrent ensemble, pourtant inaudibles dans le vacarme de sa mécanique.

Son adversaire tenta de se dégager en plongeant. Trop tard. Les balles touchèrent son avion, il descendit comme une feuille et éclata dans une gerbe de feu au moment de toucher le sol. Le pilote n'avait pas le temps de se réjouir de cette victoire facile, ni de se désoler de la mort d'un adversaire. Quelqu'un cherchait à lui rendre la monnaie de sa pièce. Au lieu d'essayer de s'échapper en perdant de l'altitude, il tira sur le manche pour monter. Les étoiles scintillèrent un instant tout là-haut, puis il s'inclina vers la gauche.

Le ballet mortel se poursuivit quelques minutes, puis une boule de feu éclaira la nuit quand un bombardier explosa avec toute sa cargaison. Les Messerschmitt se dispersèrent finalement sous la puissance du feu des Spitfire. Une petite heure plus tard, les chasseurs d'escorte se dégagèrent sur l'ordre du commandant d'escadrille. Les réserves d'essence ne permettaient pas à ces petits appareils de s'aventurer plus loin. Les Lancaster continueraient seuls vers Francfort.

❖

Marie était restée en colère pendant deux ou trois jours après le départ de sa fille. Quelle abominable enfant pour ne pas se montrer plus obéissante, pire, pour souhaiter mettre un océan entre elles. Ensuite, pendant la même durée elle se sentit honteuse d'être une mauvaise mère, incapable de laisser ses enfants vivre leur vie.

La seconde semaine de juillet, elle avait retrouvé une attitude plus saine. Toutefois, la douleur de la séparation et la peur de savoir Thalie exposée au danger ne la quittaient pas. Au moins, elle avait appris qu'aucun transport de troupes n'avait coulé à la suite d'une attaque depuis son départ. L'idée que dans son convoi des cargos n'avaient pas eu la même chance la rendait bien triste pour tous ces marins tués en faisant leur travail.

Le 19 juillet, la femme montait dans la voiture de son fils pour regagner le magasin PICARD. Des explications un peu vives entre eux avaient été nécessaires avant le retour à des rapports plus harmonieux. Comme au moment de l'enrôlement de Mathieu de nombreuses années plus tôt, le travail empêchait Marie de trop penser. Tout le monde dans la province occupait un emploi maintenant, les clientes se multipliaient pour trouver des rayons bien dégarnis.

De son côté, Paul Dubuc menait une vie confinant à l'ennui. Seul avec la domestique toute la journée, il parcourait les journaux, marchait longuement les jours de beau temps, passait de longs moments au téléphone avec ses filles ou d'anciens collègues.

Tous les jours, en descendant pour sa promenade quotidienne, sa canne de bambou à la main, il jetait un œil dans la boîte destinée à recevoir le courrier. En plus de la facture de la Québec Power, il trouva une carte postale montrant une photographie de la gare centrale de Glasgow. Le sourire aux lèvres, le vieil homme changea ses projets. Sa voiture était garée derrière la maison. Le trajet vers la Basse-Ville lui fit courir quelques risques de froisser des tôles tellement l'excitation rendait ses mouvements trop vifs.

Quand il s'avança dans le rayon des vêtements pour femmes, le souffle manqua à Marie. Il venait la rejoindre pour la première fois au magasin, cela annonçait une mauvaise nouvelle. Puis elle distingua son sourire, le morceau de carton qu'il secouait au-dessus de sa tête.

— Thalie? lança-t-il en s'approchant du comptoir.

La marchande prit la carte postale avec des doigts tremblants, les larmes embrouillèrent sa vue.

— Lis-la-moi.

Paul aurait pu la réciter de mémoire, mais il en fit la lecture afin de ne commettre aucune erreur:

Maman,

Je suis bien arrivée après un voyage sans histoire. Je me présenterai demain aux autorités pour recevoir mon affectation. J'écrirai plus longuement bientôt,

Thalie

Marie s'appuyait sur le comptoir, comme pour éviter de s'effondrer sous l'émotion. Elle ferma les yeux un moment, puis les ouvrit bientôt pour dire à l'une de ses employées :

— Vous allez me remplacer, je dois monter pour mettre Mathieu au courant.

— Je suis très heureuse pour vous, madame Dubuc.

Bien sûr, une demi-douzaine de personnes avaient tendu l'oreille, dans dix minutes tous les employés du commerce connaîtraient l'heureuse nouvelle. Quand le couple arriva devant l'ascenseur, la porte de laiton ne s'ouvrit pas tout de suite. Aussi la femme déclara en tournant les talons :

— Je prends les escaliers.

Paul Dubuc ne bougea pas d'un pouce, constatant une nouvelle fois que son épouse jouissait d'une meilleure forme physique que lui. La cabine s'ouvrit trois ou quatre minutes plus tard, il monta avec quelques clientes, s'arrêta à chacun des étages jusqu'au sixième. Dans les bureaux administratifs, il trouva Marie pleurant dans les bras de Flavie, et Mathieu avec la carte dans les mains.

— Enfin ! disait le directeur. Aujourd'hui, elle se trouve au travail depuis une dizaine de jours.

Sa mère se ressaisit un peu, assez pour commenter :

— Je veux lui écrire, mais elle ne donne aucune adresse.

Elle désirait exprimer ses regrets pour son attitude des dernières semaines, et formuler des souhaits plus sereins de bonne chance.

— Je suppose que tu pourrais envoyer une enveloppe aux soins du quartier général de l'armée à Londres, mais combien de temps mettra-t-elle ensuite pour se rendre à destination ? Peut-être que dans quelques jours nous saurons où elle se trouve.

La directrice du rayon des vêtements pour femmes n'hésita pas une seconde.

— Je rentre à la maison avec Paul, je veux lui écrire tout de suite, quitte à garder ensuite la lettre sur ma table pendant une semaine.

Un peu plus tard dans la journée, Laura téléphonerait à Flavie pour lui lire une carte postale identique à la première. En soirée, les Picard apprendraient que Fernand avait reçu la troisième. Parties ensemble de la gare centrale de Glasgow, elles arrivaient ensemble à Québec.

❖

À la fin, le lieutenant-colonel Dollard Ménard avait accepté la proposition de Thomas Picard. Sous son commandement, six cents fusiliers Mont-Royal passèrent discrètement sur l'île de Wight. Le jeune lieutenant comptait parmi eux. Les officiers d'un grade modeste et les hommes de troupe ne savaient guère combien de temps durerait leur séjour. Toutefois, une rumeur évoquait une période d'un mois. D'où venait-elle ? Peut-être de l'estimation des réserves alimentaires de la part d'un cuisinier doté d'un bon sens de déduction, ou d'un militaire particulièrement bien informé des conditions climatiques dans la Manche.

Début août, accroché à une échelle de corde pendue au flanc d'une falaise, le jeune lieutenant luttait de toutes ses forces pour ne pas être emporté vers l'arrière par le poids de son sac et de son arme.

— Picard, pensais-tu te retrouver ici avec moi, au moment de t'enrôler ?

Deux semaines plus tôt, Turgeon hésitait à se porter volontaire de nouveau, maintenant il semblait s'amuser, perché entre ciel et terre.

— Avec toi, non. Mais je n'ai pas signé pour l'Europe en m'imaginant passer deux ans à marcher en rang.

— Monte. Pour l'instant, il faut pouvoir gravir une falaise. On verra bien la mine que tu feras, quand les Allemands te tireront dessus.

Le petit échange leur avait permis de reprendre leur souffle, accrochés avec les bras et les jambes aux barreaux de l'échelle. Celle-ci ressemblait à un immense filet, on y grimpait à plusieurs de front. Des soldats les dépassaient maintenant, il convenait de reprendre la progression. Lorsqu'ils atteignirent le sommet, les deux officiers demeurèrent un long moment étendus sur le sol, haletants.

— Nous allons donc descendre sur une côte escarpée, dit Thomas en essayant de retrouver son souffle, les deux bras au-dessus de la tête.

— En face, c'est escarpé partout.

— Tu ne sais pas ? L'endroit précis, je veux dire ?

— Nous le saurons au moment de débarquer.

Personne ne formulait d'hypothèse à ce sujet, ou plutôt on en proposait tellement que cela ne servait à rien. Le lendemain, on commencerait à s'entraîner à débarquer sur une plage. L'opération promettait d'être complexe. De grandes barges permettraient d'amener des chars d'assaut. Plutôt que de chercher un port où accoster, on les jetterait tout simplement sur le sable et les galets. Bien des hommes utiliseraient le même moyen de transport, parmi ceux qui descendraient les premiers.

Les fusiliers Mont-Royal se déplaceraient plutôt dans de grandes embarcations de contreplaqué, la partie avant couverte par une toile pour les protéger des embruns. En touchant terre, tous devraient se jeter à l'eau pour parcourir les dernières verges à pied. Pour donner plus de réalisme à l'entraînement, sur les berges les canons et les mitrailleuses envoyaient une grêle de fer et de plomb. Tous les participants savaient que les tireurs s'efforçaient de ne toucher personne. Les Allemands feraient exactement le contraire.

Tous les matins, Thalie faisait le tour de ses convalescentes. Quelques-unes s'impatientaient un peu à l'attendre, mais la plupart étaient en assez bonne santé pour revêtir leur uniforme et se promener dans le parc, habituellement deux par deux. D'un autre côté, si elles montraient leur trop bonne santé, elles risquaient de retourner rapidement à leur poste de travail. Leur séjour à Digswell House ressemblait fort à des vacances, tout naturellement elles tentaient de les allonger un peu.

Pourtant, tous les deux jours, la médecin donnait son congé à une résidante, indiquant au dossier « *fit for service* ». À la même fréquence, une ambulance amenait une nouvelle patiente en voie de rétablissement. L'affluence ne paraissait pas susceptible de diminuer au cours des prochains mois.

Elle sortait de la grande salle quand Mildred vint la rejoindre, un sourire un peu moqueur sur le visage.

— Docteure Picard, vous avez une lettre d'un certain… Thomas.

Peu après son arrivée à Welwyn, elle lui avait envoyé son adresse grâce à une carte postale. Thalie ne parlait jamais de sa vie personnelle. Cela suffisait à faire d'elle un sujet de conversation. Peut-être ses compagnes imaginaient-elles un époux affecté ailleurs dans l'Empire. De la même façon, aucune des trois autres n'évoquait un amoureux. Ou toutes se montraient discrètes, ou personne n'occupait leur cœur. Dans l'un ou l'autre cas, chacune affichait son désir d'une nouvelle rencontre.

— Lieutenant, si vous regardez mieux, ce garçon porte le même nom de famille que moi.

L'usage du grade servait toujours à souligner à son interlocutrice que le ton devenait trop familier. Plus amène, elle continua :

— Je pourrais être sa mère, je suis tout simplement sa cousine.

Mildred tendit l'enveloppe, puis alla prendre soin des trois convalescentes devant toujours garder le lit. Du pouce, Thalie déchira le rabat. Comme toujours dans le cas des lettres de militaire, elle savait en être la seconde lectrice. Le service de la censure de l'armée tenait à contrôler les informations véhiculées par ses membres.

Cousine Thalie,
J'aurai une permission d'une journée, dimanche prochain. Des amis me disent qu'il y a un charmant salon de thé sur Knightrider Street, une rue située juste au sud de la cathédrale Saint-Paul. The Priory. Même si le quartier a souffert des bombardements, je suppose que l'endroit vaut le détour.
Au plaisir de s'y rencontrer peut-être,
Thomas

Un rendez-vous avec un jeune homme ! Ses collègues auraient sans doute pris sa place avec plaisir. Elle-même envisageait avec joie de revoir un parent, même si celui-ci se révélait volontiers mélancolique. Il lui restait toutefois à régler les aspects pratiques de cette rencontre. Le colonel Bolton voudrait-il faciliter ces rapports familiaux?

Thalie avait quitté Québec depuis plus d'un mois maintenant. Après la carte postale, Marie avait reçu une lettre écrite sur un ton assez léger, décrivant la grandeur de Digswell House, le petit nombre de ses patientes, la bénignité de leur maladie ou de leur blessure. Le charme de la petite ville de Welwyn Garden City faisait l'objet de deux longs paragraphes, le studio de cinéma, d'un autre.

Marie avait lu la missive au téléphone à son fils, puis lors du repas dominical suivant. Deux jours plus tard, Mathieu en recevait une autre, d'un ton un peu plus désabusé. Dans le salon, après le souper, il entreprit de la lire à sa femme. Quelques sections attirèrent plus d'attention.

Pendant la traversée, deux cargos ont été coulés. Personne ne s'est arrêté pour venir au secours des pauvres marins, pour ne pas augmenter le nombre de victimes. Ça me reste dans la tête; dans mes moments d'insomnie, je crois entendre leurs cris.

— Marie devra recevoir une version censurée de cette lettre, dit Flavie, sinon nous la verrons revenir à ses jours de mauvaise humeur.

— Déjà, je m'étonne que le service de censure ne se soit pas occupé de ça.

— Tout le monde sait que des marins se noient.

— Le lire dans le journal est une chose, l'entendre de la part d'un parent témoin des événements en est une autre. Si les jeunes gars apprennent qu'on les laissera crever dans la mer dans le cas d'une attaque, les volontaires se feront plus rares.

La suite leur parut plus légère. Thalie parlait de sa rencontre fortuite avec Thomas Picard junior, mentionnant que la timidité et le manque d'assurance du jeune homme ne rappelaient guère son père, Édouard. Avant de terminer, la médecin fit un autre commentaire susceptible de nuire au moral des Canadiens.

Maman paraissait bien inquiète de me voir sous les bombes. Sais-tu quel vacarme produisent un millier de bombardiers volant en groupe ? Maintenant, les Allemands font relativement peu de dommage ici, mais j'imagine l'effet de tous ces appareils vidant leur soute sur Cologne ou Hambourg. Des milliers de personnes innocentes meurent chaque fois.

Décidément, les services de censure s'étaient montrés négligents. Personne ne devait s'inquiéter des victimes chez l'ennemi au nom d'un principe tout simple : il avait commencé. Comme si chaque Allemand avait personnellement déclenché les hostilités.

Chapitre 16

Dans la poitrine des officiers les plus sévères battait un cœur sensible : le colonel Bolton, directeur des services de santé de l'armée canadienne, avait écouté la requête de Thalie avec attention.

— Votre cousin compte parmi les fusiliers Mont-Royal. Ce régiment est dirigé par un soldat très déterminé : Dollard Ménard. Nous verrons bientôt ce qu'il en est dans le feu de l'action.

L'homme se troubla un moment, comme s'il en avait trop dit.

— Je suppose qu'aucune de vos patientes ne risque de voir son état empirer soudainement.

— Ce serait tout à fait étonnant.

— Quand votre prédécesseur s'absentait, les infirmières savaient pouvoir faire appel à un médecin de la ville en cas d'urgence. Cela n'a jamais été nécessaire. Vous reviendrez en soirée, je présume.

La médecin fit oui d'un geste de la tête. Les trains entre Londres et Welwyn étaient assez nombreux pour permettre l'aller-retour à tout moment de la journée. Elle allait se lever quand son interlocuteur demanda :

— Comment vous acclimatez-vous à notre petite ville, capitaine ?

— En comparaison, la vie à Québec me paraît trépidante.

— Pour nous, la *phoney war* n'a jamais pris fin.

La « drôle de guerre », comme on désignait tous ces mois, en 1939-1940, pendant lesquels rien ne s'était passé.

— Bientôt, ça fera trois ans que je suis là, poursuivit-il. Pour tous les soldats, cela signifie des entraînements sans cesse répétés. Le moral s'en ressent, les problèmes de discipline se multiplient tout comme les heurts avec la population locale.

— Je sais que mes contacts avec les gens de Welwyn sont très limités, mais je n'ai pas remarqué la moindre tension.

— Même pas avec les jeunes femmes de l'endroit, pour obtenir l'attention des quelques hommes disponibles ?

Le colonel disait cela d'un ton gouailleur. Lui profitait sans doute de l'aubaine, peut-être même avec son hôtesse.

— Comme je ne participe pas du tout à cette compétition, tout le monde demeure souriant avec moi.

Comme d'habitude, elle saisissait l'occasion pour réitérer son indifférence au sujet de sa vie amoureuse. La suite lui indiqua que le colonel trouvait là un véritable mobile d'inquiétude.

— Quand les soldats britanniques viennent en permission, ils n'aiment guère constater que les Canadiens courtisent leur fiancée.

Cela risquait peu de se produire à Welwyn, mais la situation devait être délicate dans les villes de garnison.

— Tous ces problèmes sont exacerbés par l'ennui, continua l'officier. Nos hommes se sont portés volontaires pour les combats, ils poireautent dans des camps. Ils n'attendent que l'occasion de voir un peu d'action, après la tension retombera.

— Voilà une réalité qui m'échappe. L'action, comme vous dites, pendant la Grande Guerre, cela a signifié des morts par milliers, trois ou quatre fois plus de blessés. Cette éventualité me rendrait plutôt tendue, au contraire.

Le colonel lui adressa un sourire amusé. Malgré l'uniforme et le grade, elle arrivait à voir en lui un collègue plus qu'un supérieur.

— C'est une caractéristique masculine, je pense. Tous ces jeunes gens veulent se battre, pour prouver quelque chose à quelqu'un, ou se prouver quelque chose à eux-mêmes. Plus vraisemblablement, les deux à la fois.

— Il me semble qu'on peut mieux prouver sa valeur en restant en vie.

— Chacun a la certitude de s'en sortir. Elle leur passera quand ils verront tomber des camarades lors des combats. Pour le moment, tous se croient immortels, ils ont hâte d'en découdre.

Thalie hocha la tête. Ce discours ressemblait au contenu de ses lectures des derniers mois. Bolton avait un peu plus de cinquante ans, sans doute se trouvait-il sur les champs de bataille des Flandres, pendant la Grande Guerre. Combien de ces immortels s'étaient retrouvés sous ses yeux, étendus sur une civière ou une table d'opération ?

— Alors, le jour de la grande hécatombe, j'espère que mes compétences seront mieux utilisées que maintenant. Là je me fais l'impression de diriger une pension de famille dont les locataires traversent une mauvaise passe.

— Vous connaissez comme moi les réticences de l'état-major, et aussi celles des soldats eux-mêmes. Mais parfois les situations de grande nécessité entraînent un changement des règles.

« Parfois », songea la médecin. La perspective de passer toute la guerre dans son grand manoir lui faisait regretter ses parturientes.

— Colonel, je crois que je vous empêche de travailler. Dimanche, je partirai en matinée et je reprendrai mon poste en soirée.

L'homme se leva en même temps qu'elle et tendit la main :

— Bonne promenade à Londres, capitaine.

Au passage, Thalie jeta un coup d'œil au petit escadron de secrétaires. Le caporal Stevens jouissait d'une situation enviable parmi elles, celui-là ne devait pas rêver de la gloire des champs de bataille. Elle allait récupérer sa bicyclette quand madame Maitland se présenta dans le hall.

— Oh! docteure Picard, je ne vous oublie pas, vous savez.

Comme la praticienne levait ses sourcils en accent circonflexe, elle précisa :

— Pour le thé.

— Le thé, bien sûr. Ce sera avec joie, madame. Au plaisir de vous revoir, mes patientes m'attendent.

— ... Je comprends. Je vous donne de mes nouvelles bientôt.

En retrouvant sa bicyclette, la médecin cherchait encore le motif de sa mauvaise humeur. Parce que cette femme, après un mois, n'avait pas donné suite à son invitation du premier jour ? Vraiment, elle aussi profiterait d'un peu d'action, si elle s'ennuyait à ce point.

❖

London, the metropolis of the British Empire and the largest city in the world (with the possible exception of New York), lies in S. E., on both banks of the Tames...
Baedeker

Une carte postale lui avait permis de confirmer le rendez-vous avec Thomas, à trois heures cet après-midi-là. Toutefois, dès huit heures Thalie prenait le train vers le sud. Parvenue à King's Cross, elle s'enfonça dans la terre grâce à des escaliers automatiques jusqu'à rejoindre le fameux *Tube*, le métro.

Sa première impression ne fut pas très bonne : une odeur d'urine assaillit ses narines. Les journaux, les actualités filmées et même le court métrage visionné en compagnie de Marion plusieurs jours auparavant exposaient longuement les épisodes les plus cruels du Blitz, quand des milliers de personnes, des centaines de milliers même, hommes, femmes et enfants confondus, se réfugiaient dans ces souterrains. Les photographies les montraient étendus sur le quai, les récits évoquaient la convivialité entre voisins ou entre de purs étrangers, les conversations enjouées. Le courage d'un peuple galvanisé par les discours du premier ministre Winston Churchill.

Une fois la part de la propagande faite, que restait-il ? La peur, la promiscuité, les odeurs de tous ces corps entassés et de leurs déjections… Certainement du courage devant l'adversité aussi. Impossible d'en douter, ces quelques semaines lui avaient appris cela des Britanniques. Avaient-ils d'autres choix ? Sans doute pas.

Ce second dimanche d'août, l'affluence dans la gare ou dans le métro la surprit. Des familles entières venaient passer la journée dans la grande ville, un nombre aussi important effectuait le chemin inverse. Des familles auxquelles manquaient souvent le père ou les garçons les plus âgés. Tout de même, de nombreux militaires jouissaient sans doute d'une permission, car il s'en trouvait des centaines, regroupés deux ou trois ensemble, des membres de régiments de toutes les régions d'Angleterre, d'Écosse, du pays de Galles et d'Irlande du Nord. Des Canadiens aussi. Beaucoup l'examinaient de la tête aux pieds. Sa jolie robe achetée au magasin PICARD la flattait plus qu'au moment de son départ de Québec. Le rationnement raréfiait la viande et les desserts, pour augmenter la part des légumes et des fruits : cela se voyait sur ses hanches. À cause de ses quelques cheveux gris peut-être, ou de son air sévère, aucun ne lui adressa la parole.

❖

To the South of Newgate St. rises St. Paul's Cathedral, an imposing late-Renaissance building with a beautiful dome...
Baedeker

Avec son gros guide Baedeker à la main, on devait la prendre pour une touriste. Trouver la ligne de métro conduisant à la station St. Paul lui prit quelques minutes, le trajet aussi. En émergeant à l'air libre, Thalie vit l'immense coupole se découper dans le ciel. Impossible de la manquer. Elle se dirigea vers l'édifice religieux. Il s'agissait de la cinquième cathédrale érigée sur le même site. Celle-là avait été construite par Christopher Wren après le grand incendie de 1666. À peu près aucun édifice, dans toute cette section de Londres, ne datait d'avant.

Devant la façade flanquée de deux clochers, la praticienne demeura un moment immobile, le souffle coupé. Pourtant, la guerre imposait des exigences peu compatibles avec l'esthétisme. En 1940, les bombes l'avaient atteinte deux fois – la première l'aurait entièrement détruite, si la charge avait explosé –, et une fois encore l'année suivante. Des échafaudages se dressaient çà et là pour réparer les dégâts, certains vitraux avaient été retirés, des amoncèlements de sacs de sable en protégeaient d'autres, ou divers éléments architecturaux.

Malgré tout, cela n'en affectait pas la grandeur. Le dôme s'élevait à 365 pieds, précisait un feuillet de renseignements disponible à l'entrée, les tours à 221. La longueur dépassait largement les 500 pieds, tandis que la largeur approchait les 250. La femme poussa la porte. L'office était commencé, tous les sièges étaient occupés. Les malheurs du temps rendaient la population pieuse. Tout de même, ça ne l'empêcherait pas de suivre la cérémonie anglicane, debout au fond.

❖

À la fin de la messe, quand les croyants se dispersèrent, Thalie prit le temps de faire le tour de la cathédrale. De nouveau, malgré les précautions peu esthétiques prises pour limiter les dégâts des bombardements, elle apprécia la beauté des lieux. Dans le contexte européen, il s'agissait d'une église assez récente. Elle se promettait de voir bientôt celles de Leicester et de Westminster pour goûter à l'architecture médiévale.

Avant de partir de Welwyn, la praticienne avait pris la peine de glisser un sandwich dans son sac, incertaine de ce qui serait ouvert ou fermé un dimanche. Elle décida de chercher un endroit plus charmant que le parvis pour manger. Des arbres se dressaient du côté sud, là où le cimetière se trouvait sans doute une demi-éternité auparavant. Cela ne cessait de l'impressionner. Le Canada n'existait pas encore, et l'Angleterre était déjà un vieux pays. Ces émois de touriste lui tirèrent un sourire. Un banc lui permit de se reposer un peu. Les passants soulevaient leur chapeau à sa vue, les passantes esquissaient un sourire, à moins que la politesse de leur compagnon ne les ait mises de mauvaise humeur.

Son rendez-vous n'était qu'à trois heures, elle marcha longuement dans la *city*, le quartier des affaires, contempla *the monument* commémorant le grand incendie. Puis elle revint dans les environs de la cathédrale, se perdit un peu quand il lui fallut dénicher Knightrider Street. Le salon de thé s'appelait avec à-propos The Priory. Assise à une table, Thalie attendit l'arrivée de Thomas. Celui-ci se présenta avec dix minutes de retard, grand, mince et même fragile dans son uniforme.

— Je suis désolé, dit-il au moment de s'approcher. Je ne suis pas coutumier de ce *Tube*.

— Ça ne fait rien, l'excusa la médecin, je pense que j'en aurai pour un an avant de venir à bout de ce gros livre rouge.

Ses yeux se posaient sur son guide touristique : plus de sept cents pages imprimées serré, plus de mots que dans une bible. Tous les deux restaient debout, embarrassés.

— Je ne sais pas comment vous appeler, dit-il avec un sourire d'enfant timide. Madame, ma cousine… Au moins, sans votre uniforme, je peux éliminer le "capitaine".

— Essayez donc Thalie, répondit-elle en tendant une joue, puis l'autre. C'est encore la meilleure façon d'obtenir une réponse de ma part.

Ils occupèrent les chaises de part et d'autre de la table.

— Je suis contente de vous revoir, Thomas.

— Moi aussi. Puis nous avons la place presque à nous seuls. Trop tard pour le lunch, trop tôt pour le thé. Nous aurons droit à un service attentionné.

Déjà, une employée un peu âgée venait vers eux. Une fois le dessert et le thé commandés, le garçon expliqua encore :

— Même si nous ne nous sommes à peu près jamais parlé à Québec, après un mois ici je vous perçois comme un visage familier. Le mal du pays, je suppose.

— Les choses se déroulent bien, là-bas?

— À Aldershot? Marcher en rang, courir dans la boue, tirer vers une cible: l'ennui total. Heureusement, à l'île de Wright nous passons aux affaires sérieuses.

Le jeune homme se troubla. Son malaise seul fit deviner qu'il venait de commettre une indiscrétion. Autrement, elle n'aurait rien remarqué.

— Promettez-moi de ne rien répéter.

— Je veux bien, mais là je ne sais trop ce que je dois taire.

— Mon entraînement à l'île de Wright. Il se prépare... quelque chose.

Même s'il était tenu au silence, il semblait avoir une envie irrépressible d'en dire plus. À qui d'autre aurait-il pu se confier?

— Une expédition aura lieu bientôt sur le continent européen, en France.

— Je dois comprendre que vous participerez à cette attaque.

Thomas présentait un visage incertain, hésitant entre la fierté et la peur. Désirait-il des félicitations, des encouragements? Thalie ne savait trop quelle contenance prendre.

— Déjà un transfert dans une zone de combat? Vous êtes arrivé ici il y a un mois. Certains hommes s'y trouvent depuis près de trois ans.

— Je me suis proposé dès que j'ai su qu'il se tramait quelque chose. Tous les autres aussi sont des volontaires.

— Pourquoi?

Le garçon posa ses grands yeux bruns sur elle, mais sans dire un mot, comme si la réponse lui était inconnue. Son interlocutrice n'insista pas.

— Faites attention à vous, dit-elle simplement.

S'il désirait absolument le dire à quelqu'un, pourquoi pas à une petite-cousine à peu près inconnue ?

— De votre côté, comment vont les choses dans cette maison de convalescence ?

Le sujet les occupa quelques minutes. Thalie continuait de se questionner sur les motifs de cette rencontre. La conversation se mit bientôt à languir, au point de les rendre tous les deux mal à l'aise. À la fin, Thomas junior chercha dans la poche intérieure de sa veste, sortit une enveloppe.

— Thalie, j'aimerais vous laisser ceci.

Il lui tendit la missive, elle portait l'adresse d'Édouard Picard, rue Dorchester.

— S'il m'arrive quelque chose, j'aimerais que vous mettiez cela à la poste. Je veux dire… si je suis tué.

Le colonel Bolton prétendait que tous ces combattants se pensaient invulnérables. Celui-là lui rappelait un enfant effrayé.

— Voyons, ça n'arrivera pas, se surprit-elle à dire.

Le jeune officier lui adressa un sourire navré.

— À la guerre, il arrive que des soldats se fassent tuer.

Thalie accepta la lettre, la mit dans son sac.

— Vous comprenez, seulement si je disparais. Autrement, je serai en mesure de lui parler à mon retour.

— Je comprends, et surtout je souhaite que votre conversation avec lui se déroule en face-à-face.

De cela, Thomas ne se sentait pas si certain. Les choses ne s'étaient pas déroulées comme il l'avait voulu la dernière fois, au garage.

— Je devrais partir, maintenant, dit le garçon en récupérant son képi posé sur la table.

Rien ne pressait pourtant, les trains se succédaient toute la journée vers les petites villes de la banlieue londonienne.

Elle acquiesça d'un geste de la tête. Le jeune homme régla l'addition, puis tous les deux sortirent du salon de thé pour se saluer sur le trottoir.

— Faites attention à vous, dit Thalie en se levant sur la pointe des pieds pour lui embrasser la joue.

— Promis. Vous aussi.

Quand Thomas s'éloigna, elle eut envie de courir pour le rejoindre, le prendre dans ses bras. Pourtant rien n'existait entre eux. Un peu morose, la femme continua sa visite de Londres. La journée demeurait belle, le soleil ne se coucherait pas avant quelques heures. Hyde Park lui procura l'occasion d'une longue marche. Dans les rues environnantes, elle contempla les maisons cossues. Ses pas la conduisirent devant le numéro 2, Cokspur Street : le quartier général de l'armée canadienne au Royaume-Uni y était établi au second étage. Bien à l'abri, sans jamais rien risquer eux-mêmes, des officiers supérieurs concoctaient les plans d'attaques, notamment celui de la prochaine, sur le sol français. Des jeunes gens prendraient les risques à leur place.

Après avoir mangé un repas décevant dans un hôtel situé près de la gare, Thalie alla prendre son train. Elle se retrouva parmi des militaires de retour de permission qui présentaient tous des mines attristées. Certains lui jetèrent des regards, mais comme d'habitude aucun ne tenta d'entamer la conversation. Leur indifférence lui donna un coup de vieux. D'un autre côté, elle aurait pu être la mère de la grande majorité d'entre eux.

À Welwyn, la praticienne récupéra sa bicyclette près de la gare, là où elle l'avait laissée tôt ce matin. Le trajet en solitaire, dans cette obscurité absolue, la rendait bien un peu mal à l'aise. D'autres dangers prenaient presque toute la place dans son esprit.

Dix jours plus tard, le 18 août, les troupes canadiennes se regroupaient dans quelques ports de la côte anglaise. Comptant juste un peu moins de 5 000 hommes, elles ne composaient pas les seules forces de débarquement, car plus d'un millier de Britanniques se joindraient à elles.

Les fusiliers Mont-Royal se trouvaient entassés sur le quai, à Shoreham-by-Sea, le soir du 18 août. Tout le monde portait son *battle dress*, son arme posée tout près. Le lieutenant-colonel Dollard Ménard vint se planter parmi eux pour dire :

— Messieurs, voilà presque deux ans que nous sommes ici. Demain nous irons à Dieppe.

Le vacarme des « Hourrah » couvrit tout le reste pendant une bonne minute. Ils ressemblaient à des enfants le jour où commençaient les longues vacances. Puis le calme revint progressivement, pour les laisser bouche bée. La prise de conscience de ce qui les attendait vraiment leur vint lentement. Sans faire preuve de pessimisme, chacun convenait qu'au même moment dans vingt-quatre heures, certains seraient morts.

Thomas Picard se tenait appuyé contre une bitte d'amarrage, les jambes allongées devant lui, curieux de voir la réaction de ses camarades une fois le calme revenu. Certains démontaient leur arme pour en polir soigneusement les pièces avec un chiffon. D'autres sortaient un chapelet de leur poche et murmuraient une prière.

— Coderre, cria quelqu'un, tu viens jouer ?

Un caporal montrait un jeu de cartes, déjà deux autres l'accompagnaient. Une caisse de bois retournée servirait de table.

— Ce n'est pas la plus mauvaise façon de tuer le temps, remarqua le lieutenant Turgeon à haute voix.

Ce dernier se tenait tout près de son ancien condisciple. Tous les deux formaient un duo depuis le début de l'entraînement sur l'île de Wight. Ils n'étaient pas vraiment des amis, mais du simple fait de s'être côtoyés quelques années plus tôt à l'Université de Montréal, l'un terminant ses études de droit, l'autre les commençant, ils se considéraient comme des familiers.

— Je serais incapable de me concentrer, avoua le garçon en cherchant ses cigarettes dans la poche de sa veste.

Lorsqu'il sortit le paquet, il s'aperçut que sa main tremblait un peu. Son compagnon fit non de la tête quand il le lui tendit.

— Dommage. En se concentrant sur la somme en jeu, on ne pense sans doute pas à cette petite excursion.

Turgeon ne fit pourtant pas le geste de chercher des partenaires de jeu parmi les hommes assemblés.

— Tu crois que tu pourras dormir un peu? demanda-t-il plutôt.

— Ça m'étonnerait.

Ceux qui y arriveraient jouissaient sans doute d'une extraordinaire faculté de faire abstraction de la réalité. Thomas ne prierait pas, il ne jouerait pas aux cartes non plus. Les heures à venir se passeraient à réfléchir. Par moment, il regrettait sa lettre à son père, se trouvait pathétique de se plaindre encore de ce déserteur, comme dans l'attente d'excuses, d'une amende honorable. Comme il se sentait puéril. Il avait beau être un soldat sur le point d'effectuer un raid sur la France, chaque fois que le vendeur d'automobiles lui revenait à l'esprit, il avait l'impression d'avoir encore dix ans.

Au fur et à mesure que le temps passait, le jeune officier revenait dans le présent, un peu surpris de se retrouver relativement serein devant l'action envisagée. Il éprouvait une certaine anxiété, bien sûr, mais aucune terreur insurmontable.

Une alarme avait réveillé tout l'escadron en plein milieu de la nuit. Les pilotes s'attendaient à ce dénouement, ils dormaient tout habillés. Avec une trentaine de collègues, Jacques Létourneau prit place dans une hutte affectant la forme d'un demi-cylindre. À une extrémité, un officier projetait sur le mur du fond des images d'une petite ville portuaire. La même scène se répétait au même moment dans de nombreuses bases.

— Dieppe se trouve juste au sud de la Manche, exactement en face d'Eastbourne.

— Où ça ? lança quelqu'un.

Le son des conversations murmurées indiquait que tout le monde, dans la salle, venait du Canada. L'accent de quelques-uns les désignait comme Canadiens français.

— Sur la côte française, à moins de cent milles d'ici.

Les premières photographies, prises depuis les airs, montraient une petite ville. À peu près au centre, on distinguait des aménagements portuaires, de chaque côté des plages. Certaines sections de la ville étaient situées à peu près au niveau de la mer. Ailleurs, des falaises se dressaient sur plusieurs dizaines de verges.

— Le débarquement se déroulera sur ces plages. Vous devrez faire deux choses : d'abord arroser copieusement ces petits aéroports pour empêcher les Boches de voler.

Une carte apparut sur le mur, l'officier pointa du doigt ces endroits. « Cela signifie se promener avec une bombe dans le cul », songea Jacques Létourneau. Assez curieusement, sa plus grande crainte concernait l'effet d'une balle dans le cylindre chargé de TNT accroché sous son appareil. Portant, la grande déflagration garantissait une mort rapide, alors que le fait de descendre en flammes ou de recevoir une balle hors des organes vitaux laissait présager de longues minutes de souffrance.

— Vous vous occuperez ensuite des nids de mitrailleuses et des bunkers sur la falaise, autrement les nôtres vont se faire canarder comme des lapins.

Des photographies se succédèrent, des agrandissements un peu flous de constructions de béton tout au bord de la falaise, ou alors sur le flanc de celle-ci.

— On fait comment, pour bombarder ça ? s'enquit un aviateur.

— Comme avec n'importe quelle autre cible. Vous laissez tomber la bombe, puis vous arrosez le tout avec vos mitrailleuses.

Des sous-officiers distribuaient des liasses de documents aux pilotes. Chacun recevait une carte détaillée de ses objectifs spécifiques, accompagnée de reproduction des photographies. Pour cette mission, on utiliserait des chasseurs équipés d'une seule bombe. Si des flottilles de bombardiers écrasaient les villes allemandes, on ne pouvait faire la même chose sur une agglomération française, l'alliée de 1939. Cela d'autant plus que l'endroit ne recélait aucune usine de guerre et aucun établissement militaire important. Dans une telle opération, le nombre des victimes civiles dépasserait de beaucoup les pertes des soldats.

— Lors du premier passage au-dessus de Dieppe, vous vous concentrerez sur les aéroports. Au second, descendez les avions en vol et mitraillez l'équipement défensif.

— Les avions en vol ? voulut savoir un autre pilote.

— Ceux qui auront échappé à vos bombes. Sinon, ils feront un massacre dans la flotte de navires et de petites embarcations impliqués dans l'opération.

— Ce débarquement, c'est le premier épisode de la reconquête de la France ?

Les mieux informés savaient l'importance d'une action à l'ouest, pour forcer l'état-major ennemi à déplacer des hommes de ce côté du continent européen. Chaque régiment passé en France soulagerait les Alliés soviétiques.

— Vous connaîtrez le détail de nos objectifs à votre retour. Maintenant, messieurs, allez-y.

Le major n'avait plus rien à leur dire, les hommes connaissaient à la fois leur mission et la façon de l'accomplir. Les pilotes quittèrent les petites chaises métalliques en conversant à mi-voix. Tandis que les uns s'essayaient à l'humour, les autres abordaient des sujets triviaux. Chacun s'efforçait de ne pas penser au fait que certains parmi eux ne reviendraient pas.

— Eh! Jack, si tu voles assez bas, tu pourras faire la conversation avec les *frogs*.

Létourneau entendait régulièrement ce genre de remarques, un témoignage d'une bonne entente plutôt que de préjugés. Comment ne pas apprécier un garçon si beau, robuste, et capable de faire sa part dans cette guerre?

— Tu devrais en profiter toi aussi, répliqua Jacques. Apprendre une autre langue, ça ouvre l'esprit.

Son camarade lui adressa une grimace, peu soucieux de s'engager dans une véritable discussion à ce sujet. Dehors, la nuit sans nuage laissait voir une multitude d'étoiles. Il s'agissait de l'effet le plus agréable du *black-out* : l'obscurité ambiante redonnait au ciel toute sa splendeur.

Jacques retrouva son Spitfire à l'extrémité de la piste, au troisième rang. Les pilotes s'envoleraient cinq à la fois. Des préposés s'étaient déjà occupés de faire le plein et de vérifier l'état de l'armement. Il jeta un coup d'œil au cylindre d'acier plein de TNT fixé juste sous son siège. Un sergent s'approcha pour dire :

— Lieutenant, tout à l'heure le moteur tournait très bien. Votre dernière promenade n'a pas laissé de traces.

— Tant mieux, ça me ferait de la peine de sortir avec une autre beauté. Nous formons déjà un vieux couple.

Du bout du doigt, le pilote caressa les deux petites dépressions dans la tôle d'aluminium tout près du cockpit, derrière le moteur. Des impacts de balles récoltés trois jours plus tôt, réparés avec soin. Il grimpa sur l'aile droite de l'appareil, s'installa dans son siège. Le parachute lui servirait de coussin. Au moment de boucler les courroies de cuir destinées à le maintenir, il dut négocier avec la veste de sauvetage lui gonflant la poitrine. Portée par-dessus son blouson de cuir doublé de mouton, elle lui donnait l'allure d'un gros homme.

Un premier groupe de cinq appareils décollait dans le fracas des moteurs lancés à plein gaz. Des préposés à l'entretien enlevaient les cales de bois destinées à garder les roues immobiles en prenant bien garde de ne pas se faire hacher par les hélices. Le second rang s'envola à son tour. Jacques tira le dôme au-dessus de lui pour fermer le cockpit, puis lança son appareil sur la piste. Bientôt, il connut la sensation grisante de quitter le sol.

❖

Les fusiliers prenaient place sur de petites embarcations qui pouvaient transporter vingt-six hommes. À cinq heures trente du matin, de nombreux esquifs stagnaient à trois milles de la côte française, sur une mer d'huile. On ne voyait guère les falaises à cause d'un léger brouillard.

Toutefois, avec le vacarme, chacun devinait ce qui se déroulait. Des avions passaient au-dessus des têtes en mitraillant les fortifications allemandes, les canons de quelques navires tonnaient. Pourtant, c'était le bruit venant des lignes ennemies qui impressionnait le plus les soldats. Des armes légères jusqu'aux armes lourdes tiraient sans interruption, produisant comme un roulement de tonnerre. La riposte se révélait farouche.

❖

Les moteurs des petites embarcations se firent entendre. Les fusiliers Mont-Royal devaient prendre pied les derniers sur la plage « Rouge » qu'on leur avait attribuée. Leur rôle était de soutenir l'attaque, et surtout de protéger la retraite des autres régiments. L'opération *Jubilee* – on lui avait donné ce nom – ne devait pas permettre de s'établir sur le continent, mais simplement d'atteindre quelques objectifs pour se retirer aussitôt. Le Royal Regiment of Canada devait débarquer sur la plage « Bleue », tandis que le Royal Hamilton Light Infantry, l'Essex Scottish Regiment, un commando britannique des Royal Marines ainsi que le Calgary Tank Regiment se partageaient les plages « Blanche » et « Rouge ». Le South Saskatchewan Regiment et le Queen's Own Cameron Highlanders héritaient de la plage « Verte ».

Les Montréalais devaient soutenir le retrait de tout ce monde.

Trois milles, cela représentait une toute petite distance, ou très longue selon l'accueil. Au moment où les moteurs s'emballaient, le soleil avait dissipé le brouillard. Les artilleurs allemands profitaient d'une vue parfaite. Si la mer très calme avait permis aux soldats d'éviter le mal de mer, maintenant elle en faisait des cibles idéales.

Les mitrailleuses labouraient la mer, des obus soulevaient l'eau jusqu'à vingt pieds dans les airs. Les soldats demeuraient pliés en deux pour ne pas se montrer. Cela ne servait à rien, les plats-bords en contreplaqué ne pouvaient arrêter une balle. Une volée de projectiles traça une ligne dans le flanc de l'une des embarcations, celle-ci dévia de sa trajectoire violemment, le pilote devait avoir été touché. Thomas leva la tête un peu au-dessus du plat-bord pour la regarder s'éloigner. De l'autre côté, un bateau explosa littéralement. Vingt-six militaires allèrent par le fond, certains démembrés.

La plupart des embarcations arrivèrent toutefois sur la plage de galets. L'avant de chacune reposa contre le sol, leur poids les immobilisait. Il s'agissait de cibles totalement immobiles maintenant. Bien à l'abri dans des casemates de béton, les Allemands les arrosaient à loisir.

— Sautez ! cria Thomas à ses hommes.

Le jeune officier devait les mener à l'attaque.

— Vite, vite, sinon ceux-là ne nous manqueront pas.

Du plat de la main, il frappait les épaules des soldats placés à l'avant, pour les inciter à sauter par-dessus le bastingage. Les impacts de balles eurent plus d'effet que ses exhortations. Les premiers s'exécutèrent, puis les suivants. Ils sortaient sur deux lignes, pour se retrouver à droite ou à gauche du bateau.

— Vite ! Vite ! criait toujours Thomas.

Il fut le dernier à basculer au-dessus du plat-bord. Comme l'embarcation était devenue plus légère, elle se dégageait lentement des galets. Il atterrit dans quatre pieds d'eau, perdit l'équilibre en touchant le sol. Le sac, l'arme en bandoulière, le casque, tout cela pesait très lourd. Son visage s'enfonça sous l'eau, ses mains touchèrent les galets. Les lèvres serrées pour ne pas remplir ses poumons d'eau de mer, il marcha sur ses genoux. Sous ses yeux, il voyait des traits dans l'eau, les projectiles.

Après d'interminables secondes d'effort, Thomas réussit à se redresser. En émergeant, il renoua avec le vacarme de la fusillade. En avançant vers la rive, il aperçut l'un de ses hommes, reposant sur le dos dans deux pieds d'eau. Il l'accrocha par le devant de son *battle dress* pour le tirer. Puis les taches de sang sur la poitrine, les yeux révulsés lui apprirent que ce gars ne se battrait jamais.

Sur la terre ferme, les corps s'alignaient dans des poses grotesques. Les balles continuaient à pleuvoir, de plus en plus près. L'officier s'écrasa sur le sol derrière trois cadavres que le hasard avait enchevêtrés. Ils lui donneraient une certaine protection.

Le lieutenant-colonel Ménard arriva bientôt sur la rive, pour trouver des hommes alignés sur le sol, la tête tournée vers la falaise.

— Ne restez pas là ! cria-t-il.

Puis il se rendit à l'évidence : des cadavres. Des fusiliers s'agitaient un peu plus loin. Il tenta de les rejoindre au pas de course.

Au moment de débarquer, l'officier supérieur savait déjà que rien ne fonctionnait selon les plans préparés par l'état-major. Les six destroyers n'avaient pas une puissance de feu suffisante pour faire taire les nids de mitrailleuses et les batteries de canons allemands, les chasseurs envoyés dans le même but s'étaient heurtés aux appareils ennemis. En conséquence, aucun des objectifs des cinq autres régiments n'avait été atteint. Pourtant, on ordonnait au sixième de descendre à terre.

Selon les plans, les fusiliers devaient soutenir le retour des hommes débarqués quelques heures plus tôt. Une ligne de barbelés demeurait intacte au bout de la plage, des soldats du Royal Hamilton se massaient au pied de la falaise. Celle-ci était tellement abrupte que les armes, légères ou lourdes, ne pouvaient tirer à cet angle. Les Allemands lançaient toutefois des mortiers et des grenades. Personne ne se trouvait à l'abri sur ces galets.

Personne, sauf peut-être les conducteurs de char. Ménard changea d'avis en regardant autour de lui. Des barges portant ces véhicules avaient été atteintes de plein fouet par des obus au moment de toucher le sol. D'autres blindés avaient subi le même sort en roulant sur les galets. Pourtant, certains, près des falaises, menaçaient les voies d'accès au sommet. Les Canadiens, malgré le feu ennemi, contrôlaient la plage, mais n'arrivaient pas à aller plus loin.

— Les barbelés, là-bas ! hurla le lieutenant-colonel en rejoignant un groupe de soldats indemnes, ou à tout le moins toujours en état de bouger. Nous devons les ouvrir !

Les militaires le regardèrent, étonnés. Au lieu de protéger la retraite des survivants, il entendait poursuivre le plan initial.

❖

Trois cents pieds sous lui, Jacques Létourneau voyait les dizaines d'embarcations au large de Dieppe. Il apercevait des cuirassés déchargeant leurs canons en direction de la falaise. Leur nombre s'avérait nettement insuffisant pour être vraiment efficaces. Sur la plage, deux types de bâtiments s'alignaient, la proue engagée sur les galets. Des péniches d'abord, dont tout l'avant s'ouvrait pour laisser descendre des fantassins ou des chars d'assaut. Il y avait aussi des bateaux longs et étroits, visiblement plus fragiles. Ceux-là, il le saurait bien plus tard, portaient les fusiliers Mont-Royal.

Visiblement, au sol rien ne se passait comme prévu. Les tanks semblaient tous immobilisés. De la fumée s'élevait de certains. À cette altitude, les corps étendus à terre se distinguaient facilement. Certains se levaient pour s'écraser de nouveau après quelques pas, atteints par des balles, ou alors soucieux de les éviter.

Dans un petit avion lancé à toute vitesse, impossible de se consacrer à un long examen de la stratégie des assaillants. La falaise se trouvait droit devant, dangereusement proche. De la fumée provenant de mitrailleuses sortait de ce qui ressemblait à une fente dans la pierre. Jacques appuya sur la détente pour tirer dans cette direction. La plupart des balles devaient s'incruster dans le calcaire, ou alors ricocher sur le béton de l'abri. Avec un peu de chance, quelques-unes faisaient taire des ennemis.

Puis le pilote tira sur le manche à balai pour monter vers le ciel quelques petites secondes avant l'impact sur la falaise. L'effort le faisait grimacer. Il lui restait assez de munitions pour effectuer un dernier passage avant de rentrer à la base faire le plein d'essence et de cartouches.

Pour faire demi-tour, Jacques devait survoler la ville en partie. Cette fois encore, il constata combien l'état-major avait bâclé la préparation du raid. On avait présumé que les avions alliés maîtriseraient le ciel. L'effectif s'était avéré très nettement insuffisant pour détruire les appareils ennemis au sol. Selon son évaluation, chaque Spitfire faisait face à deux Messerschmitt en vol.

En tout cas, deux chasseurs peints en gris, avec des croix noires sur les ailes, venaient vers lui. Dans un grondement de moteurs, en essayant de reprendre encore de l'altitude, l'homme se dirigea résolument vers la côte anglaise, distante de moins de soixante-dix milles.

Pendant un moment, Létourneau crut prendre ses adversaires de vitesse. Puis il entendit deux bruits sourds, suffisamment forts pour couvrir le vacarme du moteur.

Des impacts de balles. De nouveau, il tenta de se dégager. Son mouvement ne le servit guère. Une brûlure sur le côté gauche de la tête le laissa un peu étourdi, du sang gicla sur le pare-brise maintenant percé par ce projectile. Sous l'impact, le pilote perdit la maîtrise du Spitfire. L'appareil descendit vers la mer en décrivant une longue trajectoire oblique. L'air s'engouffrant maintenant dans le minuscule poste de commande permit au pilote de reprendre à peu près ses esprits. Il ressentit aussitôt une douleur à la poitrine, une autre à la jambe.

Au moins trois impacts sur son corps, combien sur son avion ? De la fumée s'échappait du moteur, et même de petites flammes. Ses gestes lui parurent si lents quand il tendit les mains pour ouvrir le toit de verre du cockpit au-dessus de sa tête. Il réussit à l'arracher. D'une main – l'autre était engourdie –, il détacha la boucle pour se dégager des courroies le liant à son siège. Chacun de ses mouvements lui semblait durer une éternité. Mais il fallait faire vite, les pilotes de chasse poursuivaient souvent les appareils en perdition pour donner le coup de grâce.

Même si la survie d'un pilote abattu au-dessus de la mer paraissait bien aléatoire, la Royal Canadian Air Force ne lésinait pas sur les moyens de sauvetage. Rien de tout cela n'aurait la moindre utilité s'il n'arrivait pas à s'extirper du cockpit. Étourdi comme un boxeur ayant reçu une raclée, Jacques mit toutes ses forces pour se lever à demi. L'air lui fouetta le visage comme une énorme gifle. Il se laissa tomber sur la droite par-dessus la carlingue. Le parachute lui ayant servi de coussin jusque-là se déploya très vite. Un coup vif sur un cordon lui permit d'actionner la petite bonbonne d'air comprimé destinée à gonfler le gilet de sauvetage. Un sac sur le ventre contenait un petit radeau de sauvetage de caoutchouc, un dinghy. Lui aussi se déploierait d'un coup.

Tout cela pouvait se révéler inutile. Le son d'un moteur se fit entendre sur sa droite. Un Messerschmitt passa à une quinzaine de verges, le pilote lui fit un geste de la main avant de s'éloigner. Au loin, Jacques vit son appareil heurter la mer et éclater en morceaux. Puis il regarda l'eau glacée s'approcher bien vite. Trop vite.

❖

Caché par des cadavres, Thomas pouvait contempler une grande partie de la plage. Il regarda la haute silhouette de Ménard avancer, se diriger vers un groupe de militaires. Un échange de mots s'ensuivit, l'officier tendait le bras vers la ligne de barbelés empêchant d'utiliser la rampe d'accès à la falaise.

Ensuite, le colosse chancela, touché par une balle. Il se releva, fit signe à ses hommes de le suivre vers les rouleaux de fils de fer. Il eut un mouvement vif du haut du corps, l'épaule droite ouverte par un second projectile, mais il put se relever et le travail des cisailles commença contre les barbelés. Le jeune lieutenant réalisa que si les Canadiens maîtrisaient la plage, des francs-tireurs pouvaient quand même les prendre dans un feu croisé.

Peut-être que la haute stature du lieutenant-colonel attirait l'attention vers lui. Les barbelés coupés permettaient le passage depuis un instant quand une balle à la jambe droite l'obligea à poser un genou au sol. Il allait suivre ses hommes en titubant quand un autre impact dans le même membre le cloua tout à fait dans les galets.

Chapitre 17

Digswell House comptait trois appareils téléphoniques, un souvenir de l'époque où l'endroit faisait office de centre culturel. La sonnerie retentit un peu après onze heures. Thalie était en train d'offrir son bras à une convalescente pour la conduire vers l'un des bancs du jardin.

— Rien ne vous fera plus de bien qu'un long moment au soleil.

— J'ai encore toussé une partie de la nuit.

— Ne vous inquiétez pas, vous êtes sur la bonne voie.

Un cri provint de l'entrée principale. Marion, debout entre deux colonnes, faisait de grands gestes des deux bras.

— Il se passe quelque chose, dit la praticienne. Je dois vous laisser ici.

La patiente n'eut pas même le temps de protester, déjà Thalie courait vers la grande maison. Le souffle court, elle rejoignit l'infirmière.

— Le colonel Bolton souhaite vous parler. À son ton, je parierais qu'il se passe quelque chose de très sérieux.

— Très bien. Allez aider cette patiente, si personne ne lui tient la main, elle prendra racine.

La malade demeurait immobile, dans l'attente que quelqu'un vienne la soutenir. Puis la praticienne entra dans le grand édifice et se rendit dans un petit bureau équipé d'un téléphone. Le cornet pendait au bout de son fil.

— Colonel, dit-elle, Picard à l'appareil.

— Capitaine, la matrone Pense est déjà en route pour venir vous chercher. Au minimum, vos malades demandent les services de combien d'infirmières ?

— … Deux, je pense.

— Tant pis. Amenez avec vous celle qui parle français.

L'homme raccrocha brusquement. Marion revenait vers la grande maison en courant.

— Dites à Mildred de prendre votre place, puis rejoignez-moi dans la cour, lui commanda la médecin.

L'infirmière fit comme sa supérieure le lui demandait. Dehors, Thalie se tint debout devant l'édifice, songeuse. Si elle faisait le lien entre la confidence de Thomas et cet appel, elle en déduisait que l'attaque était en cours. Pourquoi emmener avec elle la francophone de son équipe ? Des hypothèses catastrophiques lui traversaient l'esprit. Heureusement, le bruit d'un moteur mit fin à ses sombres réflexions. Une voiture kaki descendait l'allée un peu trop vite, elle s'arrêta dans un crissement de pneus et un nuage de poussière.

En s'approchant, Thalie vit que mademoiselle Pense, la matrone des services de santé canadiens, était au volant.

— Montez devant, ordonna celle-ci.

Un peu dépitée, l'infirmière occupant la place du passager alla s'installer sur la banquette arrière, là où se trouvait déjà une consœur. Lorsque Marion arriva, elles durent se serrer les unes contre les autres.

La praticienne avait tout juste fermé sa portière que la conductrice appuyait sur l'accélérateur. Pour ne pas se trouver projetée sur sa voisine, Thalie devait se tenir au cadre de la voiture.

— Que se passe-t-il ?

— On a besoin de renfort rapidement.

La suite ne venant pas, Thalie s'impatienta.

— Même si l'une de nous est une espionne allemande, nous ne ruinerons pas l'effort de guerre du Canada en sachant ce qui nous attend.

La lieutenant Pense grommela quelque chose entre ses dents au sujet des « *French Canadian doctors* », puis se résolut à se faire plus loquace :

— Nos troupes ont fait un raid contre la France, en Normandie… Les blessés sont ramenés à Southampton, nous devons aider à faire le tri.

La matrone conduisait brusquement, avec un sentiment d'urgence. Heureusement, les vitres baissées prévenaient les haut-le-cœur. Même si elle avait eu la sottise de l'apporter, la lecture de Baedeker se serait révélée impossible. Southampton était un port important sur la Manche, un point de départ évident pour un raid contre la côte normande, ou pour le retour après celui-ci.

— Ça se trouve à quelle distance ?

Mademoiselle Pense garda encore le silence, avant de répondre :

— Cent dix, cent vingt milles, je ne sais pas exactement. Nous allons contourner Londres par l'ouest. Nous en aurons pour plus de deux heures.

À tout le moins, elle ne ménageait pas ses efforts pour réduire cette durée. Son empressement rendait les autres plus inquiètes encore.

— Mademoiselle, fit une voix derrière, il y a beaucoup de blessés ?

La lieutenant ne montrait aucune inclination à répéter les rumeurs très inquiétantes entendues à Digswell Place.

— Si on demande des renforts, c'est qu'on en a besoin. Maintenant, laissez-moi conduire.

Le glissement des pneus dans un virage un peu raide les convainquit de mettre fin à toute conversation. Elle avait besoin de toute son attention pour la route.

❖

Deux bonnes heures se passèrent dans la terreur. Des embarcations vinrent de nouveau sur la plage de Dieppe. Des soldats canadiens purent les rejoindre, beaucoup en titubant, d'autres avec le soutien de camarades plus chanceux. Ils se mirent à deux, puis à trois pour traîner Ménard, inerte depuis le dernier impact de balle. En s'approchant de la mer, ces combattants s'exposaient aux coups de feu venus de la falaise.

Des francs-tireurs demeuraient aux aguets. Thomas mesura toute l'importance de la menace quand il tenta de se redresser pour revenir vers la mer. Une balle lui effleura le dos, labourant la chair comme un soc de feu. Tout de suite, il sentit comme un engourdissement dans ses jambes. Quelqu'un le tenait dans sa mire. Ses cris ne reçurent aucune réponse de ses camarades. De toute façon, des centaines d'hommes hurlaient, blessés ou terrorisés. À bonne distance, le jeune homme regarda ses camarades rembarquer.

❖

Le port de Southampton avait beaucoup souffert des bombardements en 1940 et 1941. La voiture de la lieutenant Pense emprunta des rues où des monticules de débris se trouvaient encore entassés sur les trottoirs. Les maisons détruites ressemblaient à des caries sur une rangée de dents saines.

Des navires de guerre étaient amarrés aux quais. Des rubans de fumée s'élevaient de certains, Thalie remarqua la gîte importante de l'un d'eux. Surtout, des brancardiers transportaient des hommes vers un grand hangar. La matrone comprit qu'il s'agissait de leur destination, elle s'y dirigea. Le coup de frein précipita les infirmières vers l'avant.

— Dépêchez-vous, dit-elle en ouvrant sa portière.

La recommandation était inutile, toutes les autres faisaient comme elle. Les femmes s'engouffrèrent dans une porte assez grande pour laisser entrer les plus gros camions, pour se retrouver dans une version moderne de l'enfer. D'abord, Thalie perçut les odeurs. Celles du sang, des excréments. Puis les cris. Pas des hurlements, des cris étouffés, des pleurs.

— Qu'est-ce que vous faites plantées là ?

La matrone Pense ne voyait pas une scène de ce genre pour la première fois, l'immobilité de ses compagnes l'excédait. Un médecin-chef se tenait au milieu de cette agitation. Il demanda :

— Vous en avez qui parlent français ?

— Deux.

— De ce côté, les fusiliers.

Sans s'en rendre compte vraiment, Thalie se laissa pousser dans un coin du hangar. Des tables graisseuses étaient converties pour la chirurgie. Un homme affublé d'un grand tablier souillé de sang se tourna vers elle, remarqua le sarrau encore propre, puis lui dit en anglais :

— Si vous êtes médecin, faites-le voir. Ces blessés-là… Trouvez ceux qui doivent être opérés tout de suite, ceux qui peuvent attendre…

L'homme continua un ton plus bas :

— Et ceux pour qui c'est trop tard.

Le classement, le tri. Tout cela lui avait été expliqué à Sainte-Anne-de-Bellevue. Le médecin tenait une petite scie d'acier dans sa main. Dans un instant, quelqu'un aurait un membre en moins.

— Vous y allez?

Thalie se précipita vers l'endroit désigné, Marion sur les talons. Les brancardiers déposaient les blessés à même le sol. À tort ou à raison, elle considéra que ceux qui se trouvaient le plus près de la porte attendaient depuis le plus longtemps. Lorsqu'elle s'agenouilla à côté du premier, les mêmes odeurs lui levèrent le cœur. Le garçon murmurait quelque chose, le mot «maman» se répétait.

La médecin se rapprocha encore, son sarrau blanc rougit au contact du pantalon imbibé. Sa main s'appuya sur la poitrine. Que devait-elle dire?

— Soldat? Soldat?

Les yeux s'entrouvrirent. Elle remarqua la respiration inégale, bruyante.

— Ma sœur...

La confusion pouvait tenir à un souvenir d'un hôpital du Québec, avec ses religieuses, ou alors à l'usage, dans les établissements anglais, de désigner les infirmières du nom de *sister*.

— Ma sœur, dites-moi que je vais bien aller.

La phrase était venue dans un souffle, il eut du mal à en aspirer un autre. Thalie parcourut son corps des yeux, les posa sur les deux mains crispées sur son abdomen. Des boucles roses et grises apparaissaient entre ses doigts sanglants. Une balle lui avait ouvert le ventre, peut-être tenait-il ainsi ses tripes depuis une plage en France.

— Dis-moi ton nom, soldat.

— Yves, ma sœur.

— Ça va aller, Yves. Ne t'en fais pas.

Sa main se posa sur les siennes, le contact des viscères sur sa peau nue la troubla.

— Nous allons nous occuper de toi, maintenant.

On avait dû lui injecter une dose massive de morphine pour réduire la douleur, et son anxiété. La médecin songea à obtenir une nouvelle seringue. Ce ne fut pas nécessaire. Le garçon ferma les yeux, cessa d'abord ses murmures, puis sa respiration.

Marion se tenait tout près, debout, les yeux écarquillés. Son menton et sa lèvre inférieure tremblaient un peu. Au moment de se relever, la médecin essuya sa paume droite sur son vêtement, prononça d'une voix dure :

— Pas ici, pas maintenant.

L'injonction s'adressait d'abord à elle-même.

— Tu regardes l'autre.

Des yeux, elle désignait un homme étendu à deux pas. Le diagnostic de celui-là ne faisait pas mystère : l'une de ses jambes présentait un angle curieux. La praticienne se remit à genoux, se pencha en mettant sa main sur la poitrine d'un troisième.

— Soldat, vous m'entendez ?

— Le gars à côté…

— Où avez-vous été blessé ?

— Il est mort ? Au moins, il ne se lamente plus.

Les plaintes des estropiés s'additionnaient, formant un grondement insupportable. De la main, il désigna un renflement sur sa poitrine. La médecin chercha ses ciseaux dans la poche de son sarrau, coupa le tissu ensanglanté du *battle dress* pour trouver la compresse posée là par un brancardier, sur le champ de bataille. Quand elle la souleva, le soldat émit un grognement.

— Je dois regarder. J'ai presque fini.

Lorsqu'elle décolla le tissu de la chemise pour le couper aussi, il laissa échapper un cri, serra les dents pour se retenir. Un seul trou, bien rond.

— Vous n'avez pas d'autres blessures ?

— Après celle-là, j'me suis un peu assoupi.

Crâner pour ne pas dire sa terreur. Thalie ne voyait pas d'autres taches de sang importantes sur le devant du corps. Celles qui s'y trouvaient venaient sans doute d'autres blessés, ou de morts, pendant le transport.

— Savez-vous si la balle est sortie de l'autre côté ?

L'homme eut un éclair dans les yeux. Elle ne se trouvait pas dans son bureau, à écouter les inconforts d'une femme enceinte de huit mois.

— Serrez les dents, je vais vous tourner un peu, pour voir.

La médecin accrocha son ceinturon d'une main, le tissu du *battle dress* sur l'épaule de l'autre, puis tira de toutes ses forces.

— Jésus-Christ ! grogna-t-il tout en l'agrippant.

La main sanglante laissa une trace sur le sarrau, à la hauteur du sein.

— Pardon.

Même en cet instant, les règles de bienséance lui demeuraient à l'esprit.

— Aucun de nous deux n'est là pour s'amuser, dit-elle en le replaçant sur le dos. La balle est ressortie.

Comme l'autre lui jetait un regard interrogateur, elle précisa :

— C'est une bonne nouvelle. Pas besoin de trifouiller là-dedans pour la retrouver. Je vais essayer de vous prendre un rendez-vous là-bas.

Elle désignait une table d'opération inoccupée. En quelques pas, elle rejoignait le chirurgien qui se lavait les mains à grand renfort d'alcool.

— Cet homme, là, a reçu une balle dans la poitrine. Le poumon ne paraît pas touché. La blessure de sortie est à la hauteur de l'omoplate.

— *Nurse*, j'établis les diagnostics.

Thalie écarta son sarrau pour faire voir son uniforme.

— Moi aussi, dit-elle tout en songeant qu'il aurait pu s'en douter, car elle n'avait pas la tenue d'une infirmière.

— … Désolé, docteure. Faites-le mettre là.

Tandis que des brancardiers apportaient le blessé au chirurgien, elle se pencha sur un autre. Le trouvant capable d'attendre un peu, elle passa au suivant. Il s'écoula une heure pendant laquelle elle vit vingt jeunes hommes mutilés, une autre heure, et la même récolte. Tous des fusiliers Mont-Royal. Chaque fois, la praticienne craignait de reconnaître les traits de Thomas sous une couche de crasse et de sang coagulé. À ceux qui ne semblaient pas trop souffrir, elle osa bientôt demander :

— Picard… Thomas Picard, ça vous dit quelque chose ?

Au cinquième, une voix bourrue lui répondit :

— Le p'tit lieutenant tout maigre ? Ouais, y était dans mon bateau. Y a bu une tasse en descendant.

— Que voulez-vous dire ? demanda-t-elle le cœur serré.

— Bin, c'est comme j'vous dis. Y a fait trois pas dans la mer et paf ! En pleine face dedans.

Le coup la fit chanceler. Incapable de tolérer la réponse, elle n'osa pas demander ce qui s'était passé ensuite.

❖

Depuis trois heures au moins, une demi-douzaine d'infirmières allaient de l'un à l'autre. L'une d'elles se tourna à demi pour remarquer en anglais :

— Docteure, je ne saisis pas ce qu'il me dit.

Thalie avait compris dès les premières minutes pourquoi Bolton lui avait demandé d'emmener Marion avec elle. Même si deux ans en Angleterre avaient permis à ces garçons d'apprendre la langue, blessés et en état de choc, ils revenaient aux premiers mots de leur enfance et oubliaient tous les autres. L'une et l'autre devaient donc servir de traductrices.

— Il parle d'une Jeannette, expliqua la médecin. Sans doute son amoureuse.

Puis elle se pencha, répéta encore le même geste de poser la main gauche sur la poitrine du garçon pour demander :

— Soldat, vous pouvez me dire votre nom ?

— Robert… Robert Savard.

— Vous savez où vous êtes ?

— Christ !

Après un instant, il se reprit :

— Pardon. Chus dans un maudit entrepôt. Chus chanceux, y ont pu me ramasser. Y en a une gang qu'est restée à terre sur la plage.

— Maintenant nous allons bien nous occuper de vous.

Tout le flanc du *battle dress* était sanguinolent, à cause d'éclats de shrapnel, sans doute. Elle découpa le tissu, souleva les compresses de gaze poisseuses. En anglais, elle dit à l'infirmière :

— Il faut l'opérer bien vite. Allez arranger ça.

Évidemment, dans ce hangar, le « bien vite » prenait un autre sens. Tous les chirurgiens s'activaient autour de tables improvisées. Dix minutes plus tôt, elle avait vu trois ou quatre membres amputés dans un baril métallique.

— Cette Jeannette, c'est votre petite amie ?

— Bin oui. Chus un maudit fou d'avoir signé pour c'bord-citte.

Tous ces blessés devaient se dire la même chose. Si ce matin ces garçons brûlaient d'envie de voir « de l'action », une dizaine d'heures plus tard leur perspective avait beaucoup changé.

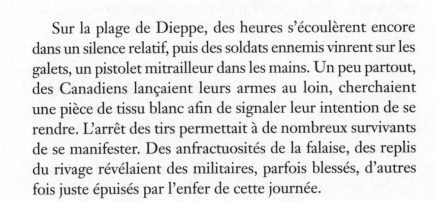

Sur la plage de Dieppe, des heures s'écoulèrent encore dans un silence relatif, puis des soldats ennemis vinrent sur les galets, un pistolet mitrailleur dans les mains. Un peu partout, des Canadiens lançaient leurs armes au loin, cherchaient une pièce de tissu blanc afin de signaler leur intention de se rendre. L'arrêt des tirs permettait à de nombreux survivants de se manifester. Des anfractuosités de la falaise, des replis du rivage révélaient des militaires, parfois blessés, d'autres fois juste épuisés par l'enfer de cette journée.

Au cours des premières heures dans le hangar, les événements s'étaient bousculés. Des blessés couvraient le sol jonché de débris, il fallait courir de l'un à l'autre. On nettoyait les plaies et on changeait les pansements de ceux qui étaient capables de parcourir quelques dizaines de milles dans une ambulance, puis des brancardiers venaient les cueillir pour les conduire à la base militaire d'Aldershot où se trouvait un hôpital. D'autres étaient recousus sur place par un chirurgien. Quelques soldats présentaient des fractures après une chute au moment de descendre dans une péniche de débarquement. Cela leur avait valu un simple aller-retour vers la plage, sans jamais toucher le sol. Certains voyaient là une chance inouïe, d'autres se plaignaient de leur mauvaise fortune.

Évidemment, les blessures par balle, ou attribuables à des éclats d'obus, étaient de loin les plus dangereuses. Quand, dans un membre, l'os avait éclaté sous l'impact, les chirurgiens procédaient à une amputation. Thalie jugeait parfois la mesure un peu trop expéditive. Il lui semblait qu'attendre un peu, pour opérer dans de meilleures circonstances, permettrait peut-être de placer des tiges métalliques, des vis. Toutefois, mieux valait taire son opinion.

Rien, au cours de ses dix-sept années de pratique, ne la préparait à une telle situation. Elle avait réduit quelques fractures d'enfant, suturé de très nombreuses chairs déchirées. Toujours, elle pouvait sinon prendre son temps, du moins ne pas subir la pression d'un autre éclopé gémissant qui risquait de mourir au bout de son sang si on le faisait trop attendre. Ses propres interventions se déroulaient dans un environnement propre, bien éclairé. Là, quand il lui fallait enfoncer une aiguille dans un bras pour une transfusion sanguine, ou pour poser un soluté, elle devait d'abord couper du tissu rugueux et enlever la crasse avec un coton imbibé d'alcool.

Toutes les ambulances de l'Angleterre devaient avoir été réquisitionnées pour le transport des blessés vers les hôpitaux. Heureusement, ceux-ci venaient par vague, au gré de l'accostage des navires. Cela laissait un moment pour souffler, et le temps aux véhicules de revenir pour transporter une nouvelle fournée.

— Ils ont débarqué à Dieppe, vint lui dire Marion lors de l'une de ces accalmies.

— J'ignore où cela se trouve.

— Juste de l'autre côté du *channel*, une petite ville construite sur des falaises dominant la plage. Nos gars débarquaient sur le rivage pour se faire tirer d'en haut, comme des lapins.

Même sans avoir fait l'école militaire, la médecin devinait que dans cette position les attaquants n'avaient guère de chance de l'emporter, à moins de déborder complètement les défenseurs par le nombre.

— L'expédition a été menée par les Canadiens seulement?

— Surtout, pour l'infanterie en tout cas, avec un régiment anglais et quelques commandos américains. La marine, l'aviation aussi je pense, se composait des nôtres et de British.

Tout cela, l'infirmière l'avait appris lors d'une conversation avec un caporal aux blessures plutôt légères, le temps de fumer une cigarette. Elle secoua la tête avec colère. L'air de *We'll meet again* la hantait maintenant, comme un ver d'oreille. Dans deux semaines, ce garçon serait de nouveau bon pour le service, disposé à aller se faire tuer sur une autre plage. Mieux valait s'efforcer de ne plus penser à l'absurdité de la situation et s'en tenir à transférer des informations.

— En plus des fusiliers, il y avait quatre ou cinq autres régiments, de Toronto, de Hamilton, de l'Alberta. Puis les Cameron Highlanders, de Montréal.

— Tous ces jeunes gens massacrés…

Des cris vinrent de l'extérieur, deux brancardiers passèrent les portes, suivis tout de suite d'une douzaine d'autres. Lorsqu'ils les déposaient sur le sol, des plaintes échappaient aux blessés. Les deux femmes se dirigèrent tout de suite vers ceux qui s'exprimaient en français. Puis il y en eut de plus en plus. De petites embarcations ramenaient les fusiliers sur les côtes anglaises. Dans les situations les plus critiques, un cri faisait accourir Thalie ou Marion à la rescousse. Autrement, la plupart racontaient leurs malheurs dans leur langue, pour se faire répondre « Huhum, huhum » par des soignantes fourbues ne connaissant que l'anglais.

Après une nouvelle accalmie, une seconde vague de fusiliers arriva. Un brancardier cria en anglais :

— Docteur, ça c'est un lieutenant-colonel. Il dirigeait ces gars.

« Même ici, songea Thalie, avoir des galons apporte des privilèges. » La suite changea un peu sa perspective :

— C'est le seul commandant à s'en être sorti vivant. Les autres se sont fait tuer à la tête de leurs troupes.

Puis elle regarda l'homme sur le brancard. On l'avait placé un peu sur le flanc gauche, tout son côté droit se trouvait ensanglanté. Le transfert sur la table lui tira des gémissements, puis sa voix continua plus forte, comme si on venait de le réveiller.

— Vous ! là ! cria le chirurgien en lui adressant un geste de la main.

Celui-ci posait son stéthoscope sur la poitrine de l'officier, tout en gardant les yeux sur elle.

— Oui, docteur ?

— Vous êtes ?

— Docteure Picard.

— Alors, docteure Picard, ce gars est en train de se vider. Faites-lui une transfusion.

Déjà, l'homme découpait le *battle dress* du côté droit, en partant du col. Thalie commença par chercher le groupe sanguin sur la plaque d'identité que le blessé portait au cou, puis chercha un sac pour l'accrocher à une tige de métal. Le bras droit portait deux blessures par balle. Quand elle enfonça l'aiguille dans la veine du gauche, le blessé eut un geste brusque, recommença à grommeler.

— Qu'est-ce qu'il raconte ? demanda le chirurgien.

— Il nous demande de le laisser tranquille et d'aller plutôt chercher ses hommes restés sur la plage.

— Ça, ça ne relève pas de nous. Parlez-lui pour qu'il comprenne qu'il n'est plus là-bas.

— Vous n'allez pas couper son bras ?

Le chirurgien leva sur elle un regard dur, celui du médecin pour une infirmière osant avoir une opinion. La praticienne soutint son regard un long moment.

— Non, admit-il enfin. Il s'agit d'une fracture simple, le radius demeure intact, le cubitus ne paraît pas éclaté.

Le chirurgien s'occupait de nettoyer la plaie, dans un instant il poserait des compresses de gaze, enroulerait un pansement pour les faire tenir.

— Parlez-lui.

— … Officier, officier? dit-elle en prenant sa main.

— Ménard… Dollard Ménard.

Donner un pareil prénom à un enfant, c'était le prédestiner au champ de bataille.

— Vous savez où vous êtes, lieutenant-colonel?

Le blessé entrouvrit les yeux pour la regarder, puis examina les lieux. La douleur causée par les soins de l'autre praticien avait pour conséquence de le ramener au présent.

— Avec tout ce sang, vous n'êtes pas un ange.

Machinalement, Thalie baissa les yeux sur son sarrau totalement barbouillé.

— Je ne suis pas à Québec non plus. Je parie pour l'Angleterre.

— Je suis la docteure Picard. Je travaillais au Jeffery Hale.

Il venait d'évoquer sa ville natale, elle lui précisait venir de là aussi. Ménard avait une stature de colosse, mais la perte de sang le rendait très faible. Tout de suite, ses yeux se refermèrent.

— Aidez-moi à le mettre sur le côté gauche, dit le chirurgien, et continuez de lui parler.

Le mouvement du corps sur la table tira un «Jésus-Christ» au blessé, puis des grognements. Le chirurgien découpa de nouveau dans le tissu pour lui dégager le dos. Des éclats de shrapnel lui avaient labouré la chair.

— Lieutenant-colonel, l'un de mes cousins a participé au raid, Thomas Picard.

Comme l'autre ne répondit pas, elle se pencha pour se rapprocher de son oreille.

— Thomas Picard.

— … Le casse-pieds ?

Curieusement, à cause de l'épithète, Thalie comprit qu'ils parlaient bien de la même personne. Son allure de grand adolescent désirant bien faire devait donner cette impression à ses supérieurs.

— Savez-vous ce qui lui est arrivé ?

— Je me souviens de l'avoir vu ramper sur la plage. Des Allemands l'avaient dans leur ligne de mire, il cherchait à se mettre à l'abri.

« Donc il ne s'est pas noyé », songea-t-elle. Le récit de l'autre soldat n'avait cessé de lui tourner dans la tête.

— Pourquoi le casse-pieds ?

— Il ne m'a pas lâché jusqu'à ce que j'accepte de le prendre avec nous.

Thomas n'était pas assez naïf pour ignorer les risques de se faire tuer dans l'opération. De là la fameuse lettre destinée à son père. Penchée sur le blessé, la praticienne eut une meilleure vue des dégâts à la tempe. Le sang coagulé formait une croûte dans les cheveux. L'officier tentait d'y porter la main gauche. Elle devait l'en empêcher à cause de l'aiguille dans le bras.

— Je vais m'occuper de ça.

Une pièce métallique pointait. Prenant une pince parmi les instruments de son collègue, Thalie saisit le bout d'acier un peu enfoncé dans l'os du crâne. Il avait la taille d'une pièce de cinq sous, tout en étant bien plus épais. Le blessé laissa échapper un nouveau juron quand elle l'arracha, puis il déclara :

— Je veux le garder.

Elle le lui plaça au milieu de la paume gauche. L'éclat de shrapnel une fois retiré, le sang recommença à couler. La praticienne chercha un paquet de coton, y versa de l'alcool puis entreprit de nettoyer la plaie. Ensuite, après avoir refermé le tout avec trois points de suture, elle lui fixa un gros pansement.

Son collègue en avait terminé de bander aussi sa jambe droite, ils replacèrent Ménard sur le dos, provoquant de nouveau des grognements de douleur.

— Lieutenant-colonel, aucune de vos blessures ne semble létale, dit Thalie. On va vous transporter à l'hôpital d'Aldershot, où des collègues finiront le travail.

— Docteure… Picard, je vous remercie.

— De rien. Je crois que l'on a besoin de moi de ce côté.

Un soldat et une infirmière entretenaient une conversation sans se comprendre, son rôle d'interprète l'attendait.

— Vous reviendrez m'aider, dit le chirurgien avant qu'elle ne s'éloigne. Je commence à avoir la main moins sûre.

Après des heures à jouer surtout le rôle d'une infirmière, Thalie allait pouvoir mettre davantage ses compétences à contribution.

Les prisonniers étaient conduits vers la ville de Dieppe, en haut de la falaise, certains sur des brancards, d'autres par leurs propres moyens. Thomas estimait leur nombre à plusieurs centaines. Il tentait de retarder l'inéluctable, s'aplatissant sur le sol, faisant le mort. Par ses yeux entrouverts, il voyait les uniformes d'un gris foncé s'approcher. Un soldat poussait les corps du bout du pied pour les mettre sur le dos, à la recherche de survivants. Quand ce fut son tour, il ne put réprimer une grimace de douleur. L'homme abaissa le canon de sa mitraillette pour lui viser le front.

— *Komm, komm, mein Lieber.*

Sans connaître un mot d'allemand, le lieutenant comprit le premier, tellement il ressemblait à l'anglais. « Viens, viens. » Il se redressa en grimaçant de douleur, le désespoir lui donnait toutefois une énergie suffisante pour se déplacer. D'un mouvement de son arme, le soldat lui fit signe de lever les mains. Il obtempéra tout de suite. Les cent pas jusqu'à la rampe d'accès à la ville lui parurent une torture.

L'Allemand prononça encore quelque chose. Devant le regard perdu de Thomas, il reprit dans un mauvais anglais :

— Ta guerre est terminée.

Maintenant, son sort ne faisait pas mystère : un peu plus d'un mois après son passage en Angleterre, il se retrouverait dans un camp de prisonniers. Les journaux ne les présentaient pas comme des lieux infernaux, tout de même, la perspective d'un long séjour le terrorisait.

Près de la falaise, il rejoignit une quarantaine de Canadiens, de langue française pour la moitié. Parmi eux, une dizaine montraient des blessures sérieuses, quelques-uns ne pouvaient plus tenir sur leurs jambes. Dans les plaintes qu'ils laissaient échapper, les mots « J'ai soif » revenaient sans cesse.

— De l'eau, dit le lieutenant au soldat qui l'avait cueilli sur la plage.

Comme ce dernier le regardait sans avoir l'air de comprendre, il fit le geste de porter une bouteille à sa bouche. Son interlocuteur montra des cadavres sur la plage, quelques mots accompagnèrent le geste. Bien sûr, ceux-là n'en avaient plus besoin. Péniblement il rejoignait les morts les plus proches, un trio de fusiliers. Un visage lui parut familier, malgré le rictus. Chacun portait une gourde à la ceinture. Des obus de mortier avaient labouré leurs chairs. En revenant, il passa les contenants sur le devant de son uniforme pour en effacer le sang, puis s'agenouilla pour faire boire ses camarades, soutenant leur tête de sa main droite.

❖

Depuis une heure peut-être, des soldats allemands parcouraient les plages de Dieppe afin de faire la part des morts et des vivants. Des civils français, dirigés par des policiers et des pompiers, s'occupaient d'aligner les cadavres sur les galets. Plus tard, des camions les ramasseraient pour les jeter dans des fosses communes. Par groupes de plusieurs dizaines, les autres devaient emprunter les routes abruptes donnant accès au sommet de la falaise.

Le lieutenant Turgeon se retrouva parmi un détachement de soldats marchant en rang, cinq de front. Il avait survécu en se plaquant dans une anfractuosité de la falaise. Après toutes les épreuves de la journée, ses compagnons et lui avançaient comme des automates, portés par l'adrénaline. En parcourant les rues de la ville, les hommes défaits attiraient l'attention des habitants. Ils s'arrêtaient sur les trottoirs pour les regarder passer, comme devant un cortège funèbre. Peut-être s'agissait-il bien de cela. Après un pareil massacre, les espoirs d'une victoire alliée s'estompaient.

Le groupe fut conduit sous escorte jusqu'à l'Hôtel-Dieu. De part et d'autre de la colonne, des soldats allemands marchaient, un fusil mitrailleur dans les mains. Toute tentative de fuite s'apparenterait à un suicide. Sur la place devant l'établissement de santé, les officiers se trouvèrent séparés de leurs hommes. La hiérarchie militaire était respectée même dans la défaite : ils ne seraient pas détenus dans les mêmes camps.

Turgeon se retrouva tout près de l'hôpital avec ses camarades. Il remarqua un homme portant le col romain sous son *battle dress*. Des aumôniers de diverses confessions avaient débarqué avec leurs ouailles. Celui-là faisait le tour des blessés étendus à même le sol, dans l'attente de soins. Une religieuse le suivait dans le but d'identifier les cas les plus urgents, afin de les faire transporter à l'intérieur. Un soldat allemand s'approcha bientôt en bousculant les prisonniers toujours debout, son pistolet à la main.

— Occupez-vous de ceux-là, ordonna-t-il dans un mauvais français en pointant son arme vers le visage de la religieuse.

Cette partie de la France étant occupée depuis deux ans, les militaires avaient eu le temps d'apprendre à peu près la langue. La femme ne leva même pas la tête. Turgeon remarqua pour la première fois la présence d'uniformes gris parmi les blessés. L'énergumène entendait voir les siens soignés en premier. Sa façon d'agiter son pistolet laissait craindre un malheur. L'un de ses camarades saisit son poignet pour l'abaisser vers le sol, avec un flot de paroles peu amènes.

Quand la religieuse passa près de l'officier des fusiliers, il demanda :

— Vous pouvez me dire votre nom, ma sœur ?

L'autre le dévisagea un moment, visiblement surprise de se voir interpeler en français.

— Sœur Agnès.

— Vous êtes très courageuse.

Elle haussa les épaules, puis poursuivit son travail. Elle s'occupait des blessés en fonction de l'urgence, sans s'arrêter à la couleur de l'uniforme.

La côte donnant accès au sommet de la falaise s'appelait « le cirque ». Certains hommes ne pouvaient tenir debout. Si les Allemands voulaient bien fournir les brancards, aucun n'entendait les porter. Les prisonniers les plus valides s'en chargèrent. De son côté, Thomas se ressentait de plus en plus de sa blessure au dos. Le sang s'écoulait jusque sur son pantalon, à l'arrière. Au moment de gravir la côte, chacun de ses pas lui coûtait un effort surhumain.

— Lieutenant, remarqua un autre fusilier, vous êtes en train de crever, là.

La remarque le troubla. La douleur était croissante, la tête lui tournait. Il tomba sur les genoux, deux camarades le saisirent sous les bras. En haut de la côte, des camions attendaient. Une fois que les blessés se retrouvèrent au fond des véhicules, ceux-ci sortirent de la ville et s'engagèrent sur une route de campagne.

❖

En soirée, l'équipe médicale put enfin respirer un peu. Même si en août le soleil se couchait passé neuf heures, la pénombre envahissait le grand hangar depuis longtemps. Il avait fallu soigner les derniers blessés à l'aide de lampes électriques insuffisantes. Si tout le monde dut faire son deuil du souper, des membres de la Home Guard vinrent avec des thermos de café ou de thé.

Les infirmières évoquaient le moment de regagner leur base respective quand un premier duo de brancardiers passa les grandes portes. Marion connaissait maintenant la plupart d'entre eux. Après une brève conversation, elle revint vers Thalie.

— Un navire a reçu quelques obus, assez pour le retarder de plusieurs heures. Il vient tout juste de s'amarrer au quai. Nous devrons nous occuper de certains de ses passagers.

Les blessés se firent bientôt plus nombreux, les infirmières se dispersèrent dans la grande bâtisse.

— Celui-là est tombé du ciel, cria quelqu'un. Il semble plutôt mal en point.

« Tombé du ciel ? », se demanda la praticienne. Le jeune soldat se retrouva sur la table métallique du chirurgien Thompson, avec lequel elle s'était occupée des blessés au cours des heures précédentes. Il lui fit signe de la main. En approchant, elle remarqua que ce client portait la veste de cuir des aviateurs.

— Il s'est fait descendre tout près de la plage de Dieppe à ce qu'il paraît, expliqua son collègue. Savez-vous ce qu'il raconte ?

Le pilote laissait surtout échapper des plaintes, mais Thalie comprit le prénom « Fulgence ».

— Rien d'intelligible.

Machinalement, la médecin aida son collègue à tourner le blessé sur le côté pour retirer une manche de la veste de cuir doublée de mouton, puis la seconde.

— Des centaines d'avions devaient immobiliser la Luftwaffe au sol pendant le débarquement, expliqua le chirurgien. Visiblement, ça n'a pas marché, car de nombreux appareils des nôtres ont été abattus. Voyez sa tête.

Alors que lui entreprenait de couper les vêtements, elle nettoya le côté droit du visage, couvert de sang. Une balle avait labouré le crâne, juste au-dessus de l'oreille. Recoudre les têtes risquait de devenir sa spécialité, au rythme où allaient les choses. Son collègue s'occupa d'une blessure plus conséquente à la poitrine.

— Fulgence, râla encore le blessé. Papa.

En même temps, il agitait les bras, comme pour se maintenir à flot. Les vêtements mouillés par l'eau de mer, couverts çà et là de mazout, indiquaient qu'il était tombé dans la Manche. On devait l'avoir récupéré dans son minuscule bateau de caoutchouc. Cela témoignait d'une chance inouïe. Thalie contemplait le visage maintenant à peu près propre avec une étrange impression de « déjà vu ». Un très beau visage, des cheveux blonds.

— Fulgence.

Il prononçait toujours le même prénom, celui d'un proche parent sans doute. Puis le souvenir lui revint tout d'un coup. Québec, la maison de Fernand Dupire, sa patiente Eugénie au second étage.

— Jacques ? Jacques Létourneau ?

L'autre eut un mouvement de la tête, un froncement des sourcils.

— Jacques ? Nous nous sommes croisés à Québec, chez votre mère.

Le garçon leva la main pour prendre l'une des siennes.

— Thalie Picard, précisa-t-elle. La médecin.

Il s'agissait bien de ce garçon, avec douze ou treize ans de plus. Ils s'étaient vus deux ou trois fois peut-être, quand elle rendait visite à sa malade. Un fils abandonné à la naissance retrouvant sa mère au cours des derniers mois de vie de celle-ci. Grand, blond, terriblement beau. La tête et la poitrine lacérées n'y changeaient rien.

— Vous savez qui je suis ?

Le docteur Thompson les regardait du coin de l'œil, tout en plaçant une aiguille dans son bras.

— Vous semblez le connaître.

— Un cousin plutôt éloigné.

— Encore ? Toute votre famille s'est engagée, à ce que je vois.

Il se souvenait des questions posées à un autre blessé. Le hasard faisait curieusement les choses. C'était un peu comme tomber pour la seconde fois sur un voisin alors qu'elle se trouvait à l'autre bout du monde.

— Pas toute, je vous rassure. Que pensez-vous de son état ?

— Et vous, docteure ?

— Commotion cérébrale. La blessure à la poitrine ne paraît pas si grave, aucun organe vital n'a été touché.

Le chirurgien lui adressa un sourire un peu moqueur, tout en faisant signe que oui d'un geste de la tête. Une balle à la tête, une autre à la poitrine, la dernière à la jambe, la chute dans la mer : pourtant il avait eu de la chance. Jacques lui tenait toujours la main, comme si elle offrait une présence rassurante.

— Sa jambe semble cassée. Aidez-moi à mettre une attelle.

Cela leur prit quelques minutes.

— Merci de votre aide, encore une fois, dit le praticien à l'adresse de sa collègue. Quand nous en aurons terminé avec ceux-là, nous pourrons aller dormir.

Thalie hocha la tête, serra une dernière fois la main du blessé en lui adressant des paroles rassurantes. Jacques prononça des mots inintelligibles. Des brancardiers vinrent le prendre pour l'amener vers une ambulance. Elle s'approcha ensuite des autres soldats couchés à même le sol.

❖

La nuit tombait quand la colonne d'officiers assez bien-portants pour marcher sur une longue distance atteignit le village d'Envermeu, à trois ou quatre kilomètres de la ville de Dieppe. Turgeon ne pouvait s'empêcher de penser aux histoires d'officiers russes exécutés par dizaines en Union soviétique. Ses compagnons d'infortune ne paraissaient pas plus rassurés.

À la fin, les prisonniers se retrouvèrent dans une petite église de pierre, des soldats gardant toutes les issues. On pensa enfin à leur distribuer des rations militaires, plus de vingt-quatre heures après leur dernier repas.

Chapitre 18

Thalie et les infirmières se reposaient, adossées au mur du grand entrepôt, assises à même le sol. Toutes se sentaient fourbues. Les fumeuses se passaient des cigarettes l'une à l'autre, puis des briquets. Personne ne parlait, excepté quelques mots pour évoquer la peine, l'épuisement. Aucun blessé ne leur avait été amené depuis une bonne heure quand la matrone Pense vint chercher le personnel venu avec elle de Welwyn.

— Nous allons rentrer. Je doute qu'il reste un seul rescapé encore en mer.

Même si la praticienne ne comptait pas parmi le personnel soumis à son autorité, Thalie comprit que la directive la concernait aussi. La petite Austin kaki était garée dans un coin sombre du port, sous l'éclairage un peu cru d'un lampadaire. L'omnipraticienne remarqua que le vêtement de chacune se trouvait taché de sang. Elle se laissa choir sur le siège du passager, les infirmières s'entassèrent sur la banquette arrière.

— Vous n'êtes pas trop fatiguée ? s'inquiéta-t-elle à l'instant où la matrone retrouva sa place derrière le volant.

— Savez-vous conduire ?

— … Non. Je n'ai jamais appris.

— Dans ce cas, je ne suis pas trop fatiguée.

Pourtant, lorsqu'elle recula, l'embrayage cria un peu, la voiture frôla un mur. Toutes demeurèrent silencieuses jusqu'à ce que le véhicule roule en pleine campagne. La matrone déclara alors :

— Vous avez très bien travaillé. Toutes.

Curieusement, la praticienne se sentit reconnaissante, même si la femme évoquait un travail infirmier. En quelque sorte, il s'agissait de leur baptême du feu.

— Vous avez déjà connu une journée comme celle-là ? lui demanda Thalie.

Mademoiselle Pense demeura un moment silencieuse, comme pour rassembler ses souvenirs.

— Il y a longtemps. En pire. Je me trouvais dans un hôpital de campagne, dans les Flandres. L'année 1918 a été la plus terrible.

Ainsi, elle avait connu de près la Grande Guerre. Elle était alors une jeune fille de l'âge de Marion. Vingt-cinq ans plus tard, l'armée demeurait sa seule famille. Thalie ne jugeait pas sa propre situation vraiment meilleure.

— Vous avez retrouvé des parents, aujourd'hui ? demanda son interlocutrice.

— Un seul, un cousin assez éloigné. Précisément, le fils de la fille du frère de mon père.

— Ah ! Je croyais pourtant…

— L'autre, je ne l'ai pas vu, mais il a débarqué à Dieppe.

Pendant des heures, Thomas junior lui était sorti de la tête. Cette pensée la rendit morose…

— Ainsi, dit Pense, ce garçon n'a pas été blessé. Vous le retrouverez à la base d'Aldershot dans un jour ou deux.

— Il peut aussi être mort là-bas.

On ne pouvait pas avoir des centaines de blessés sans une bonne proportion de tués. La matrone le savait aussi.

— Vous serez fixée sur son sort très bientôt.

Bien sûr, elle chercherait à savoir, avec la crainte de trouver le nom « Thomas Picard » dans la liste des victimes. Plus de deux heures plus tard, mademoiselle Pense s'arrêtait devant Digswell House pour laisser descendre deux de ses passagères. Elles demeurèrent un long moment debout dans la cour de la grande demeure.

— On ne sait pas comment on va réagir avant de se retrouver dans le feu de l'action, dit Marion en regardant vers le ciel.

Un escadron de bombardiers passait au même moment. Aucune ne savait reconnaître les avions au bruit de leur moteur. Amis ou ennemis ?

— Tous ces jeunes gens qu'on a vus aujourd'hui… Ils ne me sortiront plus de la tête, maintenant, remarqua encore la jeune femme. Puis tous les autres qui ne reviendront pas.

— Viens dormir, dit Thalie en lui passant un bras autour des épaules.

Une lumière éclairait le rez-de-chaussée, l'une des autres filles veillait sur les convalescentes. La vie tranquille prenait fin, toutefois.

❖

Les camions allemands étaient restés de longues heures immobiles, en pleine campagne. Puis longtemps après la nuit tombée, ils pénétraient dans un camp militaire. Thomas aperçut un alignement d'avions, des chasseurs à en juger par leur taille.

— Qu'est-ce qu'on vient foutre dans cette base ? murmura quelqu'un.

À l'arrière du véhicule, il ne restait que des officiers blessés. Certains râlaient, d'autres plus du tout. Il s'arrêta brutalement devant un alignement de tentes, provoquant des protestations douloureuses. Des hommes vêtus de sarraus blancs attendaient devant, de même que des femmes en tenue d'infirmière. On les avait conduits dans un hôpital de campagne. Des hommes de troupe arrivèrent avec des brancards, ils placèrent les blessés dessus avec ménagement. Thomas fut mis sur le ventre. Le sang avait coagulé dans son dos, encroûtant son uniforme.

Les blessés se retrouvèrent dans la même tente, couchés sur un alignement de lits étroits. Des ordres se donnaient en allemand. Cette langue lui sembla rugueuse, dure. Une infirmière s'approcha avec une grosse seringue. Une blonde à la stature athlétique, qui rappela tout de suite Béatrice à Thomas. Sa conversation avec elle lui revenait parfois, avec un sentiment de gêne. Comme elle avait dû le trouver immature !

— Aïe ! se lamenta le blessé étendu près de lui. Elle manie son aiguille comme une baïonnette.

Le jeune homme comprit bientôt. La beauté aryenne lui donna un coup d'estoc dans le bras, à travers la manche de l'uniforme, pesa sur le piston, passa à son voisin. « Une injection contre le tétanos », songea-t-il. La façon de procéder risquait de répandre des germes. Peut-être le sauverait-on d'une manière pour le condamner d'une autre.

Quelques minutes plus tard, la femme revint armée d'une paire de ciseaux pour couper son uniforme. Pris dans le sang coagulé, le tissu adhérait à son dos. La douleur le fit râler, ses mains se crispèrent sur les bords du lit. En comparaison, le nettoyage de sa blessure ressembla à une caresse. L'homme se concentra sur les jambes de la soignante, élégante. Cela lui permit d'oublier un peu le son de sa voix. Certaines intonations se comprenaient dans toutes les langues, la sienne évoquait une blessure sérieuse. Ça, la raideur envahissant tout le bas de son corps le lui avait déjà appris.

Puis très vite, il eut l'impression de tomber dans un trou noir.

Thalie dormit mal, traîna au lit une partie de la matinée. Au moment de se lever, elle trouva Marion dans la salle à manger, devant un déjeuner tardif. En face l'une de l'autre, elles demeurèrent un long moment silencieuses, toujours habitées par les scènes et les cris de la veille. À la fin, la brunette murmura :

— Tout à l'heure je leur ai raconté. Pas juste aux infirmières, aux malades aussi. Sinon, elles ne nous auraient pas lâchées de la journée pour satisfaire leur curiosité.

La médecin hocha la tête. Toutes voudraient savoir. Depuis la débâcle à Dunkerque deux ans plus tôt, il s'agissait de la première véritable incursion dans le territoire occupé. En plus, l'attaque avait été menée par une très grande majorité de Canadiens, des compatriotes. Parmi les 6 000 volontaires, chacune de ces femmes en connaissait vraisemblablement au moins un.

— Tu as bien fait. Chez nous, *Le Soleil* et *La Presse* doivent déjà donner des détails de l'opération.

Si le silence était de rigueur avant le raid, maintenant à l'état-major on devait concocter une histoire glorieuse à l'intention des citoyens.

— Voir tous ces jeunes hommes, ça m'a bouleversée, continua l'infirmière.

— Je comprends. Moi-même, je n'en menais pas large. Rien dans mes quinze années de pratique ne m'avait préparé à une scène pareille.

— Vous ne comprenez pas… Pas vraiment. Mon fiancé se trouve dans l'armée anglaise, quelque part à l'autre bout du monde. Aux Indes.

Des larmes coulaient des yeux de la jeune femme. En Asie, les Britanniques affrontaient les Japonais. Les histoires d'horreur circulaient, notamment au sujet de ce qui se passait dans les camps de prisonniers.

— Je ne savais pas…

Toutefois, sa sensibilité à *We'll meet again* le lui avait laissé deviner.

— Je l'ai rencontré ici, à Welwyn, au début de l'année. Il se trouvait en permission chez son père, nous nous sommes croisés dans le pub où je vous ai emmenée.

Marion marqua une pause, toute à sa morosité. À la fin elle ajouta, cette fois avec un sourire en coin :

— L'homme qui vous a adressé la parole… Il s'agit de son père.

Thalie ne put retenir un éclat de rire. Cette rencontre n'avait donc rien de fortuit.

— Si j'avais su, je me serais montrée plus aimable.

Son interlocutrice ne dissimula pas son scepticisme, renvoyant à Thalie l'image de son irascibilité. Sa subordonnée n'arrivait pas à croire qu'elle soit capable d'offrir un visage sympathique.

— Vous n'avez pas réussi à obtenir de nouvelles de votre cousin, je pense, demanda Marion après un autre moment de silence.

— Le lieutenant-colonel Ménard m'a dit l'avoir vu étendu sur la plage.

L'homme semblait dans un piètre état, une partie des événements devait lui avoir échappé.

— Ça ne me paraît pas très prometteur, marmotta-t-elle.

— Ils ont ramené tous ces blessés et les bien-portants. D'habitude, l'état-major dresse une liste des combattants, des *casualties* aussi.

L'infirmière utilisait le mot anglais utilisé pour désigner les pertes : les morts, les blessés et les prisonniers. Ceux qui ne combattraient plus.

— Nous ne les recevrons pas, ces listes.

— Le colonel Bolton pourra sans doute vous renseigner.

Marion considérait que les médecins formaient une petite coterie, disposés à se faire des faveurs. Elle n'avait pas tout à fait tort.

La médecin fit le tour de ses patientes un peu après le dîner. Ensuite, elle retrouva sa bicyclette à la roue faussée et prit la direction de la maison de Maitland. La route bordée de grands arbres paraissait si paisible, le soleil lui chauffait le dos. Le beau temps se maintenait depuis quelques jours, une occurrence rare dans ce pays.

Devant la grande maison, elle reconnut les voitures de fonction habituelles ; à l'intérieur, le cliquetis des machines à écrire l'accueillit. Une couaque inconnue la reçut, elle lui permit de rejoindre le colonel Bolton dans son bureau. Les saluts échangés, assise devant son supérieur, Thalie commença :

— L'un de mes cousins a participé au débarquement hier.

— Je sais. Mademoiselle Pense me l'a répété.

— Êtes-vous en mesure de me dire ce qui lui est arrivé ?

Un moment, Thalie craignit qu'il n'évoque la voix hiérarchique, les canaux officiels. L'armée, elle le savait déjà, croulait sous une avalanche de paperasse.

— Aujourd'hui, non, je ne le peux pas. Les officiers de cette demi-douzaine de régiments sont encore à compiler les noms.

Comme la femme gardait les yeux fixés sur lui, le colonel crut nécessaire de préciser :

— Nous évoquons là près de 6 000 hommes ayant participé à cette opération. On a ramené près de 600 blessés, environ 2 500 sont revenus sur leurs deux jambes, ou à peu près.

La praticienne comptait rapidement. Elle déclara :

— Près de 3 000 sont encore en France.

— Les bien-portants qui sont de retour sont faciles à identifier ; pour les blessés, la chose devient un peu plus compliquée, mais ce sera fait d'ici la fin de la journée.

Donc Bolton saurait rapidement si Thomas était revenu, indemne ou pas.

— Les autres, ceux demeurés à Dieppe, se divisent entre morts et blessés. La Croix-Rouge cherchera les noms, elle nous les acheminera.

L'association internationale faisait le lien entre les pays belligérants, visitant les camps de prisonniers, acheminant des colis venus des familles, et les lettres échangées. Comme chaque soldat portait un numéro matricule autour du cou, on les prélevait sur les cadavres pour dresser la liste des victimes.

— Vous pourrez me faire savoir s'il est revenu ? questionna la médecin.

— Je téléphonerai aux officiers des fusiliers pour vous renseigner aussitôt l'information compilée.

— Je vous remercie.

La visiteuse se leva sur ces derniers mots, son supérieur fit la même chose.

— Vous aviez un autre parent dans cette attaque. Vous l'avez même soigné.

— Un aviateur. Ses blessures guériront.

Ils échangèrent une poignée de main, puis se quittèrent. Thalie s'esquiva bien vite avant que madame Maitland n'évoque de nouveau le projet d'une rencontre.

À Digswell House, toutes savaient que Thalie attendait une communication importante. Marion avait fait le récit des questions posées sur un cousin, celui pour lequel elle était allée à Londres deux semaines plus tôt. La jeune infirmière mentionnait surtout un autre parent, un aviateur transporté sur un brancard. Malgré le sang, la crasse, comme celui-là semblait beau, grand et athlétique !

En conséquence, chacune tendait l'oreille, curieuse de connaître les nouvelles, inquiète aussi. Toutes parmi le personnel attendaient aussi un message, porteur de bonnes ou de mauvaises nouvelles au sujet d'un militaire apparenté, ou aimé.

L'omnipraticienne auscultait une secrétaire de l'état-major victime d'une mauvaise pneumonie quand la sonnerie du téléphone accroché dans le hall retentit. Un instant plus tard, Mildred Hill se tenait dans l'entrée de la grande salle.

— Docteure Picard, le colonel Bolton veut vous parler.

Dans un hôpital, ce ton laissait présager le pire.

— J'écoute, dit-elle dans le combiné.

— Capitaine, comme promis je me suis informé du sort de ce jeune homme…

— Thomas Picard, lui rappela-t-elle.

— Oui. Malheureusement, il ne figure pas dans la liste des hommes revenus de ce côté-ci de la Manche. Ni parmi les bien-portants, ni parmi les blessés.

Thalie laissa échapper un long soupir. Depuis l'information venue de Dollard Ménard, ce dénouement lui semblait inévitable. Le silence dura suffisamment longtemps pour que Bolton reprenne, un ton plus bas.

— Nous savons que les Allemands ont fait des centaines de prisonniers. Les journaux, tant à Paris qu'à Berlin, ont multiplié les grands titres, accompagnés de photos.

Elle ne prononça pas un mot. Le colonel devait imaginer un lien très étroit entre eux.

— Nous saurons leur identité d'ici quelques jours. Je pourrai vous donner des précisions.

— … Oui, colonel, je vous en serai très reconnaissante. Merci de vous être donné la peine de prendre des informations.

— C'est tout naturel, docteure.

Les souhaits de bonne journée manquèrent tout à fait de conviction. Après avoir raccroché, la praticienne monta lentement le grand escalier, jusqu'à rejoindre sa chambre, les larmes aux yeux. Le souvenir du grand adolescent lui revenait si clairement. Sur le navire qui les conduisait sur le continent, dans le salon de thé de Londres, il lui avait fait l'impression d'un enfant perdu.

Dans sa chambre, Thalie ouvrit le premier tiroir de sa commode pour prendre la lettre adressée à Édouard Picard, dans son petit garage de la rue Dorchester. «En cas de décès», avait-il dit. L'envoi serait prématuré.

❖

Quand les soldats commencèrent à mourir sur les plages de Dieppe, à Québec on était un peu après minuit, le dix-neuvième jour d'août. Au moment où les gens se levaient pour commencer une journée de travail, de l'autre côté de l'Atlantique les attaquants retraitaient déjà vers les navires.

Sur le chemin du bureau ou de l'atelier, les travailleurs aperçurent les grands titres des journaux: «Les Canadiens débarquent en France ». Plus bas, en lettres plus petites : « et livrent un vif combat aux nazis ». Les copies s'envolèrent tout de suite. Les seuls détails fournis étaient qu'une batterie de canons et un dépôt de munitions avaient été détruits... et que des ambulances attendaient les premiers rescapés à revenir sur les côtes anglaises.

Le lendemain, 20 août, les mêmes quotidiens affirmaient : « Le commando laisse Dieppe en ruine. » En temps de guerre, l'information avait peu à voir avec la vérité, et beaucoup avec la propagande. La disponibilité au Canada des publications américaines donna tout de même une meilleure idée des faits.

Le 24 août, tout le monde connaissait l'importance des pertes, et les noms des régiments impliqués dans l'opération. La plupart des habitants de Québec laissèrent échapper un soupir de soulagement, car très peu de garçons de la ville faisaient partie des fusiliers Mont-Royal. À l'exception des habitants de la grande maison du juge Paquet, dans la Grande Allée.

— Ces hommes compteront toujours parmi les braves, répétait le vieil homme. Ils ont fait leur devoir.

Le magistrat avait cherché des nouvelles du raid jusque dans la page trois du *Soleil*, tellement la bataille de Stalingrad prenait maintenant beaucoup de place dans les deux premières. On donnait la sixième liste des victimes, portant les noms de 102 soldats. Depuis la première, les pertes conjuguées atteignaient les 520, dont 79 tués, 316 blessés et 125 disparus.

La femme et la fille de Paquet contemplaient leur petit déjeuner. Ainsi, 79 familles avaient reçu un télégramme de l'état-major canadien pour leur annoncer un décès. Cette pensée traversait justement la tête d'Évelyne quand quelqu'un sonna à la porte. Elle et sa mère échangèrent un regard angoissé, tout d'un coup le juge perdit beaucoup de sa superbe.

La vieille domestique quitta sa cuisine pour regagner l'entrée. Elle revint avec une feuille de papier portant le nom du Canadien National.

— Non ! lança la mère en portant les mains à son visage.

La grand-mère ne valait pas mieux, ses sanglots se firent entendre. La bonne restait la main tendue, avec son bout de papier. Le magistrat l'accepta enfin pour en prendre connaissance. Sa voix se cassa sur les premiers mots.

— *Missing in action.*

Il marqua une pause, puis reprit en français, comme si les autres ne l'avaient pas compris.

— Porté disparu.

Dans les jours suivants, tous les trois se demanderaient si cette nouvelle valait mieux que celle d'un décès.

— Il est mort, prononça Évelyne d'une voix blanche.

— Non, dit le père, pour une fois avec un semblant de tendresse. Tout ce qu'ils savent, c'est qu'il n'est pas revenu en Angleterre.

— Il n'est pas revenu…

— Il peut être prisonnier.

De nombreuses familles connaissaient aussi cette cruelle réalité : les mots échangés d'un continent à l'autre donnaient des détails sordides des conditions d'existence dans les camps de prisonniers, les colis envoyés par les parents transitaient grâce aux bons offices de la Croix-Rouge.

— Certains parviennent à s'évader, insista encore Paquet.

Évidemment, des histoires héroïques remplissaient les pages des magazines, parfois des livres entiers. Cela ne survenait pas toujours du même côté de l'Atlantique. Des prisonniers allemands en fuite de camps de prisonniers au

Canada avaient mobilisé les forces de police pendant de longs jours.

Beaucoup pour échapper aux tentatives maladroites de son père pour la rassurer, Évelyne se leva en disant :

— Je vais apprendre la nouvelle à Édouard.

Elle allongea la main afin de récupérer le télégramme. Son interlocuteur demeura impassible, les yeux incrédules.

— Il s'agit de son père, insista-t-elle.

Le vieil homme céda enfin. La feuille de papier à la main, Évelyne quitta la salle à manger. Sa mère lui emboîta le pas, en pleurs, pour aller se cacher dans sa chambre. Toutes ses émotions un peu vives se géraient avec des larmes. Sa réserve semblait inépuisable, même après plus de quarante ans de mariage.

Afin de se calmer un peu, Évelyne décida de se diriger à pied vers la Basse-Ville. En cours de route, elle parcourut deux ou trois fois le télégramme, comme pour se convaincre de ne pas rêver. Ce lundi matin, de nombreuses personnes marchaient vers leur travail. Le nombre de femmes allant à l'atelier grandissait sans cesse. La production de guerre exigeait de plus en plus de bras. Pour la première fois lui vint l'idée d'offrir ses services. Le fait de fabriquer des munitions dix heures par jour lui permettrait d'échapper un peu aux idées noires.

Dans la rue Dorchester, la femme s'arrêta un moment pour contempler le garage plutôt modeste. Elle le voyait pour la première fois, mais Thomas le lui avait déjà décrit, de même que le précédent dans le quartier Limoilou. Elle eut besoin de tout son courage pour pousser la porte. La salle de montre contenait trois véhicules, tous usagés.

— Je suis encore fermé, dit une voix familière. Revenez après neuf heures.

— Dans ce cas, il faudrait mettre le verrou.

Édouard reconnut sa voix. Il émergea de son bureau, surpris.

— Je suis sorti dès le réveil pour aller chercher le journal. J'ai oublié.

Tous les deux demeurèrent un long moment silencieux l'un en face de l'autre. Ils se voyaient pour la première fois depuis deux ou trois ans, excepté les rencontres fortuites dans la rue ou dans un commerce.

— Tu cherchais des informations sur le raid de Dieppe ?

L'homme fit un geste de la tête pour dire oui.

— En voilà une, exclusive.

Évelyne lui tendit le télégramme. Elle aurait aimé le rendre responsable de ce qui arrivait. S'il n'avait pas abandonné sa famille des années plus tôt, jamais Thomas ne se serait enrôlé. Puis tout le ridicule de la situation lui apparut. Sa colère contre la décision de son fils de se porter volontaire ne concernait pas son ancien mari.

— Nous avons reçu ça ce matin à la maison. J'ai pensé venir te le dire.

— Merci. Vraiment, merci.

Dans ce moment d'émotion, Édouard voulut ouvrir les bras, la serrer contre lui. La peur de se faire rabrouer le retint.

— Qu'est-ce que ça veut dire, *missing in action* ?

— Exactement ça, je suppose. Notre fils est resté sur la plage, là-bas.

Pendant tout le trajet, la mère avait tenté de se rassurer. Le juge devait avoir raison : les 3 000 jeunes gens n'étant pas revenus en Angleterre ne pouvaient tous être morts, la plupart devaient se retrouver dans des camps, maintenant.

Les journaux canadiens avaient publié des photographies de prisonniers marchant dans les rues de Dieppe.

— Le maudit fou ! Rien ne l'obligeait à s'enrôler, encore moins à aller là-bas.

Pour une fois, les deux parents partageaient la même opinion sur leur fils. Les soldats gardaient la liberté de ne pas signer pour «l'autre bord». Pourtant, Évelyne voulut plaider pour lui :

— Tellement de jeunes hommes ont fait la même chose. Avec tous ces discours patriotiques, ces parades incessantes, ils pensent n'avoir aucun autre choix. Ils craignent de passer pour des lâches.

Parfois, Édouard savait se taire plutôt que de dire une sottise du genre : «Je suis bien arrivé à résister à ces pressions en 1917, moi.» Son ex-épouse avait épuisé sa provision de gentillesse à son égard ; une telle déclaration l'aurait fait sortir de ses gonds.

— Puis il y a tous les motifs personnels, insista Évelyne.

«Familiaux», comprit le marchand de voitures. Le climat de leur dernière rencontre lui demeurait toujours en travers de la gorge. Cet enrôlement, il le devinait, s'avérait être le dernier chapitre d'une relation douloureuse entre eux. Après un silence embarrassé, elle se reprit :

— Bon, je dois partir. Tu me le redonnes ?

Elle tenait à récupérer le télégramme. Aucun ne savait comment mettre fin à l'échange. Après un souhait de bonne journée un peu ridicule, la visiteuse se dirigea vers la porte. Il la suivit pour dire encore :

— Merci.

Resté seul, Édouard sentit la tristesse l'envahir. Tant que son fils ne risquait rien, il pouvait bien le traiter de fou. Maintenant, le garçon pourrissait peut-être sur la plage. Il ne lui restait plus qu'à alterner entre la douleur et l'espoir.

❖

Depuis cinq jours, dans tout le Royaume-Uni, on ne parlait plus que d'une chose : la mort du prince George, duc de Kent et jeune frère du souverain, lors de l'écrasement d'un hydravion en route vers l'Islande. Les quatorze autres victimes du drame se voyaient reléguées dans le plus total anonymat. Le sacrifice d'un membre de la famille royale permettait de prétendre à l'égalité de tous dans la tourmente. Des familles entières oubliaient leurs propres disparus pour pleurer avec la nouvelle veuve, la jolie Marina de Grèce.

Le dernier jour d'août, le colonel Bolton vint à Digswell House, conduit par le caporal Stevens affecté à un rôle de chauffeur. Thalie l'attendait debout devant la porte. La présence de témoins les amena à se saluer de façon bien raide, puis ils se serrèrent la main.

— Je ne suis pas certaine d'avoir bien compris la raison de votre visite, commença la praticienne. Suis-je soumise à un examen ?

L'officier supérieur éclata de rire avant de lui dire :

— Je désire seulement visiter ces lieux de fond en comble. Voulez-vous m'accompagner ?

— Avec plaisir, mais je ne possède pas toutes les clés.

— Moi je les ai.

Bolton sortit un anneau de sa poche, les pièces de métal s'entrechoquèrent. Ils commencèrent par la salle des convalescentes. Deux lits seulement étaient occupés, les autres patientes se promenaient dans le jardin, ou se prélassaient dans la grande serre. Thalie y avait fait aligner quelques chaises. Avec le climat de ce pays, cela s'avérait utile.

— En pressant les couchettes les unes contre les autres, nous pourrions en mettre quatre de plus.

Thalie comprit que le contingent des couaques connaî-trait une augmentation de ses effectifs, et elle de ses conva-lescentes. Cela correspondait au discours de la capitaine Radcliffe avec qui elle partageait une cabine lors de la traversée.

— Allons voir de l'autre côté.

Sur la droite de l'entrée majestueuse, une aile complète demeurait fermée. Bolton chercha la bonne parmi toutes ses clés, ouvrit. Une enfilade de pièces servait à diverses fonctions, du bureau-bibliothèque à une salle à manger bien formelle, en passant par deux chambres à coucher. À l'étage, d'autres chambres en plus de celles occupées par le personnel, des petits boudoirs à l'usage des grandes dames habitant les lieux un siècle plus tôt.

— Nous pouvons aller dans votre bureau ? demanda le colonel.

— Suivez-moi.

Au rez-de-chaussée, Thalie occupait une pièce minus-cule, avec une petite table, deux chaises dépareillées et un gros classeur métallique. Elle prit sa place, invita son supérieur à s'asseoir.

— Je peux demander à Daisy de nous apporter du thé. Je commence tout juste à prendre l'habitude d'utiliser cette clochette.

Des yeux, elle désignait le petit objet d'argent.

— Elle peut aussi faire du café, mais le résultat est encore un peu approximatif.

— Non, ça ira. Si vous voulez, nous commencerons par aborder une question personnelle.

La femme comprit tout de suite. Douze jours après le raid, l'image de Thomas Picard ne lui traversait plus aussi souvent l'esprit.

— Vous avez des nouvelles… concernant les survivants.

— Et les morts aussi. Les noms commencent à nous parvenir. Votre cousin ne compte pas parmi ceux-ci. Mais je ne le trouve pas non plus chez les prisonniers.

— Comment cela se peut-il?

Personne ne pouvait disparaître de la surface de la terre. Toutefois, plusieurs de ces hommes avaient coulé à pic, non seulement au moment de débarquer, mais aussi lors de la retraite. Les assaillants avaient fui sous la mitraille. Les courants marins pouvaient l'avoir entraîné au loin. Le colonel lui procura une explication plus simple, plus rassurante aussi.

— La bureaucratie, l'océan de documents où nous nous débattons. Une famille de Montréal a reçu l'annonce du décès d'un proche, et trois jours plus tard la nouvelle qu'il se trouvait à l'hôpital d'Aldershot.

— J'imagine la surprise de ces gens. Une fois le deuil commencé, cela doit paraître comme une renaissance.

— Une surprise capable de tuer un cardiaque. Nous annonçons aussi parfois que des morts sont blessés. Dans ce cas, l'incompétence est plus facile à dissimuler. On plaide une dégradation inattendue de l'état du patient.

La praticienne hocha la tête. Des centaines de milliers de personnes se trouvaient maintenant dans l'armée canadienne, des erreurs de ce genre étaient inévitables.

— Je continuerai de chercher le nom de Picard dans toutes ces listes. Vous serez la première à savoir.

Le colonel voulait dire que les secrétaires de son service demeureraient attentives.

— Je vous remercie. Maintenant, pourquoi cette visite des lieux?

— Le raid de Dieppe a encombré nos hôpitaux. Les hommes maintenant inaptes au combat rentreront à la maison. Pour les autres, nous manquerons bientôt de place dans nos maisons de convalescence.

— Et ici, de nombreuses pièces demeurent inoccupées.

— Vous comprenez que des actions de ce genre se répéteront. Le problème ira en s'aggravant, et le manque de main-d'œuvre nous empêche de construire de nouveaux bâtiments.

— Je ne tiens pas à garder tout cet espace vide. Maintenant, nous sommes entourés de fantômes. Je serai heureuse de les voir arriver.

En réalité, Thalie entrevoyait avec plaisir un accroissement de sa tâche. Après ces quelques semaines, une nostalgie de sa vie à Québec l'envahissait. Avec trois fois moins de travail que dans sa ville d'origine, elle arriverait bientôt à la fin des livres abandonnés par l'ancien directeur de Digswell House.

— Bien sûr, poursuivit son supérieur, nous trouverons un endroit très convenable où vous reloger.

Cette fois, la praticienne accusa le coup. Si, dans la vie civile, hommes et femmes partageaient les mêmes hôpitaux, à l'autre bout du monde les autorités militaires souhaitaient se montrer prudentes. Déjà, la moralité des couaques intriguait les bien-pensants, autant ne pas ajouter à leurs calomnies.

— Voyons, ce ne sera pas nécessaire, protesta-t-elle pourtant. Nous avons tant d'espace !

— Nous vous garderons dans les parages. Comme ça, vous pourrez donner un coup de main ici, en cas de besoin. J'ai entendu de bonnes choses sur votre travail, le jour de l'attaque.

— La matrone Pense doit me reconnaître une certaine utilité, maintenant.

— Pas juste elle, ricana son interlocuteur.

Après avoir recousu tant de périnées à la suite d'accouchements, on admettait qu'elle puisse en faire autant avec des blessures par balle. Il ne servirait à rien de protester contre un déménagement, son supérieur hiérarchique se montrait tout simplement attentionné en venant lui-même lui faire part de ses décisions.

— Me permettrez-vous de jeter un coup d'œil sur mes nouveaux locaux avant le déménagement de mes pénates ?

— Certainement. Vous devrez me dire vos exigences. Dans la mesure du possible, je tenterai de garder votre petite équipe intacte.

Thalie hocha la tête. Ces filles lui plaisaient, elle désirait continuer de travailler avec elles. Après avoir écouté la liste de ses attentes, Bolton retourna à Digswell Place. Avant de monter dans la jeep, il sortit une enveloppe de la poche intérieure de sa veste pour la lui remettre.

— De quoi s'agit-il ?

— Un mot de madame Maitland.

L'invitation à prendre le thé se concrétisait, après toutes ces semaines.

Chapitre 19

Depuis plusieurs jours, l'inquiétude tenaillait Édouard. Il éprouvait aussi de la colère : contre Thomas junior et contre lui-même pour ne pas avoir su le retenir au Canada lors de sa dernière visite au garage. Avait-il seulement essayé ? Les reproches qu'il s'adressait dominaient ses nuits. Une fois le jour venu, il se reconnaissait tout à fait innocent. Quelle responsabilité pouvait-il assumer dans le comportement imbécile d'un grand adolescent immature ? Après tout, l'essentiel de son éducation venait du juge Paquet, pas de lui.

Un peu après midi, le 4 septembre, l'homme fermait son commerce pour le reste de la journée. Sans aucun bagage il regagna le boulevard Charest d'un pas rapide. La gare ne se trouvait pas très loin. Le trajet jusqu'à Montréal lui prendrait largement plus de trois heures, aussi il ramassa les journaux dans le kiosque placé près du restaurant. En première page de *La Presse*, on annonçait la tenue d'un grand rassemblement au Forum en hommage aux héros du débarquement de Dieppe. Le tout se déroulerait sous les auspices du Club Rotary et des autorités militaires du district de Montréal.

— Rendre hommage à des hommes envoyés au massacre, ragea-t-il en regagnant sa place.

Une fois rendu dans la grande ville, il prit un taxi pour se rendre rue Sainte-Catherine. De la première moitié de son existence, il conservait un intérêt pour le commerce de détail. Pendant plus d'une heure, il se promena dans les allées du magasin Dupuis Frères, supputant le rendement de l'établissement. Quatre, cinq fois celui du magasin PICARD, sans doute, avec le revenu des ventes par catalogue.

Une fois chacun des rayons visité de long en large, l'homme retrouva la rue pour marcher vers l'ouest. Déjà, des gens quittaient leur travail et encombraient les trottoirs. En passant au-delà de la rue Saint-Laurent, il eut l'impression de changer de pays. Si à l'est de la ville on affichait souvent en anglais, à l'ouest le français disparaissait tout à fait. Les commerces, les voitures, les vêtements des badauds, tout lui paraissait suinter la richesse.

Pour sa seconde visite, il s'arrêta au magasin Eaton. À cet endroit, impossible de deviner le chiffre d'affaires tellement les entreprises de cette envergure lui étaient méconnues. Des succursales aussi grandes étaient établies dans d'autres villes canadiennes. Toute la marchandise – vêtements, chaussures ou meubles – lui semblait si coûteuse. Au dernier étage, il s'extasia une nouvelle fois sur le magnifique décor du restaurant. Là non plus, il n'entendit pas le moindre mot de français. Dans ce pays, la véritable richesse parlait anglais.

Le Forum de Montréal se trouvait encore plus loin vers l'ouest, rue Sainte-Catherine. Édouard s'y rendit après le souper, toujours à pied. Il ralentit à peine le pas en passant devant les vitrines du magasin Ogilvy. L'amphithéâtre se dressait au-delà, une grande bâtisse à la façade de brique. Les spectateurs arrivaient déjà, même si la cérémonie ne commencerait pas avant huit heures.

Pour la première fois depuis la rue Saint-Laurent, le marchand de voitures entendit de nombreuses personnes parler sa langue. Deux régiments de Montréal avaient participé au raid de Dieppe, les fusiliers Mont-Royal et les Cameron Highlanders. Une véritable foule pourrait prendre place dans l'amphithéâtre. Les alignements des sièges prenaient la forme d'un grand ovale autour de la surface de jeu. La saison du Canadien de Montréal ne commencerait pas avant plusieurs semaines, la glace viendrait plus tard. On y avait construit une grande estrade, des chaises disposées juste devant attendaient les invités d'honneur.

De leur place, dans les estrades, Édouard Picard et les 8 000 autres spectateurs assistèrent à un véritable branle-bas de combat à l'arrivée des notables. Le premier ministre, Adélard Godbout, flanqué du maire de Montréal, Adhémar Raynault, tous les deux accompagnés de leur épouse, entrèrent en même temps qu'un groupe d'officiers supérieurs de l'armée et de l'aviation canadiennes. Sous les applaudissements de la foule, un animateur présenta chacune des personnalités. Parmi elles figurait le colonel Paul Grenier, ancien commandant des fusiliers Mont-Royal. De très nombreux militaires étaient dispersés dans les rangées de bancs et sur les chaises du parterre. Leur enthousiasme laissait croire qu'ils rêvaient d'aller mourir sur les plages de France.

Debout sur la scène, le président du Club Rotary, Arthur Marion, commença par remercier toutes les personnes présentes, puis il lut un télégramme venu du premier ministre du Canada, William Lyon Mackenzie King, empêché d'être là :

— Les hauts faits d'armes accomplis par les troupes canadiennes marqueront des pages immortelles et glorieuses dans les annales canadiennes.

De nouveau, des cris retentirent, assourdissants. La ferveur des politiciens allait de soi : leur travail était d'envoyer de la chair à canon vers les champs de bataille pour la plus grande gloire de l'Empire britannique. Toutefois, les jeunes soldats et des milliers de parents des héros de Dieppe faisaient tout autant de bruit. Ces histoires de devoir, de sacrifice, demeuraient incompréhensibles à Édouard. Seule la vie comptait. Ces jeunes gens ne connaîtraient plus l'amour des femmes, de leurs enfants, et toutes les autres joies de la vie. L'admiration de tous les gens réunis ce soir-là leur faisait une belle jambe !

Ross Munro, un journaliste de la Presse canadienne, prit le micro. Il confirma l'impression d'Édouard : ces spectateurs étaient des proches des soldats.

— Ce soir je crois parler surtout aux parents et amis des fusiliers Mont-Royal et des autres soldats de Montréal qui participèrent au grand raid sur Dieppe il y a un peu plus de deux semaines.

Pendant un long moment, l'homme raconta l'histoire de ce débarquement depuis le départ des péniches et des petits bateaux chargés de vingt-six hommes jusqu'à la mitraille sur la plage. Une version un peu embellie sans doute, comme il convenait dans ce genre de récit, mais véridique pour l'essentiel. Au sujet des fusiliers, le discours se déroula en français ; l'orateur changea d'idiome quand il évoqua les Blackwatch. Les marins et les aviateurs eurent aussi leur tour. De gros mensonges émaillaient ce récit déjà embelli : la maîtrise des airs par les Alliés, les très lourdes pertes des Allemands. Surtout, déjà se développait le mythe du raid destiné à prouver la faisabilité d'un débarquement en Europe, et l'expérimentation des stratégies les meilleures. Ces sacrifiés donneraient la victoire finale aux leurs.

Aux yeux de tous les Canadiens français, un officier se distinguait parmi les autres : le lieutenant-colonel de vingt-neuf ans Dollard Ménard. Si Ross Munro n'avait pu le voir à l'hôpital avant de quitter l'Angleterre, il entreprit de citer en français une longue dépêche de son collègue William Stewart. Ce dernier rapportait une entrevue récente à l'hôpital d'Aldershot.

— Il était assis sur son lit, fumant une cigarette. Sa forte carrure, ses larges épaules ressortaient sous sa robe de chambre. Son bras droit était dans le plâtre du coude jusqu'au bout des doigts, la jambe du même côté couverte de pansements. Son épaule droite était entourée de gros pansements et l'on pouvait voir que sa tempe droite avait également été bandée.

Après cette description, Munro poursuivit avec un récit des opérations effectuées par le colonel lui-même et un long éloge du courage de ses hommes. Un petit détail devait définir le genre d'homme qu'il était :

— Sur la table de chevet du colonel, on remarque un éclat d'acier d'environ la grandeur d'une pièce de cinq cents et trois ou quatre fois plus épais. Cet éclat descendit Ménard. Ce dernier le conserva en souvenir avec une feuille de paie tachée de sang d'un soldat allemand qui, lui, fut descendu pour de bon.

Ce héros devrait servir d'argument lors des campagnes de recrutement auprès des Canadiens français. Pendant une demi-heure encore, le journaliste continua de chanter ses louanges. Puis quand il passa de nouveau à l'anglais, le voisin d'Édouard dans les estrades se tourna à demi pour demander :

— Vous aussi, vous avez un fils parmi les héros ?

— Oui, le lieutenant Thomas Picard.

Apprendrait-il à penser à lui comme à un héros, et non comme à un petit imbécile ?

— Mon p'tit gars m'en a pas parlé dans ses lettres… Mais y sont des centaines, pas vrai ?

Ces soldats partageaient les mêmes dortoirs et les mêmes exercices interminables, mais Thomas était arrivé si peu de temps auparavant qu'il devait rester un inconnu pour la plupart. Le marchand de voitures dit:

— Votre garçon est revenu en Angleterre?

— Gérard? Bin oui, pas une grafigne. Pis le vôtre?

— Porté disparu. *Missing in action*, comme ils disent.

L'autre laissa échapper un «Oh!» de surprise. Il s'éloigna un peu puis tendit la main.

— Mes sympathies, m'sieur Picard. C'était un brave.

Édouard voulut protester, crier que «disparu» ne voulait pas dire «tué». Pourtant, son visage ressemblait à ceux des centaines de personnes portant le deuil dans ce grand amphithéâtre. Pour plusieurs, cette cérémonie ressemblait à une veillée mortuaire.

❖

Le lendemain à Digswell House, Thalie se retrouva dans sa chambre avec l'habituelle question en tête: que porter? Pour visiter une châtelaine, sa petite robe achetée au magasin PICARD lui semblait bien médiocre. Si au moins elle venait de chez Holt Renfrew, ou même de chez Simons, des commerces situés tout près de la demeure de son enfance! En même temps, une voix dans sa tête la semonçait. Cette femme ne signifiait rien pour elle, pourquoi se soucier de sa tenue?

La solution était toute simple: elle allait endosser son uniforme, comme lors de leur première rencontre. Elle dissimulerait ainsi la modestie de sa condition sous son déguisement de capitaine. Car à ses yeux, elle demeurait une médecin jouant au militaire, pas le contraire. Tout de même, elle fit l'effort de mettre le plus fraîchement pressé. Puis elle alla attendre le caporal Stevens devant la grande demeure. Marion vint se planter tout près d'elle, amusée.

— Comme tu as de la chance : une visite chez le beau monde.

— Tu veux prendre ma place ?

— Une simple infirmière chez cette dame de la haute ? À ses yeux je suis au mieux une "brave fille", juste un cran au-dessus de ses domestiques.

Après une brève interruption, elle reprit :

— Même pas au-dessus, je présente la bassine à nos clientes. Comment puis-je lui offrir cette main à serrer après avoir manipulé de la merde ?

L'infirmière levait sa main droite, toujours avec son expression moqueuse. Thalie s'étonnait de constater combien, dans ce pays, la question des classes sociales devenait importante pour les Canadiens, elle comprise. Cela tenait sans doute à la hiérarchie si évidente, au fait que personne ne se surprenait des privilèges des élites, ni de la vie tracée d'avance de tous les humbles.

— Je ne suis pas si loin de la merde moi-même.

Marion lui adressa un sourire ironique. Le métier de médecin lui semblait bien supérieur au sien. Heureusement, la petite Austin kaki apparut à l'extrémité de l'allée.

— Alors, bonne soirée, docteure. Moi je passerai mon samedi soir avec nos patientes.

Thalie se tourna à demi pour faire face à sa subalterne. Les paupières de celle-ci paraissaient un peu gonflées.

— Tu n'as pas eu de nouvelles depuis un moment, je pense.

Marion ne put garder sa contenance, des larmes quittèrent la commissure de ses yeux.

— Ça fera bientôt trois semaines. D'habitude, je reçois une lettre toutes les semaines.

La voiture s'était arrêtée près des deux jeunes femmes, mais aucune ne lui prêta attention.

— Ces temps-ci, les transports sont tellement incertains, dit Thalie.

Marion hocha la tête, puis murmura :

— Vous devez y aller, maintenant.

Puis la jeune femme tourna les talons pour rentrer dans la maison.

— Je commençais à penser que vous prendriez racine, remarqua le caporal Stevens quand Thalie occupa le siège du passager.

— Le soin de nos patientes exige un minimum de concertation, vous savez.

Le sous-officier démarra en hochant la tête, tout de même sceptique. L'état des convalescentes ne devait pas souvent conduire les infirmières au bord des larmes.

— J'aurais pu me rendre là-bas à bicyclette, remarqua Thalie au moment où le véhicule s'engageait sur la route.

— Pour vous retrouver trempée au retour.

De lourds nuages gris pesaient sur la région depuis le matin, la journée ne se terminerait pas sans une bonne averse. En voiture, le trajet jusqu'à Digswell Place ne prenait que quelques minutes, un temps trop court pour permettre la conversation.

— Je vous reconduirai à la maison dans une heure ou deux, dit le sous-officier.

— Deux heures ? Il s'agit de prendre le thé.

— Alors, dans dix minutes, si vous préférez.

Le ton un peu moqueur troubla la médecin. Son malaise devait être bien évident. Elle marcha vers la porte d'un pas déterminé. À l'intérieur, un bruit de machines à écrire l'accueillit sur sa droite. L'armée produisait toujours un océan de paperasse. Puis madame Maitland apparut au bas de l'escalier, très élégante, un rang de perles autour du cou. Thalie se réjouit d'avoir laissé sa modeste robe de côté.

— Docteure Picard, comme je suis heureuse de vous revoir enfin.

Le sourire semblait sincère, la poignée de main, chaleureuse.

— Madame Maitland, je vous remercie de m'avoir invitée.

L'hôtesse s'engagea dans l'escalier, suivie de la médecin. Dans le petit salon, un plateau portant des biscuits et des sandwichs se trouvait déjà sur la table.

— Si vous voulez occuper ce fauteuil, dit madame Maitland.

Tout en parlant, elle tirait sur un ruban situé près d'une fenêtre. Quelque part dans la cuisine, une cloche indiquait le moment de monter la boisson chaude. Puis elle occupa le siège placé en face de Thalie.

— Le colonel Bolton me dit que vous acceptez de bonne grâce de quitter Digswell House pour rejoindre de nouveaux quartiers.

— Dans l'armée, je ne crois pas que nous ayons le droit de prendre les ordres d'une autre façon.

La châtelaine remarqua, un peu moqueuse :

— Vous ne donnez pas l'impression d'être une fanatique de la discipline militaire.

Cette fois, Thalie ne put retenir un sourire sincère. La domestique arriva à ce moment-là avec un plateau portant une théière et deux tasses. Le temps de placer le tout sur la table, et la vieille employée disparut.

— Je ne suis pas tellement attachée à ces grandes demeures… d'une autre époque, dit la médecin en choisissant ses mots (elle avait failli dire « des grands bourgeois »). Le parc manquera toutefois à mes patientes, même si la ville leur fournira l'occasion de se dégourdir les jambes.

À Disgwell House, les convalescentes demeuraient le plus souvent à portée de vue du personnel, des bancs permettaient de ménager leurs efforts.

— Pour la maison proprement dite…

Au lieu de répéter son désintérêt, Thalie se montra plus franche :

— Je comprends très bien qu'on ne peut plus accaparer tout cet espace pour une quinzaine de patientes alors que des centaines de blessés engorgent les hôpitaux. Ce qui me semble toutefois ridicule, c'est que je ne pourrai pas soigner les officiers qui viendront à Digswell House. Après tout, j'ai bien montré que je savais m'occuper des blessés, l'autre jour.

L'allusion au centre de tri la rendit morose. Le sort de tous ces hommes au corps brisé la hantait toujours. Mais il ne servirait à rien de se plaindre de l'absurdité de la guerre. Les livres d'histoire indiquaient que ce genre d'hécatombe revenait avec une affreuse régularité.

— Certaines habitudes sont difficiles à oublier.

Madame Maitland avait versé le thé dès le début de la conversation. Elle porta sa tasse à sa bouche. Thalie trouva préférable de faire de même au lieu de s'engager dans un autre plaidoyer pour le droit des femmes à exercer pleinement leur profession.

— Ce raid… commença l'hôtesse. Les Canadiens ont montré un courage extraordinaire.

Que répondre ? Tous les journaux répétaient cela, au Canada et au Royaume-Uni. À en croire ces derniers, même la presse allemande leur rendait cet hommage.

— Un courage bien inutile. L'opération n'a pas affaibli l'ennemi. Le seul résultat est l'hécatombe de nos hommes.

La grande bourgeoise se troubla un peu, puis répéta la justification présentée dans tous les quotidiens.

— Je sais bien que leur sacrifice a été cruel, mais nous savons maintenant comment procéder à un débarquement grâce à ces héros.

La visiteuse esquissa d'abord un sourire incertain, puis remarqua :

— Je ne m'attends pas à ce que les journaux soumis à la censure parlent d'une opération mal planifiée et mal appuyée par l'aviation et la marine, avec des objectifs fumeux.

Embarrassée, madame Maitland s'intéressa un moment à sa tasse de thé. Thalie poussa son argument un peu plus loin.

— La radio de Hambourg dit exactement cela : inutile et mal planifiée.

— Hambourg ? Vous ne devriez pas écouter ça.

Le « ça » paraissait désigner quelque chose de franchement répugnant.

— Si je peux faire la part des choses quand j'écoute la BBC, ne craignez rien, j'y arrive aussi avec la propagande ennemie.

— Vous faites partie des forces armées. Si quelqu'un le savait…

Déjà, les trois infirmières de Digswell House, et sans doute les domestiques, ne l'ignoraient pas.

— Si vous ne le dites à personne, qui le saura ?

Le sourire de la médecin contenait un défi. Si son interlocutrice répétait l'information au responsable du service de santé de l'armée canadienne, le colonel Bolton lui ferait des remontrances, si ce n'était pire. Aussi choisit-elle de changer tout à fait le cours de la conversation.

— L'absence du colonel Maitland doit vous peser beaucoup.

La tasse de l'hôtesse trembla un peu dans sa main lorsqu'elle prit une gorgée.

— Compte tenu de son occupation, ses absences font partie de la routine. Je suis née dans une famille de militaires, je savais à quoi m'attendre. Évidemment, en temps de guerre, ça devient insupportable.

La tristesse du ton amena Thalie à regretter d'avoir amené ce sujet. Les nouvelles parlaient de combats farouches en Afrique du Nord. Jusque-là, elle avait cru que les colonels se tenaient loin des premières lignes. Le souvenir de Dollard Ménard lui prouvait le contraire.

— Vous réussissez à obtenir de ses nouvelles ?

La médecin pensait à la mine attristée de Marion, une heure plus tôt.

— Moins souvent que je le voudrais. En plus de ses lettres, parfois des messages transitent par des collègues.

Une fois lancée dans cette direction, madame Maitland continua les confidences sur sa vie d'épouse d'officier. À la fin, Thalie en vint à préférer sa situation à celle de cette femme. Le rang de perles ne l'impressionnait plus guère.

❖

Tôt le lundi matin suivant, l'appel du colonel Bolton interrompit le déjeuner de Thalie. À cette heure, il n'entendait certainement pas lui parler des réaménagements prévus à Digswell House. Sa main tremblait un peu au moment de prendre le combiné.

— Colonel ?

— Docteure Picard, les informations sont décevantes. La Croix-Rouge nous a fait parvenir une dernière liste. Votre cousin ne figure ni parmi les morts, ni parmi les blessés.

Cela ne la surprenait pas vraiment, pas après le passage de tant de jours. Déjà, l'éventualité d'une disparition en mer lui était venue à l'esprit.

— Que se passera-t-il, maintenant?

— Pendant les prochaines semaines, rien. Par la suite, nous écrirons aux proches pour parler de sa mort probable.

— Mais s'il n'y a pas de preuves…

— Après un mois ou deux, cela signifiera que nous n'en aurons jamais. Les laisser dans l'attente serait cruel, ne croyez-vous pas? Pour continuer leur vie, les gens doivent faire leur deuil. Puis il y a des considérations légales.

Des parents devaient ranger leur fils dans un tiroir de leurs souvenirs, des épouses ou des fiancées découvrir l'existence d'autres hommes, des héritages demeuraient sans doute à transmettre. Tout cela exigeait un dénouement officiel.

— Je suis désolé, docteure Picard, dit Bolton en guise de conclusion.

— Je vous remercie, colonel.

Au moment où elle raccrochait, Marion passa la tête dans l'embrasure d'une porte.

— Ça ira, docteure?

— Aucune trace de lui.

Marion se mordit la lèvre inférieure. Tous les jours, la hantise de recevoir une nouvelle semblable à propos de son fiancé l'habitait. Heureusement, ce matin était arrivée une lettre longuement attendue.

— Je ferai ma tournée un peu plus tard aujourd'hui.

La praticienne se dirigea vers l'escalier d'un pas machinal, puis regagna sa chambre. Une nouvelle fois, elle prit dans ses mains l'enveloppe laissée par Thomas. Le jeune homme souhaitait que son père la reçoive s'il mourait. Que faire dans le cas d'une disparition? Comment mieux respecter sa volonté? Officiellement, il serait déclaré mort dans quelques semaines.

Dans le cas des aviateurs, des hommes sautaient en parachute dans des endroits isolés, mettaient ensuite une éternité à rejoindre leurs semblables. On pouvait toujours imaginer des marins réfugiés sur une île déserte. Aucun scénario de ce genre ne pouvait concerner Thomas. Il y avait Dieppe, l'Angleterre, la Manche entre les deux. Le lieutenant n'étant pas revenu, la Croix-Rouge ne le retrouvant pas parmi les cadavres sur la plage ni dans les camps allemands, sa sépulture devait être la mer.

Dans ce cas, le respect de la promesse donnée s'imposait. Ce garçon ne parlerait jamais directement à son père, mais il lui avait confié ses mots. L'idée de le trahir lui paraissait insupportable. La larme à l'œil, elle rejoignit son bureau, chercha une grande enveloppe pour y mettre la plus petite, recopia soigneusement l'adresse. Ensuite, un petit feuillet sous les yeux, le bout de sa plume entre ses dents, elle attendit patiemment les mots, les phrases. Vers midi, elle prendrait sa bicyclette pour se rendre au bureau de poste de Welwyn Garden City.

❖

La blessure au dos était si grave que Thomas Picard dut séjourner plus de deux semaines dans son hôpital de campagne ennemi. Pire, au moment de son transfert vers l'Allemagne, il ne pouvait toujours pas se mouvoir. Le lieutenant était étendu sur le ventre sur une couchette étroite, la poitrine entourée d'épais bandages. Une bonne vingtaine de blessés partageaient son wagon, installés sur des lits superposés. La plupart étaient des soldats allemands en route vers leur pays après une blessure invalidante. Pour les trois prisonniers de guerre, l'avenir serait moins rose.

Thomas occupait une couchette près du plancher, sa vision du monde se limitait aux jambes des soignants. Un médecin se trouvait là, aisément identifiable à son sarrau blanc. Les infirmières lui présentaient de jolis mollets. Le nylon étant plus rare encore qu'en Amérique, aucune ne portait de bas.

— Bénéficierez-vous d'une longue permission ? demanda-t-il en anglais à la plus proche.

Au cours des deux dernières semaines, non seulement le lieutenant avait-il repéré celles qui se débrouillaient assez bien dans cette langue, mais il maîtrisait déjà une quarantaine de phrases simples en allemand. Cet apprentissage lui avait permis de chasser un peu ses idées noires. D'abord, pendant des jours il avait craint de ne pas retrouver l'usage de ses jambes. Puis la vie dans un camp de concentration ne lui laissait présager rien de bon. Il était difficile de garder le moral.

— Deux semaines. L'un de mes frères doit se marier.

La tristesse dans la voix amena le garçon à rétorquer :

— Vous doutez de l'accueil que vous réservera votre belle-sœur ?

L'infirmière hésita un moment sur le sens de *sister-in-law*, puis elle expliqua :

— Non, c'est une gentille fille. Mon frère se dirigera vers le front de l'est.

Malgré la progression rapide de la Wehrmacht sur le territoire russe l'année précédente, plus personne n'espérait une victoire facile. Pour la première fois depuis 1939, les pertes prenaient des proportions inquiétantes, le génie militaire d'Adolf Hitler soulevait des doutes.

— Je comprends.

Après des jours à compter sur ces femmes pour satisfaire ses besoins de base, impossible de ne pas ressentir une certaine sympathie. L'infirmière lui adressa un sourire contraint.

— Vous voulez de quoi boire ?

— Non, pas tout de suite. Toutefois, pouvez-vous me dire où nous sommes ?

Comme l'Allemande se montrait hésitante, il insista :

— Voyons, vous ne craignez pas que j'assomme tout le monde pour prendre la fuite en courant...

L'image lui tira un sourire. Depuis peu, il arrivait à grand-peine à se rendre seul aux latrines. Il ne présentait pas la moindre menace.

— Nous serons à Paris dans une demi-heure. Ce wagon sera ensuite rattaché à un train-hôpital à destination de Berlin. Je retrouverai ma famille là-bas.

La capitale de l'Allemagne, autrement dit à l'autre bout du monde.

— Ensuite, que m'arrivera-t-il ?

— Les camps de prisonniers réservés aux Alliés se trouvent plus à l'est.

— Je veux dire... resterai-je infirme ?

Seule une consommation régulière d'opiacés lui permettait de calmer la douleur. Il lui semblait improbable qu'il puisse de nouveau marcher normalement.

— Vous passerez encore un moment couché sur le ventre, puis tout ira mieux.

Thomas aurait préféré entendre ces mots de la bouche d'un médecin, mais il souhaita faire confiance à cette femme. Cette réflexion l'amena à penser à Thalie. De façon tout à fait irrationnelle, la présence de cette parente de ce côté de l'Atlantique le rassurait un peu.

Son interlocutrice s'occupa des autres blessés. Comme elle l'avait dit, bientôt le train entra dans Paris. Pendant deux heures, le wagon demeura immobile sur une voie d'évitement. Un choc indiqua qu'on l'attachait à une autre locomotive. Un va-et-vient se produisit, des officiers supérieurs s'arrêtèrent devant les rangées de couchettes. Ils pointaient du doigt les prisonniers tout en discutant. Après quelques minutes, ces hommes quittèrent les lieux. Le jeune lieutenant attendit le passage de l'infirmière pour demander :

— Ces grosses légumes, que racontaient-ils ?

La jeune femme accepta de s'arrêter de nouveau pour lui faire la conversation.

— Le colonel expliquait combien vos supérieurs sont des imbéciles. Ce débarquement vous condamnait au massacre.

— Pour une fois, je suis d'accord avec votre état-major !

— Jamais vous ne serez capables de prendre pied en Europe.

Cette fois, Thomas se garda bien de donner son assentiment. En plus grand nombre, les assaillants auraient connu un meilleur sort.

— Toutefois, il a ajouté que les Canadiens ont montré un courage exceptionnel. Comme s'ils étaient cloués sur la plage, prêts à se battre jusqu'à la dernière cartouche.

L'appréciation fit plaisir au lieutenant. Les armées allemandes avaient multiplié les victoires depuis trois ans. Cela leur conférait une certaine expérience pour jauger leurs adversaires. Quand l'infirmière s'éloigna de nouveau, un blessé américain s'adressa à Thomas :

— Au train où ça va, tu vas l'épouser avant la fin de la guerre.

Le soldat occupait la couchette supérieure depuis le départ des environs de Dieppe. Quelques dizaines d'hommes des États-Unis avaient participé au raid, essuyant de lourdes pertes.

— Elle m'a torché depuis le premier jour, puis m'a fait la conversation aussi souvent que possible. C'est une bonne fille, répondit Thomas.

— Une nazie.

Les derniers jours donnaient une perception plus nuancée des choses au jeune lieutenant. Bientôt, il s'ennuierait de la bienveillance de cette femme.

❖

À Berlin, les blessés allemands furent tous descendus sur le quai, des ambulances les attendaient. Leur place fut occupée par des prisonniers de guerre de diverses nationalités. Avant de débarquer à son tour, l'infirmière vint saluer une dernière fois son patient canadien.

— Vous ne m'avez jamais donné votre prénom, remarqua Thomas.

— Brunhilde, consentit à dire la jeune femme après une hésitation.

Le son un peu rugueux de ce nom cadrait mal avec les traits réguliers et la chevelure blonde. Il allait lui dire adieu quand des membres de la police militaire montèrent à bord du wagon en compagnie d'un médecin, celui qui avait pris le relais au moment de quitter la capitale française. Du doigt, il désigna certains blessés. Tout de suite, des soldats s'approchèrent pour leur passer des menottes.

Le lieutenant protesta un peu quand ce fut son tour. L'infirmière interrogea son supérieur d'un ton empreint de respect. Ensuite, elle expliqua d'une voix sévère :

— On a trouvé une consigne écrite sur le corps d'un officier canadien tué à Dieppe. Elle prévoyait que les prisonniers allemands seraient mis aux fers en contravention de tous les traités internationaux.

La femme paraissait tout à fait outrée par un tel ordre.

— Vous subirez le même traitement.

Sur ces mots, l'infirmière quitta le wagon.

— Adieu, Brunhilde, grommela Thomas au moment où les fers enserrèrent ses poignets.

Voilà qui laissait présager des conditions difficiles. Au gré des nombreux arrêts pour laisser passer des convois militaires, il fallut plus de vingt-quatre heures pour se rendre jusqu'en Prusse. Ce serait avec ces bracelets d'acier que Thomas descendrait au Lazarett, l'hôpital d'un camp de concentration.

❖

Dès qu'il était monté dans le train avec sa femme, Fernand avait mesuré une nouvelle fois toutes ses lacunes en anglais. Que ce soit pour comprendre les directives au moment de changer de train, ou commander un repas, Élise et lui devaient combiner leurs connaissances pour se débrouiller.

— Nous aurons l'air fin dans cette ville, dit le notaire en récupérant les deux valises dans le porte-bagage.

— Avec un peu de chance, Béatrice n'a pas oublié toutes ses notions de français depuis avril dernier. Nous pourrons compter sur elle.

— Tout de même, ma propre ignorance me déçoit. Dire qu'on prenait des cours au séminaire !

Le couple était descendu à la gare de New Haven depuis quelques minutes. Le nombre de militaires se révélait impressionnant dans ce pays aussi. Les États-Unis étaient en guerre depuis neuf mois, la mobilisation allait bon train. En mettant le pied sur le quai, Fernand retrouva toute sa bonne humeur. Sa fille se tenait là, jolie dans sa robe bleue, comme d'habitude, ses cheveux attachés sur sa nuque. Cette coiffure la vieillissait un peu. Enfin, le père jugea que

Béatrice ne pouvait avoir changé en si peu de temps, son impression devait tenir à ce détail.

Après un échange de bises, elle demanda :

— Vous avez fait bon voyage ?

— Très bon, si on omet le fait qu'on devait tout répéter trois fois.

Dehors, les deux valises à la main, Fernand se dirigea vers un alignement de taxis.

— Nous allons par là, dit la blonde. J'ai emprunté une voiture.

Fernand et Élise échangèrent un regard. Béatrice s'arrêta à la hauteur d'une vieille Ford pour en déverrouiller le coffre. Son père y déposa les bagages. Quand il ouvrit la portière avant côté passager pour sa femme, celle-ci déclara :

— Je monte derrière.

Élise préférait ne pas troubler les retrouvailles, ces deux-là s'ennuyaient trop l'un de l'autre. La blonde démarra, braqua les roues avant pour se dégager.

— Tu ne m'as jamais raconté comment tu as appris à conduire.

— Quand les autres étudiants ont compris que je n'en étais pas capable, ils se sont donné la mission de m'apprendre. Dans ce pays, des gens n'ont parfois pas de maison, mais tout le monde roule.

— Et quelqu'un te prête sa voiture, comme ça !

Il fit le geste de claquer des doigts. À l'arrière, la belle-mère eut un petit sourire. Son époux aurait du mal à laisser son hirondelle s'envoler.

— Un ami. Je veux vous le présenter demain.

Voilà de quoi réduire Fernand au silence. Ils roulaient depuis un moment quand Béatrice ralentit devant un grand immeuble gris.

— Je travaille ici.

— Dans un hôpital psychiatrique ?

L'édifice ressemblait tout à fait à une prison.

— Pour les psychologues, ce n'est pas rare, répliqua-t-elle avec un sourire.

L'arrêt suivant eut lieu devant un petit hôtel. En éteignant le moteur, Béatrice dit :

— Vous pouvez venir dormir à la maison, vraiment.

— Pour te condamner à coucher sur le canapé ? Nous serons très bien ici.

La jeune femme n'insista pas. Son appartement comptait un lit et deux fauteuils.

— Veux-tu que je descende, pour l'enregistrement ?

— Si nous n'y arrivons pas à deux, nous dormirons sur des bancs de parc. Donne-moi les clés, je vais prendre les valises dans le coffre.

Fernand descendit, Élise s'attarda un peu, se pencha en direction de la conductrice :

— Tu vas bien ?

— Oui, je vais bien.

— Vraiment ?

Le ton de la belle-mère contenait une pointe d'humour. Elle enchaîna :

— Cette voiture ?

— Voilà une raison supplémentaire de bien me porter.

Elle évoquait certainement celui qui la lui avait prêtée. La belle-mère lui adressa un sourire de connivence, puis retrouva son mari. Après les derniers bonsoirs échangés près de l'automobile, ils se quittèrent.

Depuis une semaine, des ouvriers choisis parmi les membres de l'armée canadienne prenaient en charge les rénovations à apporter à Digswell House. Il leur restait une autre semaine de travail.

— C'est donc vrai, nous allons nous faire chasser comme ça ? demanda une patiente au moment de l'auscultation.

Cette couaque venait tout juste de faire la traversée de l'Atlantique. Une mauvaise chute sur le quai au moment de débarquer lui valait ce long séjour à la campagne.

— La maison est aux trois quarts inoccupée, expliqua Thalie. Ce serait scandaleux de ne pas faire de la place à tous les blessés de Dieppe.

Depuis sa journée au centre de tri, la praticienne éprouvait un grand respect pour les combattants. Une fois la surprise passée, elle s'était vite fait à l'idée d'abandonner ces locaux.

— Nous serons très bien à Welwyn Garden City, continuat-elle. L'endroit sera même mieux adapté à la prestation des soins.

— Mais il n'y aura plus ce grand parc.

Plus que la demeure monumentale, l'ombre des grands arbres faisait de ce lieu un endroit attachant. On pouvait errer toute une journée dans les sentiers sans jamais croiser personne.

— Quand même, on appelle cet endroit une cité jardin. Les espaces verts ne nous manqueront pas, vous verrez.

Un peu lasse de répéter à chacune ces arguments, la praticienne fut heureuse de voir Mildred venir dans sa direction.

— Docteure Picard, le colonel Bolton au téléphone.

Depuis le début des travaux, l'officier l'appelait si souvent qu'elle en venait à espérer un déménagement immédiat. L'homme paraissait souhaiter qu'elle lui rende compte de toutes les étapes.

— Colonel, je vous écoute.

— Docteure, votre cousin est vivant. Je viens juste de recevoir l'information.

— Comment ça ? demanda l'omnipraticienne, surprise. Voilà trois semaines qu'il est porté disparu.

— Il a été blessé assez gravement sur la plage, il se trouvait dans un hôpital de campagne allemand, plutôt qu'à celui de la ville. Quelqu'un, quelque part, a oublié de nous signaler son existence.

Dans ce grand désordre de la guerre, il fallait accepter les ratés administratifs avec bénignité. Thalie ne se réjouissait pas encore de l'information. Elle se sentait plutôt troublée, comme si ce jeune homme revenait d'entre les morts.

— Je vous remercie, colonel. Je suppose que ses parents à Québec ont appris la nouvelle.

— Si ce n'est pas déjà fait, ça ne tardera pas.

La conversation se termina par une allusion au déménagement prochain.

❖

L'Université Yale se trouvait un peu à l'écart du centre de la ville de New Haven, un regroupement d'immeubles de brique pour la plupart, de pierre parfois, avec certaines façades agrémentées de lierre. Le père et la belle-mère de Béatrice ouvraient de grands yeux surpris sur les dizaines de jeunes gens. Depuis plus d'un an, la blonde étudiait là, les lieux lui étaient devenus familiers. Le premier contact demeurait toutefois impressionnant.

— Nous sommes samedi, on ne donne pas de cours aujourd'hui, remarqua Fernand devant le grand nombre d'étudiants des deux sexes devisant sur les pelouses.

— Les résidences se trouvent au fond là-bas, la bibliothèque de l'autre côté, les laboratoires de science doivent être remplis d'étudiants. Tout est désert les dimanches, toutefois.

— Ça doit être l'éthique protestante, se moqua le notaire.

— Plutôt la peur du prochain examen.

La jeune femme s'arrêta un peu brutalement devant le département des sciences cognitives. Visiblement, la conduite automobile ne lui était pas encore familière.

— Tu crois que c'est la chose à faire ? dit son père.

— Ce monsieur a été très attentionné avec moi. Je serais ingrate de venir ici sans le saluer, et lui présenter les personnes qui comptent pour moi.

— Ingrate ! grommela Fernand en descendant de la voiture. Je ne comprendrai rien de ce qu'il dira, et lui non plus.

— Serais-tu timide, par hasard ? demanda Béatrice en riant.

— Où penses-tu avoir trouvé tes joues rougissantes ?

Ils devaient aborder le sujet pour la millième fois. Élise les suivit en souriant. La blonde tenait à leur faire voir sa vie, s'afficher en contrôle de son existence, enfin. Puis son séjour en ces lieux coûtait une petite fortune, il lui importait de montrer qu'elle faisait bon usage de la générosité paternelle.

Le grand édifice était plutôt défraîchi avec ses planchers usés par les pas de tant de générations d'étudiants et sa peinture vieille de plusieurs années, au point d'offrir des teintes plus foncées qu'au moment de son application. Après des bureaux administratifs, ils passèrent devant quelques classes et un grand amphithéâtre, puis ils prirent un couloir vers la gauche.

Une seule porte était ouverte, la doctorante se planta devant, frappa doucement sur le cadre.

— Docteur Watson, j'aimerais vous présenter mes parents.

Élise apprécia qu'elle formule la chose ainsi au lieu de dire « Mon père et sa compagne », ce qui contenait toujours une exclusion.

— Ah ! Bien sûr, Béatrice. Avec plaisir.

L'homme écorchait son prénom, mais l'affection marquait sa voix. Quittant son siège pour s'approcher, au passage il lui effleura le bras du bout des doigts, une façon de lui dire son plaisir de la voir. La jeune femme évoqua Québec, la fonction de *sollicitor* au moment de présenter son père, celle de *thesis director*. Peut-être à cause de l'accent de sa fille, Fernand la comprenait sans mal. Le psychologue se déclara de nouveau *very pleased*.

Quand il enchaîna, le notaire perdit bien vite le fil de la conversation. Tout de même, certains qualificatifs paraissaient élogieux, le rose sur les joues de sa fille lui en donna l'assurance. Surtout, elle s'abstint de traduire. L'échange se poursuivit quelques minutes, un peu emprunté, puis ils se séparèrent sur une dernière poignée de main.

De retour à la voiture, le père demanda, taquin :

— Pourquoi as-tu cessé de nous préciser le sens de ses paroles ?

Comme elle ne répondait pas, il continua en s'assoyant dans le véhicule :

— Cet homme semble te tenir en haute estime.

À l'arrière, Élise crut percevoir une petite pointe de jalousie, comme s'il craignait de perdre sa place.

— Monsieur Watson pense que j'ai du talent. Puis mon air de fillette perdue toute seule dans un pays étranger m'a valu sa compassion.

— Crois-tu vraiment ressembler à une fillette ?

La suite de la journée prouva que ce n'était pas le cas. À l'heure du souper, le propriétaire de l'automobile d'avant-guerre prêtée à la blonde apparut, un grand jeune homme aux épaules larges. Il devait être fortement entiché, car il commença dans un français laborieux :

— Madame Picard, monsieur Picard, je suis enchanté de vous connaître.

Il avait dû lui falloir une bonne heure d'apprentissage pour prononcer ces quelques mots.

— Nous le sommes aussi, commença Fernand.

— Art étudie la médecine, s'empressa de préciser Béatrice en anglais.

Art pour Arthur. Un parti parfait, promis à un bel avenir. Pendant tout le souper, la conversation s'arrêta souvent. Faute de sujets à partager, mais surtout à cause de l'obstacle de la langue. Le jeune homme tentait de compenser à force de sourires, pour mettre les visiteurs un peu plus à l'aise. Les poignées de main se révélèrent chaleureuses au moment de se quitter.

Chapitre 20

Deux heures plus tard, étendu dans son lit, le notaire gardait toujours les yeux fixés au plafond. À ses côtés, Élise murmura :

— Ils étaient charmants.

— … Tout à fait. Il ne ratait pas une occasion de lui effleurer la main. Alors, imagine ce qui se passait sous la table !

— Voyons, ne dis pas ça.

— Pourquoi ? Je faisais la même chose de mon côté.

Évidemment, dans les moments un peu embarrassants, une pression des doigts sur la cuisse d'une personne aimée rassurait.

— Dans ce cas, pourquoi je ne vois pas un sourire sans réserve sur ton visage ?

— Antoine père de famille, ma fille amoureuse, Charles dans un petit appartement de la Grande Allée. Rien de tout cela ne me rajeunit.

— Mon pauvre vieux…

Élise chercha le creux de l'épaule de son mari, y posa la tête. Il ne se montrait pas si vieux, finalement.

— Puis imagines-tu tout le travail en perspective ? J'ai compris trois phrases dans tout ce qu'il a dit, les trois fois il me demandait si nous avions fait un bon voyage. Je m'inscris à un cours d'anglais en revenant.

— Sans compter que si tu as des petits-enfants…

Cette fois, Élise ne put retenir son fou rire. Son mari vivrait sans mal cette nouvelle réalité, mais toutefois avec une petite nostalgie : quelqu'un s'occuperait de sa fille chérie à sa place, désormais.

❖

Sur le quai de la gare, le petit groupe des Dupire se tenait devant la porte d'un wagon, partageant la même émotion.

— Merci d'être venus, insistait Béatrice.

— Ce ne sera pas la dernière fois, maintenant je sais que je peux commander un repas ou réserver une chambre en anglais. Où que tu sois, j'accepterai tes invitations.

L'étreinte dura un long moment. En se séparant de sa fille, l'homme dit encore :

— Tu as rencontré un bon garçon, je pense.

Cette fois, Béatrice renifla un peu, soucieuse de ne pas pleurer. Élise la prit dans ses bras à son tour. À la fin, voulant éviter que sa tristesse soit mal interprétée, la jeune femme précisa :

— Il pense à s'enrôler dans l'armée.

Personne ne lésinait avec le patriotisme, depuis l'attaque de Pearl Harbor. Toute une génération faisait comme lui. Le temps d'attente du départ du train ne permit pas à la jeune femme de retrouver toute sa contenance. Depuis la fenêtre de son wagon, Fernand la regarda penchée vers l'avant, les épaules secouées.

❖

En rentrant à la maison après une longue journée à l'hôpital psychiatrique, comme tous les jours Béatrice ouvrit sa boîte aux lettres. Ce 15 septembre, une seule enveloppe l'attendait. Le timbre l'étonna d'abord : ni canadien, ni américain, mais anglais. Puis l'adresse de l'expéditeur, l'hôpital militaire d'Aldershot, au Royaume-Uni.

Un peu paniquée, elle monta l'escalier deux marches à la fois. En entrant chez elle, la jeune femme lança :

— Art, je viens de recevoir une lettre de mon demi-frère.

— C'est la première, non ?

L'étudiant en médecine connaissait l'existence de ce parent, et tous les principaux événements de la vie familiale de son amoureuse.

— Une carte au printemps pour me donner son adresse, puis rien d'autre.

Ce silence l'avait blessée. Considérait-il que leur rencontre à Québec, en avril dernier, représentait des adieux définitifs ? Elle l'avait cru jusqu'à cet instant.

Son compagnon était assis dans la cuisine, quelques documents posés sur la table. Après un baiser, elle prit place juste en face de lui, coupa le rabat de l'enveloppe et sortit une fine feuille de papier, d'un bleu pâle.

Chère petite sœur,
Je suis tombé du ciel après avoir perdu quelques plumes. Maintenant on me les a recollées, je devrais m'envoler de nouveau bientôt.

La nouvelle lui fit monter des larmes aux yeux. Elle recommença sa lecture à haute voix, pour le bénéfice du jeune homme.

Dans une semaine, je dois me retrouver dans une maison de convalescence. Comme je suis maintenant en congé, je prendrai de nouveau la plume pour te raconter mes derniers mois par le menu.

La lecture se termina sur un sanglot. La pudeur amena Béatrice à dissimuler son visage derrière ses mains. Art quitta sa place pour venir mettre son bras autour de ses épaules.

— Voyons, maintenant il se porte bien, il te le dit lui-même.

Ce garçon, si sensible d'habitude, ne comprenait rien cette fois. La jolie blonde ne pleurait pas sur le sort de son demi-frère. Ses yeux ne se détachaient pas des documents d'enrôlement posés sur la table. La formation en médecine de son compagnon se continuerait dans un hôpital près des champs de bataille. Bientôt, elle s'inquiéterait pour un demi-frère retrouvé quelques années auparavant et pour celui qui souhaitait se fiancer avec elle avant son départ.

❖

Après l'arrivée du premier télégramme, dans la maisonnée Paquet tous vivaient dans la terreur des prochains coups contre la porte. Les proches de la famille s'étaient vu ordonner de téléphoner avant de rendre une visite, et on ne faisait plus rien livrer. Il restait le facteur, lors de livraisons spéciales, ou les employés des compagnies de télégraphe. Dans ces deux éventualités, cela signifiait une mauvaise nouvelle.

Quand les bruits secs se firent entendre, monsieur le juge et sa dame profitaient d'une promenade sur les plaines d'Abraham. Dans le salon, Évelyne appuya sa tête contre le dossier de son fauteuil. Lorsqu'elle cligna les yeux, deux larmes coulèrent sur ses joues, elle cessa tout à fait de respirer.

— Madame, fit une voix venue d'un autre monde.

La femme souleva une paupière. La domestique se tenait tout près, aussi terrorisée que sa patronne. Des années de cohabitation dans cette grande maison l'avaient attachée à l'enfant, puis à l'adolescent mélancolique. Sa main tendait le télégramme, Évelyne ne se décidait pas à le prendre.

— S'il vous plaît, madame.

La mère voulait prolonger le moment où elle ne savait pas vraiment, où l'espoir demeurait encore possible. À la fin, la pitié pour la vieille bonne la força à agir. Tout de suite, comme pour s'épargner une scène intolérable, la domestique sortit, puis s'appuya au mur, assez loin pour s'enfuir au premier cri, assez près pour accourir si ça se révélait absolument nécessaire.

Dans le salon, Évelyne ouvrit enfin la feuille de papier. Les mots s'emmêlèrent. Puis l'un d'eux retint son attention. Prisonnier. À Lazarett, comme dans Lazare, l'homme ramené à la vie par Jésus. Le miracle se répétait. Repris dans le contexte de 1942, le mot faisait penser à un hôpital.

— Il est vivant! cria-t-elle assez fort pour être entendue de l'employée de la maison.

Un sanglot lui répondit. Elle recommença la lecture. Prisonnier de guerre après un long séjour dans un hôpital, écrivait un officier. Tout en bas se trouvait une promesse, celle de recevoir un mot de Thomas bientôt. Et une adresse ensuite, celle de la Croix-Rouge en Suisse, pour lui écrire. L'organisation internationale s'occuperait de faire transiter lettres et colis.

Pendant une demi-heure, immobile, pleurant en silence, elle remercia la Vierge, les trois personnes en Dieu et tous les saints et les saintes dont ses années au couvent lui avaient permis d'apprendre le nom. Puis lui vint l'envie de courir en direction des Plaines afin de partager la nouvelle avec ses parents. Le risque de ne pas les trouver dans ce grand parc la retint. De toute façon, ils ne marcheraient pas toute la matinée et seraient bientôt de retour.

Elle trouva l'énergie pour se lever, le télégramme toujours à la main. La domestique était retournée dans la cuisine, les yeux gonflés, déjà occupée à préparer le dîner.

— Je vais sortir. Vous expliquerez à maman et papa que Thomas se trouve dans un camp de prisonniers en Allemagne.

— Oui, madame. Ils seront si heureux.

Évelyne n'en doutait pas. Même le juge laisserait sans doute couler une larme.

— Je serai de retour pour le repas.

La femme monta ensuite à sa chambre pour prendre son chapeau et son sac. À cette heure de la journée, on lui pardonnerait bien de ne pas mettre de gants. Dehors, le 10 septembre 1942 lui parut magnifique.

❖

Édouard,

J'ai eu l'occasion de rencontrer Thomas au moment de mon passage en Angleterre. Il m'a remis une lettre à ton intention. Je devais t'envoyer ceci en cas de décès. Comme il est porté disparu depuis le 19 août, je ne sais pas quoi faire pour respecter sa volonté. Je te l'envoie, tu jugeras si tu veux l'ouvrir, ou attendre.

Je suis désolée,

Thalie

— "Je suis désolée"… La salope a dû se forcer pour écrire ces mots, grommela le vendeur.

Cette satanée cousine le traitait de lâche, vingt-cinq ans plus tôt, aujourd'hui elle portait l'uniforme et se faisait amie-ami avec son fils. Ils devaient bien s'entendre, ces deux-là.

Puis cette lettre. Il la tournait en tous sens. Bien sûr, cette femme devait avoir lu ce texte, juste pour fouiller dans les affaires des autres. Qu'elle soit cachetée n'y changeait rien, elle avait pu l'ouvrir et changer ensuite d'enveloppe sans problème. Un moment, l'envie lui vint de la réduire en tout petits morceaux, pour les jeter ensuite dans les toilettes.

La colère contre ce petit idiot lui permettait de réprimer sa douleur. Jusque-là, avec un effort considérable, il arrivait à prendre le mot « disparu » au pied de la lettre. Cela ne signifiait pas « mort au combat ». Sa faculté de demeurer optimiste l'aidait à repousser les pires scénarios. Dans les journaux, les listes des victimes s'allongeaient, les tués se comptaient maintenant par centaines, mais ce père croyait son fils toujours vivant, jusqu'à ce qu'on lui affirme le contraire.

Dans une certaine mesure, la lettre ruinait ses espoirs. Cette médecin croyait à la mort de Thomas, ça lui semblait évident. Alors, elle lui communiquait ce message posthume. Édouard déchira le rabat avec rage, sortit deux feuillets blancs. Il trouva l'écriture enfantine, de grosses lettres tracées maladroitement, avec colère, au point d'avoir déchiré le papier par endroit. Le contenu ne le surprit guère, les reproches d'un enfant malheureux. La séparation d'abord, puis l'accusation de négligence, les rendez-vous manqués pour rencontrer des putains, la honte au moment du naufrage du commerce en 1932. La finale, il aurait pu l'écrire lui-même : s'enrôler pour restaurer l'honneur de son nom.

— Petit imbécile !

Il n'était pas spécialement doué pour comprendre les besoins ou les émotions des autres ou pour se montrer sensible à leur douleur. La vie n'était simple pour personne, puis qui pouvait se dire satisfait de ses parents ? L'odeur de la chambre de sa mère, Alice, lui revint : les excréments, la sueur, la folie. Il posa les feuilles de papier sur son bureau. Ce grand guerrier n'avait même pas eu le courage de lui dire tout cela en pleine face. La fuite en Europe d'abord, un uniforme sur le dos, une lettre ensuite avant d'aller au combat. Comme le scénario d'un mauvais film.

Le bruit de la porte qu'on ouvre et referme n'attira pas son attention. Quand la silhouette se dressa devant lui, il sursauta :

— Évelyne ? Que fais-tu ici ?

— Un jour, un voleur viendra prendre toutes tes voitures, et tu ne t'apercevras de rien.

De nouveau, la femme était venue à pied depuis la Haute-Ville. Après avoir craint le pire, elle en arrivait à prendre à la légère le sort de prisonnier de guerre. Au point d'ironiser sur l'imprudence de son ex-mari.

— Que fais-tu ici ?

— J'ai reçu des nouvelles de Thomas, je voulais t'en faire part.

— Quel heureux hasard ! Moi aussi.

La visiteuse ne cacha pas sa surprise, elle regarda les feuilles sur le sous-main du bureau. Son ex-mari posa la main dessus, pour l'empêcher de lire.

— Il a posté ça avant Dieppe. Rien pour te surprendre : je suis un mauvais père.

Le ton contenait une part de reproche. Il demeurait convaincu qu'on montait son fils contre lui, dans la grande demeure du juge Paquet.

— Moi c'est plus récent. Thomas a été capturé.

Le télégramme changea de main. Édouard s'absorba dans la lecture. Il eut une toux sèche pour réprimer son émotion, s'essuya les yeux de la main. Pendant ce temps, Évelyne prit une chaise, examina les lieux.

— Si tu permets, je vais prendre cette adresse en note.

L'homme chercha une feuille de papier et un crayon dans un tiroir.

— Ça dit qu'il va t'écrire. Veux-tu me tenir au courant?

Édouard ne doutait pas que tous les messages iraient à son ex-femme. Elle partageait tout à fait sa conviction.

— Bien sûr. Je ne reviendrai pas nécessairement chaque fois, mais je pourrai téléphoner.

— Merci.

Aucun des deux ne trouvait les mots pour rassurer l'autre. Après un long silence, la femme se leva de son siège.

— Je vais rejoindre mes parents. Nous avons besoin de nous retrouver tous ensemble.

En cet instant, le vendeur de voitures regrettait de ne plus faire partie d'aucune famille, d'aucun groupe.

— Je peux te reconduire, si tu veux.

— Non, je prendrai un taxi.

— … Tu en trouveras en face de l'église Saint-Roch.

Il l'accompagna jusqu'à la porte. Ils échangèrent encore quelques mots, puis se séparèrent. Édouard la regarda marcher jusqu'au coin de la rue Saint-Joseph, puis retourna s'asseoir dans son bureau pour relire la lettre.

❖

Enfin, on passait à l'action. Thalie ne se distinguait pas par sa patience : depuis l'annonce du transfert de la maison de convalescence pour femmes, il lui tardait d'emménager dans ses nouveaux locaux.

Une petite auberge comptant une douzaine de chambres avait été réquisitionnée un peu en périphérie de Welwyn. Les patientes logeraient à deux dans chacune. Aussi les lits d'origine avaient disparu pour faire place aux étroites couches fournies par l'armée. Fini les plafonds à caissons, le papier peint suranné mais si élégant, les planchers de marqueterie. Thalie occuperait la chambre et le bureau abritant autrefois le gérant de l'endroit, les infirmières hériteraient des pièces sous les combles.

La perte de confort s'avérait grande, les filles affichaient des mines maussades. Pour les consoler, la praticienne plaidait la proximité des plaisirs de la ville : un cinéma, un magasin à rayon et une demi-douzaine de pubs. La modestie de l'offre ne suffisait pas à ramener des sourires sur les visages. Rien ne remplacerait le magnifique parc de plusieurs acres.

La journée du 21 septembre, un lundi, promettait d'être épique dès le lever du jour. Deux ambulances stationnaient devant la porte pour prendre en charge les quatre patientes dans le plus mauvais état. Deux infirmières les accompagnèrent. Au moment de monter dans les véhicules, elles adressèrent un regard sombre à leur patronne.

— Tout de même, je ne les envoie pas en enfer, marmonna Thalie, debout devant la porte.

L'habitude de se parler à elle-même ne la quittait pas, même quand quelqu'un se tenait tout près. Dans ce pays, la médecin présumait que personne ne la comprenait. C'était oublier la présence de Marion.

— Peut-être pas, mais vous les chassez du paradis.

Devant le regard étonné de Thalie, elle précisa :

— À la fin de la journée, une cinquantaine de célibataires en assez bonne santé pour retourner un jour au combat vont se trouver attablés pour le repas, et de nouvelles venues vont en prendre soin. Voilà bien des projets de romance envolés.

Ces convalescents arriveraient en effet avec toute une équipe soignante. Plus encore, un cuisinier et du personnel de maison viendraient aussi. Alors, Ruby et Daisy, la cuisinière et la domestique, se retrouveraient dans la petite auberge pour continuer d'assurer le service.

— Tous ces blessés ne sont pas des célibataires.

— Mais avec leur femme au Canada, ils arrivent si bien à faire semblant.

La remarque s'accompagnait d'un sourire. La médecin hocha la tête, puis rentra afin de terminer son bagage. En un peu plus de deux mois, ses possessions s'étaient enrichies : un imperméable, des livres, pour la plupart un héritage de son prédécesseur à Digswell House.

Pendant la matinée, quelques ambulances arrivèrent avec des patients venus de l'hôpital du camp d'Aldershot. Il s'agissait des plus mal en point, incapables de souffrir le trajet en train. Thalie descendit afin de les accueillir, puis elle accompagna les infirmiers affectés à leur transport jusqu'à la salle à manger transformée en dortoir. Dorénavant on prendrait les repas dans le grand salon, plus vaste, la seule pièce susceptible de recevoir tous les convives.

— Vous allez rester avec nous, docteure ? demanda un homme du Nouveau-Brunswick au moment où elle remontait les couvertures sur sa poitrine.

— Je suis affectée ailleurs, mais je suis certaine que mon remplaçant vous donnera satisfaction.

— Vous dites ça parce que vous ne le connaissez pas.

L'appréciation lui tira un sourire. Quand elle sortit de la magnifique demeure, tous les taxis de Welwyn Garden City semblaient s'être donné rendez-vous dans la cour. Ils devaient conduire les blessés venus par le train. Le colonel Bolton les avait devancés de peu dans sa propre voiture, afin de coordonner le travail des accompagnateurs. Devant tous ces témoins, la médecin fit son plus beau salut militaire.

— Docteure Picard, vous êtes toujours heureuse d'emménager dans vos nouveaux locaux ?

— Je suis surtout heureuse que la question se règle enfin. Mes infirmières et mes patientes me font grise mine à l'idée de quitter leur château.

Le colonel fit semblant de ne pas comprendre pourquoi ces femmes se montraient déçues. Il avait hâte d'en venir à sa bonne nouvelle.

— Je peux vous rassurer sur un autre de vos parents. L'aviateur. Il se nomme Létourneau, je pense.

— C'est bien son nom.

— Je viens de le voir à la gare. Vous pourrez le visiter au cours des prochaines semaines, il effectuera sa convalescence ici.

Jacques ne lui paraissait pas celui de ses petits-cousins qui avait plus besoin de son soutien, mais elle prendrait certainement plaisir à le rencontrer. L'éloignement de leur pays entraînait de tels rapprochements. À Québec, ni lui ni Thomas n'occuperait la moindre place dans sa vie.

— Ça me permettra de renouer avec ces grands arbres, dit-elle en désignant le parc des yeux.

Les éclopés, dans certains cas, ne pouvaient couvrir seuls la distance entre le taxi et les pièces leur ayant été affectées. L'omnipraticienne déclara :

— D'ici là, je vais donner un coup de main à ces garçons.

Cela agit comme un rappel à l'ordre pour son supérieur. Il joignit ses efforts aux siens.

❖

Une fois leurs premiers clients descendus, certains chauffeurs devaient attendre les convalescentes pour les conduire dans leurs nouveaux quartiers. Aussi ce fut sous les yeux de ces femmes que Thalie renoua avec son petit-cousin. Le pilote avait pu s'extraire de la banquette arrière de la voiture, mais sa canne et son sac de soldat rendaient la marche jusqu'à la maison plutôt difficile.

— Jacques, dit-elle en s'approchant, laissez-moi vous aider.

Le jeune homme posa ses yeux bleus sur elle, esquissa un sourire.

— Docteure Picard ! C'est bien vous. Un moment, j'ai cru qu'un ange s'était occupé de moi ce jour-là dans le centre de tri, mais mon voisin de lit à l'hôpital m'a assuré que vous étiez réelle.

L'allusion à un ange lui mit un peu de rose sur les joues. Elle entendait ces mots pour la première fois, et curieusement ne les trouvait pas ridicules.

— Je suis heureuse de vous voir bien-portant, dit-elle en lui prenant son bagage des mains.

— Bien-portant ! dit le pilote avec humour.

Le gros pansement sur sa tête faisait penser à un turban, la jambe gauche de son pantalon semblait un peu gonflée, cela lui fit penser à des attelles. Ces blessures entraînaient une sévère claudication.

— Je vais porter votre sac. Appuyez-vous sur mon épaule.

— Je vais me débrouiller, occupez-vous de mon bagage.

Il fit un pas, puis un autre. Pour se déplacer, il devait lancer sa jambe de côté, car il ne pouvait plier le genou. Le pilote se retourna, lui sourit de toutes ses dents en disant :

— Vous devrez me montrer le chemin. Je suis nouveau dans le coin.

— Oui, oui, bien sûr.

L'homme faisait bien six pieds. Mince, les épaules carrées, il lui paraissait si fort. Au moment de le dépasser, elle sentit son regard sur son corps. « Avec ce maudit uniforme, je ressemble à un épouvantail », songea la médecin. De nouveau, un peu de rose monta sur ses joues. « Qu'est-ce qui me prend ? »

La même chose qu'à toutes les autres femmes sensibles au charme de ce jeune homme. Lui ne se surprenait guère de ce genre de réaction. Elle se produisait depuis son adolescence. On lui avait attribué un lit au rez-de-chaussée, dans une pièce servant autrefois de bibliothèque. Il la partagerait avec un officier aux deux bras cassés. Celui-là, personne ne l'enviait.

— Posez ce sac sur le sol. Moi, je vais prendre l'air. Plus de deux semaines à respirer l'odeur de l'hôpital m'ont tombé sur les nerfs.

L'homme clopina jusqu'à l'extérieur, sa parente sur les talons. Dans les taxis, des convalescentes ne les quittaient pas des yeux.

— Je suis content de vous retrouver, dit Jacques en s'engageant dans l'allée couverte d'un fin gravier.

Thalie s'étonna de cette déclaration. La présence d'une vieille cousine ne changerait certainement rien à son existence.

— De brèves retrouvailles. Je quitte ces lieux aujourd'hui.

— Pourquoi ? Nous sommes sûrement assez nombreux pour vous occuper.

— Le sens de l'organisation de l'armée. Des hommes soignent les hommes ; des femmes, les femmes. Il paraît que c'est plus moral ainsi.

Létourneau laissa échapper un rire bref, puis commenta :

— Seigneur ! Pendant une longue semaine, une jolie blonde de la Saskatchewan m'a apporté l'urinoir et la bassine, mais vous ne pouvez pas m'enlever ces foutus points de suture.

Sa compagne pendant tout le trajet en train de Québec à Halifax revint en mémoire à Thalie. Il s'agissait de la même, sans doute. Le lieutenant avait bien résumé l'absurdité de la division des tâches.

— Tout de même, j'aimerais bien vous voir, à l'occasion, insista Jacques.

— Ce sera possible. Mes patientes et moi nous retrouverons dans un petit hôtel près de la ville, le Kings' Arms.

— Au risque de paraître mal élevé, je vous demanderai de faire le chemin jusqu'à moi. À cause de cette jambe, je serai plutôt casanier au cours des prochaines semaines.

Thalie se sentit un peu sotte. Tout de suite, elle répondit :

— Je dois avoir la tête ailleurs. Je viendrai avec plaisir, au moment qui vous conviendra. Mais pour l'instant, il faut que je me mette en route. Tout le monde semble attendre après moi.

Dans les taxis, les convalescentes les observaient toujours. Marion se tenait près d'une jeep, un sourire moqueur sur les lèvres. La médecin tendit la main en disant :

— Nous nous reverrons bientôt, Jacques.

— Je compterai les jours…

La situation paraissait l'amuser. Il s'interrompit, puis dit en riant :

— Je ne vais pas vous appeler docteure, cela ferait trop formel, et le "ma petite-cousine" serait très ridicule.

— Alors, entendons-nous sur Thalie.

— Au revoir, Thalie.

De nouveau, au moment de rejoindre Marion Poitras, elle sentit le regard du jeune homme. Quand elle prit place dans le véhicule, l'infirmière murmura, taquine :

— Vous êtes très liés, dans votre famille.

— Voyons, il s'agit de mon petit-cousin.

— Dans ma paroisse, quand un homme observe une femme comme ça, le curé s'en mêle. Il ne vous a pas quittée des yeux.

La médecin se troubla encore plus. Heureusement, bientôt tous les véhicules s'engagèrent dans l'allée pour regagner la ville.

❖

Un long mois était passé. Le dimanche 18 octobre 1942, une foule immense se trouvait réunie à la gare de Québec pour rendre hommage à son héros. Elle envahissait les quais, la grande salle des pas perdus et le stationnement autour de la bâtisse aux allures de château. Édouard Picard se tenait tout près des notables invités pour cette occasion : le maire de la ville, deux ministres du cabinet provincial, le cardinal Villeneuve et de nombreux militaires.

— Je te remercie encore de m'avoir permis de venir avec toi, Oscar, insistait le marchand de voitures. Je veux juste lui dire quelques mots.

— J'ai pu t'avoir une place ici, mais je ne sais pas s'il voudra te parler.

Drouin occupait toujours le poste de ministre de l'Industrie, du Commerce et des Affaires municipales dans le gouvernement d'Adélard Godbout. Cela lui valait la possibilité de distribuer quelques laissez-passer. Cet événement rendait possible un petit miracle : Évelyne s'accrochait au bras de son époux, une première occurrence au cours des vingt dernières années. L'inquiétude partagée entraînait ce petit rapprochement.

— S'il vous plaît, insista la mère éplorée à son tour, juste une seconde. Lui se trouvait là-bas, à Dieppe.

Le politicien hocha la tête, acceptant de se faire rabrouer un peu pour rendre service à cette femme. La porte du wagon arrêtée près du quai s'ouvrit exactement à une heure trente, comme le prévoyait le scénario préparé à l'avance. Il fallut un moment avant qu'un colosse se manifeste enfin. Dollard Ménard revenait dans sa ville natale pour terminer sa convalescence. Surtout, l'état-major s'attendait de sa part à une énergique participation à une campagne de recrutement. L'homme portait encore un plâtre au bras droit. Sa jambe, du même côté, était recouverte de gros pansements. Pour tenir debout, il devait s'appuyer sur une béquille.

Des cris et des applaudissements l'accueillirent. Juste derrière lui, une femme un peu frêle et surtout très intimidée suivit. Madame Ménard, née Charlotte Joncas, accompagnait son époux, avec son fils de dix-huit mois dans les bras. Les parents du héros descendirent ensuite. On mettait en scène non seulement le sacrifice des soldats, mais aussi celui de leurs proches.

Une fois toute la famille sur le quai, les invités d'honneur serrèrent la main du brave soldat. Quand ce fut son tour, Drouin prononça quelques mots, tournant la tête vers son ami. Le lieutenant-colonel ne réussit pas tout à fait à dissimuler son agacement. Tous les parents des fusiliers devaient sans doute chercher à lui parler lors de ces rassemblements publics. La veille, il participait à une manifestation au parc Lafontaine, à Montréal.

Puis le général de division Georges Vanier s'approcha d'un micro placé sur le quai pour déclarer :

— Dollard Ménard, je remercie Dieu de la protection spéciale dont il vous a entouré et je vous propose en modèle glorieux à la jeunesse canadienne-française.

La foule manifesta bruyamment son enthousiasme.

— Vous avez conduit vos hommes au feu en affichant un mépris absolu de la mort, avec le même courage que votre illustre homonyme, Dollard des Ormeaux.

Ce discours serait diffusé par toutes les stations de radio de la ville. Le maire Borne se fit bref, car un cortège de voitures attendait tous ces personnages importants sur le boulevard Charest. Quand les officiers supérieurs firent signe aux policiers militaires de fendre la foule pour permettre au contingent de passer, Oscar Drouin fit un pas vers le héros pour lui désigner le couple Picard. Il se dirigea vers lui.

— Vous êtes les parents du lieutenant Picard? demanda-t-il d'entrée de jeu.

Ménard avait été renseigné par le politicien et réfléchissait depuis quelques instants à ce subordonné si pressé d'aller au combat.

— Oui, Thomas. L'avez-vous vu, là-bas?

Édouard se faisait pressant, au point de poser la main sur le bras blessé de son interlocuteur.

— J'ai déjà dit ça à une parente à vous, une docteure.

Ça ne pouvait être que Thalie, songea le père.

— Quand je suis arrivé sur la plage, il se cachait…

L'homme contempla la mère éplorée, se retint de dire «derrière un tas de cadavres».

— … avec ses hommes.

— Vous l'avez vu, intervint Évelyne. Était-il blessé?

— Je ne pense pas. Là je dois y aller.

Des militaires étaient venus se planter de part et d'autre de la vedette du jour, pour l'entraîner avec eux. La parade dans les rues de la ville ne pouvait attendre, la population de Québec se massait déjà sur les trottoirs.

Le couple se rangea un peu de côté pour laisser passer tous ces gens. Évelyne pleurait, le visage contre la poitrine de son mari. Quand le calme fut revenu, elle leva la tête pour demander:

— De quelle parente parlait-il?

— Thalie. Je te l'ai dit, elle a mis une lettre à la poste pour Thomas.

La fameuse missive contenant tous les griefs d'un enfant abandonné. Le couple quitta bientôt les lieux bras dessus, bras dessous.

❖

En soirée, lors d'une réception au manège militaire, la Société symphonique de Québec donnait un concert sous la direction de Wilfrid Pelletier, le chef d'orchestre du Metropolitan Opera de New York. Dollard Ménard s'adressa au public pour mousser les emprunts de la Victoire.

— Il ne suffit pas d'applaudir des héros, dit le grand homme, il vous faut consentir à des sacrifices pour aider ceux qui combattent pour vous.

Quelques mots pour terminer

Peut-être aimeriez-vous prendre quelques nouvelles de moi entre la parution de deux romans ? Vous pourrez le faire sur Facebook en indiquant : Jean-Pierre Charland auteur.

Au plaisir de vous y retrouver,

Jean-Pierre Charland

Suivez-nous

Achevé d'imprimer en août 2014
sur les presses de l'imprimerie Marquis-Gagné
Louiseville, Québec